Sommer 1914. Den jungen Deutschamerikaner Zacharias hat es auf ein kleines deutsches Passagierschiff verschlagen, das in der Karibik Reisende für die großen Ozeandampfer aufsammelt. An Bord der Präsident schreibt Zacharias auf, was ihm die Passagiere aus Deutschland erzählen. Es sind Geschichten vom Selbstzweifel, vom Verlust der Identität, Episoden aus einer Gesellschaft, die sich auflöst, weil sie nicht mehr an sich glaubt. Als in Europa der Krieg ausbricht, erreicht er auch die *Präsident*. Sie wird zuerst zum Flüchtlingsschiff, dann zum Hilfskreuzer, mit dem ihr Kapitän auf Kaperfahrt geht. Zacharias muss entscheiden, wo er stehen und wer er sein will.

BURKHARD SPINNEN, geboren 1956, war nach seiner Promotion am Germanistischen Seminar der Westfälischen Wilhelms-Universität Münster tätig. Gastdozenturen und Seminare u.a. am Deutschen Literaturinstitut Leipzig. Von 2008 bis 2014 Vorsitzender der Jury des Klagenfurter Ingeborg-Bachmann-Preises. Lebt seit 1996 als freier, vielfach ausgezeichneter Autor in Münster, verheiratet, zwei Söhne.

BURKHARD SPINNEN BEI BTB
Müller hoch Drei

Burkhard Spinnen

Zacharias Katz

Roman

btb

MIX
Papier aus verantwortungsvollen Quellen
FSC® C014496

Verlagsgruppe Random House FSC® N001967

1. Auflage
Genehmigte Taschenbuchausgabe August 2016,
btb Verlag in der Verlagsgruppe Random House GmbH,
Neumarkter Straße 28, 81673 München

Umschlaggestaltung: semper smile, München
Umschlagmotiv: © On Deck, 1925, Sir James Gunn/
Private Collection/Bridgeman Imagess
Druck und Einband: GGP Media GmbH, Pößneck
MK · Herstellung: sc
Printed in Germany
ISBN 978-3-442-71361-5

www.btb-verlag.de
www.facebook.com/btbverlag
Besuchen Sie auch unseren LiteraturBlog www.transatlantik.de!

Zacharias Katz

1

Bastogne, Militärlazarett, 15.1.1945

Sind Sie bereit, Brady? Funktioniert Ihr Apparat? Entschuldigen Sie, wenn ich das sage: Der sieht wirklich abenteuerlich aus.

He, Sie schreiben ja schon!

Dann will ich mal anfangen. Also, mein Name ist Zachary Katz. Oder Zach Katz, für meine Freunde und Leser.

Eigentlich sollte ich besser sagen: Ich bin Zach Katz.

Das Wörtchen bin unterstrichen.

Warum der Unterschied? Nun, Zach Katz steht zwar hier an meinem Krankenbett, und in den letzten dreißig Jahren hat mich niemand anders genannt; doch Zach Katz ist im Grunde kein Name. Eher eine Marke. Und zwar eine gute. Eine Marke, der man vertraut.

Brady, ich weiß, man soll sich nicht loben. Aber schauen Sie mich an: Vielleicht darf ein Mann in meinem Zustand eine Ausnahme machen?

Gut.

Dann zitiere ich jetzt aus dem Kopf: »Von einer Reportage, die mit Zach Katz gezeichnet ist, kann man erwarten, dass sie die Fakten so exakt wie möglich meldet und die Vorgänge anschaulich schildert, ohne dabei in Gefühlen und Stimmungen steckenzubleiben wie ein Sherman-Panzer im Schlamm.«

Nicht schlecht, oder? Das hat mein Herausgeber geschrieben, als ich den Preis für meine Berichte über London und

Guadalcanal bekam. Und weiter, nur einen Satz noch: »Die Reportagen von Zach Katz verschleiern nicht Unkenntnis mit Phrasen, sie bauschen nicht Lappalien zu welthistorischen Ereignissen auf, und sie verwechseln nicht Analyse mit Parteilichkeit.«

Ach ja, und wenn ich das noch sagen darf, das ist mir nämlich wichtig: Dreißig Jahre lang hat Zach Katz mit keiner Zeile behauptet, der Krieg sei eine hehre Aufgabe für edle junge Männer. Oder es sei ruhmreich und süß, fürs Vaterland zu sterben. Kein Gedanke! Krieg ist schrecklich, Krieg ist die Hölle. Und niemand, der meine Artikel liest, wird jemals etwas anderes von mir hören.

Aber Krieg existiert. Nicht wahr, Corporal Brady? Ich weiß es, und Sie wissen es auch. Offenbar sind wir noch nicht so weit, dass wir ohne Waffen auskommen könnten. Vielleicht irgendwann demnächst, wenn man die Toten gezählt hat. Oder wir werden einmal so von Waffen starren, dass niemand mehr einen Krieg anfängt, weil er weiß, er wird ihn nicht überleben. Mag sein. Doch bis zu diesem schönen Tage wird es Kriege geben; und also muss es auch Leute geben, die darüber berichten, ehrlich und offen, damit jeder entscheiden kann, wo er steht: bei den Falken oder bei den Tauben. Bei denen, die sagen: Auge um Auge, oder bei denen, die noch die andere Wange hinhalten. Und ehrlich zu berichten, das ist mein Job. Dafür bürgt seit dreißig Jahren der Name Zach Katz.

Das bin also ich. Und jetzt müssten Sie sich vorstellen, Brady!

Keine Sorge, ich mache das für Sie.

Corporal Brady ist momentan meine rechte Hand. Und meine linke leider auch. Und zwar im wörtlichsten Sinne.

Das heißt, solange ich noch bis an die Fingerspitzen bandagiert bin, diktiere ich ihm, und er tippt, was ich sage. Man müsste ihn dabei übrigens sehen. Seine Schreibmaschine hat er auf eine Art Tablett geschraubt, das mit Gurten an seine Oberschenkel geschnallt ist. Gleich hinter der Maschine sitzt eine Vorrichtung mit einer Rolle. Von da läuft das Papier unter die Walze und rollt sich dahinter wieder auf. Sehr praktisch, kein Problem mehr mit fliegenden Blättern. Ich habe ihn gefragt, ob der Apparat zu seiner Standardausrüstung gehört. Brady ist nämlich bei den Fallschirmspringern.

Er hat mich dann aufgeklärt: Es ist eine Eigenkonstruktion. Den Trick mit der Papierrolle hat er sich bei den Funkern abgeschaut. Wenn er wieder zu Hause ist, wird er in etwas einsteigen, das er die Behinderten-Branche nennt. Lauter Sachen für Leute, die Beine oder Arme verloren haben oder im Rollstuhl sitzen. Das wird ein Riesengeschäft, sagt er.

Und Corporal Brady weiß, wovon er redet. Bei der Landung in der Normandie hat es ihn zuerst ziemlich verweht, dann ist er auf einem Kirchturm gelandet und hat ein paar Stunden an seinem Schirm gehangen. Die Deutschen haben auf ihn geschossen, deshalb musste man ihm die Füße amputieren. Jetzt läuft er auf Prothesen, und das macht er schon richtig gut.

Zurück zu mir. Besser gesagt, zu Zach Katz.

Nun, der bin ich seit dreißig Jahren, doch der war ich nicht immer. Man müsste eher sagen: im Gegenteil! Geboren wurde ich nämlich als Zachary Smith. Mit vollem Namen: Zacharias Katzwinkel Smith. So zu lesen in der Geburtsurkunde, und immer noch im Pass, leider. Zach Katz, das steht für alles, was ich selbst aus mir gemacht habe, beinahe ohne fremde Hilfe. Dagegen ist Zachary K. Smith die Inschrift auf dem Klotz am Bein, mit dem ich geboren wurde.

Ja, Brady, das haben Sie richtig verstanden. Ich will tatsächlich ganz von vorne beginnen. Das macht man eben so, wenn man es richtig machen will.

Meine Eltern stammen aus Deutschland, aus einem kleinen Dorf im Rheinland, gar nicht so weit von diesem Trümmerhaufen hier, ich denke mal, hundert Kilometer, hundertfünfzig vielleicht, ziemlich genau Richtung Osten. Ich kenne davon nur zwei Fotos. Eines mit ein paar kleinen Häusern, denen man ansieht, dass arme Leute darin leben. Das andere mit einer Kirche, die eher aussieht wie ein Stall. Und natürlich kenne ich den Namen des Ortes. Den trage ich ja seit meiner Geburt mit mir herum: Katzwinkel. Was glauben Sie, was ich alles versucht habe, um ihn zu verheimlichen? Meistens ohne Erfolg. In der Schule hieß ich ein paar Jahre lang der Katzenblitz; und es gab weiß Gott schlimmere Versionen.

Mein Nachname ist weniger heikel, dafür stinklangweilig. Smith. Den hatte man uns auf dem Verwaltungswege verpasst. Eigentlich heißen wir Smeets. Moment, Brady, ich buchstabiere: S M E E T S. So hießen jedenfalls meine beiden Großväter, sie waren Vettern, dritten oder vierten Grades, und sie sind zusammen ausgewandert, 1879. Ich vermute, als sie im Castle Clinton vor den Einwanderungsbeamten standen, da waren sie vor allem froh, noch am Leben zu sein. Und in Amerika! Was bedeutete da schon ein Name? Also kein Einspruch, als der zuständige Beamte sie beide mit einem Federstrich zu Smith erklärte. Das war im Grunde auch völlig korrekt, Smeets bedeutet nämlich Schmied.

Allerdings waren die beiden keine Schmiede, sondern Bauernsöhne, für deren Familien es in Katzwinkel nicht mehr gereicht hatte. Mein Vater war damals dreizehn, meine Mutter zwölf. Auf der Überfahrt hatten die beiden beschlossen zu heiraten, während eines schrecklichen Sturmes, als alle dachten: Das wird nichts mehr, das geht nicht gut aus. Ich kann nicht sagen, ob das stimmt. Es wird eben so erzählt, Familiengeschichten. Und Leute wie wir haben davon nicht so viele, also muss man sie wohl pflegen. Immerhin haben sie es getan, also meine Eltern, sie haben geheiratet. Und so wurde meine Mutter gewissermaßen zum zweiten Mal eine Smith. Wenn man ein bisschen Sinn fürs Symbolische hat, kann man daraus schließen, wie es um die Chancen unserer Familie stand. Ich überlasse das Ihrer Fantasie, Brady.

Bleibt noch Zacharias oder Zachary, mein Rufname. Ich heiße so nach einem Großonkel oder Urgroßonkel, dem Held unserer Familie. Er war Ende der 1850er Jahre in die Staaten ausgewandert und 1863 in Gettysburg gefallen. Ob für den Süden oder für den Norden, das weiß ich nicht; ich vermute mal, in Katzwinkel war der Unterschied gar nicht bekannt. Jedenfalls kam von ihm nur eine Tapferkeitsmedaille zurück, die mein Großvater dann wieder in die Staaten brachte.

Gegen Zacharias war nun eigentlich nichts einzuwenden. Auch wenn der Name ein bisschen sehr nach Altem Testament klang. Doch dann erklärte uns Miss Meyer an einem Bibelnachmittag die Bedeutungen unserer Vornamen. Zacharias bedeute Erinnerung, sagte sie. Genauer wusste sie es nicht. Vielleicht, dass Gott sich erinnere, die Menschen gemacht zu haben? Oder, dass die Menschen sich an ihn erinnerten? Jedenfalls sei ein Zacharias dazu verpflichtet, sich und alle daran zu erinnern, dass wir in der Hand Gottes sind und dass unser Schicksal vorherbestimmt ist.

Und davon wollte ich nun wirklich nichts wissen. Ich war erst zwölf oder dreizehn, aber meine größte Angst war schon damals, mein Leben könnte tatsächlich vorbestimmt sein und ich, egal, was ich versuchte, nicht in der Lage, irgendetwas zu ändern. Sondern auf ewig dazu verdammt, nur zu tun, was mir vorgeschrieben war. Das kam mir grauenhaft vor.

Dabei war der amerikanische Teil unserer Familiengeschichte eigentlich ein Beweis dafür, dass man sein Leben selbst in der Hand hat. Die Smith hatten nämlich Karriere gemacht. Allerdings nicht auf Anhieb. Meine beiden Großväter waren damals nach Pennsylvania gegangen, in die Gegend um Harrisburg. Die meisten Leute sprachen dort ein Deutsch, das ihrem ganz ähnlich war. Sie wurden Bauern, so wie ihre Vorväter, und das hieß natürlich: Sie wurden arme Bauern. Allerdings war die pennsylvanische Armut der deutschen klar überlegen. In Katzwinkel hatte es vielleicht zu den Feiertagen Fleisch gegeben, in Amerika mindestens einmal in der Woche.

Außerdem war die Obrigkeit ziemlich weit weg, viele Meilen; da konnte sich auch ein armer Bauer die meiste Zeit wie sein eigener Herr fühlen. Alles in allem war das Leben jedenfalls so, dass meine Großväter Amerika für die richtige Wahl halten mussten. Sie wurden gute Patrioten. Ich erinnere mich: Als der Krieg gegen Spanien ausbrach, wollten sie sich sofort zur Armee melden, dabei waren sie über sechzig.

Mein Vater trat dann, wie man so sagt, in ihre Fußstapfen. Er übernahm allmählich den kleinen Hof, wurde ebenfalls ein armer Bauer auf freiem Land und zeugte einen Sohn. Mich. Bei der Geburt gab es allerdings Schwierigkeiten, deshalb habe ich keine Geschwister und war schon als kleiner Junge zum Bauern und Hoferben bestimmt.

Und dann nahm unsere Familiengeschichte ihre amerikanische Wendung. Oder vielleicht schlug bei meinem Vater das Erbe seiner Vorfahren durch. Wie auch immer, er gründete neben der Landwirtschaft eine kleine Reparaturschmiede für Erntemaschinen. Damals tauchten auf den großen Höfen gerade solche Maschinen auf; und entweder erledigten sie die Arbeit von vielen Menschen im Handumdrehen oder sie trieben ihre Besitzer zur Verzweiflung, weil sie nicht funktionierten. Folglich gab es ordentlich zu tun. Wenn es für die Feldarbeit zu dunkel oder zu windig oder zu kalt war, schraubte mein Vater an Mähern, Dreschern und Häckslern. Ein schöner Nebenerwerb.

Allerdings wäre er vermutlich nicht mehr geblieben als ein kleines Zubrot, hätten wir nicht so spezielle Nachbarn gehabt. In unserer Gegend gibt es nämlich Amische Leut. Schon mal davon gehört, Brady? Diese Menschen leben in einer anderen Welt. Sie sind gottesfürchtig, sittenstreng, fleißig und geschäftstüchtig. So weit, so gut. Wenn man will, kann man aber auch sagen, sie sind nicht ganz richtig im Kopf. Zum Beispiel glauben sie, dass alle Technik vom Teufel kommt. Sie erlauben nicht einmal Knöpfe, geschweige denn Maschinen.

Bislang war das für sie kein großes Problem gewesen, sie mussten bloß auf dies und das verzichten. Doch jetzt kamen die Maschinen. Die vermehrten sich wie die Ratten, und für die Amischen waren sie genau so böse. Allerdings brachten sie Profit! Und den Profit halten die Amischen nicht für böse. Im Gegenteil, am Profit erkennen sie den Fleiß und am Fleiß die Gottesfurcht. Frage also: Wie macht man Profit, ohne Maschinen zu besitzen? Antwort: Ganz einfach, man engagiert Leute, die solche Maschinen besitzen und das Teufelszeug bedienen.

Das war der Moment meines Vaters. Er gründete ein Unternehmen für landwirtschaftliche Maschinenarbeit. Es bekam sogar einen Namen: Smith's Agricultural Engines Maintenance. Er kaufte gebrauchte und defekte Maschinen und flickte sie wieder zusammen. Das war der einfache Teil. Dann heuerte er Personal an, das mit den Amischen gut zurechtkam. Das war schon schwieriger. Denn natürlich durften die Arbeiter keine Amischen sein, andererseits mussten sie ernst und gottesfürchtig daherkommen und eine Haltung zeigen, die den Amischen Respekt abforderte. Vor allem durften sie den Frauen und Mädchen nicht zu nahe kommen. Schon ein Blick konnte zu viel sein.

Mein Vater schulte seine Leute persönlich. Er brachte ihnen Gebete und fromme Redewendungen bei. Er trieb ihnen das Fluchen und Spucken aus. Es wird erzählt, er hätte sogar Dirnen aus Harrisburg geholt, um seine Leute immun gegen weibliche Reize zu machen. Ich halte das für eine Legende.

Das Unternehmen wurde ein großer Erfolg. Mein Vater konnte expandieren, zuerst langsam, dann zügig. Er kaufte jetzt Neuware, und weil seine Maschinen viel herumkamen und gute Werbung machten, hatten wir ständig Besuch von Vertretern der großen Hersteller, Case, Deere, New Holland. Meinem Vater boten sie Sonderkonditionen an, mir schenkten sie Schokolade. Es wurden Remisen für die Maschinen gebaut und eine Reparaturwerkstatt, in der das blanke Metall blitzte, wenn die großen Tore offen standen und die Sonne hereinschien.

Unsere Arbeiter wohnten während der Saison in kleinen Holzhäusern, direkt bei unserem Hof, manche mit ihren Familien. Bei der Arbeit trugen sie alle die gleichen Overalls, auf dem Rücken die vier Buchstaben der Firma: SAEM. Mein Vater wurde ein wohlhabender Mann, wahrscheinlich als Erster in der Geschichte der Smeets. Er war sparsam und machte großzügige Spenden. Er wurde in öffentliche Ämter gewählt. Und er war ein Agent des Fortschritts, ein echtes Vorbild für alle Einwanderer, ein Amerikaner aus dem Bilderbuch.

Allerdings hatte er auch eine andere Seite. Der Umgang mit den Amischen hatte ihn grüblerisch gemacht. Er wurde immer verschlossener. Übertags war er der Mann der Maschinen, abends saß er am Kamin und las in Büchern mit altmodischer Schrift. Manchmal denke ich, dass wir bloß deshalb nicht Amische wurden, weil er dann sein Geschäft und seine Kunden verloren hätte.

Also, Brady, jetzt können Sie sich ein Bild machen. Der Name Zacharias Katzwinkel Smith stand entweder für Armut oder für Landmaschinen. So sah ich es jedenfalls. Und mir erschien beides furchtbar. Die Armut, weil davor jedem graut, und die Landmaschinen, weil ich keinen Sinn fürs Technische hatte. Außerdem wollte ich meinen Lebensunterhalt nicht verdienen, indem ich humorlosen Sektierern dabei half, ihren Gott zu beschummeln.

Doch was sollte ich stattdessen tun? Die Antwort konnte nicht schwierig sein: etwas anderes, natürlich! Aber was genau? Die Frage hat mich beherrscht, solange ich mich erinnere. Meine Mitschüler lebten noch in ihren Kinderträumen, da war ich schon als mein eigener Talentsucher unterwegs. Ich las sehr viel, nicht zur Unterhaltung, sondern um mich über das Berufsleben zu informieren. Ich wusste, ich brauchte einen starken Plan, um mich aus meiner Familiengeschichte zu stehlen. Wohin, das war nicht so wichtig. Hauptsache, weg vom Maschinenpark der Firma Smith.

Brady, ich weiß, heutzutage wollen viele junge Männer nicht so werden wie ihre Väter. Das ist jetzt normal; vor vierzig Jahren war es fast noch Ketzerei. Außerdem war mein Vater so ein leuchtendes Vorbild. Ich musste also meine Absichten möglichst geheim halten. Doch um es gleich zu sagen: Es wurde nichts mit meinem großen Plan. So bitter das klingt, ich musste einsehen, dass ich ein Junge ohne Berufung war.

Es zog mich zu nichts. Im Gegenteil. Kaufmann schied aus, mir graute vor der Rechnerei, die mein Vater erledigen musste. Jura erschien mir öde. Medizin kam nicht in Frage, mir war schon die Nähe zu anderen Menschen unangenehm. Lehrer? Nein, mit Kindern wusste ich nichts anzufangen. Pilot vielleicht? Nein, selbst wenn die Wrights ihre fliegenden Kisten nicht am Strand von North Carolina, sondern bei uns in Pennsylvania getestet hätten, ich wäre sicher nicht hineingeklettert.

Selbst beim Sport, wo man Talentlosigkeit mit viel Getue tarnen kann, machte ich nichts her. An meiner Statur lag das nicht. Ich bin eher groß gewachsen und ziemlich drahtig. Kondition hatte ich auch, und das bis heute; sonst hätte ich schon vor zwanzig Jahren an den Schreibtisch gemusst. Aber ich war ein Stockfisch, so ein ungelenker Mensch, wissen Sie. Außerdem ging ich jeder Art von Körperkontakt aus dem Weg, von Raufereien ganz zu schweigen. Ich war kein Pazifist, ich hatte bloß eine Höllenangst, etwas einstecken zu müssen. Das Einzige, was ich gerne tat, war schwimmen. Es gab einen Fluss in der Nähe unserer Farm, da bin ich oft alleine hingegangen. Leider war Schwimmen kein Schulfach.

Allerdings war ich, was man einen hübschen Jungen nennt. Schauen Sie nicht so, Corporal Brady! Deutsche Granaten sind Gift für die Schönheit. Damals hatte ich eine Haut wie ein Mädchen. Und eine ganze Menge Haare. Meine Mutter meinte sogar, sie wären brünett. Wenn ich meinen Sonntagsanzug mit Krawatte trug, hatte sie so ein Lächeln im Gesicht. Allerdings nur solange ich nicht versuchte, irgendwie smart oder lässig zu sein. Alles in allem: Ich war ein netter, steifer, verhuschter Junge. Am Ende meiner Schulzeit erwartete niemand etwas anderes von mir, als dass ich mich ins gemachte Nest setzen und Landmaschinen verleihen würde.

Doch dann hatte ich einmal Glück. In der letzten Klasse gewann ich einen Preis bei einem Aufsatzwettbewerb. Das Thema hatte gelautet: »Warum sind die Vereinigten Staaten der beste Ort zum Leben auf der ganzen Welt?« Habe ich erwähnt, dass ich auch kein begnadeter Aufsatzschreiber war? Normalerweise war schon der erste Satz eine Qual. Aber in diesen Aufsatz packte ich den Rest meiner Hoffnung, ich könnte es zu etwas anderem bringen als zum guten Gewissen unserer amischen Nachbarn. Ich erinnere mich an jeden Satz. Es war ein Glaubensbekenntnis, das verzweifelte Glaubensbekenntnis eines Unbegabten, der hofft, in Gottes eigenem Land genau die Chance zu bekommen, die nirgendwo sonst auf ihn wartet.

Der Aufsatzpreis machte mich nun nicht gerade zum Star. Zu Hause war kaum die Rede davon. Allerdings bekamen wir eine Einladung vom Direktor meiner High School. Also fuhren wir mit der kleinen Kutsche zur Schule, wo sich allerdings herausstellte, dass der Direktor meinen Vater alleine sprechen wollte. Ich verbrachte eine unruhige halbe Stunde auf dem Gang vor seinem Büro. Endlich trat mein Vater heraus. Sein Kopf war so rot wie früher, als er noch selbst unter den Landmaschinen gelegen hatte. Er nahm mich beim Arm und führte mich hinaus auf die Straße, wortlos. Wer meinen Vater kannte, grüßte ihn. Wir gingen in einen Drugstore setzten uns an den Tresen.

»Mein lieber Junge.« So fing er an.

Moment! Ich muss vorher unbedingt erwähnen, dass wir in der Familie dieses Pennsylvania Deutsch sprechen. Und damals war es trotz meiner amerikanischen Schulzeit noch immer die Sprache, in der ich dachte und träumte.

»Du weißt«, sagte mein Vater weiter, »was ich dir geben kann.«

Ich sehe ihn noch vor mir. Er machte eine große Handbewegung, so als stünden alle seine Maschinen und Arbeiter in dem kleinen Laden. »Aber dein Direktor«, so fuhr er fort, »der hat gemeint, es ist nicht das, was dich glücklich macht.« Er rieb sich die Stirn. Das Wort glücklich benutzte er nicht oft, trotz all seiner Erfolge. Er tat sich damit schwer.

»Junge«, sagte er, »als wir noch die Smeets waren, da haben wir verdammt noch mal gewusst, wie es ist, wenn man kein Glück hat. Und wir sind nicht in dieses Land gekommen, damit unsere Kinder wieder keins haben. Daher habe ich etwas beschlossen, damit du glücklich wirst.«

Brady, glauben Sie mir, ich spüre heute noch, wie es mich damals beinahe zerriss. Plötzlich war da die Hoffnung, ich könnte den Landmaschinen womöglich im letzten Moment entkommen. Und zugleich packte mich die Furcht. Vielleicht hörte ich in den nächsten Sekunden aus dem Mund meines Vaters einen Plan für mein Leben, der mich noch viel unglücklicher machen würde als die Häcksler und Drescher und Mäher.

Mein Vater stand auf, das heißt, er rutschte von seinem Hocker. Ich tat es ihm nach. Er war damals um die vierzig, ein durch und durch erwachsener Mann; ruhig, besonnen, entschieden. Man widersprach ihm nicht, wenn man keine guten Argumente hatte. Ich hatte nie welche gehabt, und ich wusste, ich würde auch jetzt keine haben. Er legte mir seine Hände auf die Schultern. Wahrscheinlich sah das ein bisschen lächerlich aus, ich war fast einen Kopf größer als er. Und dann sagte er: »Dein Direktor meint, du kannst schreiben. Also wirst du Journalist.«

Ich war vollkommen perplex. Journalisten haben nirgendwo den allerbesten Ruf, und unser schönes Pennsylvania machte da keine Ausnahme. Journalisten galten auch bei uns als Leute, die ihren Beruf verfehlt haben. Ich weiß, wovon ich rede. Die Amischen taten sich sogar schwer damit, außer der Bibel überhaupt etwas Geschriebenes zu akzeptieren. Allerdings war mein Vater von Berufs wegen auf die Zeitungen angewiesen; er hatte gute Kontakte und legte nicht alles Gedruckte auf die Goldwaage.

»Ich habe mit Walthers von den Patriot-News gesprochen«, sagte er. »Da fängst du an, quasi als Lehrling. Später kannst du an die Ostküste gehen, von mir aus auch in den Westen. Ich gebe dir Zeit, bis du dreiundzwanzig wirst. Oder sagen wir: fünfundzwanzig. Dann bist du entweder glücklich und ein Meister in deinem Fach, oder du kommst zurück und übernimmst die Firma.« Er sah mich an. Ich glaube, er las meine Gedanken. Dann sagte er: »Ansonsten verkaufe ich alles und spende den Erlös der Kirche. Verstanden?«

Und ob ich verstanden hatte. Journalist! Zugegeben, so hatte ich mir meine große Chance nicht unbedingt vorgestellt. Besser gesagt: An Journalist hatte ich nie gedacht. Doch mir war vollkommen klar, dass es keine zweite Wahl geben würde. Also wurde ich kurz darauf Volontär bei den Harrisburger Patriot-News. Und dort lernte ich, wie man so sagt, den Beruf von der Pike auf.

Aber ich lernte ihn nicht lieben. Unter den vielen Talenten, die mir fehlten, war auch das fürs Schreiben. Ich habe wirklich hart und ausdauernd an meinen Texten gearbeitet, egal, um was es ging; doch am Ende waren sie alle irgendwie saft- und kraftlos. Was ich auch versuchte, es lief auf nichts als die schiere Mitteilung hinaus. Keine Dramatik, keine Spannung, keine Farbe. Aus purer Not schrieb ich Redewendungen ab, die ich für gelungen hielt. Doch in meinen eigenen Artikeln klangen sie entweder schal oder gestelzt. Lauter billige Phrasen. Am Ende strich ich sie wieder weg, und es blieb bei meinen langweiligen Aufzählungen. Ich konnte einfach nur schreiben, was Sache war.

Allerdings machte ich keine Fehler! Um mich nicht noch weiter in die Schusslinie zu bringen, wurde ich ein Meister der Sorgfalt. Meine Artikel waren staubtrocken, dafür stimmte jedes Detail, jede Zahl, jeder Name. Ich überprüfte alles doppelt und dreifach. Das fiel allmählich auf. Mit der Zeit wurde ich ein sogenannter brauchbarer Mitarbeiter, was natürlich nur hieß: Man gab mir alle langweiligen und aufwändigen Routinearbeiten.

Ich weiß, die meisten Leute halten den Beruf des Journalisten für aufregend, nicht nur im Krieg, oder wenigstens für abwechslungsreich. Doch mir ging es in der Redaktion der Zeitung so, wie es anderen Jungs meines Schlages in Fabriken und Büros erging. Ich für mein Teil versuchte angestrengt, aber lustlos, Talent durch Fleiß zu ersetzen. Und die anderen nutzten mich aus, weil sie wussten, ich konnte mich nicht wehren.

Nach zwei Jahren bekam ich von Mr. Walthers ein schmeichelhaftes Zeugnis, mit dem ich mich anderswo bewerben konnte. Ich verließ Harrisburg, ging nach Philadelphia und zu einer etwas größeren Zeitung. Dort wurde ich mit ähnlichen Routinearbeiten betraut, und ich erledigte sie wie gehabt, nämlich mit Akribie und Lustlosigkeit. Im Grunde hielt mich nur die Angst bei der Sache. Im Falle des Versagens müsste ich ja zurück zu den Landmaschinen.

Angst ist nichts Gutes. Immerhin machte sie mir Beine, daher blieb ich wachsam und vorsichtig. Ohne dass es jemand erwähnte, wurde ich befördert, und zwar vom brauchbaren zum sehr brauchbaren Mitarbeiter. Ich übernahm praktisch alle Aufgaben, um die sich meine Kollegen gerne drückten. An den Wochenenden, wenn keiner Dienst machen wollte, schrieb ich ganze Seiten voll, anfangs unter mehreren Pseudonymen, später ohne Namenskürzel. Es wäre auch albern gewesen, hätte ich versucht zu vertuschen, dass all diese blassen und braven Artikel aus derselben Feder stammten.

Ja, und das alles hätte genau so weitergehen können, auf ewig und drei Tage. Doch ein paar Jahre später, ich war einundzwanzig, wurde ich tatsächlich abgeworben. Und zwar nach New York! Nun denken Sie nicht, mein Ruf als sehr brauchbarer Mitarbeiter wäre bis in die Metropole gedrungen. Kein Gedanke. Die Sache ergab sich einfach. Ich hatte in Philadelphia einen umtriebigen Kollegen, Douglas Carmichael. Der hatte mit Hilfe von Geldgebern aus New York eine Art Nachrichtendienst aufgemacht, und dazu brauchte er unter anderem jemanden wie mich. Ohne genau zu wissen, worauf ich mich einließ, sagte ich zu, und das nur aus dem einen Grund: New York, das musste für meinen Vater nach Karriere klingen. Und wenn es meine langweilige Schreiberei nicht schaffte, dann würde vielleicht New York mich vor den Landmaschinen und den Amischen retten.

Das tat es dann auch, einstweilen. Aber glauben Sie mir, Brady, mein Leben in der Metropole war so glanzlos und eintönig wie das in der Provinz. Das fing bei meiner Arbeit an. Sie bestand nämlich darin, möglichst viele Zeitungen auf Meldungen durchzusehen, die für Börsenleute von Bedeutung waren, hinter deren Geldgeschäften irgendwo am Horizont Rinder, Schweine, Mais und Weizen standen. Diese Meldungen schnitt ich aus, bearbeitete sie und gab sie zum Druck. Das Ganze hieß dann Farming Observer und erschien wöchentlich. Es sollte das Leib- und Magenblatt der Spekulanten werden und funktionieren wie gewisse Magazine, die so tun, als berichteten sie über Sport, dabei aber nur von Leuten gelesen werden, die auf Pferde wetten.

Allerdings musste man schon ein Idiot sein, um nicht zu verstehen, worum es eigentlich ging. Viel interessanter als die gedruckte Zeitung waren nämlich die Informationen, die Carmichael nicht ins Blatt nahm, sondern per Telefon oder persönlich weitergab. Wenn montags der Farming Observer erschien, konnte ich sehen, welche meiner Meldungen unter den Tisch gefallen waren: der Ausbruch einer Schweinepest, eine vertrocknete Ernte, eine Überschwemmung, eben alles, was Leute interessiert, die aufs schnelle Geld aus sind und die es schaffen, mit ein paar Zehntelprozent Preisschwankung ein Vermögen zu machen. Schon nach kurzer Zeit trug Carmichael eine goldene Uhr und eine riesige Perle an der

Krawatte. Manchmal erzählte er mir von Partys, auf denen es ziemlich wild zugehen musste.

Mir blieb das natürlich alles verschlossen, die halbseidene Gesellschaft genauso wie das große Geld. Ich arbeitete nur an der anständigen und langweiligen Fassade. Von früh bis spät, oft bis sehr spät, saß ich in der Redaktion; und dort tat ich, was ich am besten konnte: Ich entwickelte Routine. Ich konnte drei Zeitungen gleichzeitig überfliegen. Während ich einen Artikel ausschnitt und aufklebte, las ich schon den nächsten und kürzte ihn im Kopf. Ob ich von Natur aus ein gutes Gedächtnis habe oder ob das die Übung machte, das weiß ich nicht; jedenfalls erkannte ich sofort wieder, was ich schon gelesen hatte. Dabei sparte ich sehr viel Zeit. Abends taten mir dann die Augen weh, und irgendwo an meinem Anzug gab es einen neuen Fleck. Manchmal Kaffee, meistens Leim.

Immerhin konnte ich mir bei meiner Arbeit so etwas wie passive Sprachkenntnisse aneignen. Wir bezogen nämlich neben englischen und deutschen auch französische und spanische Zeitungen, und mit Hilfe von ein paar Wörterbüchern bekam ich allmählich zuverlässig heraus, wenn irgendwo etwas stand, das uns anging. Das war nicht so schwer. Schließlich ging es ja nur um Daten und Fakten.

Einmal sah es kurz so aus, als sollte ich mich wieder verändern. Carmichael war nämlich auf die Idee gekommen, seine wichtigsten Meldungen per Telegramm weiterzugeben. Dazu wollte er eine eigene Funkstation einrichten oder sich stundenweise irgendwo einmieten. Das alles vermutlich aus Gründen der Geheimhaltung, so ganz genau habe ich das nie verstanden. Jedenfalls ließ er mich das Morsealphabet lernen und mit einem Funker trainieren. Es wurde allerdings nichts aus dem Plan, und ich glaube, ich habe das damals bedauert.

Ja, und dann war da noch mein Privatleben, wenn man es so nennen darf. Carmichael hatte mir ein winziges Apartment in der Upper East Side besorgt. Ein Zimmer, das einzige Fenster sah auf eine Brandmauer. An meinen freien Tagen versuchte ich, mich in New York ein bisschen heimisch zu machen. Ich kaufte mir einen Plan und lief Block für Block und Viertel für Viertel ab. Ich besuchte Museen, Theater, Revuen und sogar die ersten Kinos. Ich gab mir wirklich Mühe, ein New Yorker zu werden. Aber wenn ich abends wieder in meinem Zimmer saß, an dem kleinen Tisch neben dem Fenster, wurde mir jedes Mal schlecht vor lauter Unglück. Ich war in New York, am vielleicht großartigsten Ort auf dem ganzen Planeten, und ich hatte einen Job. Zugleich wusste ich, dass ich nichts Besonderes zuwege brachte. Und was das Schlimmste war: Ich ahnte, dass ich nicht imstande wäre, die Mittelmäßigkeit auf ewig zu ertragen.

Damals waren es noch drei Jahre bis zu meinem fünfundzwanzigsten Geburtstag und dem angekündigten Glücksexamen. Also war eigentlich noch nichts verloren. Meiner Familie hatte ich schon Philadelphia als Karriere verkaufen können. Jetzt schien das Zauberwort New York zu funktionieren. Mein Vater hielt ein Abonnement des Farming Observer, und darin erschienen gelegentlich sogar kleine Kommentare, die mit meinem richtigen Namen gezeichnet waren: Z. K. Smith.

Trotzdem hatte ich Angst, das würde nicht reichen. Mein Vater war der Sohn, Enkel und Urenkel armer Leute; von daher besaß er ein untrügliches Gefühl für oben und unten, stark und schwach, Erfolg und Misserfolg. Niemals würde ich in drei Jahren noch in der Lage sein, meine Schnipselei als die Arbeit einer Koryphäe auszugeben. Was tat ich also? Ich versuchte mich zu beruhigen. Drei Jahre, sagte ich mir, das ist eine lange Zeit, da kann viel passieren.

Doch die Zeit verging, und es passierte nichts. Ich war eine Ameise im großen Ameisenhaufen New York. Ich funktionierte da, wo ich funktionieren sollte, und ich kannte die Wege, die ich zu gehen hatte. An meinen freien Tagen konnte ich Dinge tun, die aussahen, als würden sie mich amüsieren oder irgendwie weiterbringen. Ich lernte sogar ein Mädchen kennen, sie hieß Peggy und arbeitete in einem Warenhaus. Bei unseren ersten Verabredungen schaffte ich es irgendwie, meine Arbeit so intensiv als etwas Großes und Wichtiges zu beschreiben, dass ich mir beinahe selbst geglaubt hätte. Damals hatte ich den Verdacht, Peggy würde sich von der Verbindung mit mir irgendeinen Aufstieg versprechen. Heute denke ich, dass sie mich einfach nur mochte. Wir trennten uns, als mein zweites New Yorker Jahr zu Ende ging. Das heißt, ich machte Schluss. Nicht, weil ich sie nicht mehr sehen wollte. Ich hatte bloß Angst, sie würde im entscheidenden Moment irgendwie stören. Denn mich konnte ja nur noch ein Wunder retten; und auf Wunder wartet man am besten allein.

Als das Wunder dann passierte, habe ich es nicht gleich bemerkt. Mein halbes Leben lang hatte ich nach meinen Talenten gesucht und keine gefunden. Jetzt hatte ich die Suche längst aufgegeben; stattdessen wartete ich wie das Aschenputtel auf seinen Prinz. Doch plötzlich, ich war dreiundzwanzig Jahre alt, tauchte aus den Tiefen meiner Talentlosigkeit eine winzigkleine Begabung auf.

Stellen Sie sich vor, Brady: Ich konnte reimen.

Nein, keine Sorge, ich habe nicht den Dichter in mir entdeckt. Gott bewahre! Ich hatte mir nie viel aus Literatur gemacht und aus Gedichten schon gar nichts. Nach der Schulzeit hatte ich kaum noch ein Buch aufgeschlagen. Außerdem taten mir abends die Augen weh. Gut, ich konnte Routinetexte für die Zeitung verfassen, doch niemals wäre ich imstande gewesen, mir selbst etwas auszudenken. Und erst recht nichts Poetisches, bei meinem langweiligen, trockenen Stil. Außerdem hätte ich eine Heidenangst gehabt, mich damit zu blamieren.

Ich glaube, für erfundene Sachen hatte ich so wenig Talent, dass es fast schon krankhaft war. Im Ernst! Peggy las damals diese Fortsetzungsromane in den Tageszeitungen. Und sie erzählte mir davon, ganz begeistert. Doch wenn sie dann spekulierte, wie es weitergehen könnte, verlor ich sofort den Faden und manchmal leider auch die Geduld. Ich konnte nichts dagegen tun. Diese ausgedachten Figuren, die es nur auf Papier gab, die konnte ich einfach nicht vor mir sehen. Was sie taten oder ließen erschien mir weder plausibel noch unwahrscheinlich. Und vor allem: Es interessierte mich nicht.

Nein, ich bin kein Dichter. Ich fand damals nur heraus, dass ich ein Talent zum Reimen hatte. Es passierte an einem Samstagnachmittag, im September 1912. Ich war in einer Revue gewesen, zusammen mit einer Bekannten. Sie hieß Susan und war wirklich nur eine Bekannte, vielleicht weil sie mich und meinen Beruf ganz richtig eingeschätzt hatte. Es war eins dieser mittelmäßigen Vaudevilles. Da gab es ganz gute Akrobaten und Sänger und dazu gewisse, nun sagen wir mal: Zurschaustellungen. Ziemlich harmlos für heutige Verhältnisse, damals für junge Männer wie mich eine Attraktion. Besonders, wenn man in weiblicher Begleitung hinging und zusah, wie die Frauen auf der Bühne taten, was die Freundin niemals tun würde. Es war so eine Art stellvertretender Freizügigkeit. Bei anderen diente sie vielleicht als Auftakt für den Abend und die Nacht, in meinem Fall tat sie das leider nicht.

Nach der Vorstellung blieben wir im Foyer. Draußen regnete es in Strömen, daher stauten sich die Leute vor dem Ausgang; nicht einmal die mit Schirmen trauten sich auf die Straße. Wir standen dicht an dicht. Susan sang leise eins der Lieder aus dem Programm, das gerade ein Schlager war. Ich mochte es auch, aber mir war daran etwas aufgefallen, das mir wie ein Fehler vorkam.

Eine Strophe lautete so: »Flieg mit mir zu den Sternen. Mach mit mir die große Tour. Zeig mir den Frühling auf der Venus. Und dann fliegen wir retour.« Das war nicht gut. Also sagte ich mitten im Gedränge, dass ich den Reim von Tour auf retour ziemlich schwach fände. Eigentlich sei das überhaupt kein Reim.

Nun wusste ich natürlich, dass sich niemand für die Feinheiten eines Schlagertextes interessiert. Und glauben Sie mir, ich war kein bisschen beleidigt, als Susan einfach weitersang und mich bloß einmal kurz ansah, mit hochgezogenen Augenbrauen.

Neben mir stand ein Mann, etwas älter als ich, viel kleiner und mit einer Glatze. Er putzte seine Brille, so ein Teil mit dickem Hornrand. »Hey, Kumpel, bist ja einer, der sich auskennt«, sagte er, in einem New Yorker Tonfall, der mir allerdings nicht ganz echt klang. Dabei blinzelte er mich an, so wie Leute, die wollen, dass man denkt, ohne Brille sind sie blind.

»Weißt du denn auch, wie's besser heißen soll?«

Susan hörte auf zu singen. Das Letzte, was ich wollte, war Streit mit einem Unbekannten. Ich sagte also schnell: »Nein nein! Es ist ein tolles Lied.« Und dazu machte ich alle Gesten, die ich gelernt hatte, um eingeborene New Yorker zu besänftigen. »Aber ich denke mal, man kann auch gute Sachen immer noch ein bisschen besser machen.« Wohlgemerkt, das sagte ich, Zacharias Katzwinkel Smith, ein Mensch, der in seinem Leben noch nichts besser gemacht hatte als irgendjemand sonst.

»Dann mal los!«, sagte der Mann. »Lass hören, Mr. Shakespeare!«

»Okay«, sagte ich. »Ich würde es so machen: Flieg mit mir zu den Sternen. Mach mit mir die große Tour. Dann zeig mir, wie der Flieder blüht im Mai auf dem Merkur.« Ich hob beide Hände, um deutlich zu signalisieren, dass ich keinen Streit wollte. »Ich weiß«, sagte ich, »das passt vielleicht nicht genau auf die Musik. Doch das kriegt man hin.«

Der kleine Mann zog die Stirn kraus, was komisch aussah. Dann spitzte er die Lippen und schloss die Augen hinter seiner dicken Brille. Dazu wippte er mit dem Kopf. Schließlich begann er laut zu singen. Er hatte eine weiche und trotzdem kräftige Stimme; irgendwie verbindlich. Oder professionell. Er sang wie einer, der will, dass man ihm zuhört. Prompt taten das die Leute um uns herum. Er sang die Strophe mit meinem Text, den er ein bisschen verändert hatte, damit er zu den Noten passte. Als er fertig war, klatschten die Leute.

Der Mann schlug mir gegen den Arm. »Du hast es drauf, Junge!«, sagte er. Ob er denn den Namen dieses Genies erfahren dürfe?

Weil ich froh war, dass die Sache so glimpflich abgelaufen war, nannte ich ihm meinen ganzen Namen. Er grinste mich an. »Ejn scheener Name«, sagte er, auf Deutsch und mit einem übertrieben jüdischen Tonfall. Er zog einen Block aus der Tasche, ließ mich meinen zweiten Vornamen buchstabieren und notierte meine Adresse. Da setzte draußen der Regen aus, der Himmel war plötzlich sehr hell, und alles stürmte auf die Straße, auch der kleine Mann. Ich sah ihn noch einmal zurückwinken.

Sie kennen ihn übrigens, Brady. Auch wenn Ihnen der Name vielleicht nichts sagt. Das war Jeremy Kessel. Na, klingelt da was? Der Komponist. Er hat »Mississippi Queen« geschrieben, das Musical. Das kennt doch jeder. Wenigstens das Lied des Flussschiffers.

Sehr schön, Brady! Applaus. Können wir weitermachen?

Im Gegensatz zu mir war Kessel ein echter New Yorker. Doch wir hatten etwas gemeinsam. Ich habe das später erfahren. Sein Leben hatte nämlich genau wie meines damit begonnen, dass er vor dem Geschäft seines Vaters geflohen war. Der alte Kessel verkaufte in Brooklyn Holz und Kohlen. Allerdings hatte sein Sohn es auf seiner Flucht erheblich weiter gebracht als ich. Was kein Wunder war, denn erstens hatte er Talent und zweitens einen Plan, einen verdammt großen: Er wollte den Broadway erobern. Im Sommer 1912 war er schon ziemlich nah an seinem Ziel. Bislang hatte er Lieder für Revuen und Operetten geschrieben; jetzt stand er kurz davor, für größere Projekte engagiert zu werden. Nach ein paar Tagen bekam ich einen Brief von ihm. Nur ein paar Zeilen. Ohne jede Vorrede bestellte er mich in ein Lokal auf der 5th Avenue. Übrigens nicht weit von der Stelle, an der er vor ein paar Jahren tot umgefallen ist.

Er saß an einem großen Tisch mit lauter Männern in unserem Alter. Er stellte sie mir vor. Es waren Komponisten und Textdichter, lauter lustige, quicke und irgendwie sorglose Kerle, dabei ehrgeizig bis in die Haarspitzen. Sie waren nicht alle gebürtige New Yorker, aber im Gegensatz zu mir, der ich mich in diesem Moloch bloß irgendwie eingerichtet hatte, spielten sie auf der Stadt wie auf ihren Instrumenten. Sie waren nicht gerade, was mein Vater fleißig genannt hätte. Dafür ging etwas Großartiges von ihnen aus, so ein verwegener, ansteckender Optimismus. Oder sogar Mut. Ich fragte mich, was ausgerechnet ich unter solchen Leuten zu suchen hatte. Und das sollte ich erfahren.

Kessel glaubte nämlich damals, man dürfe nicht mehr allein auf seine eigenen Fähigkeiten setzen. Dafür sei im 20. Jahrhundert die Konkurrenz zu groß. Talent? Pah! Talent habe heute doch jeder Bauernsohn aus Kentucky. Da hätte ich ihm widersprechen können, aber ich hielt meinen Mund.

Jedenfalls wollte Kessel seine Kompositionen ab sofort schon vor ihrer Veröffentlichung testen und wenn möglich verbessern. Wer den Geschmack der Leute treffen wolle, sagte er, dürfe nicht im Dunkeln schießen. Dasselbe galt für die Texte. Einen guten Liedtext, sagte er, könne man nicht einsam am Reißbrett entwerfen. Ob eine Zeile sich einprägt oder verfliegt, hängt davon ab, welcher Geist gerade herrscht, auf der Straße und in den Büros. Daher könne man mehr tun als bloß auf die üblichen Wunder der Inspiration zu warten.

Ich nickte zu alldem bloß, natürlich mit dem schlechtesten Gewissen. Was wusste denn ich von Inspiration und dem Geist der Straße?

Kessel rief einen jungen Mann zu sich; es war der Texter des Ohrwurms, an dem ich herumgedoktert hatte. Der Mann hieß Cal, und er sagte, wenn ihm die Idee gekommen wäre, hätte er sie mit Kusshand genommen. Ich dachte eine Sekunde lang, er wollte mich schlagen, doch er knuffte mich nur und zeigte mit dem Daumen nach oben.

Genau darauf wollte Kessel hinaus. Liedtexte, sagte er, sind keine Gedichte. Aufs Genie solle sich keiner berufen; man müsse vielmehr Teams bilden und die Dinge kontinuierlich verbessern. Er erklärte mir, wie er sich das vorstellte. Ab sofort sollte ich mir die Texte seiner neuen Kompositionen ansehen. Wenn ich der Ansicht sei, es gebe daran etwas zu verbessern, solle ich ihm das sagen. Ich sei der Erste, dem er eine solche, nun ja, Position anbiete. Und vorerst sei es bloß ein Versuch. Also kein Grund für mich, dem Größenwahn zu verfallen.

Die Gefahr bestand nun wirklich nicht. Allerdings stellte sich in den nächsten Wochen heraus, dass meine Anmerkungen und Korrekturen tatsächlich das Beste waren, was Kessel für seine Texte bekommen konnte.

Schauen Sie nicht so, Brady! Der Mann hatte mich richtig erkannt. Menschen können verborgene Talente haben, und meines war es nun mal, Songtexte zu verbessern.

Und muss ich jetzt sagen, dass das die erste Arbeit in meinem Leben war, die mir wirklich Freude machte? Was heißt Freude! Ich konnte meinen Dienstschluss beim Farming Observer kaum noch abwarten, um nach Hause und zu meinen Manuskripten zu kommen. Bis tief in die Nacht saß ich darüber. Und immer fiel mir etwas ein. Es war, als wäre ich auf einen Schatz gestoßen, der bloß unter meinem Bett gelegen hatte.

Damit jetzt kein Irrtum aufkommt: Ich wäre nach wie vor völlig außerstande gewesen, mir so einen Text selbst einfallen zu lassen. Nicht eine Zeile hätte ich zustande gebracht. Ich hätte ja nicht einmal gewusst, worüber ich schreiben sollte. Aber ein fertiges Lied brauchte ich nur ein Mal zu lesen, schon wusste ich, wo es schwach war und was ihm fehlte.

Mir ist das bis heute ein Rätsel. Habe ich schon gesagt, dass ich mir aus Literatur nicht so viel mache? Gut. Ich hatte auch keine besondere Beziehung zur Musik. Mit Klassik kann man mich bis heute jagen; und die Schlager, na ja, die liefen in meinem Leben immer bloß irgendwo im Hintergrund. Trotzdem habe ich sie damals auf Anhieb verstanden. Mit ein paar Korrekturen, besonders mit einem irgendwie überraschenden Reim, konnte ich aus mittelmäßigen Texten etwas Besonderes machen. Manchmal wurden es richtige kleine Perlen. Das waren jedenfalls Kessels Worte.

Er war sehr zufrieden mit mir. Bei den Texten, die ich verbessert hatte, wurde ich offiziell als Co-Autor eingetragen. Man kann heute noch Noten kaufen, auf denen steht: Musik John Johnson, Text Roger Rogers und, etwas kleiner gedruckt, Zachary Katz. Ich bekam auch einen Anteil an den Tantiemen; allerdings waren der Anteil so klein und die Tantiemen so gering, dass ich erst mal keinen Cent sah.

Doch das machte mir nichts aus. Ich war dermaßen stolz. Und glücklich. Manchmal ging ich abends gar nicht erst nach Hause, sondern gleich zum Broadway. Meinem neuen Arbeitsplatz! Und da brauchte ich dann gar kein Papier mehr. Jemand spielte Klavier, die Sängerin stand in ihrem Straßenkleid auf der Bühne, und ich diktierte den beiden meine Korrekturen gleich in die Noten.

Ich hatte das Gefühl, ein anderer Mensch zu sein. Stellen Sie sich vor, Corporal, die Welt der Theater, der Music Halls und Vaudevilles! Und mittendrin ich, Zachary Smith aus Pennsylvania, Sohn eines Landmaschinenverleihers und Enkel eines armen Bauern aus Katzwinkel. Ab sofort saß ich nicht mehr auf der Seite der zahlenden Gäste, sondern bei denen, die sangen und spielten. Es gab die verrücktesten Einladungen, mehr als die Woche Tage hatte. Und für das bisschen, das ich trank, musste ich nirgendwo mehr bezahlen.

Allerdings, ich will ehrlich sein: Mir war bei der Sache nicht ganz wohl. Mein Gott, Brady, der Broadway! Das war doch eine Scheinwelt. Unsere Amischen hätten den Stab über mich gebrochen. Und auch ich war nie so ganz davon überzeugt, dass die Leute, die an dieser Scheinwelt bauten, anständige Arbeit leisteten. Die Sache kam mir vor wie ein großes Spiel, das irgendjemand zur Wirklichkeit erklärt hatte, weil sich damit Geld verdienen ließ. Manchmal, wenn ich nachts wach lag, kam es mir vor, als hätte ich mich auf einen großen Betrug eingelassen, der jeden Moment auffliegen konnte. Doch am nächsten Tag ging ich natürlich wieder hin und machte weiter mit.

Dann hatte Kessels erste Operette Premiere, sie hieß »Der blaue Petticoat«. Ich saß mit Susan auf den besseren Plätzen und fühlte mich überlebensgroß, wenn sie auf der Bühne Texte sangen, die ich verbessert hatte. Nach einer knappen Stunde war allerdings klar, dass da gerade kein Welterfolg geboren wurde. Der Beifall hielt sich in Grenzen. Nach dem Ende der Vorstellung holte Kessel Susan und mich hinter die Bühne, wo alle Beteiligten tapfer feierten.

Kessel war eher still. Ich nehme an, er wusste genau, wo er stand und was noch alles zu tun war. Und vielleicht wollte er seine Erkenntnis nicht zerreden. Immerhin lobte er meine Arbeit, und dann gab er mir einen Scheck, eine, wie er sagte, erste Rate meines Anteils. Es war nun wirklich kein sehr bedeutender Betrag. Gemessen an den Summen, mit denen am Broadway hantiert wurde, war es eigentlich ein Witz. Doch es war das erste Geld, das ich durch mein Talent verdient hatte. Ich war so glücklich, dass ich es Kessel sagte.

»Fejn«, sagte er, wieder in diesem übertrieben jüdischen Tonfall. »Nur der Name muss weg, der Smith kann so nicht blejben.« Er rief die anderen zusammen und beschrieb ihnen das Problem. Es gab ein großes Hallo, und alle gaben sich Mühe, mich möglichst spektakulär umzutaufen. Ich erinnere mich an die aberwitzigsten Vorschläge.

Kessel machte dem rasch ein Ende. »Du heißt jetzt einfach Katz«, sagte er. »Zach Katz. Und glaub mir, alter Junge, schaden wird es dir nicht.«

Hat der Mann recht behalten? Er hat. Zach Katz: Das ist ein Name, der sich einprägt. Wie ein Stempel auf weichem Papier. Hat mein Herausgeber geschrieben, zu meinem fünfzigsten Geburtstag. Aber seien wir ehrlich, der Name passt besser zu einem Kriegsberichterstatter als zu einem Textverbesserer am Broadway. Oder?

Was meinen Sie, Brady?

Nein, ist schon gut. Ich weiß, ihr Jungs an der Front lest keine Kriegsreportagen. Sie sind auch nicht für euch geschrieben.

»Der blaue Petticoat« wurde nach ein paar Vorstellungen abgesetzt. Kessel ging über diesen Rückschlag hinweg, als hätte es ihn nie gegeben. Sofort hatte er einen neuen Auftrag, und dazu holte er mich wieder ins Boot. Diesmal sollte er eine englische Operette, die in London gut gelaufen war, für das amerikanische Publikum umschreiben. Sie hieß »Der Fluch von Utah«. Kessel kam sie gerade recht. Er nahm sie als Vorwand, um seine eigenen Songs unterzubringen.

Mich zog er mit der Handlung auf. Die Geschichte müsse mir doch liegen, das müsse mich doch inspirieren. Im »Fluch von Utah« ging es nämlich um eine junge Amerikanerin, die nach Europa flieht, weil sie keine Lust hat, die jüngste Frau eines in Vielweiberei lebenden Mormonen zu werden. Gut, da war ein vager Bezug zu meiner eigenen Geschichte, doch mir gefiel die Arbeit auch so. Mir war einfach jeder Text recht, solange ich daran herumschrauben konnte.

Wir begannen im Januar 1913. Ich erinnere mich, wie kalt es war, als wir die ersten Male zusammensaßen. Im September war dann Premiere; und genau wie beim »Blauen Petticoat« stand schon nach einer Stunde fest, was aus der Sache werden sollte. Und diesmal – ein Knaller! Die Leute waren vollkommen begeistert, total aus dem Häuschen. Einer von Kessels neuen Songs, »Sie wird mir nicht glauben«, so ein Herz-Schmerz-Duett, musste sofort wiederholt werden. Zwei Mal. Stellen Sie sich das vor, sofort, mitten in der Szene! Die Leute bestanden darauf. Es gab unzählige Vorhänge und danach eine fantastische Premierenfeier. Grandios! Kaum was zu Essen, so gut wie nichts zu Trinken, dafür eine Begeisterung, als wären wir noch einmal unabhängig geworden oder hätten wieder Spanien geschlagen. Früh am Morgen zog die ganze Truppe den Broadway runter; es war wie eine Siegesparade.

Irgendwann in dieser Nacht überreichte mir Kessel wieder einen Scheck. Er hatte noch am Abend die Garantie für fünfzig Vorstellungen bekommen. Susan nahm mir das Papier aus der Hand und wurde ganz still. Ich bekam zwar noch immer bloß einen kleinen Anteil an den Tantiemen; jetzt war es allerdings ein kleiner Teil von sehr viel Geld.

Natürlich hatte ich damit nicht ausgesorgt. Doch der verdammte Scheck muss mich damals davon überzeugt haben, dass das, was ich hier machte, irgendwie Hand und Fuß hatte. Ich besaß ein Talent, mit dem ich in Zukunft meinen Lebensunterhalt verdienen könnte. Und es war möglich, zu tun, was mir Spaß machte, und dabei einigermaßen gut zu leben. So muss ich gedacht haben. Jedenfalls habe ich am nächsten Tag meine Stelle beim Farming Observer gekündigt.

Das war kein großer Akt. Ich bekam ein schmeichelhaftes und völlig nichtssagendes Zeugnis. Doch wenn Carmichael mich vergessen hatte, kaum dass ich aus der Tür war, lag das sicher nicht nur an meiner unauffälligen Person. Seit den Balkankriegen war der Weltmarkt in Bewegung gekommen. Der große Krieg in Europa konnte jetzt jederzeit ausbrechen, und dann würden für alle Schieber und Spekulanten goldene Zeiten beginnen. Ebenso für Carmichael und seinen Farming Observer. Selbst wenn er nur mit ein paar Prozent am Gewinn beteiligt wäre, könnte er steinreich werden. Was er, nebenbei gesagt, auch wurde. Jedenfalls kümmerte ihn damals der Abgang eines brauchbaren Mitarbeiters herzlich wenig.

Ich war also frei. Aber denken Sie nicht, ich hätte auch nur einen einzigen Tag auf der faulen Haut gelegen. »Der Fluch von Utah« war meine Eintrittskarte zur ganzen Branche. Kessel hatte nichts dagegen, daher bot ich meine Dienste auch anderen Komponisten an. Ich brauchte nur anzudeuten, dass der Text von »Sie wird mir nicht glauben« eigentlich auf meine Kappe ging, schon war ich im Geschäft.

Allerdings hatte ich mir gleich am Tag meiner Kündigung einen Wunschtraum erfüllt. Ich hatte eine Schiffspassage nach Kuba gebucht. Den Mai des nächsten Jahres wollte ich in Havanna verbringen, es sollte der erste Urlaub meines Lebens sein. Nun ist der Mai nicht gerade der beste Monat für die Karibik, da beginnt nämlich die Sturmsaison; dafür waren die Preise entsprechend niedrig. Spätestens Anfang Juni wollte ich zurück am Broadway sein.

Um Weihnachten herum wurde ich dann etwas unruhig. Zu den Feiertagen kam gerne mal ein Brief meines Vaters, in dem er sehr allgemein über die Zukunft redete. Jetzt hätte er eigentlich auf die Generalabrechnung meiner Karriere eingehen müssen; schließlich würde ich im nächsten Herbst fünfundzwanzig werden. Aber es kam kein Brief, nur das Paket mit den üblichen Geschenken und einer Glückwunschkarte. Ich war ziemlich erstaunt, und vor allem war ich erleichtert. Den Gedanken an das Abrechnungsgespräch wollte ich gerne verdrängen, solange das noch möglich war. Wer will schon dem eigenen Vater erklären, dass er so eine Art Künstler geworden ist? Ich jedenfalls nicht.

Weihnachten und Silvester verbrachte ich mit Peggy; ich hatte sie in einer Bar kennengelernt. Ich wusste damals nicht so recht, ob sie sich mehr für mich oder mehr für meine Kontakte zum Broadway interessierte. Eigentlich wollte ich es auch gar nicht wissen. Wir gingen auf ein paar Atelierfeste, mit denen ich bei meinen Kollegen vom Farming Observer ganz schön hätte angeben können. Danach sah ich Peggy nicht wieder, mir fehlte auch die Zeit. Ab Januar ging es um das Libretto einer deutschen Operette, die für den Broadway umgestrickt wurde. Das war, glaube ich, meine beste Arbeit. Ich schrieb dafür sogar ein eigenes Lied.

Keine Bange! Es bestand nur aus den besten Zeilen, die ich in andere Lieder hineinkorrigiert hatte. Ich verdiente nicht schlecht; und ich weiß noch, dass ich es bereute, ausgerechnet im Mai nicht in New York zu sein. Es gab ja praktisch jeden Tag einen neuen Auftrag. Doch verschieben wollte ich meinen Urlaub auf keinen Fall. Ich hatte mich zu sehr darauf gefreut.

2

Bastogne, Militärlazarett, 16.1.1945

Lieber Mr. Katz,
bitte entschuldigen Sie, dass ich in Ihr Diktat hineinschreibe. Ich wollte die Rolle nicht ausspannen, und ich denke auch, was ich zu sagen habe, das steht am besten genau hier, damit Sie es nicht übersehen, später, wenn Sie aus Ihrem Diktat ein Buch machen. Da habe ich Sie doch richtig verstanden? Dann können Sie mein Geschreibsel ja einfach weglassen. Das ist kein Problem, oder?

Was ich sagen wollte. Sie sind Reporter, also dürfen Sie die Dinge, über die Sie schreiben, eigentlich nicht verändern. Oder vielleicht doch? Ich kenne mich damit nicht aus, und ich will Ihnen wirklich nicht reinreden. Kein Gedanke!

Ich bitte Sie nur, meine Sorge zu verstehen. Wenn das nämlich wirklich ein Buch wird und es lesen wer weiß wie viele Leute, dann könnte ich Ärger bekommen. Es wird für uns Soldaten schon schwer genug sein, zu Hause wieder Boden unter die Füße zu kriegen. Da kann man zusätzliche Probleme nun wirklich nicht brauchen.

Es wäre also besser, denke ich, wenn Sie streichen würden, dass ich an dieser Kirche in Frankreich gehangen habe und dass meine Füße weggeschossen sind. Das stimmt ja gar nicht, das ist jemand anderem passiert. Gott sei Dank! Und wenn ich das noch sagen darf: Es wäre auch nicht logisch. Wie wäre ich denn ohne Füße von der Normandie bis hier nach Bastogne gekommen? Die hätten mich doch längst nach Hause geschickt.

Ich will Ihnen wirklich keine Vorschriften machen. Vielleicht sagen Sie einfach, wie es ist. Dass ich bei der San-Kompanie im Geschäftszimmer arbeite und hier in Bastogne die Krankenakten führe. Fertig. Sie müssen wirklich keinen Helden aus mir machen, Sir. Ich weiß, ich habe fast den ganzen Krieg hinter einem Schreibtisch verbracht. Bis jetzt hat keiner auf mich geschossen, und wahrscheinlich wird es auch keiner mehr tun. Aber das ist okay. Ich kann damit leben. Ich muss kein Held sein, und ich glaube, meine Leute zu Hause werden froh sein, wenn ich ohne viele Orden an der Brust, dafür in einem Stück und nicht in einem Blechsarg nach Hause komme.

Also, nichts für ungut. Und was die Sache mit diesem Geschäft angeht, diesem Geschäft für die Jungs, die einen Arm oder ein Bein verloren haben, ich denke, der Tipp ist gut. Ich werde meinem Schwager Burt schreiben, er soll sich mal umhören. Der Sache werde ich nachgehen, ganz bestimmt, versprochen.

Ja, das war's. Ich freue mich schon darauf, wenn Sie weitermachen mit dem Diktieren. Sie können wirklich spannend erzählen, Respekt. Ich kann kaum erwarten, wie es weitergeht. Und dass Sie das alles aus diesem kleinen Büchlein rausholen! Ich könnte davon kein Wort entziffern.

Nur eins noch, obwohl das eigentlich nicht hierhin gehört: Ich bin kein Arzt. Aber ich habe viele Männer gesehen, die was abgekriegt hatten. Ich kenne mich damit ein bisschen aus. Und was Ihren Zustand angeht, Sir, Sie sollten sich vielleicht etwas mehr schonen. Nicht, dass ich mir jetzt Sorgen machen würde. Unsere Ärzte haben noch ganz andere Sachen wieder hingekriegt. So schnell geht das nicht mit dem Sterben oder dem Verrücktwerden. Trotzdem, ein bisschen mehr Schonung würde Ihnen sicher guttun.

Das sagt Ihnen Ihr
Corporal James A. Brady
326th Airborne Medical Company

3

Bastogne, Militärlazarett, 17.1.1945

Was wissen Sie eigentlich über Kuba, Corporal Brady? Was jeder weiß, natürlich. Oder auch nicht, Sie sind ja noch so jung. Als die Maine vor Havanna in die Luft flog, Februar 1898, war ich ein kleiner Junge. Und mächtig für den Krieg. »Denkt an die Maine – zur Hölle mit Spanien!« Dabei wusste ich wahrscheinlich nicht einmal, wo Spanien lag. Die Seeschlacht vor Santiago habe ich mit Panzerkreuzern aus Holz nachgespielt. Alle waren ganz versessen auf den Krieg. Nur unsere Amischen wollten nicht mittun. Aber die Truppen mit Mehl und Kartoffeln beliefern, das durften sie schon. Brady, ich sage Ihnen, ich und die Amischen, das wäre keinen Monat gutgegangen.

Also Kuba. Eigentlich durfte man sich nicht wundern, wenn die Kubaner uns Amerikaner hassten. Wir hatten ihnen die Spanier vom Hals geschafft, doch nur, um aus Kuba ein Stück USA zu machen, mit allen Pflichten, nur ohne die Rechte. Wissen Sie, Brady, dass die Kubaner nicht einmal Minister ernennen durften, ohne Washington um Erlaubnis zu fragen? Im Grunde war das eine Schweinerei.

Das sage ich jetzt. Damals, 1914, war mir die Politik vollkommen egal. Ich wollte einfach nur Urlaub machen. Sonne, Sandstrand, Palmen, abends Musik auf der Straße, all diese Dinge. Ich war vierundzwanzig, und ich hatte in meinem ganzen Leben noch nichts getan, was mein Vater verboten hätte. Na, sagen wir: fast nichts. Jedenfalls wollte ich einmal über die Stränge schlagen. Vielleicht würde mir ja irgendetwas Überraschendes zustoßen, ein richtiges Abenteuer. Und wo wäre das wahrscheinlicher gewesen als in Kuba.

Mal da gewesen, Brady? Ist ein armes Land, damals wie heute. Daher muss es notgedrungen das bisschen, was es hat, zu Geld machen: Zucker, Bananen, Tabak und Sommer das ganze Jahr. Und diese Fröhlichkeit und Leichtigkeit, die jeden Smith aus Pennsylvania ahnen lässt, dass das Paradies nicht so aussieht, wie man es ihm in den Bibelstunden erklärt hat. Dabei beschützt Uncle Sam die Seinen auch in Havanna. Sie können dort wohl behütet ihren kleinen Ausschweifungen nachgehen.

Ich hatte ein Zimmer im Hotel Gran Caribe gebucht; und als die Formalitäten erledigt waren, fragte mich der Mann an der Rezeption, ob ich für den Abend eine Begleitung wünschte. Ich war ein bisschen überrascht und sagte Nein. Das war ihm auch recht. Der Mann hatte wahrscheinlich für jedes Laster Verständnis.

Das Zimmer war grandios. So hatte ich mir Kuba vorgestellt, genau so: prächtig, großzügig und irgendwie nachlässig und dekadent. Die Überfahrt war ganz ruhig verlaufen, ich war kein bisschen müde, eher gespannt, ohne genau zu wissen, worauf. Komisches Gefühl; es ist ja nicht leicht, sich selbst zu überraschen. Als wollte man sich mit Absicht verlaufen. Ich nahm ein Bad und war gleich wieder unterwegs. Übrigens war es heiß in Havanna, wenn man das überhaupt erwähnen muss.

Zwei Schritte auf der Plaza, und ich war von Einheimischen umringt. Was ich für Wünsche hätte? Das hieß, sie kannten meine Wünsche natürlich besser als ich. Ich ließ mich zu einem Schneider führen. Auf Kuba, hatte ich gehört, bekomme man innerhalb eines Tages einen wunderbaren weißen Leinenanzug auf den Leib geschneidert. Und in dem sei das karibische Leben überhaupt erst richtig zu genießen. So einen Anzug wollte ich haben. Hier, in Havanna, sollte sich Zacharias Smith auch äußerlich in Zach Katz verwandeln. Ich freute mich schon auf die Zeremonie des Anmessens und Anprobierens.

Es ging dann allerdings viel schneller, als mir lieb war. Für Männer mit meiner Statur, sagte der Schneider, habe er immer etwas auf Lager. Ich hätte ihm gern widersprochen, doch der Anzug passte einwandfrei. Ich behielt ihn gleich an. Musste ich mir also, während ich durch die Stadt schlenderte, den alten Smith ganz alleine Stück für Stück aus dem Leib schütteln. Ich begann damit, dass ich versuchte, den fliegenden Händlern gegenüber möglichst souverän zu tun. Das gelang mir nur so halb. Unter anderem ließ ich mich dazu überreden, ein kleines Notizbuch zu kaufen.

Ja, genau. Exakt dieses hier. Schauen Sie, Brady! Es ist in ganz weiches Leder gebunden. Und es steckt in seinem Futteral wie eine Hand im Handschuh.

Nichts Besonderes?

Das sagen Sie! Von wegen. Es hat Seiten, die so dünn sind wie Zigarettenpapier. Man kann sie kaum zählen, so viele sind es. Ich dachte damals, wenn man klein genug schreibt, dann hält es für ein ganzes Leben. Hat es ja auch, wenn man so will.

Abends saß ich dann am Hafen; es war angenehm dort, als es kühler wurde. Ein Mädchen wollte mir ein Eisenstück verkaufen, angeblich ein Teil vom Wrack der Maine, die sie vor zwei Jahren endlich geborgen hatten. Ein Amerikaner am Nebentisch warnte mich. Aus den Trümmern, die hier angeboten würden, könne man spielend die ganze amerikanische Flotte zusammensetzen. Die Verkäuferin war übrigens vierzehn, wenn nicht jünger, braun wie Schokolade, und sie hatte Augen, die aussahen, als würde dahinter ein Licht brennen.

Auf dem Weg zurück zum Hotel wurde mir klar, wie die Nächte in Havanna waren und wohin sie führen konnten. Niemand schien zu Bett zu gehen. Alle Türen standen offen, überall war Musik. Auf den Stufen vor den Lokalen saßen Menschen, Männer und Frauen, schweißnass und schwer atmend; wahrscheinlich sammelten sie Kraft für eine neue Runde. Ich ließ mich in einen Tanzsalon ziehen, später in ein Straßencafe. Bei einem anderen Mädchen kaufte ich eine Zigarre. Sie rauchte sie für mich an, ohne eine Miene zu verziehen. Was für ein Bild! Ich wusste nicht, wo ich hinsehen sollte. Die Zigarre rauchte sich dann wie von selbst, ihr Aroma floss nur so in mich hinein. Mein Gott, Brady, ich glaube, ich komme ins Schwärmen!

Als ich im Hotel nach meinem Schlüssel fragte, war es weit nach Mitternacht, zwei Uhr vielleicht, womöglich noch später. Der Nachtportier gab mir einen Umschlag. »Telegramm«, sagt er. »Bitte gleich lesen! Wichtig.«

Ich machte ein paar Schritte zur Seite, riss den Umschlag auf und las das Telegramm. Es kam von Kessel. Kein Wunder; er war der Einzige, dem ich meine Adresse auf Kuba hinterlassen hatte. Der Text war ziemlich kurz, aber er hatte es in sich. »Achtung!«, stand da. »Lebensgefahr! Jetzt keine Fragen! Komm nicht zurück! Ich melde mich.«

Ich hatte in den letzten Monaten viel Zeit mit Kessel verbracht. Er war ein Kerl mit einer scharfen Zunge, und vor seinen Scherzen musste ich mich manchmal in Acht nehmen.

Doch er war nicht der Typ, derart blöde Witze zu machen. Im Gegenteil, wenn er mir so etwas schrieb, musste es ernst sein.

Und worum, zum Teufel, ging es? Gut, irgendwie musste es mit meinem neuen Leben als Zach Katz zusammenhängen. Und Zach Katz wusste mittlerweile, dass es am Broadway ziemlich schräg zugehen konnte. Es war zum Beispiel häufig die Rede von Produzenten, deren Geld aus unsauberen Quellen stammte. Mit diesen Leuten hatte ich jedoch keinerlei Berührung gehabt. Ich hatte nur am Fließband Verse zurechtgebogen, und das immer mit der Zustimmung der Beteiligten. Wer sollte es also ausgerechnet auf mich abgesehen haben?

Ich ging ein paar Schritte. Offen gesagt, ich war kurz davor, einfach wegzulaufen. Vielleicht wartete in meinem Zimmer oben schon einer mit dem Messer auf mich. Der Portier stand wie eine Holzfigur hinter seinem Tresen. Ich ging zur Tür, als hätte ich draußen etwas vergessen. Auf der Plaza war immer noch Betrieb. Ein Paar blieb gerade stehen und küsste sich. Ich sehe das alles vor mir, als wäre es gestern passiert.

In diesem Moment wollte ich tatsächlich die Stadt verlassen, sofort. Aber wie? Und wohin? Im Hinterland von Havanna war ich bestimmt nicht sicherer als im Hotel Gran Caribe. Erst recht nicht mitten in der Nacht. Ich stieg also hoch zu meinem Zimmer, stellte fest, dass kein Mörder anwesend war, und schloss mich ein. Ich packte meine paar Sachen zusammen, dann wartete ich auf den Morgen.

Natürlich war an Schlafen nicht zu denken. Ich las das Telegramm, dreimal, viermal, zwanzigmal. Eine Warnung, eine Behauptung, zwei Befehle und eine Ankündigung. Was ergab das für eine Geschichte? Keine! Und es gab auch keine

Antwort auf die wichtigste Frage: War ich in Havanna sicher? Oder bestand auch hier Lebensgefahr? Und der größte Witz an der Sache: Ich durfte mich nicht erkundigen. Denn da stand eindeutig: »Jetzt keine Fragen!«

Gut, das hätte auch bedeuten können, dass ich nicht telegrafieren sollte, um mich nicht zu verraten. Dass ich also auf Kuba sicher war. Aber wie lange noch? Woher sollte ich wissen, was passiert war, seit Kessel das Telegramm aufgegeben hatte?

Schließlich sagte ich mir: Ruh dich aus! Morgen entscheidest du. Und dazu brauchst du alle Kräfte. Doch ich lag kaum, da fürchtete ich einzuschlafen. Bloß das nicht! Ich musste wach bleiben, es ging ja um mein Leben. Also kam ich wieder auf die Beine. Ich ging im Zimmer umher. Ich zog die Vorhänge zu, schob einen Sessel vor die Tür und setzte mich darauf. Jetzt würde ich hören, wenn jemand über den Flur zu meinem Zimmer schlich. Verstehen Sie, Brady: Zach Katz befand sich im Kriegszustand. Und ich glaube, er war sogar ein bisschen stolz darauf. Was ihn allerdings nicht daran hinderte, irgendwann einzuschlafen.

Als ich aufwachte, war es draußen hell. Es war nicht einmal mehr früh am Morgen. Ich bekam eine Panikattacke. Vielleicht hatte ich jetzt wertvolle Zeit verloren. Allerdings traute ich mich nicht aus dem Zimmer. Sehr peinlich, doch wer will schon seinem Mörder ins Messer laufen. Schließlich sprach ich auf dem Gang einen Pagen an. Er trug dann mein Gepäck; ich ließ ihn vorangehen, so hätte ich notfalls etwas Deckung gehabt. Sie sehen, Brady, ich war ein richtiger Held, genau wie Sie.

Na, nichts für ungut!

An der Rezeption verlangte ich die Rechnung. Dummerweise müsse ich wieder abreisen, geschäftliche Termine, nicht zu verschieben. Dabei versuchte ich krampfhaft, mich nicht dauernd umzusehen.

»Ja ja,« sagte der Mann an der Rezeption, »diese schlimmen Telegramme.« Eine ganz scheußliche Erfindung sei das. Meistens ruinierten sie einem bloß die Laune. Mit anderen Worten: Er hatte das Telegramm gelesen. Und vielleicht schon meinen Mörder instruiert.

Ich hatte erwartet, das Geld für die vollen vier Wochen bezahlen zu müssen, man stellte mir allerdings nur eine Nacht in Rechnung. So behielt ich immerhin meine Reisekasse.

Ob er mir eine Kutsche rufen dürfe?

Jetzt musste ich wieder schlau sein. Ich sagte: »Sehr gerne. Zu freundlich. Zum Bahnhof bitte.« Und dann ließ ich mich tatsächlich zum Bahnhof fahren. Ich ging hinein, verließ ihn sofort durch einen Nebeneingang und nahm mir eine andere Kutsche, in der ich zum Hafen fuhr.

Sagte ich schon, dass es heiß war? Ja. Sehr heiß, glauben Sie mir. Ich trug immer noch meinen neuen Anzug, jetzt natürlich zur Tarnung. Ich versuchte mich so entspannt und gelassen zu bewegen wie irgendein Tourist. Das wirkte tatsächlich beruhigend. Die Leute vom Theater hatten mir das erklärt. Wenn du traurig bist, lache einfach. Lache laut! Wer lacht, bekommt gute Laune. Also gehe entspannt, dann erkennt dich keiner als Opfer. Wer weiß, dachte ich, vielleicht rettet dir jetzt der weiße Anzug das Leben.

Inzwischen hatte ich einen Plan. Ich wollte nicht auf Kuba bleiben. Und wenn ich nicht nach New York zurückkehren konnte, dann eben in einen der südlichen Bundesstaaten. Von dort könnte ich mich bei Kessel melden, unter falschem Namen vielleicht. Ich musste nur eine schnelle Passage finden.

Am Hafen war es laut und hektisch. Sehr schwierig, sich zu orientieren. Ich fragte nach einem Schiff, dessen Fahrtrichtung stimmte und das möglichst bald abfuhr; ich wollte nicht warten müssen. Leider hatte ich kein Glück. Zwei größere Dampfer lagen an den Kais, die sollten demnächst ablegen, nach Europa und nach Südamerika, sie kamen also nicht in Frage. Ich erkundigte mich in den Schifffahrtsbüros, vergebens, entweder verstand ich nicht, was man mir sagte, oder es hieß: übermorgen, nächste Woche, in einem Monat. Zwischendurch saß ich in einem Café, ich wäre sonst in der Hitze zerlaufen. Neben mir mein Koffer. Wahrscheinlich sah ich weniger wie ein Tourist aus und mehr wie ein Auswanderer, trotz meines weißen Anzugs. Und natürlich hatte ich immer mindestens ein Auge auf die Leute um mich herum. Kam mir einer zu nahe, machte ich mich bereit zur Flucht.

Es wurde Nachmittag, und ich hatte noch nichts erreicht. Schließlich ging ich den Hafenkanal entlang Richtung Meer zur Festung San Salvador. Ich weiß nicht, was ich da wollte. Vielleicht mit eigenen Augen sehen, welche Schiffe abfuhren, und vor allem, welche noch einliefen. Und glauben Sie es oder nicht, Brady, es kam tatsächlich gerade ein Schiff. Nicht sehr groß und nicht sehr klein, ordentlich schwarz-weiß gestrichen, mit zwei knallgelben Schornsteinen. Die Flagge sagte mir auf Anhieb nichts: Schwarz-Weiß-Rot. Es schob sich langsam von Osten her in den Hafen.

Ich machte, dass ich zurück an den Kais war, bevor die Büros schlossen. Das schaffte ich auch, allerdings um den Preis, völlig verschwitzt zu sein. Ich fragte wieder herum, wurde ein paar Mal weiter verwiesen und stand endlich neben einem jungen Mann, der für das einlaufende Schiff zuständig sein sollte. Er war gut über eins neunzig groß, sehr blass, hatte rote Flecken im Gesicht und orangerote Haare. Er sprach mit einem Einheimischen, der sein Spanisch offenbar nicht verstand und schließlich wortlos wegging.

Ich redete den jungen Mann auf Englisch an. Er drehte sich zu mir und antwortete, sagen wir, etwas gereizt. Ich solle mich zum Teufel scheren. Dazu ein paar Bemerkungen über meinen Charakter. Was er nicht wusste, war, dass ich ihn ausgezeichnet verstand; er sprach nämlich Deutsch. Ich antwortete in der gleichen Sprache, ohne darauf einzugehen, was er gesagt hatte. Mich interessiere das Schiff, das gerade einlaufe. Ob er mir vielleicht weiterhelfen könne?

Die roten Flecken in seinem Gesicht wurden fast blau. Ach du je! Er entschuldigte sich. Schwierigkeiten mit dem Personal. Die Leute hier, na ja, wahrscheinlich eine Frage der Mentalität.

Ich riss mich zusammen und spielte, so gut ich konnte, den Mann aus besseren Kreisen. Fragen der Mentalität wolle ich momentan nicht diskutieren. Mir gehe es ausschließlich um das besagte Schiff.

»Da sind Sie bei mir richtig«, sagte er. »Das ist die Präsident. Reederei Hapag. Hamburg.« Und er sei der zuständige Mann in Havanna.

Wohin die Präsident denn fahre?

Er sagte: »Nirgendwohin.« Aber das würde er mir gern in seinem Büro erklären. Kein weiter Weg, nur ein paar Schritte.

Ein paar Minuten später saß ich in einem abgedunkelten Raum; es war ein ordentliches Kontor mit Schreibtisch und Schalter, Aktenordnern und Rollladenschränken. Ich dachte: Donnerwetter! Ein kleines Stück Deutschland mitten im Hafen von Havanna. An den Wänden hingen ein paar Bilder,

Schiffe im Nebel auf grauem Wasser, ein zugefrorener See mit Eisläufern und Schlittenfahrern. Dazwischen ein Mann mit Schnurrbart und stechendem Blick, vermutlich der Kaiser. Ansonsten war es hier drinnen genau so heiß wie draußen.

Der junge Mann bot mir Wasser an. Immerhin hatte er ein paar Eiswürfel, seine zerbiss er knackend. Er wiederholte seinen Satz: Die Präsident fahre nirgendwohin. Dann machte er eine Anspielung, die ich nicht verstand. Offenbar hielt er mich für einen Landsmann; da wollte ich ihm nicht widersprechen.

Nirgendwohin? Was er denn damit meine?

An der Wand hing eine Karte der Karibik. Der junge Mann beschrieb mir darauf die Route der Präsident. Ihr Heimathafen war Saint Thomas, eine kleine Insel viel weiter östlich in der Karibischen See, dänischer Besitz, damals jedenfalls. Hier stoppten die Überseedampfer der Hapag auf ihrem Weg von Europa nach Mittelamerika. Ihr zweiter Halt war Havanna. Aufgabe der Präsident war es nun, die Passagiere auf die Inseln zu verteilen und von dort neue einzusammeln. Wer also zum Beispiel nach Puerto Rico oder Haiti wollte, war nicht auf die hiesigen Schiffe angewiesen, sondern konnte das Ziel seiner Reise mit einem gewissen Komfort und unter dem Schutz der deutschen Flagge erreichen. Seit neun Jahren befuhr die Präsident dazu die immergleiche Strecke von Saint Thomas nach Kingston und wieder zurück.

Ich hatte genau zugehört. »Aber hier ist Havanna«, sagte ich, »nicht Kingston.«

»Exakt.« In Saint Thomas sei leider die Odenwald mit Maschinenproblemen liegengeblieben; daher befördere die Präsident jetzt außerplanmäßig einige Passagiere direkt nach Havanna. Von hier aus kehre sie zurück auf ihre alte Route.

»Eigentlich müssten wir das nicht tun«, sagte der junge Mann. Dieser Zubringerdienst sei eine schiere Gefälligkeit der Hapag. Mit den Passagieren allein mache man keinen Profit. Er sah mich an und grinste. Also musste ich jetzt nach dem kaufmännischen Trick hinter dieser Großzügigkeit fragen. Ich tat es.

»Frachtgut!« Und nach einer dramatischen Pause: »Unsere Präsident ist nämlich ein Tramp.« Er lachte herzlich über seinen Scherz. Das Schiff sei so gebaut, dass es auch die kleinen karibischen Häfen anlaufen könne. Dort lege es an und lade all die Güter, die man nicht mit Booten hinaus auf die Reede bringen könne. Erstens ein netter Verdienst, zweitens ein Ärgernis für die Konkurrenz. Unlängst habe man eine Lokomotive in Saint Thomas übernommen und nach Haiti befördert. Der junge Mann wurde ganz ernst. So etwas führe den Leuten vor Augen, wie deutsche Technik die ganze Welt erobere. Er sackte ein wenig zusammen. »Auch wenn das hier kein Schwein interessiert.«

Eigentlich hätte ich längst sagen müssen, dass ich kein Deutscher war. Doch ich brauchte Verbündete. Und während der Mann von der Hapag mir seine Präsident erklärte, änderte ich meinen Fluchtplan. Warum sollte ich das Risiko eingehen, zurück in die Staaten zu fahren, wenn ich mich mitten in der Karibik auf einem deutschen Schiff verstecken konnte? Unter lauter Leuten, deren Sprache ich verstand und die auf mich aufpassen mussten, weil ich sie bezahlte. Ich ließ den jungen Mann ausreden, dann erkundigte ich mich nach dem Preis einer kompletten Rundfahrt der Präsident. Also von hier nach Saint Thomas und zurück nach Kingston.

Er war ziemlich verblüfft. Die Präsident sei kein Kreuzfahrtschiff. Sauber, natürlich, guter Standard. Und nur Erste Klasse. Na ja, dem Namen nach. In Wahrheit sei das Schiff bloß mit dem Nötigsten ausgestattet.

»Das macht nichts«, sagte ich, und dann, aus einer Eingebung heraus: »Ich bin Reisejournalist. Ich will über die Karibik schreiben.« Dabei bemühte ich mich um ein möglichst sauberes Hochdeutsch; wahrscheinlich klang ich wie unser Pfarrer in Pennsylvania.

Der junge Mann zeigte zuerst auf mich, dann auf sich. Ich bekam einen Schreck. »In diesem Fall«, sagte er, »bin ich Ihr Mann.« Er zog Formulare hervor und ließ mich eins ausfüllen. Schließlich bat er um meine Papiere, und so kam die Wahrheit auf den Tisch. Er schaute zuerst meinen amerikanischen Pass an, dann mich, und das so, als hätte ich einen Verrat begangen.

Ich sagte: »Ich schreibe für die Deutsche Zeitung in New Jersey.« Die gab es wirklich. »140 000 deutschstämmige Abonnenten.« Das war allerdings übertrieben. »Wir halten die Erinnerung an die deutsche Heimat wach und verbreiten das Deutschtum im amerikanischen Nordosten. Es wäre großartig, wenn ich bei meinen Recherchen in der Karibik auch über die deutsche Schifffahrt auf den Weltmeeren berichten könnte.«

Der junge Mann schaute an mir vorbei und nickte. Wahrscheinlich hatte man ihm erzählt, dass er sich hier in Havanna irgendwelche Sporen verdienen könnte. Doch jetzt schwitzte er sich bloß die Haut vom Leib und verstand sich mit niemandem, während man ihn in der kühlen Heimat allmählich vergaß.

»Das ist tapfer«, sagte er schließlich. Dann gab er mir

meine Fahrkarte und nahm mein Geld. Die Hin- und Rückfahrt in der Ersten Klasse kostete mich weniger, als ich in einer Woche in Havanna ausgegeben hätte, selbst bei einem geradezu sündhaft anständigen Lebenswandel.

Kurz darauf brachte mich ein schwarzer Kubaner zum Anlegeplatz der Präsident. Ob sie unter Wasser wirklich so flach gebaut war, wie der Mann von der Hapag gesagt hatte, konnte ich zwar nicht erkennen, doch ich wollte es gerne glauben. Das Schiff sah nämlich aus wie ein Krokodil, das im seichten Wasser liegt. Es hatte ein langes, flaches Vorderdeck, unter dem sich wahrscheinlich der Frachtraum befand. Das war die Schnauze. Seine Augen lagen irgendwo hinter den Glasscheiben auf der Kommandobrücke, und sie waren von einem Sonnensegel beschattet, das sich quer über das oberste Deck spannte und aus dem nur die Schornsteine herausragten.

Ein Krokodil, das seine Augen unter der Hand verbirgt. Okay, Brady, ich spüre, Sie haben da so Ihre Bedenken. Das Bild ist natürlich schief. Aber fragen Sie mal Ihre Piloten, die sehen auch in jedem Flugzeug irgendeinen Vogel. Man macht das so, unwillkürlich. Und mir war der Kahn auf Anhieb nicht sympathisch, daher wohl das Krokodil. Ich weiß noch, es schüttelte mich sogar. Der junge Schwarze, der mein Gepäck trug, machte einen Schritt zur Seite; vielleicht dachte er, ich hätte irgendein Fieber.

Wir mussten ein paar Minuten warten. Es stiegen etwa zwei Dutzend Passagiere aus, eine ziemlich gemischte Gruppe, die meisten mit viel Gepäck. Sie wurden von einem großen, schlanken Mann mit Handschlag verabschiedet. Das war vermutlich der Kapitän. Er verschwand dann wieder, ein anderer Mann in weißer Uniform winkte mich an Bord. Ich gab ihm meine Papiere, und er führte mich zu meiner Kabine. Sie lag auf dem gleichen Deck, ziemlich weit vorne, das einzige Bullauge sah zur Seeseite hinaus direkt aufs Wasser.

Es war ein ziemlich kleiner Raum; er ähnelte einem Krankenzimmer, alles war weiß gestrichen. Meine paar Sachen hatte ich schnell verstaut. Die Tür ließ sich von innen abschließen, und durch das Bullauge wäre nicht einmal ein Kind gekommen. Ich glaube, nie zuvor in meinem Leben hatte ich mich so gerettet gefühlt. Nicht einmal, als ich beim Farming Observer gekündigt hatte. Jetzt war ich immerhin an einem Ort, der nur mir gehörte. Ich legte mich in das schmale Bett und wartete ab, was passieren würde.

4

Bastogne, Militärlazarett, 20.1.1945

Man soll sich selbst nicht loben, Corporal Brady. Trotzdem, ich finde, ich habe das ziemlich gut hingekriegt. Finden Sie auch?

Nein, im Ernst: Über meine anderthalb Tage in Havanna habe ich damals nicht viel geschrieben. Nur etwa fünf, sechs Seiten, und erst ein paar Wochen später. Aber ich sage Ihnen, Havanna, das ist wie ein Film, den ich im Kopf habe. Ich brauche nur auf einen Knopf zu drücken, und schon spult er sich ab. Vielleicht, weil es das erste Mal war, dass ich denken musste, jemand will mir ans Leben. So etwas brennt sich ein.

Übrigens ist das ein Segen, dass ich Sie habe, Brady. Ja, das können Sie ruhig aufschreiben. Selbst wenn meine Hände okay wären, könnte ich unmöglich so schnell tippen wie Sie. Ich war zeit meines Lebens ein Amateur auf dem Ding. Und Sie sind ein echter Profi. Alle Achtung!

Also dann zurück an Bord. In der ersten Nacht auf der Präsident habe ich geschlafen wie ein Säugling. Wir lagen noch im Hafen, doch die Gangway war eingezogen, und jemand stand Wache auf Deck. Am frühen Morgen legten wir dann ab. Meine Kabine verließ ich nur zu den Mahlzeiten; den Rest der Zeit lag ich auf dem Bett. Ich hatte nichts zu tun, rein gar nichts, vielleicht zum ersten Mal in meinem Leben. Ich musste mich nicht einmal amüsieren. Dafür kaute ich die ganze Zeit auf einem Satz herum wie auf einem Kaugummi. Der Satz lautete: Dein Leben ist jetzt hier zu Ende.

Das dachte ich, immer wieder: Mein Leben ist jetzt hier zu Ende.

Schwachsinn, nicht wahr? Ich weiß. Das habe ich mir damals auch gesagt. Genutzt hat es nichts. Ich war wohl ziemlich fertig mit den Nerven.

Erst am zweiten Tag bekam ich meine Augen und Ohren ein bisschen weiter auf. Es waren nicht viele Passagiere an Bord. Nur ein paar hatten den Umweg über Havanna in Kauf genommen, und außer mir war niemand mehr zugestiegen; danach hatte ich mich erkundigt. Den Gesetzen der Logik zufolge konnte mein Mörder also noch nicht an Bord sein. Bei den Mahlzeiten saßen wir gleichmäßig auf die Tische im Speisesaal verteilt, es wurde kaum gesprochen. Mir kam es vor, als würde niemand einen der Mitreisenden näher kennen.

Die Präsident hatte übrigens nur einen Speisesaal, weil es nur eine Klasse gab: die Erste. Abends diente der Raum als Salon. Ein Teil war abgetrennt und wurde als Raucherzimmer genutzt, hier gab es einen Flügel und ein Grammophon, so ein altmodisches, quäkendes Ding. Seitlich hatte der Speisesaal ziemlich große, quadratische Fenster. Davor hingen allerdings Gardinen und dazwischen schwere Vorhänge aus Samt, die mit geflochtenen Schnüren gerafft waren. Furchtbar! Dieser schlimme 1880er Stil, und das mitten in der Karibik.

Aber es war kein dunkler Raum, das darf man nicht sagen. Im Gegenteil. Der Speisesaal lag direkt unter dem Bootsdeck, und durch die Glasscheiben in der Decke kam eine Menge Licht. Das Glas war bemalt, mit diesen typischen Ranken und Blüten, deshalb tanzten dauernd bunte Flecken über die Tischdecken und das Geschirr. Ganz nett eigentlich.

Fast schon fröhlich. Und ein bisschen, wie soll ich sagen: entrückt. Irgendwie aus der Zeit gefallen.

Ansonsten hatte der Mann von der Hapag mich korrekt informiert. Die Präsident war nun wirklich nicht groß und komfortabel, dafür sehr ordentlich und aufgeräumt. Ein Teil der Besatzung, und zwar der befehlshabende Teil, war offenbar zusammen mit dem Schiff aus Deutschland gekommen. Ich weiß nicht, ob die Männer sich wirklich eingelebt hatten. Sie kamen mir alle ein bisschen hölzern vor, außerdem litten sie unter Sonnenbrand.

Die einfachen Matrosen und die Stewards waren dagegen allesamt Eingeborene, also dunkelhäutig; von Milchkaffee bis Tiefschwarz war alles vertreten. In ihren weißen Uniformen sahen sie mindestens eine Klasse besser aus als ihre Vorgesetzten. Allerdings ahmten sie die Deutschen nach, besonders im Umgang mit den Passagieren. Und das sah eher komisch aus. Sie gingen kerzengerade wie die Stöcke, machten auf der Stelle kehrt, statt bloß den Kopf zu drehen, verbeugten sich steif und lachten so gut wie gar nicht. Besonders unter den Stewards im Speisesaal gab es offenbar einen Wettbewerb um die besten Manieren. Ihr Chef war ein Kreole. Er hatte die Enden seines schwarzen Schnurrbartes zu zwei Spitzen gedreht, die wie Lanzen senkrecht nach oben standen.

Meine Kabine war, wie gesagt, ziemlich klein, dafür ausgesprochen praktisch. Die Wasserleitung funktionierte, das schmale Bett war so angebracht, dass man bei Seegang Halt finden würde; es wurde regelmäßig geputzt und aufgeräumt. Allerdings war es sehr heiß in der Kabine, und am Nachmittag des zweiten Tages stieg ich endlich hinauf zum Bootsdeck.

Eigentlich war das kein Platz für Passagiere. Wie der Name schon sagt, standen hier die Rettungsboote. Ganz vorne waren die Kommandobrücke, das Kartenhaus und der Funkraum. In der Mitte natürlich die Schornsteine, die großen Lüfter und die Oberlichte über dem Speisesaal. Viel Platz blieb da nicht. Trotzdem war über alles das große weiße Sonnensegel gespannt, und man durfte sich hier frei bewegen.

Das Bootsdeck war der mit Abstand angenehmste Ort auf dem ganzen Schiff, besonders wenn ein leichter Wind ging. Es standen kleine Tische und Stühle bereit, und immer war ein Steward in Rufweite. Es hieß zwar, man könnte nur zu bestimmten Zeiten Getränke bestellen; in Wahrheit wurde man dauernd nach seinen Wünschen gefragt. Als ich zum ersten Mal dort saß, mit einem wunderbar kalten Getränk, dachte ich sofort, dass ich es auf der Präsident eigentlich besser getroffen hatte als in Havanna. Doch dann meldete sich wieder meine große Sorge. Schließlich war ich ein Flüchtling, der zwar nicht wusste, wovor er weglief, jedoch mit dem Schlimmsten rechnete.

Wir erreichten Kingston gegen Abend. Ganz langsam dampften wir in die Bucht und in den Hafen. Da war vielleicht ein Betrieb! Ein paar große Schiffe, dazwischen Dutzende Kähne und Schaluppen, mit denen ich mich keine Meile aufs Meer hinaus getraut hätte. Wahrscheinlich Fischer oder kleine Händler. Und überall Ruderboote, so vollgeladen, dass sie aussahen, als müssten sie gleich absaufen. Die Präsident tutete wie verrückt, und das kümmerte niemanden. Ganz langsam fuhren wir zur Anlegestelle der Hapag. Das war Präzisionsarbeit. Ich beobachtete das alles vom mittleren Deck aus, von einem Quergang direkt unter der Kommandobrücke.

Am Kai standen Leute mit Gepäck vor einem Schuppen, auf dessen Stirnwand in großen, weißen Buchstaben der Fahrplan der Präsident gemalt war. Ich sah sie mir von oben an. Was, wenn unter ihnen schon mein Mörder war? Getarnt als Handlungsreisender, als Pflanzer oder als Beamter. Er könnte mich nachts in meiner Kabine überfallen, mir die Kehle durchschneiden, damit ich sofort still war, und mich anschließend über Bord werfen. Wenn er sich dabei halbwegs geschickt anstellte, würde er keinen Verdacht erregen. An der nächsten Station könnte er von Bord gehen und irgendwo in einer haitianischen Küstenstadt verschwinden. Brady, ich sage Ihnen: Es lief mir eiskalt über den Rücken.

Unter den neuen Passagieren waren nur wenige Weiße; den Großteil machten kreolische Familien mit ihren schwarzen Dienstboten aus. Ich hatte schon gehört, dass die Präsident bei den Einheimischen einen guten Ruf hatte, jedenfalls bei denen, die nicht ganz arm waren. Ein Weißer fiel mir auf, weil er ziemlich dick war und einen großen Hund dabeihatte. Und ein zweiter, sehr schmal und irgendwie alterslos, der mir nervös erschien; als mein Mörder kam er am ehesten in Frage. Ich ging in meine Kabine, schloss mich ein und versuchte mich zu beruhigen. Niemand hätte doch so schnell meine Spur aufnehmen, geschweige denn mir auf dem Seeweg folgen und mich sogar überholen können.

Aber Sie werden das kennen, Brady. Wenn man sich mit Tatsachen und Logik beruhigen will, läuft es aufs Gegenteil hinaus. Genau so bei mir. Schon erkannte ich meinen großen Fehler: der junge Mann von der Hapag! Der würde sicher nicht die geringsten Hemmungen haben, die Geschichte vom deutsch-amerikanischen Reisejournalisten Zachary Smith jedem zu erzählen, der sich dafür interessierte. Oder anders gesagt: Hatte ich nicht im Hafen von Havanna eine deutliche Spur hinterlassen und meinen Aufenthaltsort für die nächsten vier Wochen hinterlegt? Wenn ja, dann hatte ich mich quasi freiwillig in eine Falle begeben und deren Standort öffentlich ausposaunt. Bravo, Mr. Smith!

Mir flatterten die Nerven. Ich wollte schon meine Sachen packen und gleich von Bord gehen. Doch dann wäre ich in Kingston! Die Stadt war vor ein paar Jahren von einem Erdbeben fast vollkommen zerstört worden. Beim Farming Observer hatte ich immer wieder Artikel ausgeschnitten, in denen es hieß, der Wiederaufbau gehe nur schleppend voran und es herrschten chaotische Verhältnisse. Nein, dort an Land wäre ich wirklich nicht sicher. An Bord der Präsident war ich immerhin ein Passagier der Ersten Klasse. Und für mein Geld konnte ich erwarten, unter dem besonderen Schutz der Schiffsführung zu stehen.

Doch woher sollte die Schiffsführung wissen, dass ich diesen Schutz dringend brauchte? Antwort: Sie würde es so lange nicht wissen, wie ich es ihr nicht sagte. Also traf ich eine Entscheidung. Ich würde dem Kapitän meine Geschichte erzählen, und das so schnell wie möglich.

Ich wartete, bis ich mir sicher war, dass sich die neuen Passagiere auf ihre Kabinen verteilt hatten, dann stieg ich die Treppe zum Bootsdeck hinauf. An der hölzernen Reling der Kommandobrücke stand ein Offizier und überwachte die Ladearbeiten. Eine der beiden Luken auf dem Vorschiff war geöffnet, und gerade hing darüber an einem Kran ein großes Netz, das mit Säcken gefüllt war. Wahrscheinlich Kaffee, Zucker oder Tabak. Die Präsident verdiente sich also ihr Zubrot. Das Netz wurde von Männern mit Stöcken und Seilen bugsiert. Eine Winde ratterte und zischte, so ein schwarzes Ungetüm mit dick eingefetteten Zahnrädern. Die Männer schrien einander pausenlos Kommandos zu. Das alles schien mir ein bisschen zu laut und theatralisch zu sein.

Der Offizier hatte mich gar nicht bemerkt, da trat der Kapitän aus dem Brückenhaus. Er grüßte mich kurz, bloß so ein Nicken, dann ging er an die Reling, stützte sich mit beiden Händen ab und beugte sich ein wenig nach vorn. Ich dachte, jetzt spricht hier einer ein Machtwort, doch er beobachtete nur still, was ablief, dann sagte er etwas zu dem Offizier, der sich darauf umdrehte und an mir vorbei zur Treppe ging.

Der Kapitän, das war der Mann mit dem Tick. Ich hatte ihn schon ein paar Mal gesehen. Zuerst in Havanna, als er die Passagiere verabschiedet hatte, später beim Lunch und beim Dinner. Er und die anderen Offiziere machten nämlich die Runde an den Tischen im Speisesaal, genau wie das auf den großen Linern üblich ist.

Natürlich kannte ich auch schon seinen Namen. Er hieß Donhauser, Ludwig Donhauser. Damals war er so an die vierzig, ziemlich groß, wie gesagt, gut über eins achtzig, und seine Pfunde hatte er gut verstaut. Er war fast kahl, seine restlichen Haare waren ganz kurz geschnitten und irgendwie farblos. Dabei musste er einmal rothaarig gewesen sein. Die helle Haut passte dazu, und den eindeutigen Beweis trug er im Gesicht; sein Bart war nämlich fuchsrot.

Und hier tobte sich sein Tick aus. Ständig hatte der Mann eine Hand an seinem Bart, meistens die linke. Er strich über seinen Schnurrbart, oder er zupfte an den Haaren am Kinn. Immer ein paar Sekunden lang, dann zog er ruckartig die Hand wieder weg, so als hätte er sich selbst ertappt.

Ich vermute, die Art von Bart, die er trug, war modern gewesen, als er ein junger Mann war. Vielleicht hatten ihn damals seine Vorgesetzten getragen. Jetzt kam er mir antiquiert vor. Es war ein Oberlippen- und Kinnbart, nicht miteinander verbunden, sondern seitlich, an den Mundwinkeln, voneinander getrennt. Drücke ich mich verständlich aus, Corporal Brady? Von vorne sah der Bart aus wie ein Haus, bei dem das Dach die Mauern nicht berührt. Na ja, so in etwa. Und dieser Bart war, wie gesagt, kräftig rot, wie reife Orangen. Bis auf eine Stelle. Und das war wirklich komisch: An der linken Seite, von der Nase herunter über die Oberlippe und übers Kinn, zog sich ein Streifen, auf dem Donhausers Barthaare so farblos waren wie die auf seinem Kopf.

Ich habe noch nie in meinem Leben Bart getragen. Sie, Brady? Bei uns zu Hause war das nicht üblich, es sei denn, man war ein Amischer. Und damals in New York, da hatten die Jungs höchstens so einen kleinen Schnurrbart. Für mich kam das nicht in Frage. Mir steht das nicht. Und dann jeden Morgen die Prozedur, um den Bart herum zu rasieren. Das ist nichts für mich.

Doch ich will von Donhausers Bart erzählen. Der war wirklich ein Unikum. Draußen im hellen Licht sah es aus, als fehlten auf diesem senkrechten Streifen die Haare. Als hätte der Friseur sie aus Versehen weggeschnitten. Oder als wäre dort eine Narbe, auf der keine Haare mehr wachsen.

Ich stand eine Zeitlang bloß herum. Ich wollte auf keinen Fall stören. Es dauerte, bis ich mir endlich ein Herz nahm und Donhauser um eine persönliche Unterredung bat. Ich wusste, dass er Englisch sprach, das hatte ich im Speisesaal gehört, doch ich blieb natürlich bei meinem Deutsch. In Havanna hatte ich damit ja gute Erfahrungen gemacht.

Ich redete also; und er sah mich an und grinste dabei durch

seinen gestreiften Bart. Ich wurde unsicher und fing an zu stottern. Plötzlich kam mir unser altes Familiendeutsch irgendwie fremd vor. Schließlich wiederholte Donhauser ein Wort, das ich gebraucht hatte. Das habe er lange nicht mehr gehört, sagte er, verdammt lange. Und ohne sich danach zu erkundigen, was ich eigentlich von ihm wollte, bestellte er mich für neun Uhr abends zu dem Platz, an dem wir gerade standen. Ich sagte artig Dankeschön und schloss mich wieder in meiner Kabine ein.

Beim Dinner war es jetzt aus mit der Ruhe im Speisesaal. Fast alle Plätze waren besetzt. Ich selbst saß immer noch an der Schmalseite von Tisch Nummer Eins, an den zehn Personen passten. Wir waren hier nur Weiße: der dicke Mann mit Hund, ein sehr vornehmes englisches Paar in den Fünfzigern und ein Schweizer Paar mit seiner Tochter. Direkt links von mir ein junger Deutscher, etwa in meinem Alter, und ihm gegenüber ausgerechnet der nervöse Schmächtige. Der andere Stirnplatz blieb immer frei für einen der Offiziere. Die Tochter der Schweizer war übrigens bildschön. Wir wurden einander vorgestellt und machten ein bisschen Konversation.

Der junge Mann hieß Kerber, stammte aus Hamburg und war Ingenieur. Die Engländer hatten irgendwelche Titel, wollten aber mit einem ganz einfachen Namen angesprochen werden. Wenn ich meine Handschrift besser lesen könnte, Brady, dann wüsste ich, mit welchem. Ashton vielleicht oder Ashden. Genau wie die Schweizer hatten sie auf Jamaika ihren Sohn besucht. Der Unterschied war allerdings, dass ihrer in der britischen Kolonialverwaltung arbeitete und dort nur seine Zeit bis zur nächsten Beförderung absaß, während der junge Schweizer sich als Pflanzer versuchte, vermutlich mit wenig Erfolg. Jedenfalls waren seine Eltern, für die wir reihum dolmetschten, in dieser Sache sehr einsilbig.

Der Schmächtige hieß Tripoli, sprach allerdings Amerikanisch mit einem deutlichen New Yorker Tonfall. Über seinen Beruf oder den Zweck seiner Reise sagte er nichts. Mir fiel sein Händedruck auf, der zu einem wesentlich kräftigeren Mann gepasst hätte und mir natürlich sofort Angst machte.

Schließlich der Hundebesitzer. Der hieß Mogensen, war Däne und besaß eine Plantage auf Saint Thomas. Er stellte sich als Letzter vor; doch als er einmal angefangen hatte zu reden, hörte er nicht mehr auf. Und was er alles redete! Wir würden uns doch sicher fragen, warum er noch immer so weiß sei, obwohl seine Familie seit Generationen in der Karibik lebe? Ich sah, wie die Lady die Augen verdrehte. Die junge Schweizerin lief rot an. Nun, sagte Mogensen, zum Heiraten seien seine Vorväter immer nach Dänemark gefahren, um dann mit ihren weißen dänischen Frauen wieder lauter schneeweiße dänische Kinder zu zeugen. Er persönlich habe das allerdings immer für Sklaverei gehalten. Und deshalb sei er dem leuchtenden Beispiel des dänischen Gouverneur gefolgt. Der habe den Schwarzen die Freiheit gegeben, und er, Frederick Mogensen, habe der weißen Sklaverei ein Ende gemacht, jedenfalls in seiner Familie.

Jetzt warteten natürlich alle auf die schockierende Nachricht, dass seine Frau eine Eingeborene sei. Genau darauf hatte der Däne wohl auch spekuliert. Er machte eine dramatische Pause. Dann verkündete er, dass er alleine lebe. Mit ihm würden die Mogensens auf Saint Thomas aussterben. Doch zu Hause in Dänemark bekäme er sicher ein Denkmal gesetzt, weil er wenigstens eine Frau davor bewahrt habe, an einem Ort zu leben, an dem man nur krank oder unglücklich werden könne. Wenn nicht beides zugleich.

Und dann sagte er, wie ein Schauspieler am Ende seines großen Monologs: »Nicht wahr, Grimson, mein Guter?« Worauf der Hund, der bislang vollkommen regungslos unter dem Tisch gelegen hatte, einen kurzen Laut von sich gab, den man mit etwas gutem Willen für ein »Ja« nehmen konnte. Mit anderen Worten, wir waren gerade das Publikum eines kleinen Tricks geworden, den Mogensen sicher nicht zum ersten Mal aufgeführt hatte. Pflichtgemäß applaudierten wir.

Ehrlich gesagt, ich hätte den dicken Pflanzer gerne noch mehr über das Leben auf den Inseln erzählen hören. Es hatte mich in die Karibik verschlagen, warum sollte ich nicht wenigstens etwas über Land und Leute lernen? Mogensen redete auch ohne Pause weiter, doch jetzt nur noch über seinen Hund. Eine höchst erstaunliche Geschichte folgte auf die andere; und die Art, wie er erzählte, so langsam und genüsslich, die ließ befürchten, dass er einen gewaltigen Vorrat solcher Geschichten besaß.

Ich hörte nicht genau hin. Hunde haben mich nie besonders interessiert, außerdem ging mir mein Treffen mit dem Kapitän durch den Kopf. Ich legte mir Sätze zurecht, mit denen ich ihm erklären wollte, wer ich war und wovor ich mich verstecken musste. Und dann änderte ich diese Sätze oder strich sie ganz und dachte mir neue aus.

Trotzdem fiel mir auf, dass Mr. Tripoli von Mogensens Hundegerede nicht bloß genervt war wie die anderen am Tisch. Im Gegensatz zu ihnen bekam er nämlich keinen Bissen herunter. Jeder Gang wurde unberührt wieder abgetragen. Erst als der Däne sich vor dem Dessert empfahl, weil der Hund jetzt seinen Verdauungsspaziergang brauche, haha, war Tripoli imstande, wenigstens seinen Pudding zu essen. Er tat es sehr langsam. Er schien jeden Löffel zu genießen, obwohl in dem Pudding nicht viel Kochkunst steckte. Zu den Kommentaren über Mogensens Auftritt schwieg er.

Ich war dann zur vereinbarten Zeit auf dem Bootsdeck. Da standen schon ein Tisch und zwei Stühle, ziemlich weit vorne neben dem Zugang zum Brückenhaus. Ich wartete an der Reling und sah übers Wasser. Dabei kam ich mir vor, als stünde ich spätabends auf einer Strandpromenade an der Côte d'Azur. Wobei ich allerdings zugeben muss, dass ich solche Strandpromenaden damals nur von den Bildern in amerikanischen Zeitschriften kannte. Die Sonnensegel der Präsident waren eingerollt, und zwischen den weißen Balken leuchteten die Sterne.

Die Sterne des Südens, Brady! Man sagt das so und denkt sich: Was für ein Kitsch. Dabei ist der Himmel in diesen Breiten wirklich anders. Man steht da, will gar nichts Besonderes fühlen, und plötzlich glaubt man, man könnte mit der bloßen Hand einen Stern vom Himmel holen.

Sternenlicht! Das Wort fällt in jedem dritten Liedtext. Die Liebenden stehen nachts im Sternenlicht, das Sternenlicht fließt durchs Fenster und dergleichen. Damals in Kingston habe ich zum ersten Mal gesehen, was das Sternenlicht wirklich kann. Alles war vollkommen verändert. Der Hafen war jetzt nicht mehr chaotisch, schmutzig und laut, sondern eine Märchenwelt am Wasser. Die großen Dampfer lagen an den Kais wie Tiere in ihren Boxen und zogen im Schlaf an ihrem Geschirr. Die Masten der Segelschiffe schwankten wie Bäume im Wind. Überall funkelten Lichter; nicht zu sagen, ob sie an den Masten hingen oder schon am Himmel. Dazu spiegelten sich die Sterne im Wasser, und ich, ich verlor tatsächlich einen Moment lang das Gefühl für unten und oben. Ich musste mich hinsetzen, sonst wäre ich über die Reling gekippt.

Und dann kam er, Donhauser. Er sagte: »Ja, man kann das lieben, Mr. Smith.«

Er sprach Englisch, fast ohne Akzent, sogar sein th war nicht schlecht für einen Deutschen. Er machte mir ein Zeichen, Platz zu behalten. Ein Steward kam und stellte Whiskey, Eis und Gläser auf den Tisch. Die Nächte hier, sagte Donhauser, entschädigten einen für die Tage. Ein Sonnenuntergang könne eine Woche Ärger wettmachen. Er goss sich sein Glas großzügig voll; ich sollte mich selbst bedienen.

»Aber machen wir uns nichts vor«, sagte er. »Schönheit ist eine Droge. Zuerst nimmt man sie, um irgendetwas zu vergessen. Später, weil man nicht mehr ohne sie leben kann.« Dann winkte er ab, als wollte er sich für seine Worte entschuldigen. Wir stießen an. Worum es denn gehe?

Ich hatte meine kleine Rede auswendig gelernt; und nun hielt ich sie. Ich wollte möglichst viel von meiner Vorgeschichte mitteilen, ohne dabei geschwätzig zu wirken. Also schlug ich einen möglichst schnellen und eleganten Bogen von den Landmaschinen in Pennsylvania über den Farming Observer und die Liedtexte am Broadway hin zu dem Telegramm, das mich aus Havanna verjagt hatte. Und wie als Höhepunkt eines gut einstudierten Tricks legte ich das Blatt auf den Tisch.

Donhauser nahm es; hier draußen war es hell genug zum Lesen. Er nickte und gab mir das Blatt zurück. Ich hatte jetzt Fragen erwartet, Erkundigungen nach Details. Ich war auch auf seinen Zweifel gefasst, es war schließlich eine ziemlich verrückte Geschichte. Ich weiß nicht, ob ich sie jemand anderem abgekauft hätte.

Doch Donhauser überraschte mich. Er trank sein Glas aus, schenkte sich nach und trank wieder. Er schwieg. Vielleicht versuchte er, sich in meine Lage zu versetzen. Ich kam mir vor wie ein Schüler, dem man seine abenteuerlichen Ausreden nicht gleich um die Ohren haut. Ich war ziemlich verunsichert.

Donhauser griff sich an den Bart. Doch in Gesellschaft schien er seinen Tick noch schneller zu bemerken. Er ließ die Hand zum Nacken wandern und kratzte sich. Keine Frage, er fühlte sich ertappt. Schließlich legte er die Hände auf dem Schoß zusammen; es sah aus, als hielte die rechte die linke fest.

»Wir werden tun, was möglich ist«, sagte er endlich. Er fahre die Route seit fast vier Jahren. Da bekomme man ein Auge für seine Passagiere. Wer ihm oder seinen Offizieren verdächtig erscheine, der werde sowieso unter die Lupe genommen. Nachts stehe übrigens eine Wache auf jedem Deck. Er werde Anweisung geben, dass vorerst niemand nach Mitternacht die Kabine wechseln dürfe. Er lachte kurz. Es sei denn, es geschehe in eindeutig amouröser Absicht.

Ich war auf vieles gefasst gewesen, am wenigsten darauf. Im ersten Moment fühlte ich mich natürlich erleichtert. Der Kapitän eines respektablen Schiffes hatte mir seinen Schutz angeboten. Was sollte mir jetzt noch passieren! Doch auf die Erleichterung folgte sofort die Ernüchterung.

Nein, falsches Wort, Brady. Streichen Sie Ernüchterung! Es war wohl eher Zweifel, und zwar der Zweifel an mir selbst. Denn einmal offen gefragt: War das alles hier wirklich nötig? Oder hatte ich es vielleicht ein bisschen übertrieben?

Gut, das Telegramm hatte mich nervös gemacht. Wen hätte es nicht? Dafür musste ich mich nicht schämen. Aber dann! Ich war weggelaufen, wie ein Hase vor einem unsichtbaren Fuchs. Und jetzt saß ich auf diesem Schiff und wurde behandelt wie ein rohes Ei.

Donhausers linke Hand zuckte in seinem Schoß; die rechte hielt sie fest. Im Sternenlicht leuchtete der helle Streifen in seinem Bart. Er schenkte sich wieder ein und trank. Ich dachte: Vielleicht sitzt er jeden Abend hier oben, freut sich an den Sternen und trinkt sein Quantum. Ich goss mir selbst nach, dabei vertrug ich damals so gut wie nichts.

Wir stießen an, und Donhauser sagte: »Ein feiger Mensch stirbt tausend Tode; ein mutiger nur einen.« Er sagte es auf Deutsch. Ich verstand zuerst kein Wort. Ich brauche immer eine Sekunde, um zwischen den Sprachen umzuschalten. Doch ich behielt den Satz im Ohr, und dann begriff ich, was er gesagt hatte und dass er wohl etwas zitierte. Antworten konnte ich allerdings nicht.

Wir redeten dann noch über dies und das, über das Schiff und über die Inseln und die Leute hier unten. Schließlich bedankte ich mich und ging in meine Kabine. An die folgende Nacht habe ich keine Erinnerung. Und geschrieben habe ich dazu nichts.

5

Bastogne, Militärlazarett, 20.1.1945

Hier meldet sich jetzt wieder Corporal Brady, 326th Airborne Medical Company.

Ich weiß, das ist nicht der richtige Ort dafür, trotzdem möchte ich an dieser Stelle festhalten, dass ich heute, am 20. Januar 1945, beim zuständigen Arzt, Dr. Charles Hufner, Meldung über den Patienten 101-AMC-390844 (Mr. Z. Katz) gemacht habe.

Ich weiß, ich bin momentan ausschließlich für das Führen der Krankenakten zuständig. Doch ich besitze eine Ausbildung als Sanitätssoldat und bin in der Lage, den gesundheitlichen Zustand eines Patienten grob einzuschätzen. Außerdem bin ich seit 1941 ununterbrochen im Einsatz und habe dabei einiges an Erfahrung sammeln können.

Daher habe ich Dr. Hufner gemeldet, dass meines Erachtens Mr. Katz für das Diktieren seiner Erinnerungen sehr viel Kraft benötigt und es daher nicht zur Verbesserung seines Gesundheitszustands beiträgt, sondern eher eine Verschlechterung bewirkt.

Dr. Hufner hat meine Meldung entgegengenommen. Er sagte, er teile im Prinzip meine Ansicht. Trotzdem werde er dem Patienten nicht verbieten, mit dem Diktieren fortzufahren, weil er das gar nicht könne. Der Patient sei nach eigenen Angaben Zivilist und daher nicht seinem Befehl unterstellt.

Ich bin da anderer Ansicht. Meiner Meinung nach könnte Dr. Hufner als der behandelnde Arzt dem Patienten eine strengere Ruhe verordnen. Wenigstens könnte er die Diktierzeit auf, sagen wir, eine Stunde pro Tag beschränken. Wir haben jetzt schon zweimal vom Abendessen bis tief in die Nacht gearbeitet, also etliche Stunden ohne Unterbrechung. Das ist einfach zu viel. Zumal Mr. Katz schon den ganzen Tag in seinem Notizbuch liest, damit er abends weiß, wie es laufen soll. (So drückt er selbst es aus.)

Ich lege übrigens Wert auf die Feststellung, dass ich mich nicht vor dieser Arbeit drücken will. Ich schreibe freiwillig und könnte jederzeit damit aufhören. Im Gegenteil, es ist eine große Freude, Mr. Katz zuzuhören, wie er seine Story erzählt. Ich freue mich auch darüber, dass ich ihm gelegentlich ein bisschen helfen kann, seine Sätze zu formulieren.

Das heißt: Um mich geht es nicht, sondern um Mr. Katz. Er muss sich unbedingt mehr schonen. Ich glaube, er unterschätzt seinen Zustand. Wären es wirklich nur »Kratzer«, wie er seine Verletzungen nennt, dann wäre er längst wieder auf den Beinen. Mehr will ich dazu nicht sagen.

6

Bastogne, Militärlazarett, 23.1.1945

Am nächsten Morgen legte die Präsident kurz nach Sonnenaufgang ab, so dass wir zum Frühstück auf hoher See waren. Sollte jemand an unserem Tisch gehofft haben, der dicke Däne würde sein Thema wechseln, dann wurde er enttäuscht. Mogensen redete weiter über seinen Hund; und wo er am Ende des Frühstücks aufhören musste, da machte er beim Lunch weiter. Ich verbrachte weiterhin viel Zeit in meiner Kabine, dennoch bemerkte ich, dass er auch zwischen den Mahlzeiten die Passagiere mit seinen Hundegeschichten überfiel. Unser Tisch bekam allerdings am meisten ab.

Spätestens beim Dinner wussten wir alles, wirklich alles. Wie er den hilflosen kleinen Welpen an einer glutheißen Landstraße aufgelesen hatte, ein paar Tage alt, noch blind und wahrscheinlich nur Stunden von einem jämmerlichen Tod entfernt. Wie er ihn mit der Flasche und mit vorgekauter Nahrung aufgepäppelt hatte. Wie aus dem winzigen grauen Knäuel dann dieser stattliche und über alle Maßen kluge Hund geworden war; und wie er und sein Herr jetzt gemeinsam ihre Tage verbrachten. Ein Kapitel nach dem anderen. Es war furchtbar. Man konnte Mogensen nur eins zugutehalten: Er wiederholte sich nicht, auch nicht an den folgenden Tagen. Vielleicht führte er innerlich Buch darüber, was er wem schon erzählt hatte.

Manchmal dachte ich, der Hund müsste sich eigentlich für

seinen Herrn schämen. Was er sicher nicht tat, er war ja ein Hund. Stattdessen wartete er ständig auf seinen Einsatz. Als Höhepunkt seiner Geschichten ließ Mogensen ihn nämlich diverse Tricks vorführen, und die Auftritte des Hundes konnten einen beinahe mit dem Gerede seines Herrn versöhnen. Immerhin waren sie der Beweis dafür, dass Mogensen nur ein Schwätzer und kein Lügner war. Grimsons Tricks waren wirklich erstaunlich oder wenigstens drollig, und sie funktionierten immer. Der Hund apportierte alle möglichen Sachen, selbst von weit her. Er nahm seltsame Stellungen ein; er konnte auf dem Bauch robben, seitwärts rollen, auf dem Hinterteil rutschen, sich tot stellen und auf Kommando bellen.

Drei Glanznummern gab es, die ständig wiederholt wurden. Nummer eins: Mogensen legte dem Hund einen Keks auf die Nasenspitze; der warf ihn mit einem Ruck in die Luft und schnappte ihn, bevor er zu Boden fiel. Nummer zwei: Mogensen sang mit tiefer Stimme ein trauriges dänisches Lied, dazu warf der Hund den Kopf in den Nacken, schloss die Augen und jaulte mit seinem Herrn.

Den größten Eindruck machte die dritte Nummer. Mogensen ließ den Hund ein Stück Wurst mit den Zähnen halten, so dass es ihm vorn aus dem Maul herausschaute. Darauf sagte er ein Kommando und wandte sich demonstrativ ab. Uns Zuschauern machte er ein Zeichen, den Hund nicht mehr zu beachten. Daran hielt sich natürlich keiner; und so sahen wir, wie Grimson, die Wurst auf der Zunge, regungslos dasaß, den Blick stier nach vorne, die Ohren angelegt, während ihm der Speichel in zwei dicken, glänzenden Fäden seitlich aus dem Maul lief.

Dafür gab es Beifall. Dass darin wahrscheinlich eine Menge Verachtung steckte, bekam der Däne nicht mit. Auf ein Kommando durfte der Hund die Wurst endlich verschlucken, und dieses Kommando verschenkte Mogensen gerne an jemanden aus der Runde, am liebsten an eine junge Dame oder ein kleines Mädchen. Die waren dann sehr gerührt. Wann hat man schon einmal so viel Kontrolle über ein großes und eigentlich sehr gefährliches Tier?

Doch wie gesagt: Mogensen kannte kein Ende. Hätte er nach Grimsons Auftritten wenigstens eine Zeitlang Ruhe gegeben, dann wäre alles gut gewesen. Leider nutzte er die Aufmerksamkeit nur, um weitere Geschichten herunterzuspulen. Der Hund wurde der Liebling der Passagiere, während sie seinem Herrn nach Möglichkeit aus dem Weg gingen. Einen gab es, der das nicht konnte: Mr. Tripoli. Dem verdarb Mogensen mit seinem Gerede weiterhin den Appetit. Bei jeder Mahlzeit saß der arme Mann neben dem Dänen, sah stumm auf seinen Teller und bekam keinen Bissen herunter.

Nach ein paar Tagen versuchten die Engländer zu erfahren, was es mit Tripoli auf sich hatte. Der Lord hatte eine Vermutung, und die wurde bestätigt. Mr. Tripoli war tatsächlich der Boxer Harry Tripoli, der vor zehn Jahren bei den Olympischen Spielen in St. Louis zwei Goldmedaillen gewonnen hatte. Zuerst in seiner Gewichtsklasse; dann hatte er gehungert, um in der leichteren Klasse antreten zu können. Seit damals war Tripoli im Boxgeschäft. Ihm gehörten zwei Trainingshallen, eine in Brooklyn und eine in Queens, außerdem organisierte er öffentliche Kämpfe, hauptsächlich für junge Nachwuchsboxer.

Das Boxgeschäft war damals noch ziemlich bescheiden, es ging nicht um so große Summen wie heute. Trotzdem kam Tripoli offenbar gut zurecht. Immerhin erfüllte er sich jetzt seinen großen Wunsch und reiste nach England, ins Mutterland des Boxsports. Warum sich allerdings ein Mann wie er von einem harmlosen Schwätzer um den Appetit bringen ließ, das konnte der Lord nicht herausfinden.

Unsere Tischrunde besprach den Fall an einem Abend auf dem Bootsdeck. Alle waren dabei, die Ashleys, ich nenne sie jetzt einmal so, die Schweizer, der Ingenieur Kerber und ich. Es war, als würde ein Familienrat tagen. Ashley schlug vor, Tripoli solle sich an einen anderen Tisch versetzen lassen, doch seine Frau meinte, es werde sicher schwierig, ihm das zu raten, ohne ihn zu verletzen.

Da sagte Kerber: »Blödsinn.« Er war für seine Firma ein Jahr in den Staaten gewesen, in New Orleans, und er hatte sich einen furchtbar übertriebenen Südstaatenakzent angewöhnt.

»Sorry, Ma'm. Ich denk mal, man muss das Übel an der Wurzel packen. Dieser Kerl, dieser Däne, muss einfach den Mund halten. Wir sagen's ihm, und damit fertig. Soll er mal lernen, was andres im Kopf zu haben als seinen blöden Köter.«

Man konnte der Lady ansehen, dass es ihr schwerfiel, Kerbers Ausdrucksweise nicht zu kommentieren. Allerdings hatte sie in den letzten Tagen schon geübt, seine amerikanischen Manieren zu übersehen. Dabei half ihr vermutlich, dass Kerber blendend aussah. Er war höchstens drei oder vier Jahre älter als ich, doch jeder Zoll ein ganzer Mann. Er hatte dichtes, dunkles Haar, mit viel Pomade zurückgekämmt, trotzdem fiel ihm immer eine Strähne über die Augen. Ansonsten war er der Typ Sportsmann, frische Hautfarbe, kräftig gebaut und immer irgendwie in Bewegung. Seinem Appetit nach zu urteilen, würde er irgendwann später aus der Form gehen. Bis dahin konnte er durch seine bloße Erscheinung punkten. Und das nicht nur bei englischen Ladys; die junge Schweizerin himmelte ihn an.

Mir war er nicht sympathisch. Ich kannte Typen wie ihn von der High School. Für sie war Sport eine Art Religion. Sie hatten den Satz gehört, dass ein gesunder Geist in einem gesunden Körper wohnt. Aha! Dann musste logischerweise in jedem trainierten Körper ein Genie stecken. Also rackerten sie auf dem Sportplatz für ihre Zukunft als Ärzte, Rechtsanwälte, Bankiers und Makler. Und das Schlimmste war, dass der Rest der Gesellschaft ihnen recht gab.

Allerdings wunderten mich Kerbers Sätze über Mogensen. Ich hatte ihn in den letzten Tagen beobachtet; meines Erachtens war er der einzige Passagier, der den Dänen noch zu weiteren Geschichten animierte. Ich hatte gedacht, er mache sich über ihn lustig. Jetzt schien er ihn eher zu verachten. Jedenfalls kam er schwer in Fahrt.

»Hunde!«, sagte er. »Alle Leute werden weich in der Birne, wenn sie so'n Tier sehen. Sorry, Ma'm, aber ich sag, wie's ist. Da gibt's junge Ladys, die fassen keinen ohne Glaceehandschuhe an, und von so einem dreckigen Vieh lassen sie sich ablecken. Für's Jagen, okay, da lass ich mir so'n Tier gefallen. Aber man muss sich mit sowas nicht gemein machen.«

Ashley, der wahrscheinlich eine ganze Hundemeute besaß, wollte etwas sagen, doch seine Frau fiel ihm ins Wort; wahrscheinlich wollte sie ein schwieriges Thema vermeiden. Ja, sicher, sagte sie, das Tier sei nützlich und wertvoll, dürfe allerdings niemals zwischen den Menschen stehen. Wir einigten uns dann darauf, einstweilen nichts zu unternehmen und die Sache weiter zu beobachten.

Auf dem Weg in meine Kabine begegnete ich Grimson, der wieder alleine unterwegs war. Eine kreolische Familie saß und stand um ihn herum. Die kleinen Mädchen durften Kekse auf seine Nase legen, anschließend versuchte sich die ganze Familie an dem Gehorsamstrick mit der Wurst. Als Zugabe machte Grimson unaufgefordert die Rolle seitwärts und den toten Hund, dann trottete er weiter.

Brady, ganz ehrlich: Ich dachte damals über Hunde so ähnlich wie Kerber. Wer auf einem Bauernhof aufwächst, für den ist der Hund ein Gebrauchstier, nicht mehr und nicht weniger. Heute denke ich anders, natürlich wegen des Kriegs. 1917, in Frankreich, da lagen die Hunde neben den Männern in den Gräben, und wenn eine Granate eingeschlagen war, dann gruben sich Menschen und Tiere gegenseitig aus dem Dreck. Ich sprach mit einem Sergeant, so einem spindeldürren Kerl aus Columbus. Es gab Nachschubprobleme, doch er verfütterte seine ganze Verpflegung an seinen Hund. Ich fragte ihn, warum? Er sagte: Der wird bei mir sein, wenn ich sterbe. Dafür bekomme er jetzt schon seinen Lohn.

Da fällt mir noch etwas ein! In Spanien war ich mit einem jungen Russen an der Front unterwegs. Die Faschisten machten einen Vorstoß, und wir mussten in einem Erdbunker übernachten. Um uns schlugen die Granaten ein; manchmal zitterte der Boden, und es rieselte von der Decke. Der Russe hatte einen großen Hund dabei, ein Bär von einem Tier, dem flüsterte er die ganze Nacht ins Ohr, leise, das Gesicht ins Fell gedrückt. Und der Hund hielt still, er hechelte nicht einmal, als dürfte er sich kein Wort entgehen lassen. Keine Ahnung, was der Mann sagte. Ich verstehe kein Russisch.

Mein Gott, Brady, was rede ich hier! Zurück auf die Präsident. An diesem Abend begegnete ich Grimson noch einmal. Er lag auf einer Decke, die Mogensen immer demonstrativ dort platzierte, wo gerade Schatten war. Auch so ein Ritual. Jetzt schlief der Hund, und er schien zu träumen. Jedenfalls zuckten seine Beine, und er bellte, ganz weich und leise. Vielleicht jagte er im Traum. Vielleicht saß noch ein Wolf in diesem Zirkustier und meldete sich im Schlaf zu Wort.

Ein Passagier kam dazu. Er kniete vor dem Hund und legte ihm eine Hand auf den Kopf, ganz zart, so wie man ein Kind weckt. Der Hund sprang sofort auf und starrte an dem Mann vorbei ins Leere. Es dauerte ein paar Sekunden, dann kam wieder Bewegung in seine Augen, er leckte sich die Schnauze, legte sich auf die Seite und streckte dem Mann eine Pfote entgegen. Es sah ein bisschen kokett aus. Der Passagier war trotzdem gerührt; immerhin hatte er einen Hund aus einem Alptraum befreit. Ich fand die Szene eher peinlich.

Mittlerweile war mir übrigens der Rhythmus unseres Fahrplans, wie sagt man: in Fleisch und Blut übergegangen. Frühmorgens legte die Präsident ab, den Tag über waren wir dann auf See, meistens in Sichtweite der Küste. Am Nachmittag oder gegen Abend erreichten wir den nächsten Hafen. Da gab es bessere Fischerdörfer wie Aux Cayes auf Haiti und richtige Städte wie Santo Domingo. Alles natürlich ganz wunderbar exotisch und romantisch.

Ich wäre auch wirklich gerne begeistert gewesen. Ich glaube, ich habe mich regelrecht angestrengt. Wenn das Schiff Richtung Land fuhr, stand ich vorn an der Reling des mittleren Decks und war ein Entdeckungsreisender, der eine unbekannte Insel anläuft. Das heißt, ich versuchte mich so zu fühlen. Ich zwang mich förmlich zur Neugier. Doch kaum waren wir in Hafennähe, da fiel mein Hochgefühl wieder in sich zusammen.

Ein Grund dafür war, dass überall Armut herrschte. Haiti und die Dominikanische Republik sind Staaten, die gegen das Verhungern kämpfen, seit sie bestehen. Ich wusste über die Wirtschaftslage der Karibik ziemlich gut Bescheid. Der ganze Reichtum bestand hier aus ein paar Naturprodukten. Und die Preise dafür wurden vom Weltmarkt bestimmt. Es brauchte also bloß irgendeine Schwankung an der Börse in London zu geben, egal, warum, und schon drohte der ganzen Region die Pleite.

In den Häfen kam uns die Armut buchstäblich entgegen. Wir hatten kaum angelegt oder geankert, da wimmelte es um das Schiff herum von kleinen Jungen. Wir sollten ihnen Münzen ins Wasser werfen, nach denen sie dann tauchten. Ich fand das entwürdigend, trotzdem habe ich mitgemacht. Sonst brachte man ja womöglich eine ganze Familie um ihr einziges Einkommen. Dafür musste ich allerdings zusehen, wie die Jungen um das Kleingeld kämpften. Wie ein Schwarm Fische um das Futter. Ohne Rangeleien ging das nicht ab.

Die Frauen an Bord versuchten es mit Gerechtigkeit. Doch wer einem der schwächeren Jungen eine größere Münze zuwarf, der riskierte, dass die kräftigeren ihn unter Wasser drückten, bis er sie herausgab. Keine schönen Szenen. Die Jungen waren übrigens vollkommen nackt, daher trugen sie ihre Beute im Mund. Einen habe ich gesehen, wie er später in ein Boot kletterte und einer jungen Frau die Münzen in den Schoß spuckte. Es sah aus, als würde er Geld erbrechen.

Noch deprimierender war es, wenn die Präsident Kohlen übernahm. Sie tat das immer dort, wo die Preise gerade günstig waren. Die Kohle wurde dann in Körben an Bord getragen. Frauen machten das, jedes Mal Dutzende, und sie trugen die Körbe auf dem Kopf. Der Reihe nach kamen sie über eine Rampe an Bord, kippten ihre Ladung aufs Deck, dann gingen sie über eine andere Rampe zurück an Land. Die Prozedur konnte Stunden dauern; den Passagieren wurde dann empfohlen, entweder an Land zu gehen oder in den Kabinen zu bleiben. An Deck wurde man nämlich, wenn man falsch zum Wind stand, schwarz vom Kohlenstaub.

Und jetzt stellen Sie sich vor: Die Kohlefrauen trugen alle Weiß! Lange weiße Kleider, darüber noch Schürzen und auf dem Kopf weiße Hüte oder Hauben. Auf den ersten Blick unsinnig, aber wahrscheinlich der beste Schutz gegen die Hitze und den Staub. Allerdings mit dem Effekt, dass die Prozession im Laufe der Zeit ihre Farbe von Weiß zu Schwarz wechselte. Am Ende sah sie aus wie ein Leichenzug. Zum Glück sangen die Frauen bei der Arbeit.

Nun hätte ich diese Bilder womöglich besser ertragen, wäre es mir nicht selbst so schlecht gegangen. Je länger wir fuhren, desto mehr ging es mit meiner Laune bergab. Kein Wunder, ich entfernte mich ja immer weiter von meinem Leben. Hier unten hatte ich nichts verloren, hier gab es nichts zu gewinnen. Jeder neue Hafen war bloß eine Station auf der Fahrt in die falsche Richtung. Ich kam mir vor, als würde ich jeden Tag einen Monat älter. Seit dem Telegramm war nicht viel mehr als eine Woche vergangen, und schon war ich einer, der im Exil lebte und auf sein verpfuschtes Leben zurückblickte. Da half auch kein Zauber der Karibik. Zur Sicherheit ging ich nie an Land; das hätte alles nur schlimmer gemacht. Stattdessen blieb ich an Bord und tat, was wir alle taten: Ich versuchte, dem Dänen aus dem Weg zu gehen.

Die letzte Station vor der Überfahrt nach Puerto Rico war der Hafen von La Romana. Wegen einer Sturmwarnung liefen wir erst nach Mittag aus und blieben über Nacht auf See. Auch am folgenden Morgen war Puerto Rico noch nicht in Sicht. Das Meer war wieder spiegelglatt, und das ärgerte mich, denn ich wollte mich vor dem Frühstück drücken und hätte dafür gerne einen Grund gehabt. Es sollte jetzt nämlich ernst werden in Sachen Tripoli. Der Boxer hatte am Vorabend beim Dinner einen Anfall gehabt. Er war zusammengesunken, wortlos; zwei Stewards hatten ihn zur Krankenstation getragen.

Folglich hatte unser Familienrat wieder getagt. Lady Ashley wusste inzwischen Bescheid, sie hatte mit dem Schiffsarzt gesprochen. Tripoli litt an Herzproblemen, die irgendwie im Magen ausgelöst wurden. Verrückt, oder? Morbus Sowieso. Ich kann das nicht mehr entziffern. Lassen Sie da bitte etwas Platz, Brady!

Jedenfalls musste Tripoli zu feststehenden Zeitpunkten etwas essen und sich dabei vollkommen konzentrieren, sonst kam sein Herz aus dem Takt. Mit anderen Worten: Er befand sich in Lebensgefahr. Wenn er bei Mogensens Gerede nichts herunter bekam und zwischendurch nichts essen durfte, dann starb er entweder am Herzkasper, oder er musste allmählich verhungern.

Kerber war daraufhin fast explodiert. »Jetzt aber Schluss!« »Basta!«, »Das Maß ist voll!« In diesem Ton und so laut, dass sich die Leute auf dem Bootsdeck nach ihm umdrehten. Er jedenfalls werde nicht tatenlos zusehen, wie dieser anständige Mann vom Fleisch falle. Ab morgen müsse Mogensen schweigen, endgültig. Und wir müssten dafür sorgen. Alle anderen waren derselben Meinung. Die junge Schweizerin wurde ganz rosig. Man konnte sehen, was sie dachte: Ach, wie schön! Dieser hübsche, junge Ingenieur war auch ein Menschenfreund.

Ich selbst hatte so gut wie nichts gesagt; jetzt saß ich auf dem kühlen Bootsdeck, in der Hoffnung, die anderen würden etwas tun, bei dem ich nicht mitmachen musste. Endlich ging ich doch in den Speisesaal, ich hatte einfach ein schlechtes Gewissen. Und dort erfuhr ich, dass gar nichts mehr zu tun war.

Die Szene wirkte wie gemalt. Der Speisesaal war gut gefüllt, doch niemand saß auf seinem Platz. Die Passagiere standen einzeln oder in Gruppen, sie redeten oder schwiegen, dabei waren sie alle auf eine Mitte fixiert, und in der saß Mogensen; neben ihm standen die Ashleys und die Schweizer. Mir schoss sofort ein Gedanke durch den Kopf, doch bevor ich jemanden fragen konnte, war Kerber neben mir und flüsterte: »Der Hund ist weg.« Dazu klopfte er mir auf die Schulter, so wie man es bei Beerdigungen tut. Herzliches Beileid. Und: Kopf hoch, alter Junge, das Leben geht weiter.

Ich sagte: »Was?«, ein bisschen zu laut.

Da sah Mogensen zu mir auf. Er musste blinzeln, weil ich unter dem Oberlicht stand. Vielleicht erkannte er mich gar nicht. »Grimson«, sagte er. »Mein Grimson. Er ist verschwunden. Haben Sie ihn gesehen?« Er weinte, und was er sagte, kam ganz mechanisch. Da war keine Hoffnung in seiner Stimme, eigentlich gar kein Gefühl.

Unterdessen redete mir Kerber weiter halblaut ins Ohr, mit einer Leidensstimme, die gar nicht zu ihm passte. »Wir haben schon alles abgesucht. Immer wieder. Wir waren sogar unten im Maschinenraum.« Man müsse wohl mit dem Schlimmsten rechnen.

Und dann wieder der Däne, gebetsmühlenartig: »Ich hätte es ihm nicht erlauben sollen. Ich hätte es ihm verbieten müssen.« Lady Ashley wollte ihn unterbrechen, vergebens. »Ich konnt's ihm doch nicht verbieten. Er hat so gerne draußen geschlafen. Die schöne frische Luft. Der schöne kühle Wind.«

Und so weiter, ohne Pause. Mogensen atmete schwer; es sah aus, als würde er von seinem Stuhl rutschen. Die Engländer und die Schweizer hielten ihn wie einen Boxer, der nicht mehr auf die Beine kommt. Dabei redete er weiter. »Seine Decke. Rausgelegt. Und die See. Die Luft. Der Wind.« Er schlug sich mit der Faust an die Stirn. »Die See, die See, die See.«

Weitere Passagiere kamen in den Speisesaal, und die Szene wiederholte sich mit dem gleichen Text. Ich machte mich aus dem Staub; ich hätte das keine Minute länger ertragen. An der Treppe nach unten begegnete ich einer kleinen Gruppe. Sie hätten noch einmal alles durchgekämmt, sagte einer, leider ohne Erfolg. Wahrscheinlich hielten sie mich für eine Art Verbindungsmann, weil ich an Mogensens Tisch saß.

Um ein Haar, und ich hätte gesagt, dass mir die Sache nicht sehr ans Herz ging. Ich hatte schließlich meine eigenen Sorgen. Natürlich sagte ich etwas Passendes. Ich ging dann in meine Kabine, und da blieb ich bis zum Abend.

Was allerdings nicht ausreichte, um Mogensens Verzweiflung zu entkommen. Keiner an Bord entkam ihr. Am Abend hatte er zwar akzeptiert, dass sein Hund über Bord gegangen war. Aber statt in Ruhe zu trauern, tat er genau das, was er bislang getan hatte: Er erzählte Hundegeschichten. Jetzt natürlich nicht mehr auf diese unerträglich humorvolle Art, sondern in einem furchtbaren Klageton. Und dazwischen wiederholte er, es würde nie wieder einen Hund wie Grimson geben. Und für ihn, Frederick Mogensen, kein Glück mehr auf dieser Welt.

Er ging damit sogar von Tisch zu Tisch. Niemand unterbrach ihn, niemand verbot ihm das Wort, obwohl die Kinder bei seinem Gejammer zu weinen anfingen. Stattdessen sahen alle bloß schweigend auf ihre Teller, während die Stewards auftischten und abräumten. Natürlich aß auch Tripoli keinen Bissen. Trotzdem zog sich das Dinner in die Länge. Keiner wagte zu gehen, das hätte ja ausgesehen, als wollte man vor Mogensens Trauer flüchten. Und der zog weiter reihum wie ein Leichenbitter, nur dass es keine Beerdigung gab, zu der er einladen konnte.

Ich habe den Mann an diesem Abend gehasst. Seine Trauer war abstoßend. Glauben Sie mir, Brady, ich habe kein besonderes Verhältnis zu Gott und der Religion, doch das hier, das war eindeutig Lästerei. Wenn man unter dem Tod eines Hundes dermaßen leidet, was bleibt dann für den Tod eines Menschen übrig? Ich hatte damals noch eine ziemlich hohe Meinung vom Menschenleben. Ich hatte noch keine Schützengräben gesehen, keine Stellungen nach zwölf Stunden Artilleriebeschuss. Aber auch wenn ich das alles schon gekannt hätte, ich hätte diesen Idioten von Hundefreund trotzdem zum Teufel gewünscht.

Die Einzigen, denen es ganz gut ging, waren Kerber und die junge Schweizerin. Sie hatte mit ihrer Mutter den Platz getauscht und saß jetzt neben ihm. Die beiden aßen mit Appetit. Und sie redeten, pausenlos, leise und nur miteinander. Dieses Tuscheln, schrecklich! Ich war froh, als das Dinner endlich vorbei war.

Später am Abend erreichten wir San Juan auf Puerto Rico und machten an den Kais fest. Es wurde laut, offenbar kam eine größere Menge Fracht an Bord. Ich schlief erst sehr spät ein, und als ich am nächsten Morgen erwachte, legte die Präsident schon wieder ab. Ich war pünktlich im Speisesaal, ohne die Hoffnung, eine Begegnung mit Mogensen vermeiden zu können.

Doch siehe da: Er fehlte! Und er kam auch nicht. Man spürte das allgemeine Aufatmen. An unserem Tisch achteten jetzt alle auf Harry Tripoli. Würde er ohne das nervige Hundegerede wieder essen können? Alle bemühten sich, möglichst unbeteiligt und locker zu wirken. Sogar das Schweizer Ehepaar versuchte Konversation zu machen. Lady Ashley musste ein paar Peinlichkeiten überspielen, unterstützt vom Kapitän, der wohl mit Absicht bei uns saß. Ich selbst begann ein Gespräch mit Kerber, um Tripoli nicht dauernd ansehen zu müssen. Ich fragte ihn nach dem Zweck seines Aufenthalts in Amerika.

Er grinste mich an. »Autos«, sagte er. »Autos brauchen Benzin.« Es klang, als wollte er das einem Kind erklären. »Und Benzin macht man aus Öl. Wir werden demnächst eine verdammte Menge Öl brauchen. Also schaun wir mal, wo's welches gibt. Bevor's die anderen finden.« Und dann stieß er mich an wie einen Kumpel, mit dem man einen Streich plant.

Wenn ich jetzt sage: Mir war damals klar, dass er hinter dem Verschwinden des Hundes steckte, dann wäre das gelogen. Mir war gar nichts klar. Vielleicht hatte ich einen Verdacht. Oder hätte einen haben können. Hätte ich Kerber gefragt, dann hätte ich womöglich eine Antwort bekommen. Doch ich empfand es als lästig, mit dem Mann zu reden; also sagte ich nichts.

Irgendwann wurde es still am Tisch. Die einzigen Geräusche produzierte Harry Tripoli. Er hatte Käse, Wurst und Brot auf seinem Teller in kleine Stücke geschnitten, und die gabelte er sehr langsam auf, führte sie zum Mund und kaute sie. Nach jeder dritten Gabel trank er einen Schluck Tee. Er sah aus wie jemand, der das Essen gerade erst gelernt hat. Man hätte ihm applaudieren mögen.

Da betrat ein Passagier den Speisesaal und blieb in der Mitte stehen. Man sah ihm an, dass er etwas Besonderes zu melden hatte. »Ihr müsst ihn sehen«, sagte er laut. »Sitzt da oben auf Deck, direkt auf dem Boden, neben seiner Hundedecke. Fehlt noch, dass er eine Büchse hinstellt und wir ihm zehn Cents reinwerfen.«

Ich sah Donhauser an. Der zögerte nur eine Sekunde, dann gab er einem der Stewards ein Zeichen. Er selbst stand auf, deutete eine Verbeugung an und ging. Der Steward folgte ihm.

Harry Tripoli hatte seine Gabel ganz vorsichtig neben den Teller gelegt. Einen Moment lang kam es mir vor, als würde ich sehen, was er jetzt sah: das Bild des Dänen; ein Obdachloser, der um das bisschen Mitleid bettelte, von dem er sich in Zukunft ernähren musste. Sicher war Donhauser schon dabei, uns diesen Anblick zu ersparen. Aber es war zu spät. Der Boxer stand auf und verließ schweigend den Speisesaal.

Unsere nächste Station war Ponce, eines dieser größeren Fischerdörfer auf der Route. Hier gab es keine Kais, und wir ankerten in einiger Entfernung. Es kamen auch keine Taucherjungen heraus, das Wasser war wohl zu tief. Ich hatte den Nachmittag über auf dem Deck des hinteren Aufbaus gesessen, das für die Passagiere geöffnet war, solange in der Sanitätsstation darunter niemand mit einer ansteckenden Krankheit lag. Auch hier waren Sonnensegel aufgespannt, es fehlte allerdings der Service, daher war man meistens für sich alleine. Ich hatte mir etwas zu lesen besorgt; es gab eine kleine Bordbibliothek, wahrscheinlich lauter liegengebliebene Bücher. Sobald wir vor Anker lagen, wurde es zu heiß an Deck, ich ging in meine Kabine und las dort weiter. Es war stickig in dem kleinen Raum, und irgendwann schlief ich ein.

Wach wurde ich, als es an der Tür klopfte. Es war Donhauser. »Kommen Sie bitte!«, sagte er. »Ich brauche Sie.« Ich war völlig verschlafen und fragte nicht, wozu. Er ging voran, ich folgte ihm. Es war gegen sechs Uhr abends. Wir gingen zu der Stelle, von der aus beim Anlegen die Gangway an Land geschoben wurde. Dieser Bereich war von den oberen Decks nicht einzusehen. Die Türen in der Reling standen offen, an der Bordwand hing eine hölzerne Treppe, und unten im Wasser lag ein Boot. An der Reling stand Mogensen, neben ihm zwei große Koffer.

Donhauser trat vor den Dänen und zog seine Mütze. Im Namen der Schiffsführung und der Reederei drücke er sein Bedauern aus. Ein schwerer Verlust, der mit Geld nicht gutzumachen sei. Man habe auch Verständnis dafür, dass er, Mogensen, nicht länger an Bord bleiben wolle. Donhauser zögerte. Ich spürte, wie peinlich ihm das alles war. Selbstverständlich, sagte er, bleibe die Fahrkarte unbegrenzt gültig. Er reichte dem Dänen die Hand.

Mogensen sah krank und verfallen aus. Ein Matrose half ihm die Treppen hinunter, ein anderer trug seine Koffer, unten im Boot sorgte einer dafür, dass er und sein Gepäck einen sicheren Platz fanden. Dann legte das Boot ab.

»Danke«, sagte Donhauser. Seine rechte Hand hielt wieder seine linke. »Ich brauchte einen, der Bescheid weiß.« Dann ging er.

Es war nicht schwer zu verstehen, was er von mir wollte. Ich sollte für die anderen Passagiere den zufälligen Zeugen spielen. Vielleicht wollte er mir auch das Gefühl geben, ich könnte mich an Bord ein bisschen nützlich machen, als Gegenleistung für den Schutz, den ich bekam. Ich blieb noch ein wenig und schaute dem Boot hinterher, doch was weiter mit Mogensen geschah, konnte ich nicht erkennen.

Obwohl es noch eine Stunde bis zum Dinner war, begann ich gleich mit meiner Arbeit. Die Ashleys und die Schweizer traf ich auf dem Bootsdeck; sie schwärmten sofort aus, um die Nachricht zu verbreiten. Kerber sah ich später auf dem Vorderdeck, das für die Passagiere eigentlich gesperrt war. Er trat aus einer Tür, die, soweit ich wusste, zu den Mannschaftsunterkünften führte. Als er mich erkannte, drehte er sich um und verschwand wieder. Einen Moment lang sah ich die junge Schweizerin hinter ihm.

Die Nachricht von Mogensens Abgang verbreitete sich schnell. Schon nach einer Viertelstunde sprach mich jemand darauf an, der es aus dritter Hand hatte. Kurz darauf, ich war wieder auf dem Bootsdeck, kletterte ein Mädchen, das mehrmals bei den Hundetricks assistiert hatte, auf ein Oberlicht. So laut sie konnte, rief sie über das ganze Schiff: »Der Hundemann ist weg!« Dafür bekam sie Applaus.

Beim Dinner herrschte gute Stimmung. Im Speisesaal war es viel lauter als sonst. Den Kindern wurde jetzt wohl alles erlaubt, und sogar die steifen Stewards machten Scherze. Unser Tisch, an dem wieder der Kapitän saß, war noch der ruhigste von allen, natürlich weil wir wissen wollten, ob sich Harry Tripolis Probleme jetzt endgültig gelöst hatten.

Und danach sah es tatsächlich aus. Er aß ohne zu zögern und mit Genuss. Er aß seine Suppe und seine Vorspeise, so, als wäre das Essen für ihn überhaupt kein Problem. Zum Hauptgang gab es Fisch. Die Weingläser wurden nachgefüllt, und Lady Ashley gab ihrem Mann ein Zeichen, worauf er einen Toast auf alles Mögliche ausbrachte. Wir stießen miteinander an und tranken.

Da klopfte Kerber an sein Glas. Er erhob sich kurz, redete aber im Sitzen. »Ich freue mich«, sagte er, »dass jetzt allen geholfen ist.« Dabei nickte er Tripoli zu und grinste. »Und nehmen wir's mal so: Auch unser dänischer Freund hat jetzt die Chance, seinen Kopf mal so'n bisschen frei zu kriegen.« Er hob sein Glas. »Manchmal muss man eben ein bisschen Abstand von seinen Sachen kriegen, damit sich was zum Guten ändert. In diesem Sinne.« Er trank, danach herrschte Stille. Es grübelte wohl jeder für sich, was Kerber eigentlich gemeint hatte.

Doch nur einer fragte nach. Harry Tripoli. Er hatte ein schiefes Lächeln im Gesicht. »Meinen Sie«, sagte er, »da hat jemand nachgeholfen?« Dazu machte er eine entsprechende Handbewegung.

»Wer weiß«, sagte Kerber. »Ich könnt's mir schon vorstellen.« Dabei strahlte er die Schweizerin an, und sie strahlte zurück. Ich glaube, früher sagte man in solchen Fällen: beseelt.

Wir anderen hatten den Boxer im Blick. Harry Tripoli, Olympiasieger in zwei Klassen. Zuerst stellte er sein Glas ab, ganz langsam, und wischte sich den Mund mit der Serviette. Dann schaute er auf seinen Teller, dabei schüttelte er leicht den Kopf, als müsste er dem Fisch leider absagen. Und dann schlug er dem Ingenieur mit der Faust ins Gesicht, quer über den Tisch und vollkommen ansatzlos. Kerber klappte nach hinten, der Stuhl fing ihn auf. Sein Blick war vollkommen leer. Er hielt sich am Tisch, mit beiden Händen, trotzdem rutschte er langsam nach unten. Er sah aus wie jemand, der tagelang nicht geschlafen hat und sich krampfhaft wach hält. Ich wartete auf das Blut. Doch seine Nase blutete nicht, sie schwoll nur an und wechselte die Farbe. Mit Sicherheit war sie gebrochen.

Tripoli war aufgestanden. Seine Arme hingen herab, die Hände waren offen. Er federte leicht in den Beinen. Offenbar wartete er auf die Reaktion seines Gegners. Kerber wollte auch tatsächlich aufstehen, doch er knickte ein und ging neben seinem Stuhl auf die Knie. Geschirr fiel zu Boden, und sein Anzug bekam Flecken.

Ich selbst war sitzen geblieben. Hätte jetzt einer die beiden trennen müssen, dann natürlich ich. Tripoli hatte Kerber ja praktisch über meinen Teller hinweg geschlagen. Da sagte Donhauser: »Darf ich die Herren vielleicht bitten, wieder Platz zu nehmen.«

Vollkommen ruhig, verstehen Sie, Brady? Ohne das geringste Zittern in der Stimme. Ohne jede Anstrengung. Tripoli zögerte kurz, dann setzte er sich. Ich half Kerber zurück auf seinen Stuhl. Ein paar Leute schauten zu uns herüber; doch wahrscheinlich hatten sie nicht verstanden, was passiert war. Kein Wunder bei dem Lärm.

Donhauser hatte jetzt unsere Aufmerksamkeit. Er sagte: »Gestatten Sie mir bei dieser Gelegenheit eine kleine Anmerkung.« Dabei zeigte er auf seinen Teller. »Einen solchen Fisch, meine Damen und Herren, servieren Ihnen selbst unsere Luxusliner nicht. Ich weiß, man darf das nicht tun, trotzdem möchte ich uns jetzt einmal loben. In der guten Küche ist Frische das A und O! Sie wissen das. Und auf der Präsident kommt so ein Fisch ohne Umweg aus dem Meer in die Pfanne.«

Schließlich versuchte er sogar, kokett zu klingen, so gut es sein Englisch zuließ. Er sagte: »Leider wissen das unsere Passagiere kaum zu schätzen.«

Ashley reagierte als Erster: Er sagte »Einen Toast auf die Küche!« Donhauser dankte ihm. Wir stießen wieder an und tranken. Auch Kerber; die junge Schweizerin hatte ihm eine Serviette angefeuchtet, und die drückte er sich ins Gesicht. Dann aßen wir schweigend den Fisch, der übrigens wirklich gut war. Nur Tripoli und Kerber aßen nicht. Sie blieben allerdings auf ihren Plätzen. Der eine offenbar wieder ohne Appetit, der andere mit gebrochener Nase.

Am nächsten Morgen beim Frühstück fehlten sie dann beide. Auch Donhauser kam nicht in den Speisesaal. Dafür hatten wir einen neuen Gast an unserem Tisch. Oder besser gesagt, ein alter kam zurück. Trat in den Raum, sah sich kurz um und legte sich an seinen Platz. Es war Grimson, Mogensens Hund. Leibhaftig und vollkommen unversehrt.

Sie hätten sehen müssen, was das für ein Hallo gab! Alles schrie durcheinander. Der Hund wurde umarmt, die Kinder zausten sein Fell und schüttelten ihm die Pfote. Er bekam eine Unmenge zu fressen, ganz ohne Tricks. Ich weiß nicht, ob er nach Mogensen suchte; das war bei dem Aufstand gar nicht zu sagen.

Sobald ich konnte, machte ich mich davon. Ich war schließlich der Informant vom Dienst, also lief ich zur Brücke. Vergebens, Donhauser wusste schon Bescheid. Überhaupt wusste er alles. Ein Mitglied der Besatzung, ein Heizer, hatte den Hund in seiner Kabine versteckt, ganz tief unten im Schiff. Im Auftrag eines Passagiers und natürlich für Geld. Doch gestern Abend hatte der Mann das vereinbarte Zeichen zur Freilassung nicht bekommen, und da war ihm mulmig geworden. Am Morgen hatte er Grimson beim Ingenieur abgeliefert. Jetzt saß er im Arrest.

Ich fragte, ob man wisse, wer der Passagier war.

Donhauser sagte: »Allerdings!« Und am liebsten hielte er jetzt über diesen Idioten und seine Helfershelfer ein blutiges Strafgericht. Leider sei er verpflichtet, seine Passagiere unter allen Umständen zu beschützen, notfalls auch vor ihrem eigenen Schwachsinn.

Ich sagte: »Na ja. Ende gut, alles gut.« Was man in einer solchen Situation eben sagt. Ob er denn Mogensen schon benachrichtigt habe? Der Däne musste ja noch in Ponce sein.

Ich hatte in der Tür zum Brückenhaus gestanden. Donhauser schob mich nach draußen. »Was denken Sie?«, sagte er, ganz scharf. »Wofür halten Sie mich? Glauben Sie, ich rege mich auf wegen eines versteckten Köters?«

Ich hatte keine Ahnung, was jetzt kommen würde.

Donhauser machte es kurz. Als der Hund wieder aufgetaucht war, hatte er sofort ein Boot an Land geschickt. Er war sogar mitgefahren, um die gute Nachricht persönlich zu überbringen. Immerhin, auf seinem Schiff ging so leicht kein Passagier verloren, ob er nun Mensch war oder Tier. Das hatte er Mogensen sagen wollen. Konnte er aber nicht. Mogensen war tot. Irgendwann in der Nacht hatte er sich aufgehängt. Hinter einer Fischerkneipe am Stadtrand, ein paar Schritte in den Dschungel hinein.

Donhauser fasste sich wieder an den Bart. Ich weiß noch, wie ich dachte, ich an seiner Stelle würde mich lieber rasieren. Dann packte er meinen Arm. Ich hatte Angst, er könnte jetzt sagen: Und Sie sind schuld! Keine Ahnung, was ich geantwortet hätte.

Doch er sagte: »Und genau das wird niemand erfahren. Niemand! Haben Sie das verstanden?«

Ich sagte: »Ja.«

»Sie sind mir dafür verantwortlich. Denken Sie sich etwas aus! Und sorgen Sie dafür, dass alle es mitkriegen.«

Ich sagte: »Gut.«

Ich bin dann von der Brücke herunter. Aber ich traute mich nicht gleich unter die Leute. Stattdessen habe ich in meiner Kabine gesessen und geübt, was ich jetzt sagen wollte: Mogensen hatte gestern Abend einen Küstensegler genommen. Vermutlich würden wir trotzdem vor ihm in Saint Thomas sein, leider. Und der Hund komme dort in treue Hände. Es musste unbedingt fröhlich klingen; schließlich war alles gut ausgegangen. Eine halbe Stunde hat es gedauert, bis ich mich stark genug fühlte.

Die Passagiere hatten sich inzwischen auf die Decks verteilt, der Hund zog wieder seine Runden und führte seine Tricks vor. Alle waren begeistert, ihn endlich ohne seinen Herrn zu haben. Ich ging herum und sagte meinen Text auf. Niemand interessierte sich dafür.

Beim Lunch und beim Dinner war es ähnlich. Auch über Kerber und Tripoli verlor niemand ein Wort. Die Engländer und die alten Schweizer unterhielten sich stattdessen sehr angeregt über das Leben in den Kolonien. Ich war mit Dolmetschen beschäftigt und kam kaum hinterher.

Die junge Schweizerin war ziemlich still. Sie hieß übrigens Wilma. Am Abend sah ich sie alleine auf dem Bootsdeck an der Reling stehen. Ich glaube, sie weinte, vermutlich um Kerber; um Mogensen konnte sie ja nicht weinen. Ich hätte sie gerne getröstet. Leider wusste ich etwas, das sie nicht wissen durfte, damit es ihr nicht das ganze Leben verdarb.

Also ging ich ihr sicherheitshalber aus dem Weg. Wenn sie einen Schweizer geheiratet hat, dann muss sie jetzt nicht hungern, und niemand schießt auf ihre Kinder. Ich gönne ihr das.

Wir erreichten planmäßig Saint Thomas, und dort lag auch schon der Dampfer der Hapag, der die meisten Passagiere nach Europa bringen sollte. Gegen Abend war das Ausschiffen beendet. Ich hatte mich nur von den Ashleys und den Schweizern verabschiedet, danach war ich abgetaucht; ich wollte nicht darauf angesprochen werden, dass ich an Bord blieb. Erst gegen Mitternacht ging ich hinauf zum Bootsdeck. Und von dort habe ich die beiden tatsächlich noch einmal gesehen, Kerber und Tripoli. Sie standen am Kai, offenbar warteten sie auf ihr Gepäck. Kerbers Gesicht war geschwollen, er sah wirklich schrecklich aus. Tripoli saß vornübergebeugt auf einem Handwagen, vielleicht hatte er Schmerzen.

Endlich wurden ihre Koffer über die Gangway gebracht. Und dann erschien Donhauser. Er redete mit beiden, getrennt, mit Kerber etwas länger. Was er sagte, verstand ich nicht, und die Reaktion der Männer konnte ich nicht einschätzen. Donhauser gab beiden die Hand und ging zurück an Bord. Kurz darauf hörte ich Schritte auf der Treppe zum Bootsdeck, daneben ein anderes Geräusch, das ich mittlerweile sehr gut kannte: das Kratzen der Hundekrallen auf den Planken. Ich trat schnell hinter einen der großen Lüfter, allerdings umsonst, der Hund fand mich sofort und setzte sich vor mich. Ich hatte weder Kekse noch Wurst dabei und wollte ihm das zeigen; da pfiff Donhauser, und der Hund lief Richtung Brücke davon.

7

Bastogne, Militärlazarett, 25.1.1945

Die Fahrt zurück nach Kingston verlief anfangs ganz ruhig und ohne besondere Ereignisse. Die neuen Passagiere hatten das Klima an Bord verändert. Und zwar, wie soll ich sagen, in Richtung große Welt. Sie brachten das vornehme Leben vom Ozeandampfer auf die Präsident. Die Frauen zogen sich mehrmals täglich um, auf dem Bootsdeck wurde jetzt richtig promeniert, und alles machte Konversation. Ich war heilfroh, wenigstens meinen weißen Anzug zu besitzen; ich trug ihn praktisch dauernd, und ich war fast immer an Deck. Darüber vergaß ich manchmal für ein paar Minuten, vielleicht sogar für eine Stunde, dass ich eigentlich einer war, der weglief. Andererseits konnte ich nun wirklich nicht ignorieren, dass es jetzt in gewisser Hinsicht wieder nach Hause ging. Demnächst war jedenfalls eine Entscheidung zu treffen.

Demnächst, das hieß: in Kingston. Ich war jetzt etwa drei Wochen unterwegs, also musste sich in New York irgendetwas ergeben haben. Allerdings, wie hätten mich Neuigkeiten auf der Präsident erreichen sollen? Wenn überhaupt irgendwo Nachrichten für mich eintreffen würden, dann nur im Hotel Gran Caribe in Havanna. Ich hätte also auf gut Glück in Kingston aussteigen und dorthin zurückfahren können.

Doch ehrlich gesagt, das erschien mir zu leichtsinnig. Auf der Präsident hatte ich mittlerweile keine Angst mehr vor einem Mörder, der mir hinterherreiste. Oder besser gesagt, ich hatte diese Angst im Griff. Ich wusste ja, dass Donhauser seine Passagiere kontrollierte; und regelmäßig ließ er mich wissen, dass er keinen Verdacht hegte. Doch außerhalb des Schiffes herrschte in jeder Beziehung der Dschungel.

Natürlich hatte ich auch erwogen, mich direkt an Kessel zu wenden. Ich wusste, dass die Präsident einen Funktelegraphen an Bord hatte, mit dem man sicher auch New York erreichen konnte. Allerdings hatte ich Donhauser noch nicht gefragt, ob er für mich ein Telegramm absetzen könnte. Das heißt, ich hatte die Frage immer auf den nächsten Tag verschoben. Schauen Sie nicht so, Brady! Ich habe nie behauptet, dass ich damals ein junger Mann mit großer Entschlusskraft war.

Endlich fragte ich ihn. Als wir wieder im Hafen von Santo Domingo lagen und am Abend Ruhe auf dem Schiff herrschte, ging ich hinauf zum Bootsdeck. Donhauser saß auf seinem Stammplatz am Kartenhaus. Neben ihm lag Grimson, lang ausgestreckt auf den Decksplanken. Seit dem Beginn unserer Rückfahrt durfte er den Bereich von Brücke und Kartenhaus nicht mehr alleine verlassen. Neben dem frischen Fisch hätte er die größte Attraktion an Bord der Präsident sein können, besonders für die jüngeren Passagiere, aber Donhauser hatte anders entschieden. Man sah den Hund jetzt nur noch zusammen mit seinem neuen Herrn. Natürlich waren auch die Tricks tabu.

»Könnten wir machen«, sagte Donhauser auf meine Frage. Er bot mir Platz an. Obwohl die Funkanlage eigentlich nicht für private Nachrichten gedacht sei, nur für dienstliche Zwecke. Kontakt zur Reederei, Meldungen über Sturm, Weltuntergang und andere bedrohliche Lagen. Er grinste durch seinen Bart. Allerdings sollte ich Folgendes bedenken: Wenn sein Funker es schaffe, eine Nachricht abzusetzen, die in New York als Telegramm ausgeliefert werden könne, dann wisse womöglich der ganze Äther, wohin ein Mr. Z. K. Smith geflohen sei. Er zog die Augenbrauen hoch und machte eine Horch-Geste.

Ich muss wohl sehr bestürzt ausgesehen haben. Donhauser schüttelte den Kopf. »Wenn Sie mich fragen«, sagte er, »dann sind Sie in Sicherheit.« Er persönlich glaube nicht, dass mir irgendjemand ans Leben wolle. Dafür sei ich nicht der Typ, das habe er im Gefühl.

Ich hatte in den letzten Tagen versucht, mich mit einer besonders klugen Hypothese zu beruhigen: Wenn wirklich jemand nach mir suchte und wenn dieser jemand herausgefunden hatte, dass ich mit der Präsident von Havanna abgefahren war, dann führte meine Spur logischerweise nach Europa. Jedenfalls war es am unwahrscheinlichsten, dass ich mit demselben Schiff wieder zurück nach Kingston fuhr. Doch wirklich beruhigt hatte mich das nicht. Ich musste nur das Telegramm lesen, um wieder in Panik zu geraten.

»Achtung! Lebensgefahr! Jetzt keine Fragen! Komm nicht zurück! Ich melde mich.« Wenn man so etwas einmal lesen musste, kann man dann überhaupt wieder der werden, der man vorher war? Also ein Mensch, der nicht dauernd an das Schlimmste denkt. Das habe ich mich damals ernsthaft gefragt.

Donhauser wollte wissen, ob ich in Kingston von Bord gehen würde.

Ich sagte: »Ich bin noch nicht entschieden.«

Er fuhr sich wieder an den Bart, diesmal zwirbelte er eine der Schnurrbartspitzen. »Aha!«, sagte er. »Noch eine Runde?

Noch einmal Saint Thomas und zurück?« Er werde sehen, ob er die Route ein wenig ändern könne, damit mir nicht langweilig werde. Und dann lachte er, laut und herzlich. So hatte ich ihn noch nie gehört.

Ich war gekränkt. Ich sagte: »Sie halten mich für einen Feigling. Stimmt doch, oder?«

»Feigling?« Donhauser fing seine linke Hand mit der rechten ein. Das sei ja nun mal ein ganz großes Wort. Und er frage sich immer, ob die großen Wörter wirklich zu den Dingen passten. Von den Menschen ganz zu schweigen. Vielleicht hätte ich gerade Zeit und Lust, mir eine Geschichte zu diesem Thema anzuhören?

Ich hatte alle Zeit der Welt, und niemand wusste das so gut wie er. Also nickte ich wie ein höflicher Schüler, den sein Lehrer einlädt. Darauf ließ er ein Glas für mich kommen.

Schauen Sie, Brady, ich habe Ihnen jetzt schon eine Menge über mein Leben erzählt. Da haben Sie sich bestimmt ein Bild von mir gemacht. Sie müssen das nicht abstreiten; wir tun das alle ganz automatisch. Na, und jetzt mal ehrlich: Passt das in Ihr Bild, dass andere Leute mir gerne ihre Geschichten erzählten?

Oder eher im Gegenteil? Damit lägen Sie nämlich richtig.

Trotzdem wusste ich, was ich zu tun hatte. Donhauser war vorläufig meine Lebensversicherung. Also benahm ich mich entsprechend.

Damals habe ich übrigens geschrieben: »Es war ein guter Abend für eine Lebensbeichte.« Steht hier, wörtlich so. Das würde ich heute nicht mehr sagen, geschweige denn schreiben. Es ist einfach kitschig. Es sagt auch gar nichts, gerade weil es so viel sagen will. In solchen Fällen hält man sich besser an die Tatsachen.

Also. Wir hatten damals den inneren Hafen von Santo Domingo wieder verlassen und ankerten draußen auf der Reede. Die Nacht war sternenklar, wie meistens, das Besondere an diesem Abend war ein frischer Wind, vielleicht der Ausläufer eines Sturms am anderen Ende der Karibik. Wir hatten jedenfalls keine Warnung bekommen.

Donhauser holte ziemlich weit aus für seine Geschichte. Er stammte aus einer Gegend am Rhein; deswegen kam ihm mein pennsylvanisches Deutsch auch so vertraut vor. Soweit er das zurückverfolgen konnte, waren seine Vorfahren alle Soldaten gewesen, allerdings in immer anderen Kleinstaaten, je nachdem, wo man sich gerade eine Armee leisten konnte. Daher war die Familie nie zu Wohlstand gekommen. Einmal hatte es der Sohn eines Generals nur zum Feldwebel gebracht.

Donhauser selbst wurde dann in das deutsche Kaiserreich geboren. Die Kleinstaaterei war vorbei, dafür träumte man in Berlin von der Großmacht. Nach der Schule meldete Donhauser sich zur Marine. Das war Mitte der 1890er Jahre. Natürlich begeisterten ihn die stählernen Kriegsschiffe, mit denen der neue Kaiser seinen Nachbarn beikommen wollte. Doch die Ausbildung der Kadetten fand damals noch auf altmodischen Segelschiffen statt, die allenfalls eine Hilfsmaschine hatten. Bevor man die Jungen auf die schwimmenden Kriegsmaschinen ließ, wollte man ihnen zeigen, was es früher bedeutet hatte, ein Seemann zu sein.

Der Dienst auf diesen Schiffen war hart. Bei jedem Wetter mussten die Jungen hinauf in die Masten. Manchmal kamen sie tagelang nicht aus ihren nassen Sachen, dann wieder fuhr das Schiff mit Dampf durch eine glühend heiße Flaute, langsam, um Kohle zu sparen. Unter Deck waren die Kadetten auf engstem Raum zusammengepfercht, niemandem blieb auch nur der kleinste Rest von Privatsphäre. Im Gegenteil, man wurde von einem selbständigen Menschen zu einem Teil des Schiffes.

Donhauser sagte es so: Der Seemann an Bord eines Seglers ist das lebendige Teil der Taue, an denen er zieht, oder des Ruders, an dem er dreht. Mehr nicht. Selbst wenn er in seiner Hängematte liegt und schläft, rollt und stampft er wie das Schiff. Das ist nichts für jeden. Die meisten Kadetten zählten die Wochen und Tage bis zur Versetzung auf ein modernes Kriegsschiff. Ludwig Donhauser aber wollte auf dem Segler bleiben, wenn möglich für immer.

Die Ausbildungsfahrt des Schulschiffes dauerte fast ein Jahr und führte bis in die Südsee, wo sich Deutschland gerade um eine Kolonie bemühte. Donhauser war von allem, was er erlebte, vollkommen begeistert. Von der Weite des Meeres und der Einsamkeit des Schiffes, und genau so von der Nähe zu anderen Menschen. Er ging nachts gerne Wache auf Deck, ganz für sich alleine; gleichzeitig gefiel es ihm, kein Individuum mehr zu sein. Was das Wort Mannschaft wirklich bedeute, sei ihm damals zum ersten Mal aufgegangen.

Er war auch fasziniert von den Orten, zu denen sie fuhren, von ihrer Fremdheit; und dann wieder genoss er das Gefühl vollkommener Heimat, wenn er nach Landgängen auf das Schiff zurückkehrte wie in den Mutterleib. Alles seine Worte. Noch auf See hatte er sich geschworen, an Bord zu bleiben. Und das gelang ihm. Er musste ein paar Lehrgänge an der Marineschule absolvieren, dann kam er zur Stammbesatzung einer Kreuzerfregatte. Sie hieß Gneisenau.

Im Dezember 1900 war Donhauser vierundzwanzig Jahre alt, Leutnant und jetzt selbst zuständig für die Ausbildung der Kadetten. Die Gneisenau lag im Hafen von Malaga. Es war Sturm angesagt, und sie wollte den Liegeplatz wechseln, um sich in Sicherheit zu bringen. Der Kapitän ließ den Anker einholen und befahl volle Kraft voraus, doch der Dampf in den Kesseln der Hilfsmaschine reichte nicht aus und das Schiff machte kaum Fahrt. Der Sturm trieb es gegen eine Mole, sein Rumpf brach auf und lief voll, es sank; nur die Masten ragten aus dem Wasser.

Um sich zu retten, kletterten alle in die Takelage. Dabei wurde der Sturm immer stärker. Auf der Gneisenau fuhren auch Schiffsjungen, die meisten waren gerade mal fünfzehn Jahre alt. Sie hingen an den Rahen wie Wäsche an der Leine. Donhauser war durch die Masten geklettert und hatte jeden, den er erreichen konnte, irgendwo festgebunden. Aber alle konnte er nicht retten. Die Jüngsten verloren als Erste den Halt. Sie fielen ins Wasser und wurden zwischen dem Schiff und der Mole zerrieben. Erst als der Sturm sich legte, holte man die Überlebenden an Land.

Wieder zu Hause, war Donhauser ausgezeichnet und befördert worden. Es wäre ein guter Moment gewesen, auf ein modernes Kriegsschiff zu wechseln, doch er bat darum, wieder auf einem Segler fahren zu dürfen. Man schlug ihm das nicht ab. Die kaiserliche Marine war damals eine Flotte ohne Geschichte. Sie hatte einen gewaltigen Bedarf an Helden, auch wenn es nur solche waren, die einen Untergang überlebt hatten. Donhauser fuhr jetzt auf der Stosch, einem Schwesterschiff der Gneisenau. Später wurde er dort Erster Offizier.

Er war damals fast dauernd unterwegs; die Häfen von Apia, Shanghai und Tschingtau kannte er besser als die der Ostsee. Er war nicht verheiratet, seinen Eltern und Geschwistern schrieb er gelegentlich Postkarten. Er wusste alles über die Kolonien, und er wusste alles übers Segeln. Er war ein Soldat im 20. Jahrhundert, doch er fühlte sich wie ein Seemann im Zeitalter der großen Entdeckungen. Auf dem schrägen Deck stand er sicherer als an Land. Er bewohnte eine winzige Kajüte, in der das wenige, das er besaß, in Griffweite lag. Nach dem Untergang der Gneisenau hatten seine Haare zuerst die Farbe verloren, dann waren sie ihm ausgefallen. Sein Bart blieb allerdings rot. Er war eine imposante Erscheinung; die Kadetten nannten ihn Störtebeker.

Als die Stosch einmal in die Kieler Werft musste, bestellte man ihn zur Admiralität. Dort sagte man ihm, was er längst wusste und nur nicht wahrhaben wollte: Die Segelschulschiffe sollten demnächst außer Dienst gestellt werden; man wollte die Kadetten auf modernen Kreuzern ausbilden. Höchste Zeit für ihn, sich über seine Karriere Gedanken zu machen.

Auf der Reede vor Kiel lag damals gerade eines der modernen Geschwader. Seit Donhauser bei der Marine war, hatte die Technik alle paar Jahre einen Sprung getan. Nur ein einziges neues Schiff konnte heute eine Flotte von älteren vernichten. Doch liebte eigentlich jemand diese Monstren? Sie liefen vom Stapel und galten sofort als überholt und veraltet. Es waren im Grunde gar keine Schiffe, sondern Zahlen in Listen, die man mit anderen Listen verglich, um damit Parlamentsbeschlüsse herbeizuführen und Weltpolitik zu machen.

Donhauser hatte sich auf diesen Schiffen umgesehen. Man betrat sie wie einen Verwaltungsbau und begab sich an seinen Arbeitsplatz. Offiziere seines Dienstgrades fungierten hier als Sachbearbeiter, Abteilungsleiter und Subdirektoren. Zu vielen Tätigkeiten gehörte es, kein Tageslicht zu sehen, den Wind nicht zu spüren und das Wasser nicht zu schmecken. Bei seiner Vorgeschichte durfte Donhauser hoffen, in fünfzehn oder zwanzig Jahren selbst Herr eines solchen Monstrums zu werden. Und davor graute ihm.

Einer der Kapitäne lud ihn zum Essen ein und ließ sich den Untergang der Gneisenau schildern. Sie saßen in seinem Salon an Bord; es lagen dicke Teppiche auf dem Boden, schwere Eichenmöbel standen an den Wänden, dazwischen hingen großformatige Porträts von Kaiser und Kaiserin. Wären nicht die runden Bullaugen gewesen, man hätte glauben können, im Büro eines Bankdirektors oder eines Reeders zu sitzen. So also sah sie aus, die Entschädigung für das Leben in dieser schwimmenden Fabrik.

Donhauser war nahe daran, alles hinzuwerfen. In der Handelsmarine hätte man damals einen Segler mit seinen Erfahrungen jederzeit genommen. Er hätte im Handumdrehen Kapitän werden können, auf einem der Viermaster, die Salpeter aus Chile holten. Aber er war doch Soldat! Das gab man nicht so einfach auf. Und aus diesem Dilemma heraus geriet er ausgerechnet an die Unterseeboote.

Es gab damals in der deutschen Marine gerade mal zwei U-Boote, mit denen man experimentierte. Donhauser traf einen ihrer Offiziere im Kasino am Hafen. Der Mann saß an der Theke. Obwohl er eine saubere Uniform trug, stank er nach Petroleum, dem Brennstoff der U-Boote. Wenn andere Offiziere vorbeigingen, machten sie demonstrativ einen Bogen um ihn und sagten etwas Spöttisches. Der Mann nickte dazu, freundlich und ein bisschen herablassend. Überhaupt wirkte er, als sei er die Ruhe selbst. Donhauser stellte sich vor, lud den Mann auf ein Bier ein und ließ sich alles erklären.

Niemand in den höheren Etagen nahm die U-Boote damals ernst. Man besaß sie nur, weil die anderen Marinen welche hatten. Außerdem waren die Verhältnisse an Bord irritierend. Vom Kommandanten bis zum letzten Matrosen war dort nämlich jeder ein Fachmann. Reine Kuliarbeit wie auf den großen Schiffen gab es nicht; im Ernstfall trug daher jeder Verantwortung. Dazu bestimmte die Enge an Bord den Umgang miteinander. Auf den großen Schiffen lebten die Offiziere weit weg von der Mannschaft wie die Könige. Auf den U-Booten hatte nicht einmal der Kommandant einen Raum für sich.

Donhauser trank so lange mit dem Offizier, bis er dessen Geruch nicht mehr wahrnahm. Am nächsten Tag bat er um seine Versetzung zu den U-Booten; und da sich nur äußerst selten ein Offizier seiner Herkunft für den Dienst in einer Truppe von ölverschmierten Klempnern bewarb, übernahm man ihn sofort.

Natürlich musste er dazu wieder auf die Schulbank, für etliche Monate sogar. Das war ihm egal. Wenn er schon nicht mehr im Wind und in der Gischt stehen sollte, dann wollte er ab jetzt ganz unter Wasser sein. Die Männer der U-Boot-Truppe waren in die Technik so vernarrt wie er in die Natur des Meeres. Donhauser wusste, er war nicht wie sie, aber er lebte lieber mit ihnen als mit den Bürokraten auf den Schlachtschiffen. Wenn sie abends eines der Schulungsboote verließen, dann rochen sie alle gleich, ihre Gesichter waren schwarz und ölig. Sie trugen unvorschriftsmäßige Bärte. Je mehr sie verspottet wurden, desto besser fühlten sie sich. Hätte der Kaiser sie besucht, sie wären stramm gestanden und hätten ihm ihre verschmierten Hände hingehalten.

Nach einem knappen Jahr wurde Donhauser auf das dritte

U-Boot kommandiert. Es war gerade fertig geworden und sollte auch zur Schulung dienen. Mit einer neuen Crew überführte er es von der Werft zu seinem Liegeplatz in Wilhelmshaven. Natürlich fuhren sie über Wasser; bevor es tauchen durfte, musste so ein Boot erst ausgiebig getestet werden. Der Turm war mit Girlanden geschmückt, und als sie durch den Kanal von der Ostsee zur Nordsee fuhren, standen am Ufer Hunderte von Menschen Spalier. Donhauser wusste, was sie dachten. Die einen waren begeistert. Was für ein technischer Fortschritt! Die anderen waren schockiert. Sie hielten U-Boote für die Waffe von Feiglingen.

Ja, Brady, da war es wieder, das große Wort. Ich war damals versucht, Donhauser zu fragen, wie er darüber gedacht hatte. Doch ich wollte ihn nicht unterbrechen.

In den nächsten Wochen wurde das Boot erprobt. Zuerst ließ man es im Hafen sinken, um zu prüfen, ob es dicht war. Drinnen stand die Besatzung auf alle Stationen verteilt, um jedes Leck sofort zu erkennen. Dann folgten Fahrten vor der Küste, bei denen sich das Boot kurz unter Wasser schob. Permanent wurde umgebaut und repariert; manchmal mussten sie tagelang warten, bis ein Defekt gefunden war. Schließlich sollte es echte Tauchfahrten in größerer Tiefe geben.

Mit den Unterwasserfahrten war Donhauser damals schon ganz vertraut. Sie waren sein Ersatz fürs Segeln geworden. Dabei war natürlich alles ganz anders. Wenn das Boot versank, setzte schlagartig Stille ein, man hörte nur noch den Motor vibrieren. Unter Wasser war man schwerelos, und eigentlich war man auch blind. Aber Donhauser fühlte sich vollkommen sicher. Als wäre er eins geworden mit dem Meer. Seine Worte. Und die kurzen Phasen, in denen er sich so fühlen durfte, entschädigten ihn dafür, dass er jetzt statt auf einem luftigen weißen Segler in einer öligen, kalten Maschine fuhr.

Die erste Dauererprobung fand an einem windigen Tag im Juli statt. Wie immer waren die Ausbilder mit an Bord, Donhauser sollte als Kommandant fungieren. In Begleitung eines Torpedobootes fuhren sie hinaus vor die Küste. Das Boot schlingerte wie ein treibender Baumstamm durch die Wellen. Dann simulierten sie ein Alarmtauchen, so als hätten sie plötzlich ein Angriffsziel gesichtet. Alle besetzten ihre Positionen. Die Wellen schlugen über dem Boot zusammen, die Alarmklingeln wurden ausgeschaltet.

Und wieder diese Stille. Nur der Kommandant sah jetzt noch, was draußen geschah: ein kleines, verwaschenes Bild im Sehrohr. Er nannte die Daten des fiktiven Ziels, worauf der Navigationsoffizier so tat, als berechnete er den Kurs. Das Kratzen des Bleistifts auf dem Papier. Dann die Anweisungen an die Männer am Ruder und an die im Torpedoraum. Alles Dutzende Male geübt. Der Befehl für langsame Fahrt und schließlich der zum Abschuss des Torpedos. Von vorne die Vollzugsmeldung. Jetzt nur noch abdrehen und auf größere Tiefe sinken, weil ein echter Torpedo den Standort des Bootes verraten könnte. Wie gesagt, alles Dutzende Male geübt.

Trotzdem hatte es sich angefühlt wie der Ernstfall. Doch dann ließ die Anspannung nach. Es gab jetzt nichts mehr zu tun, als die Maschinen und Instrumente zu beobachten. Wenn der Sauerstoff zur Neige ging, sollten sie auftauchen und das Torpedoboot treffen. Das wäre schon alles gewesen.

Die Stimmung im Boot war famos, so, als hätte man etwas Großes geleistet. Eine Flasche kursierte, von allen beklatscht, auch wenn der Schluck daraus eher symbolisch war. Eine

Art Feierabendstimmung machte sich breit. Donhauser übergab das Kommando dem Leutnant, der als sein Stellvertreter eingeteilt war, dann ging er in den winzigen Offiziersraum und legte sich in eine Koje. Er war nicht erschöpft, es war nur die übliche Geste des Vertrauens in die Mannschaft. Er hatte das auf den Seglern gelernt; hier unter Wasser benahm er sich genau so. Doch dann begegnete ihm etwas, das er noch nicht kannte. Nicht einmal von den Rahen der Gneisenau, als er die Schiffsjungen festgebunden hatte. Es war die Angst.

Er hatte die Beine an den Leib gezogen, den Rücken an das eiserne Schott gelehnt und wollte seine Pfeife stopfen. Da wurde plötzlich ein Vorhang beiseitegezogen, und er sah, ganz deutlich, in welcher Lage er sich befand. Er saß in einer stählernen Röhre, zwölf Meter unter dem Meeresspiegel, darunter die vielfache Spanne an Wasser. Ein kompliziertes System von Tanks, Pumpen und Leitungen hielt die Röhre in der Schwebe. Um aufzusteigen, mussten die Pumpen das Wasser aus den Tanks drücken. Ein Defekt, eine Undichtigkeit, und sie blieben hier unten, bis sie erstickten. Oder sie sanken tiefer, bis es sie zerquetschte. Auszusteigen war unmöglich, man müsste das Boot fluten, um die Luken öffnen zu können. Einer würde es nach draußen schaffen, vielleicht, alle anderen würden ertrinken.

Donhauser musste die Pfeife beiseitelegen, so sehr zitterten seine Hände. Plötzlich war ihm klar, was er getan hatte. Er hatte sich einer Technik anvertraut, die er zwar bedienen konnte, doch niemals wirklich beherrschen würde. Gut, das ging allen so, die zur See fuhren. Aber während die Bürokraten auf den Schlachtschiffen zumindest die Chance hatten, von Bord zu gehen, wenn ihre Giganten versanken, musste er auf ewig tun, was dieses kleine Boot tat. Wenn es versagte, hatte auch er versagt; wenn es sank, sank er mit ihm.

Dabei schreckte ihn nicht der Tod an sich. Der Tod fuhr immer mit. In der Takelage der Gneisenau hatte Donhauser mit dem Tod gekämpft, als der die Jungen ins Meer werfen wollte. Er hatte dabei gewonnen und verloren. Aber hier unten im Boot saß der Tod in einem kleinen undichten Ventil, in einem verstopften Rohr, in einer festgefressenen Pumpe oder in dem verschlafenen Matrosen, der auf Befehl einen falschen Hebel umlegte. Und vor diesem Tod hatte Donhauser Angst.

Er konnte nicht länger in seiner Ecke bleiben. Er stand auf und ging zurück in den Kommandoraum. Die anderen waren immer noch bester Laune, es wurde bereits der Abend geplant, vielleicht ein kleines Fest zur Feier des Tages. Donhauser sah die Gesichter: lauter Menschen, die in einem furchtbaren Irrtum lebten, indem sie sich auf Instrumente und Warnlampen verließen, auf die Oberfläche, auf das, was sie abschrauben und in die Hand nehmen konnten. Er aber sah jetzt in die Maschine hinein, ganz tief, in ihren Kern, in ihre Seele; und er sah, dass sie vom Vertrauen der Menschen lebte und dass ihr die Menschen vollkommen gleichgültig waren.

Donhauser fühlte sein Herz in den Fingerspitzen schlagen. Es war nicht die Angst vorm Sterben. Das Sterben gehörte dazu, für einen Soldaten erst recht. Doch hier, in der Maschine, starb man so grauenhaft beiläufig. Man wurde nur mitgerissen von einer Technik, die keine großen Worte mehr machte. Es war Schluss mit den Märchen vom Heldentod; es gab keine schönen Lügen mehr. Allerdings auch keinerlei Trost.

Donhauser sah immer wieder auf die Uhr. Er ging durchs Boot, kontrollierte, ließ sich etwas melden, legte selbst irgendwo Hand an, ohne bei der Sache zu sein. Und er blieb in Bewegung; auf keinen Fall durfte jemand bemerken, dass die Angst ihn gepackt hatte. Er war der Kommandant, also spielte er mit der Routine von fünfzehn Jahren auf See den Kommandanten, hier unter Wasser, in diesem Sarg, von dem sie glaubten, er wäre eine Waffe.

Als der Sauerstoffvorrat unter die vereinbarte Marke fiel, bemerkte er das gar nicht. Sein zweiter Mann gab die entsprechenden Befehle. Sie tauchten auf und Donhauser stieg in den Turm. Draußen fuhr ihm der Wind unter die Jacke. Sie erreichten das Torpedoboot, das einen Glückwunsch signalisierte. Die Mannschaft kletterte durch die vordere Luke auf das schmale Deck des U-Bootes und jubelte. Ein junger Unteroffizier vergaß sich und klopfte Donhauser auf die Schulter. Sie fuhren zurück in den Hafen, Donhauser machte seinen Vorgesetzten Meldung, dann verabschiedete er sich und ging kerzengerade zu seiner Unterkunft.

In seinem Zimmer wurde er ruhiger. Und er fing an, sich zu trösten. Es war ja im Grunde nichts Schlimmes passiert. Vor allem: Man hatte ihm nichts angemerkt! Wenn er jetzt etwas entscheiden musste, hatte er dafür alle Zeit, die er brauchte.

Doch das war ein Irrtum; die Entscheidung war ihm längst abgenommen. Donhauser zog sich aus, um sich wie immer nach Dienst gründlich zu waschen. Da sah er im Spiegel, dass er sich beinahe die ganze linke Hälfte seines Bartes ausgerissen hatte. Dort fehlte jetzt, für jeden sichtbar, ein Streifen von der Nase bis zum Kinn, so breit wie ein Finger. Auf der hellen Haut saßen kleine rote Punkte, geronnenes Blut aus vielen winzigen Wunden.

Donhauser nahm eine Schere und schnitt den Rest seines Bartes weg. Dann rasierte er sich gründlich. Dabei wusste er, das würde nicht helfen. Seine Kameraden und seine Vorgesetzten hatten ihn gesehen; und wer ihn gesehen hatte, der wusste, was passiert war. Er konnte sich jede Erklärung sparen, die Wahrheit stand ihm ins Gesicht geschrieben. Er kleidete sich aus, wusch sich und legte sich aufs Bett. Doch er schlief nicht, er wartete nur auf den nächsten Tag. Ohne das Boot und die Mannschaft noch einmal zu sehen, quittierte er den Dienst. Über seine Gründe wurde kein Wort gesprochen.

Natürlich dachte sich jeder das Seine. Donhauser glaubte weiter, er hätte der Maschine in die Seele gesehen und daraus die richtigen Schlüsse gezogen. Seine Vorgesetzten mussten ihn für schlichtweg ungeeignet halten. Gut, es war seltsam, dass jemand einmal so mutig gewesen war und jetzt derart Nerven zeigte. Doch Mut kann man nicht sparen wie Geld, um später davon zu zehren. Ob einer Mut hat oder ein Feigling ist, entscheidet sich immer aufs Neue.

Wenigstens wurde nicht viel Aufhebens gemacht. Donhauser bekam ein hervorragendes Zeugnis, und natürlich durfte er seine Patente behalten. Gerne wäre er damit zu den Handelsseglern gegangen, aber er musste weg aus Deutschland, schnell und dauerhaft, um nicht dabei zu sein, wenn sich seine Geschichte herumsprach. So wurde er Erster Offizier auf der Präsident. Kurz darauf starb deren Kapitän am Fieber, und Donhauser wurde sein Nachfolger. Seitdem klapperte er die kleinen Häfen der Karibik ab und verdiente der Hapag mit etwas Frachtverkehr ein Zubrot.

Er hob eine Hand. Und sollte einmal ein großer Krieg ausbrechen, dann dürfte er mit allerhöchster Genehmigung die ehrbare Präsident zum Hilfskreuzer umrüsten und als Pirat die westindischen Inseln unsicher machen. Er lachte, und ich wusste nicht, ob er das ernst gemeint hatte.

Überhaupt fiel mir nicht ein, was ich jetzt hätte sagen können. Konversation war wirklich nicht meine Stärke.

Donhauser beendete unser Schweigen, bevor es peinlich wurde. Er fing an, von der Präsident und ihren Aufgaben zu erzählen. Eine ausgesprochen undankbare Arbeit, sagte er. Und das nicht nur, wenn es Zwischenfälle gab wie mit dem Dänen. Kein Passagier fuhr gerne mit ihm. Die einen kamen aus dem Luxus der großen Dampfer; die waren entsetzt über die einfachen Verhältnisse an Bord und die lange Zeit, die der Rest ihrer Reise dauerte. Die anderen konnten es nicht erwarten, endlich umsteigen zu dürfen; die waren verärgert, weil sie ihre Koffer öffnen und sich irgendwie einrichten mussten.

Zugegeben, man hatte den Gästen nichts Großes zu bieten. Und was man zu bieten hatte, das gute Essen, die Schönheit ringsum, all das wurde gar nicht gewürdigt. Stattdessen gab es ständig Klagen, und in der Regel über Dinge, die niemand ändern konnte.

Ich hätte Donhausers Geschichte jetzt unkommentiert lassen können. Aber etwas bohrte in mir, und ich sagte: »Schämen Sie sich?«

Seine linke Hand lag auf der Lehne des Klappstuhls, und zum ersten Mal kam sie mir entspannt vor. Er sagte: »Wieder so ein großes Wort.« Was die U-Boote betreffe, sei er jedenfalls im Recht. Das seien keine Waffen, sondern Werkzeuge für Mord und Selbstmord. Wer sie einsetze, der werde den Krieg verlieren.

Dann hatte er also richtig gehandelt?

»Nein«, sagte Donhauser. »Ich hatte eine Vision.« Er machte eine ironische Geste. »Ich habe der Maschine ins Auge geblickt. Ich habe unseren Untergang gesehen. Das Boot ist übrigens ein halbes Jahr später im Hafen gesunken, Kommandant und zwei Mann tot. Aber!« Er beugte sich ein wenig zu mir herüber. »Visionen sind Privatsache. Basta!«

Und dann schwiegen wir.

Brady, es gibt nicht viele Menschen, mit denen man schweigen kann. Meistens muss man reden und reden, damit es nicht allzu peinlich wird. Ich weiß noch, ich habe das Schweigen ein paar Minuten lang ausgehalten. Ein paar Minuten, das ist viel. Und es war wirklich still, nur der Hund knurrte im Schlaf. Als ich dann in meine Kabine ging, grüßte mich der Matrose, der Wache vor dem Gang hielt. Es waren drei, die sich darin abwechselten. Mittlerweile kannten sie mich alle. Vielleicht wussten sie sogar, dass ich im selben Gefängnis saß wie ihr Kapitän.

8

Bastogne, Militärlazarett, 26.1.1945

Hier meldet sich zum letzten Mal James Brady. Heute Morgen um 07.00 Uhr wurde bekanntgegeben, dass unsere Einheit noch im Laufe des Tages zu großen Teilen Richtung Norden an die Front verlegt wird. Ich hatte nur sehr kurz Gelegenheit, mit Dr. Hufner noch einmal über den Patienten Katz zu sprechen und meine Bedenken ein weiteres Mal vorzubringen. Dr. Hufner hat mir bei der Gelegenheit einiges über die Person des Patienten mitgeteilt, das mir so nicht bekannt war und woraus sich manches erklärt.

Ich möchte trotzdem an dieser Stelle hinterlassen, dass ich nicht ohne Sorge um Mr. Katz aus meiner Tätigkeit ausscheide. Außerdem tut es mir verdammt leid, dass ich jetzt nicht erfahre, wie seine Geschichte weitergeht. Das habe ich ihm auch gesagt, als wir uns verabschiedeten. Ich hatte dabei allerdings das Gefühl, dass er meine Verlegung nicht richtig wahrhaben wollte.

Es ist mir dann noch gelungen, unter den deutschen Kriegsgefangenen einen, wie ich finde, geeigneten Nachfolger für mich auszusuchen und seine Freistellung zu bewirken. Der Mann heißt Hennesfahr, er spricht ganz ausgezeichnet Englisch (jedenfalls besser als die Jungs aus der Bronx) und scheint mir eher ein Schreibtischheld gewesen zu sein. Natürlich ist er ein Nazi, das sind sie ja alle. Aber ich glaube, er hat seine Strafe schon bekommen. Ich habe ihm meine Adresse in den Staaten hinterlassen. Er hat versprochen, sich bei mir zu melden und mir zu erzählen, wie alles weitergegangen ist.

Vorausgesetzt, Gott lässt uns am Leben.

9

Bastogne, Militärlazarett, 28.1.1945

Mein Name ist Robert Hennesfahr, zuletzt Obergefreiter im 47. Panzercorps, Nachrichten-Abteilung 447. Ich bin seit dem 24. Dezember 1944 Kriegsgefangener der US Armee. Aufgrund meiner Angabe, dass ich die englische Sprache gut verstehe und spreche sowie Maschine schreiben kann, bin ich beauftragt worden, eine Arbeit zu übernehmen, die bislang von Corporal James Brady geleistet wurde. Ich schreibe nach Diktat die Lebenserinnerungen eines Patienten des amerikanischen Militärlazaretts Bastogne. Der Mann heißt Zacharias Katz. Corporal Brady hat mich angewiesen, an dieser Stelle, das heißt, in der Rolle, auf die das bisherige Diktat geschrieben wurde, mich selbst vorzustellen, damit der Personalwechsel dokumentiert ist.

Gemäß den Rechten, die ich als Kriegsgefangener besitze, möchte ich mich kurz fassen. Meinen Namen, Dienstgrad und meine letzte Einheit habe ich oben schon angegeben. Ich kann noch hinzufügen, dass ich sechsunddreißig Jahre alt bin. Meine Frau ist vermutlich bei einem Bombenangriff auf Bremen ums Leben gekommen. Offiziell gilt sie als vermisst, das sind jedenfalls die letzten Informationen, die ich besitze. Ich habe einen Sohn von fünf Jahren, über dessen momentanen Aufenthalt ich nichts weiß. Bis zum Ausbruch des Krieges habe ich in der Spedition meines Schwiegervaters gearbeitet, wo ich vor allem für den Kontakt zu den Kunden in Übersee zuständig war. Seit meiner Einberufung im August 1941 habe ich fast ausschließlich in Geschäftszimmern und Stäben Dienst getan, wo ich meine im Zivilleben erworbenen Fähigkeiten in Verwaltung und Organisation anwenden konnte.

Ich darf vielleicht noch hinzufügen, dass ich der amerikanischen Armee und dem amerikanischen Volk für die Behandlung danke, die ich bisher erfahren habe. Ich werde schon von daher alles versuchen, um die mir übertragene Arbeit nach besten Kräften zu erledigen.

Abschließend möchte ich noch festhalten, dass Herr Katz (zumindest nach meinem Dafürhalten) etwas befremdlich auf den Personalwechsel reagiert hat. Wir hatten bislang ein kurzes Einweisungsgespräch, bei dem es mir so vorkam, als würde er versuchen, die Veränderung zu überspielen oder vielleicht sogar zu ignorieren. Andererseits bereitete es ihm sichtbar Freude, mit mir Deutsch zu sprechen. Er drückt sich darin vollkommen klar und verständlich aus, allerdings mit einem Akzent, der mir nicht amerikanisch vorkommt.

10

Bastogne, Militärlazarett, 29.1.1945

Also dann, wir beginnen!

Ich glaube, ich hatte schon gesagt, dass die Rückfahrt nach Kingston ziemlich ruhig verlief. Keine Nervensäge mit Hund, kein Boxer mit Magenproblemen. Die neue Runde an meinem Tisch im Speisesaal war ausgesprochen angenehm, nicht heikel und nicht langweilig. Es gab jetzt sogar ein Art Mittelpunkt, eine deutsche Familie, die unterwegs nach China war, in die dortige Kolonie. Er sollte wohl Gouverneur werden. Normalerweise hätten sie die Route durchs Mittelmeer und den Indischen Ozean genommen. Sie fuhren allerdings über Kingston nach Colón, um bei der Eröffnung des Panama-Kanals dabei zu sein; die stand damals kurz bevor. Sie hießen Schwartz, mit tz und irgendwelchen Adelstiteln.

Er war ein gut aussehender Mann mit grauen Schläfen und einer absolut perfekten Haltung. Mein Vater hätte allerdings gesagt: Der hat einen Stock verschluckt. Er sprach nicht viel über sich oder seinen Beruf. Dafür war er praktisch die ganze Zeit damit beschäftigt, seiner Frau schönzutun.

Wenn ich das so sage, klingt es womöglich abwertend. Das soll es nicht. Man sieht eben selten einen Mann über vierzig, der mit seiner Frau umgeht, als wären sie gerade mal drei Tage verheiratet. Dabei mussten die beiden schon etliche Jahre zusammen sein. Immerhin hatten sie eine Tochter von zwölf oder dreizehn. Sie war ein etwas kräftiges Mädchen mit roten Wangen, das viel zu elegante Kleider trug und darin ein bisschen komisch aussah. Allerdings hatte sie immer gute Laune; und sie nahm kein Blatt vor den Mund. Sie hieß Elfriede und wurde Frieda gerufen.

Doch ich will eigentlich von der Frau erzählen. Sie hieß Adele. Ihr Mann nannte sie Etelka. Das sei ungarisch, erklärte er uns. Die ungarische Form von Adelheid oder, nach anderer Ansicht, die weibliche Form von Etzel, also von Attila. Was er damit sagen wollte, war natürlich, dass er unter dem Regiment seiner Frau stehe.

Als Ehefrau eines Herrn von und zu teilte sie seine Titel, doch offenbar kam sie aus einer noch besseren Familie als ihr Mann. Jedenfalls sprach Schwartz von seiner angeheirateten Verwandtschaft, als handelte es sich um gekrönte Häupter. Wenn er seinen Schwiegervater erwähnte, dann mit einer Art inneren Verbeugung. Wir wären nicht überrascht gewesen, wenn er seine Frau mit Hoheit angeredet hätte.

Dabei war sie nun wirklich nicht der Typ ungarische Gräfin. Sie war blass-blond und nicht umwerfend schön, dafür sehr gepflegt und vor allem irgendwie überzeugend. Jemand, von dem man auf Anhieb denkt: Der weiß, wer er ist und was er will.

Drücke ich mich richtig aus? Ich bin mir nicht sicher. Sie war ein Mensch, der mit beiden Beinen auf dem Boden steht. Einer, der keine Flausen im Kopf hat.

Nein, das ist auch wieder falsch! Sie war nun wirklich kein Spielverderber. Und kein Trauerkloß. Im Gegenteil. Sie war freundlich und interessiert, dabei eher zurückhaltend und niemals irgendwie bestimmend. Doch das Wichtigste war: Mir kam es vor, als könnte es in ihrer Gegenwart nichts Unvernünftiges mehr geben, nichts Unmenschliches. Kein Wunder, dass Schwartz sich so um sie bemühte.

Besonders schön war es, sie mit Frieda zu beobachten. Vermutlich war es in ihren Kreisen ein ziemliches Problem, keine schlanke und schweigsame Prinzessin als Tochter zu haben. Womöglich würde Friedas standesgemäße Verheiratung einmal an ihren roten Wangen oder an ihrem losen Mundwerk scheitern. Aber Frau Schwartz behandelte das Mädchen eher wie eine Freundin oder eine jüngere Schwester. Manchmal saßen die beiden nebeneinander auf dem Bootsdeck und redeten über irgendetwas. Das heißt, die Kleine redete, und ihre Mutter hörte zu, ganz ernst und aufmerksam und ohne die bei Eltern übliche Herablassung. Das war ein wirklich schönes Bild.

Nun darf ich allerdings nicht so tun, als hätten wir viel miteinander verkehrt. Ich war für die von und zu Schwartz ein junger Mann ohne Amt und Titel. Weil ich Amerikaner war und fließend Deutsch sprach, waren sie freundlich zu mir. Wäre ich Deutscher gewesen, hätten sie wahrscheinlich nur das Nötigste mit mir geredet. Einmal hatte ich tatsächlich vom Broadway erzählt und von meiner Arbeit als Textverbesserer. Das war dann doch ein bisschen verstörend. Nicht, dass sie mich danach geschnitten hätten. Aber verdächtig war ihnen das schon. Überhaupt, wenn nicht passiert wäre, was dann passierte, dann kämen die Leute hier gar nicht vor. Auch die Frau nicht.

Eines Nachts war ich noch spät an Deck. Ich konnte nicht schlafen. Es ging auf Kingston zu, ich musste eigentlich eine Entscheidung treffen und konnte nicht. Wir lagen vor einer dieser kleinen haitianischen Küstenstädte, es war eine warme Nacht, Sternengefunkel, der Mond eine dicke rötliche Scheibe. Na, das alles kannte ich mittlerweile zur Genüge.

Da sah ich sie, die Frau Schwartz. Sie stand am hintersten der drei großen Rettungsboote und machte sich daran zu schaffen. Das Boot war abgeplant, über Tag war daran gearbeitet worden. Damals lag der Untergang der Titanic gerade mal zwei Jahre zurück. Da machte es sich gut, wenn die Boote dauernd kontrolliert und gewartet wurden. Donhauser hatte mir das erklärt.

Ich sehe also Frau Schwartz, wie sie sich mit einem Ding abmüht, das wohl aus dem Boot stammt. Ich denke: Was tut sie denn da? Aber weil sie es ist, komme ich gar nicht auf die Idee, mir irgendwelche Sorgen zu machen. Vielleicht organisiert sie ein Spiel mit anderen Passagieren. Oder eine Theateraufführung, und jetzt besorgt sie ein Requisit. Was auch immer, es wird schon in Ordnung sein.

Ich stehe hinter dem großen Lüfter. Sie kann mich nicht sehen. Sie würde mich auch gar nicht bemerken, so beschäftigt ist sie. Sie trägt etwas, das offenbar ziemlich schwer ist. Soll ich ihr anbieten, behilflich zu sein? Oder will sie vielleicht gar nicht angesprochen werden, weil es sich um eine Überraschung handelt?

Haben Sie das Bild vor sich, Brady? Da steht meine Wenigkeit hinter diesem gelben Lüfter, sieht, was geschieht, und sieht zugleich nichts! Während diese Frau sich damit müht, einen Bootsanker, dessen Tau sie sich um die Brust gebunden hat, zwischen den Booten hindurch zur Reling zu schleppen. Der Anker ist viel zu schwer. Sie müsste ihn bis zur Taille heben, nein, bis zu den Schultern, um ihn über die Reling zu bekommen. Das schafft sie natürlich nicht. Sie versucht es trotzdem, und tatsächlich fällt der Anker über Bord, doch er rutscht unter dem Handlauf hindurch; und als das Tau sich strafft, da reißt es die Frau nicht über die Reling ins Wasser, sondern zieht sie nur gegen die eisernen Streben und drückt ihr die Luft ab.

Fragen Sie nicht, Corporal! Auch ein gewisser Zachary Smith hatte jetzt verstanden, was da vor sich ging. Und ob Sie's glauben oder nicht: Ich darf Ihnen jetzt von einer meiner wenigen waschechten Heldentaten berichten.

Nein, um ehrlich zu sein, es war ein unverschämter Zufall. Ich laufe natürlich zu ihr und denke dabei: Keine Chance! Einen Knoten, an dem ein schwerer Bootsanker zieht, werde ich nicht schnell genug lösen. Ich werde daran herumfingern, und dabei wird mir die Frau unter den Händen ersticken. Doch da liegt neben dem ersten Boot eine Axt, blitzblank im Mondschein, entweder ganz neu oder frisch geschliffen. Ich schnappe sie mir im Vorbeilaufen, beuge mich über die Reling und sehe, wo das verdammte Ankertau die Bordwand berührt.

Jawohl, Mr. Brady. Richtig! Ein Hieb. Einer nur. So viel Sohn eines Farmers war ich nun doch, dass ich anständig mit einer Axt umgehen konnte. Die Präsident bekam eine Kerbe, der Anker verschwand im Meer, Frau Schwartz fiel bewusstlos auf die Decksplanken, ja, und ich musste mich neben sie setzen, weil mir die Beine schlotterten.

So etwa eine Minute lang saßen und lagen wir da. Dann wollte ich aufstehen, um den Arzt zu holen, aber sie kam zu sich und hielt mich zurück. Ich solle bitte bleiben. Und niemandem etwas sagen! Es gehe ihr den Umständen entsprechend gut. Sie löste das Tau von ihrer Brust. Nicht einmal ihre Stimme zitterte. Eine Bitte habe sie noch. Sie müsse jetzt rasch einen Unfall erfinden, um ihre blauen Flecken zu erklären. Danach könnte ich sie zu ihrer Kabine begleiten und ihre Version bestätigen. Ganz herzlichen Dank im Voraus dafür. Das alles in ihrem ruhigen, vernünftigen Ton, so als wäre ihr gerade ein peinliches Missgeschick unterlaufen und als hätte sie nun wirklich nicht versucht, sich das Leben zu nehmen.

Ich half ihr auf. Besser gesagt, wir halfen uns gegenseitig auf die Beine. Und dann sagte ich: »Okay. Ich tue, was Sie wollen. Aber nur, wenn Sie mir schwören, das hier nicht noch einmal zu versuchen.«

Sie wollte antworten. Ich ließ sie nicht zu Wort kommen. »Und wenn Sie mir erklären, warum Sie es tun wollten.«

Da standen wir in dieser wunderbaren karibischen Nacht auf dem Bootsdeck der Präsident. Sie sah mich an wie einen schlecht erzogenen Jungen, der sich mal wieder unmöglich benommen hatte und dem man jetzt mit Nachsicht begegnen musste, weil nichts anderes half.

Und ich schämte mich furchtbar. Was hatte ich gesagt! Was war in mich gefahren? Eigentlich hätte ich sofort um Entschuldigung bitten müssen. Es für einen Scherz erklären. Andererseits war ich mir sicher, ich hatte ein Recht auf ihre Geschichte.

Sie sagte: »Gut. Morgen Abend nach dem Dinner.«

Wir sprachen uns ab. Ich räumte noch ein paar Sachen aus dem Rettungsboot und legte sie kreuz und quer aufs Deck. Dann brachte ich Frau Schwartz zu ihrer Kabine. Ihr Mann hatte sich gerade angezogen, um sie zu suchen. Ich berichtete ihm ziemlich flüssig, dass seine Frau über irgendein Ausrüstungsteil gestolpert und gegen einen Bootskran gefallen sei. Sie wolle keinen Arzt sehen, ich würde jedoch sehr dazu raten. Schwartz stand da und nickte. Dann sagte er eine ganze Menge dummes Zeug.

Am nächsten Morgen erschienen die Schwartz vollzählig

zum Frühstück. Er trat vor mich, machte eine Verbeugung und überreichte mir ein goldenes Zigarettenetui. Ich solle es bitte annehmen. Nicht wegen des Wertes! Doch es sei sein Name eingraviert, und vielleicht könne es mich an seine Dankbarkeit erinnern. Ich glaube, da war nichts gespielt. Spielen musste allerdings ich, und zwar einen, dessen Leistungen hier dramatisch überschätzt wurden. Dabei hatte ich der Frau ja wirklich das Leben gerettet.

Sie stand dabei. Ich sah, wie peinlich ihr das alles war. Trotzdem erzählte sie auf Verlangen der anderen Passagiere mehrmals die Geschichte ihres Sturzes. Die Reaktionen kamen prompt. Was? Da hatten Sachen herumgelegen? Unerhört!

Als die allgemeine Empörung gefährlich laut wurde, erschien wie aufs Stichwort der Kapitän. Ich kam mir vor wie im Laientheater. Frau Schwartz wurde noch etwas blasser. Jetzt konnte ihre Geschichte womöglich auf Widerspruch stoßen. Tat sie aber nicht. Ich war früh am Morgen auf der Brücke gewesen und hatte Donhauser alles erzählt. Die ganze Wahrheit. Er hatte daraufhin vorgeschlagen, die Sache auf sich zu nehmen.

Und das tat er jetzt. Er sei untröstlich. Die betreffenden Matrosen müssten mit strenger Strafe rechnen. Worauf wiederum Frau Schwartz Einspruch einlegte. Sie selbst habe sich schrecklich ungeschickt benommen, dafür dürfe außer ihr niemand büßen. Das nahm allen ein bisschen den Wind aus den Segeln. Trotzdem gab es beim Frühstück nur ein einziges Thema: wie gefährlich doch in Wahrheit solche Schiffsreisen seien.

Beim Lunch versicherte Frau Schwartz jedem, sie sei jetzt wieder vollkommen gesund. Und das Thema sei erledigt. Ein für alle Mal. Basta! So hatte ich sie noch nicht erlebt. Jetzt war sie wirklich eine ungarische Gräfin. Als die Familie aufbrach, reichte sie mir einen Umschlag, so, dass alle am Tisch es sehen konnten. Ich hätte doch gute Beziehungen zum Kapitän. Darin sei eine kleine Mitteilung für ihn. Ob ich sie überbringen könnte?

Die Nachricht war natürlich für mich. Ihr Mann lasse sie abends nicht mehr aus der Kabine, schrieb sie. Aus Sicherheitsgründen. Doch mein Anliegen sei nicht vergessen. Sie werde darauf bestehen, am Nachmittag an die frische Luft zu dürfen. Das könne man ihr nicht untersagen.

Als ich gegen vier aufs Bootsdeck stieg, richtete ihr gerade ein Steward eine Liege unter den Sonnensegeln. Neben ihr stand Schwartz. Ich wollte schon wieder kehrtmachen, da winkte er mich heran. Ob ich ihm den Gefallen tun und seiner Frau ein wenig Gesellschaft leisten könnte? Er sei zu einem Spiel im Raucherzimmer verabredet; und wo könnte seine Frau sicherer sein als bei mir?

Ich stotterte etwas herum, dann fiel mir eine deutsche Redewendung ein, die mein Vater gegenüber seinen Kunden manchmal gebrauchte. Ich sagte: »Gerne zu Diensten.«

Als ihr Mann gegangen war, sagte Frau Schwartz: »Bravo.« Bis jetzt sei alles gut gelaufen, in der Hauptsache mein Verdienst. Sie könne sich daher dem Dank ihres Mannes voll und ganz anschließen.

Stellen Sie sich vor, Brady: Dabei verzog sie keine Miene!

Ich sagte: »Okay. Gern geschehen. Doch jetzt tun Sie mir bitte den Gefallen und lassen Sie dieses Getue. Und überzeugen Sie mich davon, dass Sie nicht verrückt sind. Ich kann nicht den Rest der Fahrt hinter Ihnen herlaufen und dafür sorgen, dass Sie am Leben bleiben.« Das war für meine damaligen Verhältnisse ziemlich kess. Allerdings hatte ich der Frau das Leben gerettet; da stand mir doch zu, dass sie ehrlich zu mir war.

Sie sah mich an und nickte. Wie jemand, der sagen will: Hast ja recht, alter Kumpel, sparen wir uns die Zeit. Und dann erzählte sie, ganz gefasst, wieder in diesem Ton, der einen so beruhigen konnte. Es dauerte eine Stunde, nein, eher zwei. Ihr Mann kam einmal, um nach ihr zu sehen. Passagiere gingen vorbei, doch niemand sprach sie an. Sogar der Steward blieb auf Distanz.

Tatsächlich waren die Schwartz seit fünfzehn Jahren verheiratet. Und es war absolut keine Liebesheirat gewesen, auch wenn es jetzt so aussah. Schwartz arbeitete damals in der Bank seines Vaters, und er hatte zwei große Probleme. Das erste: Er gab doppelt so viel aus, wie er verdiente. Er spielte Karten und verlor. Bislang war das noch gutgegangen, weil sein Vater ihn unterstützte. Dann kam die Bank in Schwierigkeiten, der Vater musste seine Anteile abgeben, und der Sohn stand vor der Pleite.

Das zweite Problem hatte einen Namen, den Frau Schwartz nicht gerne aussprach: Gertrud. Sie war dreiundzwanzig Jahre alt und verkaufte in einer Bäckerei. Schwartz hatte sie an einem Feiertag kennengelernt, als alles unterwegs war, auch die kleinen Leute. In einer Gartenwirtschaft saß sie am Nebentisch und wurde von einer Wespe gestochen. Schwartz, der dankbar war für jede Ablenkung, hatte den Samariter gespielt und sich dabei verliebt.

Bis dahin nichts Besonderes. Alle jungen Herren aus gutem Hause verlieben sich bei Gelegenheit in Ladenmädchen und nehmen sich dann, was sie bekommen: etwas Nettes und Handgreifliches, nicht so zickig und nicht so anspruchsvoll. Vielleicht träumen sie dabei sogar ein bisschen von einem anderen Leben. Wo nicht bloß Geld und Stellung zählen. Wo man nicht dauernd auf rohen Eiern geht und reden darf, wie man will. Ein Hauch freier Natur statt des Salongeruchs der feinen Gesellschaft. Wie schön! Bis solche Abenteuer ihr natürliches Ende finden.

Aber Schwartz fand kein Ende. Er war offenbar rettungslos verliebt, und er fing an, seine Träume ernst zu nehmen. Womöglich lag es daran, dass er so gut wie pleite war. Irgendwann wurde aus seinen romantischen Ideen vom anderen Leben ein Rettungsplan für den Fall, dass er nicht die Kurve bekam und alles verlor. Er ging sogar so weit, politisch zu werden. Im Freundeskreis hatte er den Propheten gespielt: Auf sie alle kämen demnächst Veränderungen zu. Es werde dann womöglich ganz andere Banken geben; oder gar keine mehr. Es nahm ihn natürlich niemand ernst.

Und tatsächlich brach eine ganz andere Revolution aus als die, von der Schwartz fantasiert hatte. Seine Trude gab ihm nämlich den Laufpass. Ein Malermeister aus der Nachbarschaft hatte ihr einen Antrag gemacht, ein etwas vierschrötiger Mann um die vierzig, Witwer mit drei Kindern. Er hatte einen gutgehenden Betrieb und brauchte dringend eine patente Ehefrau. Ihr Vorleben war ihm egal. Eine bessere Partie, so Trude, werde sie in diesem Leben nicht machen.

Schwartz muss damals außer sich gewesen sein. Warum denn das? Er sei doch bereit, alles für sie zu opfern! Mit ihr würde er noch einmal ganz klein anfangen. Vielleicht in den Kolonien. Er liebe sie doch, mehr als alles auf der Welt.

Trude darauf: Ja, das wisse sie. Schließlich liebe sie ihn auch, von ganzem Herzen. Sie sei gerne bereit, mit ihm nach Afrika zu gehen. Nur, ob er das durchstehe, daran habe sie ihre Zweifel. Ihr Vater habe gesagt: Wer so hoch oben war, dass er auf alle herabschauen konnte, der verachtet sich selbst, wenn er unten ist.

Das war ihr letztes Wort. Von einem Tag auf den anderen war sie für Schwartz nicht mehr zu sprechen. Der versuchte alles. Er schrieb Briefe, er schickte Telegramme. Er verbrachte Nächte auf der Straße vor ihrem Haus und halbe Tage vor der Bäckerei. Bis der Malermeister ihn ansprach und ihn bat, seine Verlobte in Ruhe zu lassen. Schwartz verlor die Kontrolle, beschimpfte den Mann, wollte ihn schlagen und wurde von ihm verprügelt. Er zeigte ihn bei der Polizei an, doch die Malergesellen gaben ihrem Meister ein Alibi. Da wusste Schwartz, dass er verloren hatte.

Es ging ihm damals sehr schlecht. Er war sogar krank geworden; man dachte schon, es sei das Herz. Doch wahrscheinlich war nur das Bild zerbrochen, das er von der Welt hatte. Ein Bild, in dem es keine Ladenmädchen gab, die sich gegen einen armen Prinzen und für einen Malermeister mit drei Kindern entschieden. Außerdem war da noch Schwartz' erstes Problem, das Geld. Die Flucht in die Kolonien war jetzt abgeblasen, die große Revolution sowieso, also musste er seine Schulden bezahlen.

»Und jetzt komme ich ins Spiel«, sagte Frau Schwartz. Sie war damals achtzehn Jahre alt, das einzige Kind ihrer Eltern und, so ihre Worte, eine absolut unerträgliche Person. Für andere ebenso wie für sich selbst. Die letzten zwei Jahre hatte sie in einem Internat verbracht. Besser gesagt, in einem Gefängnis für missratene Kinder aus gutem Haus.

»Ich war die Fleisch gewordene Renitenz«, sagte sie. Nichts war ihr recht, alles war ihr fremd. Sie ekelte sich vor dem Essen, sie hasste ihre Kleider, von der Gesellschaft ganz zu schweigen. Im Grunde hielt sie sich für ein Wesen von einem anderen Stern, das man versehentlich auf der Erde abgesetzt hatte. Bei ihrem Debütantinnenball hatte sie mit niemandem tanzen wollen. Stattdessen hatte sie sich betrunken, um sich dann mitten auf der Tanzfläche zu übergeben.

Im Internat bekam sie schließlich Medikamente, anfangs zwar gegen ihren Willen, doch wenn sie die schluckte, erlebte sie wenigstens ein paar Stunden Ruhe. Also beschaffte sie sich diese Medikamente selbst, indem sie den Arzt erpresste. Sie würde sonst sagen, er habe sie unsittlich berührt.

Schwartz war damals mit einem ihrer Cousins bekannt, sie trafen sich gelegentlich im selben Club. Infolgedessen wusste er vom Fluch des Hauses, so wurde Etelka in der Familie genannt. Getroffen hatte er sie allerdings nie. Eines Tages überbrachte ihm der Cousin ein verbindliches Angebot. Man habe erfahren, dass Schwartz in Problemen stecke. Wenn er Etelka heirate, werde man ihn als Erben einsetzen. Das hieß: Die Familie bot ihm ein Vermögen an, so groß, dass er es niemals ausgeben könnte. Landgüter, eine Firma, ein Anwesen an der Côte d'Azur.

Schwartz soll dem Cousin geantwortet haben, das passe nicht in seine Pläne. Er wolle sich demnächst erschießen.

Darauf der Cousin: »Auch gut. Dann heirate sie und erschieß dich in Cannes.« Dann könnte der Fluch des Hauses immerhin als untröstliche Witwe durchgehen. Selbst damit wäre der Familie geholfen.

Kurz darauf heirateten Schwartz und Etelka. Auf Vermittlung seines Schwiegervaters wechselte er in ein Amt, das für die Kolonien zuständig war. Nötig hätte er es nicht gehabt, doch es erschien allen besser, ihm ein bisschen eigenes Leben zu lassen.

Und was tat sie? Ein braves Mädchen hätte sich gegen eine

solche Verheiratung nicht wehren können. Aber sie war kein braves Mädchen, sie konnte eine Furie sein. Warum also hatte sie zugestimmt, statt sich einzuschließen und sich die Pulsadern aufzuschneiden? Weil Schwartz so ein gut aussehender Junge war? Oder wollte sie zur Abwechslung einmal nicht sich selbst und ihrer Familie das Leben zur Hölle machen, sondern einem wehrlosen Ehemann?

Sie lachte. Natürlich nichts von alldem. »Das war meine Chance«, sagte sie. Die Chance, sich selbst aus diesem dunklen Loch zu ziehen, in dem sie bislang gelebt hatte. Schwartz war weich und schwach. Und als seine Frau wäre sie ihren Eltern entkommen. Daraus könnte sich alles Mögliche ergeben! Zum Beispiel die Freiheit. Und vielleicht würde sie dann irgendwo auf der Welt etwas finden, das sie erlöste.

In den ersten Wochen nach der Hochzeit hatte sie sich verstellt, um alle in Sicherheit zu wiegen. Für Schwartz spielte sie die kleine Ehefrau, die tausend Pläne hatte. Ihren Eltern sagte sie, ihr Mann sei ein Engel in Menschengestalt. In Wirklichkeit wollte sie nur an Geld kommen, an viel Geld, und damit wollte sie fliehen.

Doch dazu kam es nicht. Während sie ihn ausspionierte, lernte sie Schwartz nämlich kennen. Und was sie da sah, das war der erste Mensch in ihrem Leben, dem es definitiv schlechter ging als ihr selbst. Sie war bloß jung und wurde nicht erwachsen; er hingegen war ein durch und durch unglücklicher Mann, der schon alles verloren hatte: seine Liebe und seinen Stolz. Und das rührte sie. Es war überhaupt das Erste, das sie jemals gerührt hatte. Eine ihr völlig unbekannte Empfindung, die sie vollkommen veränderte.

Es rührte sie auch, wie Schwartz sich bemühte, seinen Teil des Vertrags zu erfüllen. Er war zuvorkommend und höflich. Wenn sie aus der Rolle fiel, tat er, als bemerkte er es nicht. Als Ehemann hatte er zwar gewisse Rechte, doch auf denen bestand er nie. Viel Zeit verbrachte er in seinem Zimmer. Sie wusste nicht, was er dort tat.

Nach einem halben Jahr hatte Etelka keine Fluchtgedanken mehr. Sie hatte nur noch den einen Wunsch: Sie wollte eine ganz normale Ehe führen und ihren Ehemann glücklich machen. Sie hatte endlich ihre Mädchenzeit verlassen, wie man ein Gefängnis verlässt, das man anschließend verbrennt. Auch die Tabletten waren passé. Eine große Schönheit war sie nicht, doch das machte sie spielend wett, mit Aufmerksamkeit, Klugheit und einer stillen Heiterkeit. Inzwischen wurden die Eheleute überall eingeladen, der hübsche, etwas tiefsinnige Schwartz und seine vernünftige junge Frau.

»Alles Lüge«, sagte Frau Etelka. Sie lachte dabei, wie man über harmlose Witze lacht, die auch die Kinder hören dürfen. Alles Schein und Kulisse! Schwartz war nicht tiefsinnig, sondern schwer depressiv. Für ihn hatte sich nichts gebessert. Er war aus seinem Leben verstoßen worden und hatte sich in ein falsches gekauft. Seine Seele gegen den Erlass seiner Schulden.

Er wurde immer schwächer. An manchen Wochenenden blieb er stundenlang allein in seinem Zimmer. Anfangs sagte er dann, er fühle sich erkältet. Oder die Woche im Büro sei anstrengend gewesen. Später schloss er nur die Tür ab und antwortete nicht. Allmählich war Etelka darauf gefasst, einen Schuss zu hören.

Hätte Schwartz sich erschossen, wäre sie frei gewesen. Aber Freiheit bedeutete ihr nichts mehr. Sie hatte jetzt ein anderes Ziel, und das wollte sie nicht mehr aufgeben, um keinen Preis. Alles hing daran. Doch sie war ratlos, und sie konnte mit niemandem reden. Entweder hätte man ihr nicht geglaubt oder ihr die Schuld gegeben.

Schließlich fand sie die Lösung. Es war ganz einfach; sie müsste nur ein Kind bekommen. Ein Kind würde für Schwartz bedeuten: Er hatte nicht alles falsch gemacht. Gut, er hatte seine Liebe verloren und sich verkauft. Das war nicht rückgängig zu machen. Aber ein Kind wäre sein Geschöpf, sein Eigentum, nicht das seiner Schwiegereltern. Er wäre verantwortlich. Zumindest müsste er dafür sorgen, dass dem Kind nicht passierte, was ihm passiert war.

Dass sie noch keine Kinder hatten, war bislang kein Thema gewesen; sie hatte ja diese schlimme Vergangenheit. Jetzt durfte sie keine Zeit mehr verlieren. Sie tat, was sie konnte, ohne Erfolg. Schon spürte sie wieder, wie alles um sie herum fremd wurde. Außerdem fürchtete sie, ihre Unfruchtbarkeit könnte der letzte Grund sein, den Schwartz noch brauchte, um endlich abzudrücken.

Nein, fragen Sie nicht, Brady! Das war damals so. Wenn keine Kinder kamen, war immer die Frau schuld. Der Mann hatte seins getan, also konnte es nur an ihr liegen. Heute sind wir natürlich schlauer. Damals schickte man die Frauen zum Arzt, und der schickte sie in die Kur.

Genau das passierte auch, und in der Kur machte Etelka die Bekanntschaft einer Professorengattin, einer Frau um die vierzig, die an Tuberkulose litt. Ihr vertraute sie sich an. Oh, sagte die Frau, sie kenne Fälle, da habe es Nachwuchs gegeben, nachdem man die Konstellationen verändert hatte.

Frau Schwartz musste eine kurze Pause machen, weil der Steward am Nebentisch bediente. Anfangs habe sie nicht verstanden, worum es ging. Was war mit Konstellationen gemeint? Irgendwann begriff sie es.

Schwartz hatte damals im Amt einen Vorgesetzten, der ein ziemliches Original war, jemand, der vor Energie aus allen Knopflöchern dampfte. Er hieß Theising, stammte aus kleinen Verhältnissen und hatte sich über viele Auslandsstationen nach oben gearbeitet. Er war blitzgescheit, freundlich und humorvoll. Mit seiner Frau, die noch weniger als er in die vornehme Gesellschaft passte, hatte er sieben Kinder.

Etelka wählte ihn aus. Er war um die fünfzig, hatte kaum noch Haare, dafür einen langen, altmodischen Bart. Doch darauf kam es nicht an. Sie besuchte ihn in seinem Büro und sagte ihm frei heraus, was ihr Problem war und was er für sie tun konnte. Er antwortete, dass er geschmeichelt sei. Allerdings habe er keine Lust, sich von einem zu Recht erzürnten Ehemann ein Loch in den Bauch schießen zu lassen. Für seine Zukunft habe er andere Pläne.

Etelka ging nach Hause und dachte nach. Von Schwartz wusste sie, dass Theising oft noch spätabends in seinem Büro war. An einem solchen Abend besuchte sie ihn wieder. Sie zerriss vor seinen Augen ihre Kleider, kratzte sich durchs Gesicht und schlug sich auf Arme und Beine, bis sie blau waren. Jetzt könne er entscheiden: Entweder er schwängere sie, hier und jetzt, oder sie gehe zur Polizei und zeige ihn wegen Vergewaltigung an.

Wir mussten unsere Liegestühle ein Stück zur Seite rücken, weil die Sonne gewandert war. Vielleicht hatte die Präsident auch den Kurs geändert.

Frau Schwartz sagte: »Der Arme!« Theising habe ihr regelrecht leidgetan. Jetzt blieb ihm keine Wahl. Er mochte ein angesehener Mann sein, doch Etelkas Familie hatte Einfluss. Selbst wenn man ihm glauben würde, wäre es das Ende seiner Karriere.

Also tat er, was sie von ihm verlangte. Anschließend begleitete er sie zur Polizei. Dort machte sie ihre Aussage: Sie war auf der Straße überfallen und geschlagen worden, danach hatte sie sich in das Amt geflüchtet. Den Täter konnte sie sehr genau beschreiben, er wurde jedoch nie gefasst. Neun Monate später kam Elfriede zur Welt.

Und der Plan ging auf. Schon Etelkas Schwangerschaft verwandelte Schwartz. Er entwarf die Einrichtung für das Kinderzimmer und kaufte Spielzeug. An den Wochenenden schloss er sich nicht mehr ein, sondern machte mit seiner Frau Spaziergänge. Viel frische Luft sei gut für die Gesundheit. Das Kind war noch gar nicht geboren, da suchte er schon die beste Schule aus. Als Etelka sah, dass es ein Mädchen war, musste sie ihre Enttäuschung verbergen; sie hatte gedacht, ein Junge wäre für ihren Mann die bessere Medizin. Doch Schwartz war begeistert. Männer, sagte er, müssten allem Möglichen gehorchen, Frauen nicht einmal ihrem Mann.

Friedas leiblicher Vater war bei ihrer Geburt gar nicht mehr im Land. Überraschend hatte er darum gebeten, wieder im Ausland eingesetzt zu werden. Man konnte ihm das nicht abschlagen, also wurde er Gouverneur in Afrika. Und natürlich hatte ihn seine Familie dorthin begleitet.

»Und dann«, sagte Frau Schwartz, »kamen diese wunderbaren Jahre.« Die Kleine wurde größer, keine Schönheit, nun ja, dafür ein so aufgeweckter und freundlicher Mensch. Schwartz kniete sich in seine Arbeit, er wurde regelrecht ehrgeizig und machte sogar Karriere; trotzdem verbrachte er viel Zeit mit seiner Familie. Sie unternahmen nichts Besonderes, trotz der vielen Möglichkeiten, sie waren einfach nur zusammen und hatten keine Probleme. Etelka wusste, dass Schwartz nicht geheilt war, doch sein Zustand war jetzt stabil. Für seine Depression gab es ein Gegenmittel. Es lebte im Zimmer nebenan und spielte mit Puppen.

Das Größte war für Schwartz, wenn Frieda ihn aus dem Amt abholte. Anfangs tat sie es zusammen mit ihrer Kinderfrau, später alleine, die Stadtwohnung der Schwartz lag nur ein paar Straßen entfernt. Dann fuhren die beiden zusammen in den Zoologischen Garten, um sich die Tierbabys anzusehen. Oder sie bummelten durch die Kaufhäuser. Die Frage war nur, ob Schwartz in ein paar Jahren stark genug wäre um zu verkraften, wenn Frieda heiraten und aus dem Haus gehen würde. Wahrscheinlich spekulierte er darauf, dass sie ein Leben lang bei ihren Eltern blieb. Die Chancen dafür standen nicht schlecht.

Doch dann kam Theising aus Afrika zurück. Das war vor einem Jahr. Die ganze Zeit über war er nicht in Deutschland gewesen, man hatte allerdings viel von ihm gehört. Er hatte einiges bewegt. Er sei jetzt, hieß es, endgültig ein Afrikaner geworden, und es falle ihm schwer, sein Amt aufzugeben. Womöglich werde er nach Afrika zurückkehren, um dort als Pensionär zu leben.

Mittlerweile hatte Schwartz Theisings alte Position übernommen. Er organisierte einen Empfang im Ministerium, anschließend ein Fest, zu dem auch die Familien eingeladen waren. Theising hatte sich verändert. Er war schlanker geworden und ging jetzt glatt rasiert. Daher war sie noch leichter von seinem Gesicht abzulesen: die Ähnlichkeit mit Frieda Schwartz. Dieselbe rosige Haut, dieselben blauen Augen und jeder Zug wie kopiert.

Natürlich sagte niemand ein Wort. Dabei war es schreiend deutlich. Außerdem waren da Theisings Kinder, Friedas Halbgeschwister. Denen ähnelte sie noch mehr als ihrem

Vater. Allesamt solche rotwangigen, etwas ungelenken Menschen, ein bisschen komisch, doch nicht unsympathisch. Es hätte nur gefehlt, dass Frieda aufgestanden und zu ihnen gegangen wäre.

Der Abend war endlos. Wie Etelka ihn überstanden hatte, wusste sie nicht mehr. Zu Hause war sie dann kurz davor, wieder Tabletten zu nehmen, diesmal genug, um nie mehr aufzuwachen. Nur der Gedanke, dass Frieda sie jetzt brauchen würde, hielt sie davon ab.

Am nächsten Morgen saßen die drei beim Frühstück. Etelka wartete darauf, dass Schwartz sie zur Rede stellte, sobald Frieda gegangen war. Sie hatte sich vorbereitet. Sie würde alles zugeben, nichts leugnen, ihre Gründe erläutern. Und dann, die Sintflut.

Aber es passierte nichts. Schwartz hatte alles gesehen, und er musste es begriffen haben, doch er ließ sich nichts anmerken. Alles war wie an den vielen Tagen zuvor. Nachdem Frieda gegangen war, plauderte er über dies und das. Dann las er seine Zeitung.

Das konnte nicht wahr sein! Wahrscheinlich hatte er im Stillen einen Plan gemacht. Er durfte Etelka und das Kind jetzt jederzeit verstoßen. Das Geld ihrer Familie gehörte rechtmäßig ihm, er konnte damit machen, was er wollte. Vermutlich war er nur klug, wenn er jetzt noch stillhielt. Er würde Gras über die Sache wachsen lassen und dann um so härter zuschlagen.

Von nun an beobachtete Etelka ihn genau. Besonders, wenn er mit Frieda zusammen war. Das Mädchen war nicht seine Tochter. Sie war nur ein Kuckuckskind, das man ihm ins Nest gelegt hatte, ein nettes und kluges, dabei etwas plumpes Persönchen. Ein Entchen, aus dem nie ein Schwan werden würde, offenbar ganz die Tochter ihres leiblichen Vaters. Es konnte Schwartz doch nicht schwerfallen, sich von diesem Kind zu trennen.

Doch er war wie immer, und er blieb es. Etelka spürte jetzt genau, wie sehr er Frieda brauchte. Das Mädchen holte ihn mittlerweile täglich vom Amt ab, dann gingen sie Arm in Arm die paar Straßen. Später saßen sie zusammen in seinem Zimmer und redeten über alles Mögliche, wie Mann und Frau. Für die Wochenenden planten sie Ausflüge und Besichtigungen. Etelka fühlte sich dabei wie jemand, den man mitnimmt, weil man das muss.

Einen Monat ging das so, dann noch einen, dann ein halbes Jahr. Was anderswo geredet wurde, wusste Etelka nicht. Sie hatte sich in den letzten Jahren ganz auf die Familie konzentriert und war nicht viel in Gesellschaft gewesen. Freundinnen hatte sie keine. Womöglich war sie schon geächtet und wusste es nur noch nicht.

Eines Abends, als Frieda bei einer Geburtstagsfeier war, erwähnte Schwartz beiläufig, dass Theising tatsächlich zurück nach Afrika gehe. Seine Frau und einer seiner Söhne würden ihn begleiten. Der Sohn war Bergwerksingenieur und sollte dort unten eine Mine leiten.

»Dieser Theising ist schon ein Original«, sagte Schwartz. Man erzähle sich, dass er da unten eine schwarze Geliebte hatte. Und zwar mit Billigung seiner Frau. Die Schwarze sei eine Prinzessin gewesen, das Geschenk eines Stammeshäuptlings. Er durfte das wohl nicht ablehnen; und um zu beweisen, dass er das Geschenk auch würdige, habe er die Frau ins Haus geholt. Jemand behauptete, er hätte ein Foto gesehen: Theising mit einem kleinen braunen Mädchen auf dem Schoß. Komisch, nicht wahr?

Da verlor Etelka die Fassung. Sie schrie Schwartz an, solange sie Luft hatte. Was für ein Feigling er sei! Statt zu tun, was ein Mann in seiner Situation tun müsse, stecke er den Kopf in den Sand. Alles hätte sie ertragen. Wenn er sie und Frieda auf die Straße gejagt hätte. Wenn er sie geschlagen hätte. Aber das hier sei unerträglich, dieses So-tun-als-ob, diese Heuchelei. Sie nahm ein Glas und warf es Schwartz an den Kopf, dann noch eines, dann irgendetwas, das sie in die Hände bekam.

Und was machte er? Er hielt sich eine Zeitung vors Gesicht, zum Schutz. Als Etelka heulend auf dem Boden lag, verließ er das Zimmer.

Von diesem Moment an habe es nur ein paar Stunden gedauert, sagte sie, dann sei sie wieder die gewesen, die sie mit siebzehn war. Eine, die nicht in die Welt passte, nicht einmal in ihre eigene Haut. Zum Glück wusste sie mittlerweile mit dem Zustand umzugehen. Ab sofort nahm sie wieder Tabletten. Die meiste Zeit verbrachte sie in ihrem Zimmer, in einem leichten, milden Rausch. Ansonsten lief alles weiter wie bisher. Die Angestellten führten den Haushalt, Schwartz ging ins Büro, Frieda holte ihn ab, und nach dem Abendessen saßen die beiden zusammen wie ein altes Paar, machten Pläne fürs Wochenende und sprachen über Weltpolitik. Etelka fühlte sich, als hätte man sie ausradiert.

Sie verabscheute Schwartz. Dass er schwach war, wusste sie. Deshalb hatte sie sich um ihn gekümmert; und mehr noch, weil er einer war, der an der Welt und an den Menschen hing. Er war ihr Kontakt zum Leben gewesen. Doch jetzt ekelte sie sich vor seiner Feigheit. Statt um seine Ehre zu kämpfen, war er in ein Puppenhaus gekrochen und hatte sich verbarrikadiert. Er hatte sein Verhältnis zur Welt gekündigt. Das konnte Etelka ihm nicht verzeihen.

Es vergingen weitere Monate, und nichts geschah. Theising war tatsächlich zurück nach Afrika gegangen. Vielleicht ein Grund mehr für Schwartz zu glauben, er könnte den Skandal aussitzen. Etelka sah das anders. Es waren noch ein paar Jahre bis zu Friedas Debütantinnenball; dann würden sich alle, die bis dahin geschwiegen hatten, umso mehr das Maul zerreißen. Und wenn sich doch ein junger Mann fände, immerhin hatte Frieda eine sagenhafte Mitgift zu erwarten, dann würden sie ihm schon zutragen, um wen es sich hier handelte. Und so tief konnte niemand in der Patsche stecken, dass er seinen Ruf dermaßen ruinierte.

Sie habe gelebt wie ein Blinder, der nicht weiß, auf welchem Boden er geht. Ihre Worte. Jederzeit konnte alles passieren. Und sie wurde tatsächlich überrascht. Sie hatten wieder einen Ausflug gemacht, dorthin, wo große Vögel brüteten. Frieda interessierte sich noch immer für Tiere. Später saßen sie im Lokal, da sagte Schwartz, beiläufig wie immer, dass er sich auf einen Auslandsposten beworben habe: China. Das hieß, sie würden für viele Jahre nicht nach Hause kommen. Frieda war begeistert. Sie würde Pandabären sehen.

Was für ein Meisterstück! Etelka war fast beeindruckt. Also hatte Schwartz einen Ausweg gefunden. Sein Puppenhaus sollte jetzt in China stehen. Frieda würde womöglich nie in die Gesellschaft eingeführt, es gäbe also gar kein Gerede über ihre Herkunft. Stattdessen würde Schwartz sie ganz für sich behalten, in einem Land, in dem ihm niemand zu nahe kam. Und dagegen war nichts zu unternehmen. Solange er seine Vaterschaft nicht anzweifelte, hatte er über das Kind zu bestimmen.

Sie sagte: »Schachmatt!«, dann zeigte sie nach oben, in die Sonne. Wir mussten schon wieder umziehen, ich half ihr mit dem Liegestuhl.

Sie habe dann aufgehört, Tabletten zu nehmen, sagte sie. Frieda habe sie etwas von einer Schwächephase erzählt, Frauengeschichten; jetzt sei sie überm Berg. Und seitdem spiele sie wieder Ehefrau und Mutter, wie in den Jahren zuvor. Es gebe ja keine Alternative.

Mir waren während ihrer Erzählung ein paar Fragen gekommen, doch die hatten sich nach und nach erledigt. Daher wusste ich nichts zu sagen, als sie fertig war. Bis mir aufging, dass meine allererste Frage noch gar nicht beantwortet war.

Ich sagte: »Aber Sie wollten ins Wasser. Warum?«

Sie schüttelte langsam den Kopf. Dabei sah sie wieder so überzeugend vernünftig aus.

»Ich wollte gar nicht ins Wasser. Es war nur heiß in der Kabine. Da wollte ich an die frische Luft. Und dann sah ich den Anker in dem offenen Boot. Es war eine großartige Gelegenheit. Es hätte wie ein Unfall ausgesehen. Jedenfalls hätten Schwartz und Frieda das glauben können. Vielleicht bekomme ich so eine Chance nie mehr wieder.«

Ich wollte antworten, da kam ihr Mann. Er entschuldigte sich tausendmal dafür, dass er so lange weggeblieben war. Aber er habe eine Glückssträhne gehabt, unglaublich, unvorstellbar! Er stand hinter dem Liegestuhl seiner Frau, legte ihr beide Hände auf die Schultern und beugte sich zu ihr herunter. Dabei flüsterte er: »Stell dir vor Schatz, ich habe diesem Ekel von Schiffsmakler glatte achtundsiebzig Mark abgenommen. Sag es niemandem: Wir sind jetzt reich.«

Er küsste sie aufs Haar. Sie sagte: »Du bist ein Hund, Schwartz. Mir graut vor dir. Irgendwann wirst du uns ruinieren.« Sie sah dabei nicht zu ihm hoch. Vielleicht weinte sie, doch es war so heiß unter den Sonnensegeln, dass Tränen sofort trocknen mussten. Wir gingen dann zusammen nach unten, es war Zeit, sich zum Essen umzuziehen. Im Gang zu den Kabinen drückte er mir noch einmal fest die Hand. Bis Kingston waren es drei Tage; in dieser Zeit sah ich die Schwartz nur noch bei Tisch.

11

Bastogne, Militärlazarett, 31.1.1945

Brady, ich habe nachgedacht.

Und wissen Sie, was? Ich glaube, die Leute, die das hier einmal lesen, falls das wirklich mal Leute lesen, die werden mittlerweile richtig verschaukelt.

Warum?

Nun, wie geht sie los, meine Geschichte? Ich verstecke mich auf diesem Schiff, weil ich annehmen muss, dass irgendwelche Leute hinter mir her sind. Klar. Und das stimmt ja auch. Das heißt, ich dachte damals wirklich, dass mir jemand ans Leben will.

Aber das war gar nicht so! Niemand war hinter mir her. Keiner wollte mir etwas tun.

Natürlich habe ich das erst viel später erfahren. Ich könnte also weiter erzählen und dabei immer sagen: Ich hatte Angst, ich habe mich nicht getraut und so weiter. Vollkommen richtig. Stimmt exakt. Trotzdem habe ich ein schlechtes Gefühl dabei. Mir kommt es allmählich vor, als würde ich die Leute belügen.

Finden Sie das komisch?

Gut, wenn man es genau nimmt, dann wird in jeder Geschichte gelogen. Ich meine, in jedem Roman. Schließlich weiß der Autor irgendwann, wie es ausgeht. Doch das sagt er nicht, bis zum Schluss. Darf er auch nicht, sonst könnte es wahrscheinlich gar keine Romane geben.

Aber das hier ist kein Roman! Mir ist das alles genau so

passiert. Außerdem bin ich Journalist; ich habe mein ganzes Leben lang nur über Dinge geschrieben, die ich selbst gesehen und gehört habe. Alles Sachen, die wirklich passiert sind. Mir oder anderen richtigen, lebendigen Menschen. Und ich selbst bin ebenfalls keine Romanfigur, oder?

Ich glaube, da könnte man jetzt endlos drüber philosophieren. Wie auch immer, ich habe mich entschieden. Ich sage jetzt, wie es wirklich war. Dann kann sich keiner mehr verschaukelt fühlen. Also, Brady, halten Sie sich fest:

Als Kessel mir damals das Telegramm nach Havanna schickte, da gab es wirklich Probleme in New York. Wir hatten dieses Musical bearbeitet, »Der Fluch von Utah«: Eine junge Amerikanerin flieht vor einem Mormonen nach Europa. Das Stück war ein Riesenerfolg geworden. Habe ich alles schon erzählt. Und als ich gerade die Koffer für Havanna packte, kamen ein paar Leute ins Theater und machten Ärger. Sie seien Anwälte und verträten einen Mister Soundso. Diesem respektablen Gentleman sei zu Ohren gekommen, dass seine Lebensgeschichte neuerdings am Broadway durch den Kakao gezogen werde. Sie wollten den Verantwortlichen sprechen.

Tatsächlich waren das keine Anwälte, sondern irgendwelche Gangster. Was sie wirklich wollten, das war anfangs nicht so richtig klar. Kessel hat mir später erzählt, er selbst habe eine Zeitlang geglaubt, was die Kerle erzählten: Ihr Auftraggeber wolle, dass das Stück sofort abgesetzt werde, weil sein guter Name darunter leide. Das war natürlich Humbug.

Trotzdem herrschte eine ziemliche Aufregung. Um nicht zu sagen Panik. Und irgendwann in all dem Gerede hatte wohl jemand meinen Namen genannt. Das sei der Verantwortliche, von ihm stamme die Story. Alle anderen hätten nur mit der Musik zu tun, und die Musik tue ja keinem etwas zuleide.

Kessel hat sich später bei mir entschuldigt. Weniger dafür, dass mich einer angeschwärzt hatte. Nein, es hat ihn gewurmt, dass er so naiv war. Natürlich gab es keinen aufrechten und gottesfürchtigen Mormonen aus Salt Lake City, der am sündigen Broadway nicht vorkommen durfte. Vielmehr wollte einer der damaligen Gangsterbosse, Name habe ich vergessen, sich in das Stück einkaufen.

So einfach war das. Statt ein Theaterstück zu produzieren und auf den Erfolg zu hoffen, wollte dieser Gangster da investieren, wo der Gewinn garantiert war. Gar nicht so dumm. Es gab ein Hin und Her, dann einigte man sich irgendwie. Ich glaube, Kessels nächstes Stück wurde von diesem Kerl produziert. So genau weiß ich das nicht; ich hatte ja später mit alldem nichts mehr zu tun.

Jedenfalls war absolut niemand hinter mir her. Und in Havanna, im Hotel Gran Caribe, kam alle paar Tage ein Telegramm für mich an. Von Kessel. Inhalt: Entwarnung! Es besteht keinerlei Gefahr! Du kannst jederzeit zurück nach New York.

So war das. Und jetzt ist es heraus. Sind Sie enttäuscht, Brady? Ich hoffe, nicht. Eigentlich ändert es auch gar nichts.

Machen wir trotzdem Schluss für heute. Ich fühle mich nicht so ganz auf dem Posten.

12

Bastogne, Militärlazarett, 2.2.1945

Hier spricht Robert Hennesfahr. Es ist mir unangenehm, dass ich mich schon wieder zu Wort melde, ich habe allerdings meine Gründe. Dazu später mehr. Zunächst dies:

In den letzten beiden Tagen habe ich Zeit gehabt, den von meinem Vorgänger Corporal Brady aufgeschriebenen Text vollständig und in Ruhe zu lesen, wozu mir Herr Doktor Hufner ausdrücklich die Erlaubnis erteilt hat. Denn obwohl ich nur zum Aufschreiben angestellt bin, ist es wichtig für mich, den gesamten bisherigen Text zu kennen, damit ich mich während des Diktates besser in die Situation und die Personen hineindenken kann. Schließlich habe ich, wenn auch in begrenztem Umfang, gewisse Entscheidungen zu treffen, etwa wenn Herr Katz es mir überlässt, ein Wort zu finden oder einen seiner Sätze zu Ende zu formulieren.

Festhalten möchte ich hier das Folgende:

1) Herr Katz redet mich weiter mit Corporal Brady an, solange er diktiert. Ansonsten nennt er mich Robert, er spricht es allerdings englisch aus. Ich habe ein- oder zweimal eine Bemerkung dazu gemacht, darauf ist er nicht eingegangen. Ich glaube, er will über diesen Punkt nicht sprechen. Vielleicht vermisst er Corporal Brady. Manchmal habe ich allerdings das Gefühl, dass er nicht weiß, wer ich bin, oder es einfach nicht wahrhaben will.

2) Andererseits diktiert mir Herr Katz auf Deutsch, was ja voraussetzt, dass er weiß, wer sein Schreiber ist. Er hat das

weder angekündigt, noch hat er es begründet. Natürlich macht mir das in der Sache gar nichts aus. Im Gegenteil, es erleichtert mir meine Arbeit sehr.

Trotzdem bin ich beunruhigt. Ich habe versucht, Herrn Katz darauf anzusprechen, vergebens. Ich habe den Eindruck, er will auch darüber nicht reden. Könnte es sein, dass er nicht gemerkt hat, wie er von einer Sprache in die andere gerutscht ist? Ich bin nicht zweisprachig aufgewachsen und kann mir daher kein Urteil erlauben. Jedenfalls möchte ich an dieser Stelle festhalten, dass ich weiterhin alles genau so aufschreibe, wie es mir diktiert wird.

Und damit zum wichtigsten Punkt meiner Meldung. Genau wie Corporal Brady mache ich mir große Sorgen um den Gesundheitszustand von Herrn Katz. Ich weiß, das geht mich eigentlich nichts an. Trotzdem möchte ich vorschlagen, dass man ihn bittet, sich mehr zu schonen.

Ich verstehe, dass er schnell wieder auf die Beine kommen will, auch im geistigen Sinne. Aber die Arbeit strengt ihn sehr an. Nicht nur das Diktieren selbst. Dazwischen beschäftigt er sich nämlich mit seinen Aufzeichnungen in dem kleinen Buch, praktisch den ganzen Tag lang. Seine Hände sind noch immer bandagiert; trotzdem versucht er zwischen die Zeilen zu schreiben. Das muss ihn ungeheuer anstrengen. Außerdem habe ich vom Pflegepersonal gehört, dass er die Abschnitte, die er mir später diktiert, vorher laut aufsagt und dann immer wieder etwas daran ändert. Ein schwer verwundeter Patient im Nachbarzimmer hat sich schon beschwert.

Alles in allem glaube ich, es täte Herrn Katz gut, wenn er sich nach Amerika und zu seiner Familie bringen ließe. Ich will nichts gegen die hiesigen Ärzte und das medizinische Personal sagen. Im Gegenteil, sie haben viele meiner Kameraden großartig behandelt und manchen sogar das Leben gerettet. Aber in den USA könnte man sicher besser für Herrn Katz sorgen. Ich meine, für seinen Körper und auch für seine Seele.

13

Bastogne, Militärlazarett, 3.2.1945

Sind Sie bereit, mein Herr? Dann wollen wir mal wieder.

Als die Präsident in den Hafen von Kingston einlief, wieder bei schönstem Wetter, war ich fest entschlossen, mir eine Passage in die USA zu suchen. Ich hatte am Vortag meinen Koffer gepackt und mich vom Kapitän verabschiedet. Jetzt galt wieder mein alter Plan aus Havanna: nicht gleich nach New York fahren, sondern weiter südlich an Land gehen und dann versuchen, Kessel telefonisch zu erreichen.

Auf der Pier der Hapag wäre ich fast lang hingefallen. Der Boden war aus Gummi und ich schwankte, als hätte ich getrunken. Vier Wochen war ich nur auf dem Schiff gewesen; offenbar hatte ich Seebeine bekommen, mit denen ich an Land nicht laufen konnte. Donhauser stand auf der Brücke und lachte hinter mir her.

Verglichen mit dem geordneten Leben an Bord herrschte im Hafen das absolute Chaos. Man ging nicht zehn Meter, ohne angerempelt oder angeschrien zu werden, es war glühend heiß, und es stank entsetzlich. Sofort packte mich wieder die Angst. Ich schaute mir dauernd über die Schulter, und überall sah ich meine Mörder.

Vor der Agentur einer amerikanischen Schifffahrtsgesellschaft hatte sich eine Schlange gebildet. Die meisten Leute saßen auf ihren Koffern; sie sahen aus, als hätten sie es für immer aufgegeben, ungeduldig zu sein. Da ging mir etwas durch den Kopf, an das ich noch gar nicht gedacht hatte.

Ich könnte auch irgendwo in den USA an Land gehen und mich zu meinen Eltern durchschlagen. Ihnen alles erzählen, was in den letzten Jahren passiert war, und mich dann bereit erklären, den Landmaschinenverleih zu übernehmen. Mein Vater würde aus seinen Arbeitern eine Truppe zusammenstellen, die mich bewachte. Dann wäre ich vollkommen sicher. Fremde waren bei uns auf dem Land so auffällig wie bunte Hunde. Wenn einer aus New York käme, um mir etwas anzutun, würde er Pennsylvania in einem Sarg verlassen.

Ich hatte mich ans Ende der Schlange gestellt, sie bewegte sich kaum. Bis zu meinem fünfundzwanzigsten Geburtstag waren es noch ein paar Monate. Das passte doch gut! Am Ende würde alles genau so ablaufen, wie mein Vater es geplant hatte.

Und ich, nun, ich müsste allerdings einen dicken Punkt hinter mein Leben machen. Freiwillig nach Hause zu kommen, erst recht unter diesen Umständen, das war wohl die jämmerlichste Form der Kapitulation. Für den Rest meines Lebens wäre dann mein Elternhaus mein Gefängnis, egal, ob mir noch jemand ans Leben wollte oder nicht.

Vor mir in der Schlange saß eine alte schwarze Frau auf einem Korb. Wir kamen ins Gespräch. Sie hatte Verwandte auf Jamaika besucht, jetzt fuhr sie zurück nach Birmingham, Alabama. Sie sei neunundsiebzig Jahre alt, sagte sie. Ich rechnete. Womöglich war sie als junge Frau noch Sklavin gewesen.

Sie wollte wissen, was ich so machte. Es ritt mich, und ich sagte, ich schriebe Lieder für Musicals in New York. Ob sie vielleicht den »Fluch von Utah« kenne?

Sie schlug sich eine Hand vor den Mund, wie kleine Mädchen das tun. Und dann fing sie an zu singen: »Du wirst mir nicht glauben«. Es klang gar nicht so schlecht.

Ich bin der Frau bis heute dankbar. Sie hat mich vor den Landmaschinen gerettet. Allerdings nicht vor meiner Angst. Ich nahm meinen Koffer, ging zurück zur Pier der Hapag und buchte eine zweite Runde; das Geld dafür hatte ich ja. Der Mann am Schalter prüfte ausgiebig meinen Pass, doch er stellte keine Fragen. Er sagte nur, dass die Präsident erst am nächsten Morgen neue Passagiere übernehme.

So lange konnte ich nicht warten. Ein paar Minuten später war ich an der Gangway, und sie ließen mich auch gleich wieder an Bord. Von einigen Besatzungsmitgliedern wurde ich begrüßt, als gehörte ich zur Crew. Oder als wäre ich einer, der eine dumme Entscheidung wieder rückgängig gemacht hatte. Meine Kabine war noch nicht vergeben, also richtete ich mich wieder ein. Bis zum nächsten Mittag war eigentlich keine Bewirtung vorgesehen; für mich wurde daher im Speiseraum der Offiziere gedeckt.

Natürlich war mir das alles furchtbar peinlich. Praktisch jeder auf der Präsident kannte meine Geschichte, und durch ihre Fortsetzung wurde sie nicht gerade rühmlicher. Also saß ich drei Mahlzeiten lang ziemlich kleinlaut mit den Deutschen in ihrer schlichten Messe. Der einzige Schmuck hier war ein Bild des Kaisers, das mir irgendwie unglaubwürdig erschien.

Die Schiffsführung der Präsident hatte ich in den letzten Wochen kennengelernt. Der Erste Offizier, Bernhard Reimers, war ein eher unscheinbarer Mann, besonders, wenn er neben Kapitän Donhauser stand. Der Ingenieur hieß Hans Brandt, womit die anderen ihn offenbar dauernd aufzogen, vielleicht weil das Schiff mit Dampf betrieben wurde. Der

Zahlmeister Greffnitz war ein schlanker, kräftiger Mann, der überhaupt nicht wie ein Bürokrat wirkte. Mit allen hatte ich schon kurz geredet, wenn sie an meinem Tisch im Speisesaal gesessen hatten. Nur den Schiffsarzt kannte ich so gut wie gar nicht. Er hieß Kaminski, wohnte neben der Krankenstation und ließ sich wenig blicken.

Zum Glück fragte mich niemand, warum ich zurück war. Die Männer waren freundlich zu mir, beim Essen redeten sie nur über Dienstliches. Trotzdem war ich froh, als wir am nächsten Morgen ausliefen und alles wieder war wie immer. Das Wetter blieb übrigens gut, es war keiner der Stürme angesagt, mit denen man zu dieser Jahreszeit rechnen musste. Auf der Fahrt hinüber nach Haiti war die See so glatt wie ein Dorfteich.

Unter den Passagieren, die in Port au Prince zustiegen, waren zwei deutsche Polizisten, Kriminalbeamte aus Berlin. Donhauser teilte mir das mit; vielleicht dachte er, die Anwesenheit dieser Männer könnte bewirken, dass ich mich noch sicherer fühlte. Sie waren auch gleich an meinen Tisch gesetzt worden. Der Speisesaal war jetzt gut zur Hälfte gefüllt, bei uns saß noch eine kreolische Familie, die jeden Kontakt vermied. Offenbar fühlte sie sich unwohl.

Donhauser hatte mich den Beamten beim ersten Dinner als Amerikaner mit deutschen Wurzeln vorgestellt, doch das schien sie nicht zu beeindrucken; es blieb bei knappen Begrüßungen vor den Mahlzeiten. Während des Essens sprach niemand. Jeder Blick, der nicht auf den eigenen Teller gerichtet war, musste indiskret wirken. Nur wenn wir Pfeffer und Salz tauschten oder eine Schüssel weiterreichten, konnte ich die Männer ein paar Sekunden lang ansehen. Das reichte allerdings, um mir ein Bild zu machen.

Mein Vater hätte sich die Obrigkeit in seiner alten Heimat wahrscheinlich anders vorgestellt: bullige Wachtmeister mit gezwirbelten Schnurrbärten, Kommandostimmen und schlechten Tischmanieren. Nicht so die beiden. Sie waren still und unauffällig, tatsächlich sahen sie weniger nach Polizei aus als die amerikanischen Polizisten, denen ich bislang begegnet war. Einer der beiden mochte etwa zehn Jahre älter sein als der andere, und vermutlich war er sein Vorgesetzter. Aber aus einer gewissen Entfernung betrachtet, verwischte sich der Unterschied. Beide trugen sie trotz der Hitze dunkle Anzüge mit Westen. Der jüngere schien Probleme mit dem Rasieren zu haben; jeden Morgen klebte irgendwo in seinem Gesicht ein kleines Pflaster.

Ich sah sie nur selten zu zweit. An Deck schon gar nicht, und die Mahlzeiten nahmen sie in einer Art fliegendem Wechsel ein. Den Grund dafür hatte mir Donhauser verraten. Die beiden waren nämlich die Eskorte für einen Gefangenen, und dessen Bewachung nahmen sie äußerst ernst. Der Mann, so Donhauser, sei ein besonders wertvolles Exemplar von Verbrecher. Auf den warte in Deutschland ein großer Prozess und anschließend der Galgen.

Genaueres hatte er nicht erfahren. Er hatte bloß Anweisung, alles zu tun, was die Beamten von ihm verlangten. Also war eine der Kabinen für das Maschinenpersonal, ein schmaler Raum tief unten im Schiff, zur Arrestzelle umgebaut worden. Das heißt, man hatte ein paar kräftige Schlösser von außen an die Tür geschweißt. Ich habe den Raum später einmal gesehen. Da gab es kein Entkommen. Dennoch waren die Beamten vorsichtig. Sie bewachten ihren Gefangenen rund um die Uhr; jeweils einer von ihnen saß dazu im Gang vor der Arrestzelle, trotz der Hitze und des Lärms, die dort herrschten.

Erst nach ein paar Tagen wirkten die beiden ein bisschen entspannter. Vielleicht hatten sie jetzt ihren Rhythmus gefunden. Nichts ist schließlich so beruhigend wie die Routine. Als Donhauser turnusgemäß wieder Gast an unserem Tisch war, der Ältere gerade sein Dessert und der Jüngere seine Suppe aß, redeten sie sogar darüber: wie ihr Mann auch bei den Mahlzeiten und bei der Körperpflege überwacht werde, wie sie sichergestellt hätten, dass er sich nichts antun könne und so weiter. Es war, als würden zwei Zoodirektoren über den Transport eines seltenen Tieres berichten.

Natürlich redeten die Polizisten mit Donhauser, nicht mit mir; immerhin duldeten sie, dass ich ihr Gespräch mit anhörte. Ich konnte ihre Erleichterung spüren, vielleicht waren sie auch stolz. Wahrscheinlich hatten sie sich das Schlimmste ausgemalt, als sie diesen Auftrag bekamen. Und jetzt sahen sie, dass sie ihn trotz allem erledigen konnten.

In der zweiten Woche hatte ich den Eindruck, als würden die beiden ihre Dienstreise sogar genießen. Womöglich hatten sie endlich begriffen, wo sie waren. Und dass sie nie mehr so weit kommen würden. Von alldem hier könnten sie ihren Enkeln erzählen. Am Ende dachten sie vielleicht über Schönheit und Vergänglichkeit nach.

Unsere letzte Station in der Dominikanischen Republik war wieder La Romana. Der Hafen dort ist eigentlich nur ein schmaler Kai an einer Flussmündung. Wir mussten gleich wieder Platz machen für ein anderes Schiff. Über Nacht ankerten wir in sicherer Entfernung vom Land; und vielleicht war das der Anlass für die Beamten, ihrem Gefangenen etwas von ihrem Glück abzugeben. Zu zweit sprachen sie beim Kapitän vor. Ob sie den Mann einmal hinaus an die frische Luft bringen könnten?

Ich war bei diesem Gespräch nicht dabei, Donhauser erzählte mir nach dem Dinner davon. Er hatte bei der Gelegenheit nach dem Mann gefragt. Was der denn angestellt habe, dass man sich solche Mühe mit ihm gab? Doch so weit ging die Lockerheit der beiden Beamten nicht. Nein, sie hätten strengstes Stillschweigen zu wahren, und daran würden sie sich halten.

Kurz vor elf Uhr abends stand ich neben Donhauser auf der Brücke. Zusammen erwarteten wir den Gefangenen. Warum der Kapitän ausgerechnet mir dieses Schauspiel bieten wollte, war mir nicht ganz klar. Vielleicht wollte er eine der wenigen Abwechslungen von der Bordroutine mit jemandem teilen. Oder er wollte mir, warum auch immer, einen zeigen, auf den garantiert der Henker wartete.

Pünktlich um elf erschienen die drei auf der Treppe zum Bootsdeck. Im Mondlicht waren die Gesichter der Beamten sehr blass, ihre weißen Kragen leuchteten. Den Gefangenen hatten sie in die Mitte genommen, er trug Hand- und Fußfessel. Ich sah ihn aus einer Entfernung von wenigen Metern. Er war ein großer Mann, vielleicht schon über fünfzig, mit gleichmäßigen, unverbrauchten Gesichtszügen und vollem, leicht welligem Haar. Er war gut gekleidet; er trug den üblichen Leinenanzug, dazu eine gelbe Weste und ein Hemd mit weichem Kragen. Die Sachen waren verknittert und fleckig, wirkten aber keineswegs billig. Er hätte einer dieser Pflanzer sein können, die im Urwald leben, viel Geld haben und wenig auf Etikette geben. Neben ihm wirkten die beiden Beamten ziemlich bescheiden. Doch was mich an dem Mann am meisten verblüffte: Ich kannte ihn.

Natürlich nur aus der Zeitung. Es musste in meinen ersten Wochen beim Farming Observer gewesen sein, da ging seine

Geschichte durch die Presse, mit Bild. Soweit ich mich erinnerte, war Folgendes passiert: Der Mann hatte sich aus Südamerika bei seinen Heimatbehörden gemeldet. Er habe ein schweres Verbrechen begangen und wolle sich jetzt verantworten. Leider könne er die Heimfahrt nicht bezahlen. Darauf hatten die deutschen Behörden allerdings nicht reagiert, warum auch immer. Er hatte dann Beweise für seine Behauptungen geliefert. Endlich wurde seine Überstellung veranlasst, doch da war der Mann spurlos verschwunden. Genau diese Geschichte ging damals um die ganze Welt. Wahrscheinlich, weil es genug Leute gab, die es freute, dass sich die deutschen Behörden dermaßen blamiert hatten.

Ich versuchte mich daran zu erinnern, was der Mann getan hatte. Ich kam nicht darauf, dafür fiel mir sein Name ein. Damals hatte ich darüber gelacht. Der Mann hieß König, ausgerechnet! Den Artikel mit seinem Bild hatte ich ausgeschnitten, obwohl er für den Farming Observer nicht in Frage kam. Eine Zeitlang hing er aufgespießt an meinem Steckbrett über dem Schreibtisch, und ich hatte ihn immer vor Augen.

Das alles stürzte nun auf mich ein; und in einem Anfall von Übermut, oder was immer es war, sagte ich Richtung Bootsdeck: »Guten Abend, Herr König!« Ich sagte es auf Deutsch und dummerweise auch ziemlich laut.

Es wäre besser gewesen, ich hätte den Mund gehalten. Mit Königs Ausgang war es sofort vorbei. Und ich wurde von den beiden Beamten die halbe Nacht lang vernommen. Donhauser konnte nichts dagegen machen. Das Verhör fand in meiner Kabine statt, dabei wurden meine Sachen durchsucht. Zum Glück musste ich kaum lügen und konnte daher meine Antworten dauernd wiederholen, ohne nachdenken zu müssen: Ich war ein amerikanischer Journalist mit deutschen Vorfahren, der in der Karibik recherchierte. Und was ich von König wusste, das wusste ich durch meinen Beruf.

Als wir alle zu müde wurden, gab es eine Pause. Am nächsten Morgen in aller Frühe ging es weiter. Ich konnte den beiden Beamten anmerken, dass sie noch weniger geschlafen hatten als ich. So gut ich konnte, blieb ich ruhig, und vor allem blieb ich bei meinen Antworten. Nein, ich war König niemals zuvor begegnet. Nein, ich war an keiner seiner Taten beteiligt. Nein, ich hatte ihm nicht zur Flucht aus Südamerika verholfen, davon wusste ich nur aus der Zeitung. Und schließlich: Nein, ich hatte kein Komplott zu seiner Befreiung organisiert.

An dieser Stelle erlaubte ich mir die einzige Gegenfrage. Wenn ich tatsächlich ein solches Komplott organisiert hätte, wäre es dann nicht äußerst unklug gewesen, König anzusprechen? Vielmehr der reine Schwachsinn? Doch die Beamten interessierten sich nicht für irgendein Wäre und Hätte, sondern nur für das, was sie immer wieder die Tatsachen nannten.

Also ritt ich weiter auf meiner Wahrheit. Dabei kam mir mein gutes, oder besser, mein professionelles Gedächtnis zur Hilfe. Ich erzählte den Beamten in Kürzestfassung Geschichten von Gangstern und Mördern, die ich tatsächlich gelesen hatte, zur Unterhaltung, während ich die langweiligen Wirtschaftsartikel ausschnitt. Und wenn man, so schloss ich, sein Leben mit solchen Texten verbringe, dann sei man irgendwann so eingesponnen in diese Welt aus Worten, dass man gar nicht mehr glaube, es gebe dahinter ein richtiges Leben. Genau das erkläre auch, warum ich gestern Abend vor lauter Überraschung meinen Mund nicht hätte halten können.

Das war eine etwas gewagte, wenn nicht sogar unverschämte Erklärung. Doch den Beamten schien sie einzuleuchten; jedenfalls gaben sie sich zufrieden. Sie erklärten die Befragung für beendet. Da war es gegen zehn Uhr morgens. Ich legte mich aufs Bett und stellte fest, dass ich zitterte.

Den Lunch ließ ich ausfallen. Auch zum Dinner wollte ich nicht gehen, am Ende zwang ich mich. Warum sollte ich mich weiter verdächtig machen? Schließlich war ich ein junger Journalist aus New York, der für einen Artikel recherchierte; und das tat man ja wohl am wenigsten in einer stickigen Kabine.

Als ich kam, wechselten die Beamten sich gerade ab. Der Jüngere ging. Der Ältere aß seine Vorspeise, dann entschuldigte er sich bei mir. Ich dürfe jetzt keinen falschen Eindruck von den deutschen Behörden haben. Doch der Umgang mit Leuten wie diesem König mache einen misstrauisch. Vielleicht könne man sogar sagen: So einer wie König verderbe einem die Lust am Leben.

Ich war ziemlich erstaunt über diese Vertraulichkeit. Weil ich nicht wusste, was ich sagen sollte, nickte ich freundlich.

Er ertrage diesen Mann nur schwer, sagte der Beamte. Was der getan habe, könne einen bis in den Schlaf verfolgen. So eine Kaltblütigkeit! Und diese Verachtung!

Wenn das keine Einladung war, genauer nachzufragen, was dann? Ich tat es.

Der Beamte zeigte auf seinen Teller. Nicht jetzt. Gleich habe er eine freie Stunde. Wir aßen dann schweigend. Nach dem Dessert gingen wir hinauf aufs Bootsdeck. Zwei Matrosen ließen gerade eines der Rettungsboote voll Wasser laufen. Man machte das, damit das Holz nicht zu trocken wurde und das Boot nicht leckte, wenn man es einmal brauchte.

Jetzt quoll das Wasser zwischen den Planken hervor. Es sah aus, als würde das Boot in der Sonne schwitzen.

Der Beamte hieß übrigens Merten. Ich fragte mich, warum er so mitteilsam geworden war. Die plausibelste Antwort wäre, dass er etwas von mir wollte. Nur ahnte ich nicht, was. Also spielte ich weiter, so gut ich konnte, den naiven jungen Amerikaner.

Wir standen Schulter an Schulter an der Reling und rauchten, während das Wasser an unseren Füßen vorbei ins Meer floss. Sich so zu unterhalten ist üblich auf Schiffen, und es hat seine Vorteile. Man muss seinem Partner nicht in die Augen sehen. Es ist, als führte man ein Selbstgespräch oder als hörte man einem anderen dabei zu.

König, so Merten, war Einkäufer gewesen, Chefeinkäufer für ein Modehaus in Berlin. Ein großes Unternehmen, sehr exquisit. Eine schöne Position. Vorausgesetzt, man reist gern durch die Welt, um Stoffe, Hüte, Handtaschen und Schals auszusuchen. Davon träumt nicht jeder junge Mann. Aber was soll's! Ansonsten war König ein unauffälliger Bürger. Keinerlei Kontakt mit Polizei oder Justiz.

Bis vor sieben Jahren. In der Chefetage des Modehauses, nicht weit vom Kurfürstendamm, waren Schüsse gefallen. Wie sich später herausstellte, gab es sieben Tote: den Chef, seine Sekretärin, einen Prokuristen und vier weitere Angestellte, darunter eine Frau. Als die Polizei eintraf, herrschte das reinste Chaos. Niemand konnte sachdienliche Hinweise geben. Es fand sich kein Motiv, von einem Täter ganz zu schweigen. Wochen später dann endlich konkrete Verdachtsmomente, doch die Sache verlief im Sand. Wohl oder übel mussten die Ermittler aufgeben; der Fall wurde zu den Akten gelegt.

Mehr als zwei Jahre später meldete sich König aus Argentinien und bezeichnete sich als den alleinigen Täter. Ein Motiv nannte er allerdings nicht. Als Angehörige der deutschen Botschaft ihn abholen wollten, war er verschwunden. Vier Jahre lang gab es keine Spur von ihm, dann erwischte ihn auf Haiti das Tropenfieber.

König war in Port au Prince auf der Straße zusammengebrochen. Weil er ein vornehm gekleideter Europäer war, brachte man ihn ins Krankenhaus. Man ließ seinen Koffer holen, und darin steckten mehrere Pässe auf verschiedene Namen, darunter sein richtiger. Jemand, der sich davon etwas versprach, brachte alles zur Polizei.

Wäre König damals bei Verstand gewesen, dann hätte er immer noch davonkommen können. Er soll eine Menge Bargeld am Körper getragen haben. Doch er lag wochenlang im Fieber, und als er wieder zu sich kam, war nichts mehr da, um jemanden zu schmieren. Er kam in Haft, und nach einigem Hin und Her wurde er ausgeliefert.

»Wir haben ihn jetzt«, sagte Merten, »und das ist gut so.« Aber die Lage sei kompliziert. Der einzige Beweis für Königs Schuld sei nach wie vor sein Geständnis. Was, wenn er das widerrufen würde? Merten sagte: »Ich fürchte, wenn wir ihn hängen wollen, brauchen wir dazu seine Unterstützung.«

Ich sagte: »Redet er denn nicht?«

Merten schüttelte den Kopf. König sei freundlich und verbindlich. Leider sage er nichts zur Sache. Kein Wort über die Schüsse in Berlin. Er sah mich an. »Wir kommen nicht ran an den Kerl.«

Wir schauten wieder aufs Meer hinaus. Er habe da so einen Verdacht, sagte Merten. Oder besser, eine Theorie. Und dann erklärte er mir noch einmal ganz umständlich Königs

Tätigkeit für das Modehaus. Das Auswählen von Stoffen und Mustern, der Kontakt zu Schneidern und Hutmacherinnen. Nun, das alles sei doch eigentlich keine Arbeit für einen richtigen Mann. »Wenn Sie verstehen, was ich meine.«

Ich verstand ihn, wollte das jedoch nicht zugeben. Ehrlich gesagt, gewisse Männergespräche sind mir immer ein Gräuel gewesen.

»In Berlin ist nichts vorgefallen«, sagte Merten. Königs Leumund sei einwandfrei. Was natürlich gar nichts heiße. Er persönlich sei sich ziemlich sicher. Und solche Männer, nun ja, die seien eben anders.

Er schlug leicht auf die Reling. Aber was rede er da! Ein alter Polizist aus Berlin, was wisse der schon von solchen Leuten. Ich hingegen, ein Journalist und Amerikaner, und vor allem ein gut aussehender junger Mann, ich hätte sicher viel mehr Fantasie. Er schlug mir gegen den Arm, als wären wir Sportskameraden.

Spätestens jetzt hätte er aussprechen müssen, was er von mir wollte. Doch er grüßte nur kurz, entschuldigte sich für seine Geschwätzigkeit und ließ mich einfach stehen.

Die kommende Nacht sollten wir im Hafen von Ponce verbringen. Hier hatte Mogensen sich umgebracht. Ich dachte, vielleicht sollte ich endlich einmal an Land gehen. Mich in einer Fischerkneipe betrinken, den Einheimischen ein paar Gläser Rum spendieren und mit einem dunkelhäutigen Mädchen zur Musik vom Grammophon tanzen. Ein schönes Bild, bis der Däne darin erschien, mit einem Strick um den Hals. Das Mädchen zog einen Dolch aus dem Rock und stach mich nieder, worauf die Einheimischen mich in den Dschungel schleppten.

Ich ging nach vorn zur Brücke. Donhauser lehnte an der

Reling; die Sonne schien ihm so ins Gesicht, dass der helle Streifen in seinem Bart wieder aussah wie eine Narbe.

Ich sagte: »Die wollen etwas von mir. Und eigentlich will ich damit gar nichts zu tun haben.«

Ja, sagte Donhauser, das verstehe er. Andererseits müsse ich bedenken, dass die Hapag und damit das deutsche Reich mich seit Wochen unter ihre Fittiche genommen hätten. Und das Sprichwort kenne ich doch: Eine Hand wäscht die andere.

»Heute Abend«, sagte er. »Gleiche Zeit, gleicher Ort.« Man verlange nichts Unmögliches von mir. Und erst recht nichts Unsittliches. Leider müsse er sich jetzt entschuldigen. Bald komme Land in Sicht, da benötige man sein nautisches Geschick. Das war natürlich ein Scherz. Alles andere war ernst gemeint.

Am Abend lagen wir vor Ponce. Und tatsächlich wiederholte sich um Punkt elf Uhr die Szene aus der letzten Nacht. Die beiden Beamten betraten das Bootsdeck, König in ihrer Mitte. Ich stand neben Donhauser vorn an der Reling, und diesmal hielt ich den Mund. Der jüngere Beamte löste Königs Handschellen, um ihn damit an die Reling zu ketten, genau dort, wo ein Tisch mit zwei Stühlen stand. König nahm Platz, die Beamten traten ein wenig zur Seite.

»Ich stelle Sie dann mal vor«, sagte Donhauser. Er ging voran, ich folgte ihm. »Gestatten Sie, dass ich Ihnen Mr. Smith vorstelle. Er ist Journalist aus New York City und würde sie gerne kennenlernen. Ist hier vielleicht noch ein Platz frei?«

König machte eine Handbewegung, ich solle mich setzen. Er brachte es fertig, so zu tun, als hätte die Szene überhaupt nichts Groteskes. »Es ist mir ein Vergnügen«, sagte er. »Sie sprechen Deutsch, Mr. Smith?«

Ich versuchte es mit einer Kurzfassung meiner Familiengeschichte als Antwort, wobei ich mich ein paar Mal verhaspelte. Einem siebenfachen Mörder hatte ich noch nie gegenüber gesessen.

»Ich will gleich ganz ehrlich zu Ihnen sein«, sagte König. Er zeigte auf die beiden Beamten, die abseits im Dunkeln standen. Seine überaus liebenswürdigen Begleiter hätten mich bereits angekündigt. Er vermute, sie gewährten ihm meine Gesellschaft, weil sie hofften, dass er sich im Gegenzug zu gewissen Vorgängen äußere.

Und dann sagte er: »Allerdings, ich bin – soll ich sagen, leider? – kein bisschen schwul.« Er mache sich rein gar nichts aus hübschen jungen Männern. Hoffentlich kränke mich das nicht.

Ich glaube, ich bin feuerrot geworden.

Er habe sich, sagte König, in den letzten Jahren mehrfach so benommen, dass niemand aus ihm schlau geworden sei. Daher behandle man ihn jetzt wie ein Ding vom anderen Stern. Sehr schmeichelhaft, wenngleich es nicht den Kern der Sache treffe. Daher vielleicht seine Zurückhaltung.

Ich bekam mit Mühe einen Satz hin, der sagen sollte, dass ich nicht die Absicht hätte, mich in sein Privatleben zu mischen.

Er sagte: »Blödsinn.«

Ein Steward kam und stellte zwei Gläser auf den Tisch. König trank eines davon in einem einzigen Zug. Er bat um Entschuldigung. Unten im Bauch des Schiffes sei es so heiß wie in der Hölle. Vorausgesetzt, es gebe einen solchen Ort, was allerdings nicht in seinem Interesse liege. Ich schob mein Glas zu ihm hinüber, und er trank es sofort halb leer. Etwas lief ihm am Mund vorbei und tropfte auf sein Jackett.

Den Ausdruck Blödsinn nehme er übrigens mit Bedauern

zurück. Aber von einem Privatleben könne im Zusammenhang mit ihm nicht mehr die Rede sein. Er habe sieben Menschen getötet. Seitdem sei er eine durch und durch öffentliche Person. Sein Leben gehöre der Justiz. Er selbst sei nur noch sein eigener Grabwächter. Er trank auch das zweite Glas leer. Ein flüchtiger Grabwächter allerdings, der Widerspruch sei ihm bewusst.

Ich saß da, hörte zu und kam mir vor, als wäre ich fünfzehn. Was sollte ich jetzt tun? Ein ganz normales Interview führen? Schließlich hatte ich hier, was die Kollegen in Harrisburg und Philadelphia eine »irre Story« nannten. Eine, von der viele Journalisten ein Leben lang träumten. Nur war ich niemals wirklich Journalist gewesen, jedenfalls nicht mit dem Herzen.

Ich dachte mir ein paar Sätze aus und verwarf sie wieder. Schließlich sagte ich: »Warum haben Sie die Leute getötet?« Das sollte professionell klingen; kaum war es heraus, kam es mir aufdringlich und falsch vor.

Doch König hatte wohl genau auf diese Frage gewartet. »Es war eine Panne«, sagte er, »ein bedauernswerter Unfall.« Eigentlich habe er nur einen unerträglichen Zustand beenden wollen. Nämlich seinen. Ob ich wisse, in welchem Beruf er tätig war?

Ich sagte: »Die Modebranche?«

Ganz recht. Er war Chefeinkäufer für die Firma Weinberger & Söhne. Das klinge prosaisch, und das sei es auch die meiste Zeit gewesen. Alle Berufe seien neun von zehn Stunden prosaisch. Egal. Worauf es ankomme, das sei die zehnte! Und in dieser zehnten Stunde hatte König entschieden, was Berlin trug. Nicht ganz Berlin, aber das wichtige Berlin. Man rollt ein paar Steinchen den Abhang hinab, und unten kommt eine Lawine an. Genau das hatte er getan: die Dinge ins Rollen gebracht. Hier die Entscheidung für eine bestimmte Farbe, dort für ein gewisses Material. Dazu immer so tun, als gäbe es zu dieser Auswahl keine Alternative. Prompt zogen die anderen Modehäuser mit, die Schneiderateliers nahmen die Witterung auf, und schon gab es einen Trend, dem niemand widerstehen konnte.

»Das war sehr erheiternd«, sagte er, und dann berührte er kurz eine Stelle an seiner Wange, die aussah wie eine schlecht verheilte Wunde. »Die Leute versuchen, originell und einzigartig zu sein. Dabei tun sie am Ende genau das, was alle tun.«

In den ersten Jahren seines Berufs, so König, hatte auch er noch originell sein wollen, um jeden Preis. Er glaubte, dass man Erfolg hat, wenn man eindeutige Zeichen setzt, wenn man unverkennbar ist. Das war ein Irrtum. Was besonders hell lodert, verbrennt umso schneller. Später änderte er seine Taktik und wählte genau das aus, von dem er glaubte, es würden möglichst viele darauf anspringen. Allerdings sollte jeder denken, er hebe sich mit seiner Wahl von allen anderen ab. Es war ein Taschenspielertrick, und er funktionierte.

»Mein Beruf war meine Erfüllung«, sagte König. So etwas klinge romantisch oder banal, dabei sei es bloß die Wahrheit. Wäre es nach ihm gegangen, dann hätte er bis in alle Ewigkeit die Modefarben der Saison bestimmt. Doch dann verliebte sich sein Chef, Weinberger Senior, in diese gewisse Person.

König schüttelte den Kopf. Offenbar konnte er sich darüber noch immer aufregen. Sein Chef war damals schon ein Mann in den Sechzigern, verheiratet, erwachsene Kinder, die dritte Generation in der Textilbranche. Und diese Person war Anfang zwanzig, Verkäuferin in einem Warenhaus, ein

Mädchen aus einfachsten Verhältnissen, vollkommen ungebildet.

Trotzdem hätte es kein Drama werden müssen. Weinbergers Frau war gemütskrank, ein unheilbarer Fall. Niemand hätte dem alten Mann eine kleine Freundin übel genommen, im Gegenteil. Leider war er viel zu skrupulös für eine ganz normale Liebschaft. Und deshalb holte er diese Person in die Firma, als Einkäuferin; gewissermaßen, um sie zu legitimieren.

Er hätte diese Mesalliance, sagte König, gerne ertragen. Es gehöre zu den Aufgaben leitender Angestellter, die Fehler ihrer Chefs zu kaschieren. Er hätte sogar dafür gesorgt, dass es so aussähe, als würde Weinbergers Geliebte anständige Arbeit leisten, auch wenn sie keinen Finger krumm machte. Doch der alte Mann wollte unbedingt, dass sie glänzen sollte. Er übertrug ihr immer weitere Kompetenzen. Nicht lange, und sie hatte das Recht, den Chefeinkäufer in wichtigen Fragen zu überstimmen.

König wischte sich mit einem Taschentuch das Gesicht, vorsichtig, damit seine Handschellen kein Geräusch machten. Das war natürlich eine Katastrophe. Ein Ladenmädchen sollte jetzt den Ton angeben. Wenn sie unangenehm wurde, berlinerte sie. Von Mode verstand sie so gut wie nichts. Weinberger hingegen behauptete vor allen leitenden Angestellten, sie treffe den Geschmack der neuen Generation.

»Ich bitte Sie!«, sagte König. Er wolle jetzt nicht dozieren. Aber streng genommen habe niemand von den Leuten auf der Straße überhaupt Geschmack. Man müsse seine Kunden an die Hand nehmen wie die Kinder und sie zu ihrem Besten zwingen. Die Leute hätten ein Recht darauf, nicht den Mist zu bekommen, den sie haben wollten.

Eines Morgens kam König etwas später ins Büro. Es herrschte eine seltsame Stimmung. Und da musste er feststellen, dass diese Person gerade mit ein paar Telefonaten die Hälfte der Geschäftsbeziehungen gekappt hatte, die er seit Jahren pflegte. Schlagartig wurde es ihm klar: De facto war er komplett entmachtet, zurückgestuft auf einen reinen Befehlsempfänger. Und er konnte sich nicht einmal darüber beschweren.

Ich sagte: »Warum denn nicht?«

Weil dann die unmöglichen Umstände zur Sprache gekommen wären. König machte eine Handbewegung, und es gab ein hässliches Geräusch. Dabei sei alles ganz und gar infam gewesen, die reinste Kolportage. Diese Person hatte nämlich einen Liebhaber. Um es vorsichtig auszudrücken. Der stand spätabends unten auf dem Kurfürstendamm und rauchte eine Zigarette nach der anderen, während er auf sie wartete. König war den beiden einmal nachgegangen. Zuerst hielten sie Abstand voneinander und taten, als würden sie sich nicht kennen. Dann fiel sie dem Kerl in die Arme, und er behandelte sie, wie Männer aus dem Milieu gewisse Mädchen behandeln.

Er könne das nicht beweisen, sagte König, doch womöglich sei alles ein Komplott gewesen, angestiftet und gesteuert von Scharbert, Weinbergers Prokurist. Der besaß aus einem Erbe einen kleinen Anteil an der Firma; und wahrscheinlich hatte er diese Person auf Weinberger angesetzt, um ihn bloßzustellen und dann das Geschäft zu übernehmen.

Ich sagte: »Ach so?«

Gegen Verschwörungstheorien hatte ich damals schon eine richtige Abneigung. Wenn man bei der Zeitung arbeitet, wird man damit eingedeckt. Und ich hatte eines gelernt: Verschwörungstheoretiker sind Leute, die nicht mehr mitkriegen, wenn sie sich lächerlich machen.

König muss geahnt haben, was ich dachte. »Keine Bange!«, sagte er. »Ich habe mich nicht blamiert. Jedenfalls nicht sofort.«

Tatsächlich hatte er ganz diskret nach einer neuen Stelle gesucht. Er wollte keiner dieser Angestellten werden, die für den Rest ihrer Tage kaltgestellt sind. Außerdem lebte er nicht bloß vom Geld. Wenn er Berlin oder wenigstens einem wichtigen Teil davon einen Sommer in Rosa, Violett und Blaugrau verordnet hatte, dann konnte er durch die Straßen gehen und sich an den Farben freuen, die man jetzt trug. Es waren ja seine Farben. Er war ein Maler, dem man erlaubt hatte, im Frühjahr und im Herbst gewisse Flächen zu kolorieren. Bewegliche und äußerst attraktive Flächen, nach denen man sich umdrehte. Genau das machte ihn glücklich.

Sah er dagegen Frauen, die noch seine alten Kollektionen trugen, so wurde er auf eine fast schon angenehme Art und Weise traurig. Denn Schönheit verwandelte sich in Banales, das war der Lauf der Welt; aber er, Karl König, führte dabei immerhin ein bisschen Regie. Er war damals Mitte vierzig. Was sprach dagegen, dass er seine Kunst nicht in einem anderen Unternehmen ausüben sollte?

Ich spielte brav meine Rolle und sagte, dass ich das nicht wisse.

»Die sogenannte Realität«, sagte König. Denn in Wirklichkeit war er kein Künstler, sondern nur ein mittlerer Angestellter, eine ganz und gar austauschbare Figur. Als er in anderen Firmen vorsprach, machte man ihm das unmissverständlich klar. Er hatte keine bleibenden Werke geschaffen, im Gegenteil, mit jeder neuen Kollektion hatte er die letzte vernichtet, und damit ein Stück von sich selbst. Er war nicht der Regisseur, sondern höchstens ein Laufjunge des Zeitgeistes. Und was immer er war, er war es bei Weinberger & Söhne. Anderswo wäre er ein Niemand. Sein ganzes Leben hing an seiner Stellung. Er hatte keine Familie, nichts, das ihn hätte trösten können. Er war fertig. Überzählig und unnütz. Also besorgte er sich eine Waffe.

Ich dachte kurz nach. Dann sagte ich: »Moment, bitte! Verstehe ich das richtig? Sie wollten sich selbst töten?«

König massierte sein gefesseltes Handgelenk. Er sagte: »Was dachten Sie?« Weinberger mochte ein Idiot sein, doch letztlich tat er nur, was viele Männer in seinem Alter taten. Und Scharbert war ganz sicher ein Lump; aber dass König das erste Opfer seiner Intrige wurde, war eher ein Zufall. Er wollte den beiden nichts tun, nein. Auch dieser Person nicht. Er wollte nur, dass sie wussten, was sie ihm angetan hatten. Dass sie ihn vernichtet hatten, im Vorbeigehen und vielleicht ohne es zu bemerken.

Er wollte sich also vor ihren Augen erschießen?

»Sie haben es erfasst«, sagte König. Ein starker, dramatischer Abgang vor versammelter Mannschaft. Wenn er etwas Staub aufwirbeln sollte, bitte. Ansonsten ging es ihm nur um sich selbst.

Von den Booten her kam ein kratzendes Geräusch, dann fiel etwas zu Boden. Offenbar schrieben Merten oder sein Kollege mit.

Für seinen Abgang wollte König eine Besprechung nutzen, an der neben Weinberger und Scharbert auch diese Person teilnahm. Mitten im Gespräch war er aufgestanden, hatte ein Paar Handschuhe angezogen, die Waffe aus seiner Aktentasche geholt und dann eine Rede gehalten. Danach setzte er sich die Waffe an die Schläfe. So kannte er das aus Romanen.

Und es hatte wunderbar funktioniert. Er hatte seine Rede frei gehalten und ohne zu stocken. Er hatte sein Thema vollständig abgehandelt. Er war hart in der Sache gewesen, ohne dabei persönlich zu werden. Und er hatte niemanden beschimpft oder gar verflucht. Jetzt fühlte es sich gut an, alles losgeworden zu sein, ohne sich dabei blamiert zu haben.

Allerdings spürte er keinen Drang mehr, sich zu erschießen. Am liebsten wäre er einfach nach Hause gegangen. Leider war da die Waffe an seinem Kopf. Alle warteten auf seine letzte Geste, nicht nur die drei, auch ein großes, unsichtbares Publikum. Dem schuldete König jetzt einen Schuss. Die Waffe war ein Versprechen gewesen, das er einlösen musste, um nicht das Gesicht zu verlieren. Doch er hatte sein zerstörtes Leben offenbart, und das war eine große Anstrengung gewesen. Davon hätte er sich gerne ausgeruht.

In diesem Moment war König so weit davon entfernt sich umzubringen, wie es fast alle Menschen sind. Er konnte nicht anders, er setze die Pistole ab. Schon entspannten sich die Gesichter der drei. Gleich könnten sie aufatmen. Womöglich würden sie ihm auf die Schulter klopfen. Gott, wenn man gewusst hätte! Man müsste jetzt einmal in Ruhe über alles reden.

König sah die Szene vor sich, und er sah noch weiter. Wenn er jetzt die Waffe wegsteckte und brav nach Hause ginge, dann würden sich die drei an ihm rächen. Sie würden ihn langsam und genüsslich vernichten. Ohne jedes Gefühl von Schuld. Denn was waren schon ihre Intrigen gegen seinen schrecklichen Auftritt? Nichts! Vor ein paar Sekunden hätte

König ein tragischer Held werden können; jetzt stand ihm ein Hundeleben bevor.

»Daher habe ich sie erschossen«, sagte er. In gewisser Hinsicht sei es ein Fall von Notwehr gewesen.

Ich saß da, sagte gar nichts und versuchte, mir ein Bild von der Szene zu machen. Es gelang mir nicht so recht. Vor allem schaffte ich es nicht, den Mann mir gegenüber darin unterzubringen.

»Es war ein guter Entschluss«, sagte König. Er schlug zwei Fliegen mit einer Klappe. Erstens: Seine Peiniger bekamen, was sie verdienten. Und zweitens: Jetzt würde jemand die Polizei rufen, und dann könnte das Überfallkommando die Arbeit erledigen, die er nicht geschafft hatte. Er brauchte nur seine Waffe zu zücken, dann würden sie ihn ohne zu zögern erschießen. Der Gedanke habe ihm geholfen, dreimal abzudrücken.

Ich sagte: »Moment! Drei Tote. Und die anderen vier?«

Als die drei am Boden lagen, ging die Tür auf. Weinbergers Sekretärin kam ins Zimmer, hinter ihr drei Männer, Angestellte der Firma. Die Sekretärin schrie, die Männer standen zuerst wie versteinert, dann wollten sie sich auf ihn stürzen. Womöglich hätten sie ihn entwaffnet und dann lebend der Polizei übergeben. Das konnte er nicht zulassen. Er erschoss den ersten, da wussten die anderen nicht mehr, ob sie angreifen oder fliehen sollten. Jedenfalls boten sie ein leichtes Ziel. Auf die Sekretärin hatte er natürlich nicht geschossen. Sie war eine ältere Person, schon bei Weinbergers Vater in Stellung. Wahrscheinlich ein Herzanfall, doch ihren Tod nehme er selbstverständlich auf seine Kappe.

Er schwieg. Ich sagte: »Und dann?«

Dann geschah nichts. Gar nichts! König war mehrmals

ans Fenster getreten, um hinunter auf die Straße zu sehen. Nichts ließ darauf schließen, dass man bemerkt hatte, was bei Weinberger & Söhne passiert war.

Endlich kam jemand ins Vorzimmer. Er sah die Leichen, König sah er nicht; der stand im toten Winkel. Der Jemand lief davon, dann gab es Schreie, Türen schlugen; ansonsten passierte nichts. König ging ins Vorzimmer. Sollte er am Ende selbst die Polizei rufen müssen? Was für eine Zumutung.

Er trat hinaus auf den Flur, der Flur war leer. Er wollte eine Tür öffnen, sie war abgeschlossen, dahinter schrie wieder jemand. Schließlich ging er zur Treppe und hinunter in den ersten Stock, wo sein Büro war. Da fiel ihm ein: Halt, das ist ein Fehler! Er sollte besser bei den Leichen bleiben, damit man ihn für den Täter halten musste. Außerdem lag seine Pistole noch oben. Also wollte er wieder hinauf.

Da stürzte jemand aus einer Tür und rief: »Hierher, Herr König, hierher! Gehen Sie nicht hinauf! Da oben schießt einer.« Der Angestellte packte König am Arm und zerrte ihn in ein Büro, dann verriegelte er die Tür und zog den Schlüssel ab. Das Büro war voller Menschen, ein paar jammerten leise vor sich hin, andere versteckten sich unter den Schreibtischen.

»Und wissen Sie«, sagte König, »was ich da gedacht habe?«

Ich zuckte mit den Schultern.

»Ich dachte: Gut, dann ist es jetzt eben so, wie es ist.«

Warum hatte auch keiner die Polizei gerufen? Und war es seine Absicht gewesen, sich in dieses Büro zu sperren? Nein. Im Grunde konnte er jetzt nichts anderes tun als warten. Und das tat er auch. Schließlich kam die Polizei, und damit brach das Chaos aus. Kommandos wurden gebrüllt, Türen eingetreten. Die Angestellten wurden auf die Straße getrieben, manche gefesselt und manche nicht; warum, das wusste wohl keiner.

Dreimal hatte man König an diesem Tag befragt. Einmal in der Firma, zweimal im Polizeipräsidium. Wo er gewesen war, was er gehört, was er gesehen hatte? Nun, er war in seinem Büro, alleine, und natürlich hatte er die Schüsse gehört. Sein Alibi war der Angestellte, der ihn davon abgehalten hatte, hinauf in den zweiten Stock zu gehen.

Spät in der Nacht schickte man König nach Hause. Unterwegs warf er seine Handschuhe in einen Mülleimer. Was ihm sehr leidtat, es war beste italienische Ware. Er hatte sie immer angezogen, wenn er die Pistole berührt hatte, leider waren sie davon fleckig geworden.

Ich sagte: »Und die Waffe?«

König hatte sie von seiner letzten Dienstreise mitgebracht, niemand würde ihm den Besitz nachweisen können. Er wurde noch zweimal befragt, doch offenbar stand er auf der Liste möglicher Verdächtiger ziemlich weit unten. Vielleicht schützte ihn sein Beruf. Er war ja der Mann, der sich mit Hüten und Handtaschen befasste. So einem traute wohl keiner zu, er könnte sieben Menschen mit sechs Schüssen töten.

Später berichteten die Zeitungen über einen jungen Mann aus dem Milieu, der sich verdächtig gemacht habe. Weinbergers Witwe warf sich vor einen Zug, vermutlich in geistiger Umnachtung. Es wurde auch über die Besitzverhältnisse in der Firma geschrieben. Aber ein Täter konnte nicht ermittelt werden. Wie denn auch! Nach ein paar Monaten wurde Weinberger & Söhne von einer Konkurrenzfirma übernommen. König hätte in seiner alten Position bleiben können, doch er entschied sich für eine Abfindung.

Ich sagte: »Was haben Sie getan?«

»Ich habe morgens etwas länger geschlafen«, sagte er. Dann sei er in die Stadt gegangen, habe Auslagen angesehen und im Café die Zeitungen gelesen. Anschließend habe er zu Mittag gegessen, sich ein wenig hingelegt und Hausarbeiten erledigt. Abends sei er ins Theater gegangen oder ins Konzert. Er lachte kurz, dann sagte er. »Heute kann ich Leute verstehen, die sagen, ihr Beruf hindere sie am Leben.«

Der Steward brachte zwei neue Gläser. König nahm nur einen kleinen Schluck. »Ich weiß«, sagte er. »Sie wollten nach meinem Gewissen fragen. Und ich kann Sie beruhigen: Es ging mir nicht gut. Es ging mir sogar sehr schlecht.«

Tatsächlich sei er umhergelaufen wie einer, der sein Leben nur noch spielt. Sobald er einschlief, träumte er, alles nur geträumt zu haben; wenn er erwachte, war er noch verzweifelter als zuvor. Mehrmals hatte er versucht, ins Wasser zu gehen oder von irgendwo herunterzuspringen. Er konnte es nicht. Er wünschte sich seine Pistole zurück und besorgte sich keine neue. Schließlich dachte er, er würde es schaffen sich umzubringen, wenn er arm wäre. Er verkaufte alles, was er besaß. Das Geld wollte er verschenken oder vernichten. Nicht einmal das gelang ihm.

Also fuhr er weg. Buenos Aires war eine vollkommen zufällige Wahl. Er fühlte sich einsam in der lauten und schmutzigen Stadt, unter Menschen, die er nicht verstand. Die Sonne verbrannte ihm die Haut, das Essen machte ihm Probleme. Sein Geld verbrauchte er nur langsam; er sparte gegen seinen Willen. Endlich war es dann so weit: Er konnte seine Miete nicht mehr zahlen. In ein paar Wochen hätte er auf der Straße gestanden, vollkommen mittellos. Und immer noch war er nicht einmal imstande, sich einen Strick zu besorgen.

Stattdessen schrieb er an die Behörden in Berlin, zweimal, wie ein Junge, der ausgerissen ist und seine Eltern anbettelt, ihn wieder zurückzuholen. Er musste förmlich auf Knien darum bitten, für einen Mörder gehalten zu werden. Dass man ihn nur holen würde, um ihm den Prozess zu machen und ihn aufzuhängen, das wusste er natürlich. Doch die meiste Zeit schaffte er es, den Gedanken zu verdrängen.

»Und jetzt«, sagte König, »wird es ein bisschen komisch.«

Kurz nachdem er den zweiten Brief nach Berlin geschickt hatte, traf er in seinem Stammcafé einen Landsmann. Die beiden kamen ins Gespräch, und der Mann bot ihm eine Stellung an. Sie war nicht mit der in Berlin zu vergleichen, doch auf ihre Art sehr reizvoll. Der Mann baute gerade ein Import-Exportgeschäft auf und brauchte einen Fachmann für Textilien. Leider musste König sagen, dass er nicht zur Verfügung stehe, weil er ein gesuchter Mörder sei und gerade die Behörden gebeten habe, ihn zu verhaften.

Der Landsmann war keineswegs schockiert. Er ließ sich die genauen Umstände schildern, dann sagte er, er hätte in dieser Lage wahrscheinlich dasselbe getan. König solle noch einmal darüber nachdenken, ob er sich wirklich ausliefern wolle. Das erscheine ihm etwas selbstgerecht.

»Genau das waren seine Worte.« König machte eine Bewegung, und die Handschellen rasselten wieder an der Reling. Selbstgerecht! Darauf wäre er niemals gekommen. Doch es leuchtete ihm irgendwie ein.

Sie wurden dann schnell einig. Der Mann war wohl auch nicht ganz freiwillig aus Deutschland weggegangen. Jedenfalls kannte er sich mit gewissen Dingen aus. Er besorgte König gefälschte Papiere und schickte ihn fürs Erste zu einem Geschäftsfreund nach Venezuela. Später hatte König an verschiedenen Orten in Südamerika gelebt, immer unter falschem Namen. Seine Arbeitgeber wolle er nicht unbedingt Verbrecher nennen, doch ihre Geschäfte bewegten sich, vorsichtig formuliert, in Grauzonen. Der Handel mit Textilien war durchaus ernst gemeint, dabei ging auch alles ganz ehrlich zu. Aber ob wirklich nur Stoffballen in den Kisten waren, die von Europa nach Südamerika und zurück gingen, da hatte König seine Zweifel. Dabei war ihm klar, dass seine Arbeitgeber ihn in der Hand hatten. Würde er sie anschwärzen, dann konnten sie ihn auffliegen lassen. Also hatte er immer nur genau das getan, was von ihm erwartet wurde.

Ich sagte: »Und wie ging es ihrem Gewissen?«

König schwieg ein paar Sekunden. »Mein Gewissen«, sagte er. »Das hat sich erholt. Sie finden das vielleicht unerhört, aber ich sage Ihnen: Schuld und Scham sind Krankheiten, so wie Grippe, ein Geschwür oder dieses elende Tropenfieber. Sie können einen töten, o ja! Doch sie sind heilbar. Oder man hat Glück, und sie verschwinden von selbst.« Natürlich habe er nichts vergessen. Er empfinde die Sache nur als erledigt.

Ich sagte, die Behörden sähen das offenbar anders.

Er nickte nur. Und dann, nach einer ziemlichen Pause, sagte er: »Sie sind doch Journalist. Werden Sie darüber schreiben? Über mich?«

Ich zwang mich, sofort zu antworten. »Selbstverständlich!«, sagte ich, so, als würde mich die Frage überraschen.

»Gut«, sagte König. »dann schreiben Sie bitte nichts über meine letzte Anstellung. Ich möchte nicht, dass die Leute meinetwegen Ärger bekommen.«

Ich versprach es.

Und wenn ich Nachfragen hätte, bitte gern! Sicher werde man uns weitere Sitzungen erlauben.

Davon war ich nicht überzeugt. Außerdem wollte ich König nicht wiedersehen. Ich fand seine Geschichte damals furchtbar. Ich fing an zu stammeln, da traten die beiden Beamten aus dem Dunkel. König wurde von der Reling losgemacht und wieder abgeführt, ohne ein Wort. Merten drückte nur kurz meinen Arm, als wollte er mir zeigen, wie stolz er auf mich war. Vielleicht war es auch nur ein Zeichen, dass ich ihnen nicht folgen sollte.

Ich blieb jedenfalls, wo ich war. Donhauser kam und setzte sich auf Königs Platz. Ich fragte ihn, ob er alles mitgehört habe. Natürlich hatte er.

Ich sagte so etwas wie: Ich hoffe, sie hängen ihn auf.

Donhauser sagte: »Sehr gut. Dann sind es acht.«

Ich wollte antworten, er winkte ab. »Gehen Sie jetzt in Ihre Kabine«, sagte er, dann tippte er sich an den Kopf. »Machen Sie sich Notizen, solange das da oben noch frisch ist.«

Warum denn das? Er wusste doch, dass ich gar kein Journalist mehr war.

»Wer spricht von Zeitungen«, sagte Donhauser. Er kam mir ärgerlich vor. »Schreiben Sie das alles nur endlich auf!« Und wenn er mir einen Rat geben dürfe: sorgfältig. Bloß nichts auslassen, auch wenn es mir noch so unwichtig scheine.

»Präzision«, sagte er. Präzision sei die Voraussetzung für Gerechtigkeit. Vielleicht sogar die Gerechtigkeit selbst. Er wiederholte es: Präzision ist Gerechtigkeit.

Es klang wie eine Parole. Ich wollte ihm widersprechen. Aber ich hatte keine Argumente. Also stand ich auf, ging in meine Kabine; und dann habe ich mich sofort an die Arbeit gemacht, wie ein Musterschüler, den sein Lehrer gerüffelt hat und der es ihm jetzt zeigen will.

Und wütend war ich. Ich sage Ihnen: richtig wütend! Ich glaube, so wütend war ich nie zuvor gewesen. Wie denn auch, bei dem Leben, das ich geführt hatte? Ich schrieb bis zum Morgen, dann schlief ich eine Stunde und war der Erste beim Frühstück. Anschließend ging ich aufs Bootsdeck, suchte mir einen schönen Platz und machte weiter. Ich schrieb den ganzen Tag, und zwar in dieses hübsche Notizbuch. Das kennen Sie ja mittlerweile. Das hatte ich mir in Havanna gekauft. Sehen Sie, die Seiten sind so dünn wie Zigarettenpapier. Eigentlich ein Wunder, dass es heil geblieben ist.

Und schauen Sie her! Wie klein ich geschrieben habe. Die Zeilen eng aneinander, damit möglichst viel auf eine Seite passte. Und nicht zu schnell, um keine Fehler zu machen. Fehler kosten nämlich Platz. Ach ja, und einen ganz weichen Bleistift habe ich benutzt, aus Angst, das Papier könnte reißen.

Niemand außer mir kann das lesen. Und mir fällt es auch schon schwer, ganz im Ernst. Außerdem habe ich natürlich Fehler gemacht, trotz aller Vorsicht. Hier zum Beispiel. Da habe ich etwas durchgestrichen und neu geschrieben. Leider passt der neue Satz nicht an den Satz davor. Ist mir damals entgangen.

Na ja. Egal. Zurück aufs Schiff.

Ich hatte anfangs vorgehabt, die Beamten nach ihrem Protokoll zu fragen. Ich hätte dann die beiden Texte miteinander vergleichen können. Doch ich brauchte gar keine Hilfe. Die Erinnerung war absolut präsent; und das galt nicht nur für die letzte Nacht, sondern für alles, was passiert war, seit ich auf der Präsident fuhr.

Und das Tollste war: Ich konnte es aufschreiben, als würde

ich es jemandem erzählen. Einfach so. In meinen Jahren bei der Zeitung hatte ich mich bei jedem Artikel zwingen müssen, egal, über welches Thema ich schrieb. Ich hatte die Wörter aneinandergesetzt, als würde ich aus schweren Steinen eine Mauer bauen. Doch jetzt ging alles wie von selbst. Das war unglaublich.

Nachdem ich mit Königs Geschichte fertig war, machte ich chronologisch weiter. Das heißt, ich schrieb zuerst über meine Flucht aus Havanna, dann über Mogensen und seinen Hund, dann über den Kapitän und die Frau Schwartz. Und schließlich habe ich sogar mein ganzes Leben bis zum Mai 1914 aufgeschrieben, das heißt: alles, was daran halbwegs wichtig war.

Schauen sie hier, die kleine Zeichnung! Die habe ich damals auch gemacht. Das ist Donhausers Bart mit dem hellen Streifen darin. Okay, ich bin wirklich kein großer Zeichner. Es war nur eine Erinnerungsstütze.

Nein!

Was soll das?

Es geht mir gut, Brady!

Kommen Sie, nur noch ein paar Sätze! Ich muss das zu Ende bringen.

Also, wir brauchten zwei Tage bis Saint Thomas. Ich saß die meiste Zeit mit meinem Schreibzeug unter dem Sonnensegel. Donhauser machte sich rar; natürlich wusste er, wie fleißig ich arbeitete. Merten und sein Kollege waren ganz verschwunden, sie kamen nicht einmal mehr zum Essen. Ich sah sie und König nur noch, als sie in Saint Thomas von Bord gingen. König war wieder gefesselt, an Land warteten schon Leute von der Prinz Waldemar, um ihn zu übernehmen.

Wir bekamen dann gleich neue Passagiere, etwa zwei Dutzend. Ich stand an der hinteren Kante des Bootdecks. Von dort konnte ich sie auf der Gangway beobachten, bevor sie im Schiff verschwanden. Auf den ersten Blick schienen es lauter Leute zu sein, die dienstlich oder geschäftlich unterwegs waren. Ich sah nur wenige Frauen und Kinder.

Plötzlich sagte jemand: »Kein fetter Fisch dabei.«

Das war Donhauser. Ich hatte weder ihn noch den Hund kommen gehört, die Winschen waren in Betrieb. Er wiederholte seinen Satz. Ich wusste nicht genau, ob es eine Frage oder eine Feststellung war. Aber ich wusste, was er meinte.

Ich sagte: »Das wird sich zeigen.« Es wird geklungen haben, als wäre ich ein Jäger oder ein Angler. Jedenfalls einer, der sich sein Revier nicht schlechtreden lässt.

Okay, Brady, jetzt können wir Schluss machen.

14

Bastogne, Militärlazarett, 5.2.1945

Robert, wir müssen etwas besprechen.

Ja, schreiben Sie ruhig mit!

Ich habe Sie Brady genannt, nicht wahr?

Natürlich weiß ich, wer Sie sind. Sie sind nicht Corporal Brady. Junge, ich bin nicht auf den Kopf gefallen! Auch wenn das vielleicht so aussieht.

Allerdings ist es nicht gut für ein Buch, wenn die Personen wechseln. Also die, die erzählen. Oder aufschreiben, wie in unserem Fall. Das schafft Verwirrung, wo sie nichts zu suchen hat.

Jetzt sagen Sie vielleicht: Das hat er sich im Nachhinein überlegt. Um davon abzulenken, dass er nicht ganz auf dem Damm ist. Keine Bange, das verstehe ich. Ich würde womöglich dasselbe denken.

Und da ist auch was dran. Das geht einem schon an die Nieren, wenn man sich auf etwas einlässt, das dermaßen lange zurückliegt. Das sage ich Ihnen! Da macht sich der Verstand allein auf die Reise; und schon ist man gar nicht mehr da, wo der Körper ist. Beziehungsweise sein muss, wie in meinem Fall.

Wie auch immer. Also, wenn ich Sie jetzt weiter Brady nenne, Robert, dann schreiben Sie es einfach so hin. Und denken Sie bitte nicht, ich wäre Ihnen nicht dankbar. Im Gegenteil.

Ach ja, noch etwas. Ich habe nichts dazu gesagt, dass ich

jetzt auf Deutsch diktiere. Ziemlich unpassend, nicht wahr? Wo ihr Deutschen doch dafür gesorgt habt, dass man sich schämen muss, wenn man eure Sprache spricht. Aber ich kann nichts dafür. Ich habe damals auf der Präsident mittendrin angefangen, Deutsch zu schreiben. Es ging einfach besser. Ich weiß nicht, woran das lag; und ich will jetzt nicht spekulieren. Schwamm drüber. Ich werde später alles übersetzen, wenn ich dazu die Ruhe habe.

Zurück nach Saint Thomas.

Brady, da müssten wir jetzt sein! Immer wunderbares Wetter. Und lauter freundliche Menschen. Vorausgesetzt, man hat ein paar Dollar, die man ausgeben will. Wenn demnächst der Krieg vorbei ist, werden die Leute da Urlaub machen. Denken Sie an meine Worte!

Unsere neuen Passagiere damals, die wären allerdings lieber zu Hause gewesen. Während sie nämlich über den Atlantik gedampft waren und wir unsere Häfen abgeklappert hatten, war in Europa der Krieg ausgebrochen.

Genauer gesagt: Das stand kurz bevor. Wir hatten damals den 20. Juli. Ende Juni hatten Anarchisten den österreichischen Thronfolger erschossen. Davon hatten wir an Bord erfahren, doch es hatte niemanden aufgeregt. Mit dem üblichen Säbelrasseln sei natürlich zu rechnen, hieß es. Trotzdem wollten alle wetten, dass nichts Großes passiere. Jetzt musste man nur in die Gesichter der neuen Passagiere sehen um zu wissen, wie schlecht es stand. Es gab kaum noch ein anderes Thema an Bord.

Donhauser hatte wahrscheinlich Bescheid gewusst. Die Hapag musste ihn schließlich auf dem Laufenden halten; immerhin drohte der Präsident, ein Schiff in feindlichen Gewässern zu werden. Doch gesagt hatte er bislang so gut wie nichts, sicher wollte er keine Unruhe stiften. Es hätte ja glimpflich ausgehen können. Wozu dann die Pferde scheu machen?

Auch jetzt herrschte keine Panik an Bord. Und erst recht keine Hurra-Stimmung. Die meisten Passagiere lebten ja davon, dass man reisen konnte, wohin man wollte. Manche verdienten ihr Geld im Ausland. Im Kriegsfalle hätten sie kaum etwas zu gewinnen. Daher behielten sie die Nerven; oder sie taten wenigstens so, um nicht alles noch schlimmer zu machen. An der Bordroutine änderte sich nichts, und die Crew war natürlich die Ruhe selbst. Wir legten planmäßig ab, wieder Richtung Jamaika, was jetzt hieß: zu einer Kolonie des Britischen Weltreichs.

Ich versuchte, Donhauser im Auge zu behalten. Ab sofort war er die einzige Quelle für Neuigkeiten. Einmal war ich so dreist, ihn anzusprechen. Ich bemühte mich, witzig zu klingen. Er sei doch kaiserlicher Offizier gewesen. Wie denn die Lage sei? Ob er zurück zu den Waffen müsse?

Er ließ sich nicht aus der Ruhe bringen. Er griff nur kurz an seinen Bart. Sein Platz sei hier, sagte er. Und ich wisse doch Bescheid: Im Ernstfall werde er aus der Präsident ein Kriegsschiff machen. Das Geschütz liege gut verpackt und eingeölt unten im Laderaum. Darüber nur bitte kein Wort! Er bringe seine ausländischen Passagiere nicht gerne in Verlegenheit.

Ich wollte mich rasch davonmachen, doch er ruinierte noch meinen Abgang. Ich könne mir dann überlegen, bei ihm anzuheuern. Er habe die Befugnis, Leute wie mich zum Dienst zu verpflichten. Eine gute Gelegenheit, mich nützlich zu machen.

So war nicht an Neuigkeiten zu kommen. Ich fand dann heraus, wer für den Funkverkehr zuständig war. Die Funkstation der Präsident lag direkt hinter dem Kartenraum, nicht zu übersehen, weil von dort die Antennen hoch zu den Masten führten. Der Funker hieß Jungklaus und stammte aus Norddeutschland. Er sprach einen Dialekt, den ich kaum verstand. Er war gut zu erkennen, weil er im Gegensatz zu den anderen aus der deutschen Crew nicht sonnenverbrannt, sondern kalkweiß war; er saß ja Tag und Nacht im Funkraum, und seine Kammer hatte er gleich nebenan.

Wenn ich auf dem Bootsdeck saß und schrieb, behielt ich die Tür zur Funkstation im Auge. Bald wusste ich, dass Jungklaus regelmäßig um sechs Uhr abends eine Meldung erhielt, die er persönlich zur Brücke brachte. Allerdings wirkte er dabei völlig gelassen und absolut unnahbar. Daher hörte ich bald wieder auf, ihn abzupassen.

Außerdem war ich mit meinen Aufzeichnungen fertig geworden. Das heißt, ich brauchte dringend Nachschub, also Leute, die etwas zu erzählen hatten. Die neue Besatzung an meinem Tisch im Speisesaal hatte ich als Erstes ausgefragt, ziemlich unverblümt sogar, weil ich Zeit sparen wollte. Leider waren es allesamt Geschäftsleute und Beamte, trockene Büromenschen, denen es gleich war, wo ihr Schreibtisch stand, in Hamburg oder Liverpool oder irgendwo unter Palmen am Meer. Hauptsache, sie verdienten ihr Geld oder hatten ein bisschen Macht und Einfluss.

An die anderen Passagiere war schwerer heranzukommen. Ich musste sie irgendwie beiläufig ansprechen. Das ging am besten auf dem Bootsdeck, doch das hatte ich in den ersten Tagen fast für mich alleine. Wahrscheinlich scheuten die neuen Passagiere den Kontakt. Man hätte ja unweigerlich über den Krieg reden müssen.

Wir waren schon mit den Häfen auf Puerto Rico durch, da

bekam ich endlich Gesellschaft. Und aus der stach gleich ein Paar hervor. Es waren ein Deutscher um die vierzig und ein etwas älterer Mann, der wie sein Untergebener wirkte. Jedenfalls stand er auf, wenn der Jüngere aufstand, setzte sich, wenn der es tat, und alles mit nur einer Sekunde Verzögerung. Als müsste er dauernd seine absolute Loyalität beweisen. Soweit ich sehen konnte, sprach er auch nur, wenn er angeredet wurde.

Dabei war sein Chef keine imposante Erscheinung. Er war mittelgroß und ziemlich blass. Sein Haar war sehr unregelmäßig grau geworden; von weitem konnte man denken, er trüge eine Mütze aus Katzenfell. Er hatte ziemlich wache, unruhige Augen mit sehr vielen Falten drumherum. Krähenfüße nennt man die, nicht wahr? Er kam mir vor wie jemand, der hart arbeiten musste. Natürlich geistig. Er trug Anzug und Schuhe, die teuer aussahen. Und eine dicke, goldene Uhrkette, was nicht so richtig zu ihm passte. Ich sprach ihn an, und wir redeten über dies und das. Dabei kam mir wieder der Status zugute, den ich als Deutschamerikaner auf der Präsident besaß. In seiner Welt hätte Herr Schwantaler vermutlich nicht so lange mit mir geplaudert.

Er war Besitzer einer Porzellanfabrik. Ich sollte besser sagen: Er war der Herr eines Porzellanimperiums. Die Schwantalers produzierten in der dritten Generation Porzellan, und zwar nur das Beste vom Besten. Ihr großes Geld machten sie mit dem Export. Momentan, so Schwantaler, sei er kurz davor, Dependancen in Peking und Shanghai einzurichten. Und was das für einen Porzellanhersteller bedeute, könne ich mir sicher vorstellen. Wie alle Deutschen interessierte er sich für seine ausgewanderten Landsleute und stellte mir viele Fragen.

Ich antwortete ihm so leutselig ich konnte. Und so deutsch wie möglich. Wie schwer wir es hätten, unsere Kultur lebendig zu halten. Und unsere Muttersprache erst! Na ja, in diesem Stil.

Er äußerte sein Mitgefühl. Als er in seine Westentasche griff, dachte ich einen Moment, er wollte mir Geld zustecken. Doch er gab mir nur seine Visitenkarte. Wenn er irgendwie helfen könne, solle ich ihn das wissen lassen. Wir trennten uns, und ich dachte: Das ist ein kompetenter und fleißiger Unternehmer und ansonsten ein vollkommen uninteressanter Mensch.

Dieser Eindruck änderte sich während unseres Aufenthaltes in Santo Domingo. Und zwar gründlich. Wir legten am frühen Nachmittag an, und zufällig sah ich, wie Schwantaler und sein Begleiter mit ein paar anderen Passagieren von Bord gingen. Das wunderte mich, er hatte doch gesagt, dass er nach Kingston wollte.

Donhauser war es, der mich aufklärte. Wahrscheinlich beobachtete er mich bei meiner Jagd nach neuen Geschichten. Der Passagier Georg Schwantaler und seine Begleitung machten eine Landpartie, sagte er. Anschließend wollten sie das Nachtleben von Santo Domingo erkunden. Man erwarte sie nicht vor Mitternacht zurück. Donhauser grinste. Eher später. Und da die Präsident über Nacht auf der Reede lag, hatte er persönlich ein Boot zur Verfügung gestellt.

Ich sagte: »Nachtleben?« Was in aller Welt hatte ein deutscher Firmenchef in den Spelunken einer dominikanischen Hafenstadt zu erwarten? Außer natürlich, beraubt und erschlagen zu werden.

Das werde nicht passieren, sagte Donhauser. Seine Hand fuhr zum Bart; er riss sie herunter und kraulte den Hund am

Kopf. Er habe Herrn Schwantaler nicht nur ein Boot, sondern auch ein paar kräftige Männer ausgeliehen.

Ich wollte mehr erfahren. Donhauser winkte ab. Wenn es um heikle Privatangelegenheiten seiner Passagiere gehe, sei er zu absoluter Verschwiegenheit verpflichtet. Das sei mir doch mittlerweile hinlänglich bekannt. Ich hätte ein Idiot sein müssen, um nicht zu begreifen, dass er mich nur neugierig machen wollte.

Was ihm auch gelang. Weit vor Mitternacht war ich an Deck und hielt Ausschau. Es wurde allerdings halb drei, bis das Boot der Präsident in Sicht kam. Die Crew ruderte so kräftig, als müsste sie ein Rennen gewinnen. Schwantaler ging es nicht gut. Er saß auf der vordersten Ruderbank, das heißt, er wurde von seinem Begleiter und einem Matrosen gestützt; offenbar war er betrunken. Er sang, er lallte, dann übergab er sich ins Wasser. Sein Anzug war fleckig, und er hatte ein paar Blessuren im Gesicht. Mehr sah ich nicht, leider, denn nachdem das Boot angelegt hatte, brachte man ihn nach achtern, Richtung Krankenstation.

Am nächsten Morgen war ich sehr gespannt. Doch offenbar war nichts Schlimmes passiert. Das heißt, Schwantaler ließ mich wissen, dass nichts Schlimmes passiert sei. Ich traf ihn am Vormittag auf dem Bootsdeck, diesmal war er ohne Begleitung. Er war noch bleicher als sonst, ein Auge rot angelaufen, die Unterlippe leicht geschwollen.

»Sehen Sie mich an!«, sagte er. »So eine Ungeschicklichkeit! Stellen Sie sich vor, Herr Schmidt, da besuche ich einen Geschäftsfreund auf seiner Hazienda, wir verbringen einen wunderbaren Abend mit ausgezeichnetem Essen und einem köstlichen Wein, und dann stolpere ich Tölpel kopfüber in das Boot, das unser Kapitän mir freundlicherweise zur Verfügung gestellt hat. Vielleicht gehöre ich doch in ein Büro, und nicht in die weite Welt.«

Das sagte er, wörtlich so. Dabei sah er aus wie ein großer Junge, der sich über irgendeinen Streich ganz köstlich amüsiert. Er wiederholte es mehrmals: Was für ein peinlicher Vertreter seiner Gattung er sei, praktisch lebensuntauglich außerhalb seiner behüteten Welt. Seine Frau und seine Freunde hätten ihm von der Reise abgeraten; jetzt müsse er ihnen vielleicht eingestehen, dass sie im Recht waren.

Ich versuchte, ihm zu widersprechen, weil ich mehr erfahren wollte, doch er ließ mich stehen. Leider müsse er sich um seinen Begleiter kümmern. Dem habe sein dummer Unfall von gestern Abend noch mehr zugesetzt als ihm selbst.

Spätestens jetzt war ich Feuer und Flamme für den Mann. Wenn er bloß gelogen hätte, wäre das ganz normal gewesen. Doch er platzte ja fast vor Stolz. Ich wollte allerdings klug sein und ihn auf keinen Fall verschrecken. Also würde ich mich an seinen Begleiter halten. Ich fand die Idee großartig. Zum Lunch erschien der Mann auch wieder, nur folgte er wie gehabt seinem Herrn überallhin, saß oder stand dort neben ihm und sagte kein Wort. Ein eigenes Leben schien er gar nicht zu haben.

Im Hafen von Azua wiederholte sich das Schauspiel von Santo Domingo. Schwantaler und sein Begleiter gingen an Land und kamen mitten in der Nacht zurück. Der Porzellankönig war nicht weiter verunstaltet, dafür sahen ein paar Matrosen aus, als wären sie in eine Schlägerei geraten; einer hatte Blutflecken auf seiner Jacke. Schwantaler war wieder betrunken, doch anders als in Santo Domingo stand er aufrecht auf der vorderen Ruderbank und redete zu den Matrosen.

Ich verstand nicht viel, aber genug: großer Sieg an die Fahnen geheftet, beispielhafter Mut. Und dann sagte er Dinge über ihre Feinde, die ich lieber nicht wiederhole. Übrigens war diesmal sein Begleiter angeschlagen. Er trug einen improvisierten Kopfverband.

Am nächsten Tag hielt ich es vor Neugier nicht mehr aus. Donhauser feixte, als ich ihn fragte, was passiert sei. Nein, er sehe sich weiterhin an seine Schweigepflicht gebunden. Leider!

Dann solle er mir wenigstens verraten, wer dieser ominöse Begleiter sei. Um ein Haar hätte ich gesagt: Das ist Ihre Pflicht.

»Gut«, sagte Donhauser. Das sei Schwantalers Arzt Doktor Fernbach, ein sogenannter Psychiater.

Brady, ich habe in Spanien einmal einen Ungarn getroffen, einen Soldaten der internationalen Brigaden. Wir tranken ein paar Gläser. Der Mann war Insektensammler. Er hatte sich zum Kampf gegen die Faschisten gemeldet, weil es in Spanien Käferarten gab, die er bislang nur aus Büchern kannte. Solche Leute gibt es. Sie riskieren ihr Leben, um ein unansehnliches kleines Tier zu finden, das in ihrer Sammlung noch fehlt.

Warum ich das erzähle? Nun, so schlimm war es bei mir nicht. Doch diesen Schwantaler wollte ich für meine Sammlung haben, unbedingt. Leider wusste ich jetzt gar nicht mehr, wie ich an ihn herankommen sollte. Wenn sein Begleiter wirklich Arzt war, stand er unter Schweigepflicht, genau wie der Kapitän. Und ich konnte doch nicht auf Schwantaler zugehen und ihn fragen, warum er sich bitte schön mit Absicht in irgendwelche Schlägereien stürzte.

Ich malte mir eine solche Szene aus. Unmöglich. Vielleicht

sollte ich ihn stattdessen bitten, mich mitzunehmen? Ich ging zu Donhauser. Hatte Schwantaler eine weitere Exkursion geplant? Und wenn ja, wann?

Donhauser stand an der Reling neben der Brücke, die rechte Hand wie üblich auf der linken. Ich konnte seine Gedanken lesen: Er hatte mir das Schreiben befohlen. Also musste er auch dafür sorgen, dass ich Material bekam.

Endlich sagte er: »Port au Prince.« Und diesmal werde die Crew sogar Waffen tragen.

Ich sagte, dass ich mitgehen wollte.

Er sagte: »Komisch.« Da laufe einer auf und davon und verstecke sich am Ende der Welt, bloß wegen eines Telegramms. Und dann wolle der Betreffende unbedingt dabei sein, wenn ein reicher Irrer versuche sich umzubringen. Er wünsche mir viel Glück.

Es waren noch drei Tage bis Port au Prince. Ich hatte beschlossen, mich einfach an Schwantaler zu hängen, wenn er das Schiff verlassen würde, ohne Einladung oder Erlaubnis. Ein paar Mal sprach ich noch mit ihm, meistens am späten Nachmittag vor dem Dinner; dabei redeten wir über belanglose Dinge.

In Port au Prince machten wir wieder an dem langen Kai fest, an dem die Schiffe hintereinander lagen wie Droschken an einem Stellplatz. Es war noch nicht dunkel, als die Gangway ausgefahren wurde. Ich hielt mich ein bisschen abseits. Schwantaler und sein Arzt gingen als letzte Passagiere von Bord, hinter ihnen sechs Matrosen in lockerer Formation. Sie trugen breite Hüte und trotz der Hitze weite Jacken.

Ich ging hinterher. Mit einem kleinen Abstand, damit mich niemand bemerkte, und nahe genug, um den Anschluss nicht zu verlieren. Gelegentlich rempelten sich die Matrosen an und flüsterten einander etwas zu; dann wurden sie von einem angeraunzt, der wohl das Kommando hatte.

Es ging in die Stadt hinein. Abgesehen von der Stunde, die ich im Hafen von Kingston verbracht hatte, war das mein erster Landgang. Zuerst dachte ich, der Boden unter mir müsste wieder schwanken, doch das war gar nicht der Fall. Dafür setzte der Ort mir zu.

Bislang hatte ich die karibischen Hafenstädte nur vom Schiff aus gesehen, und schon da hatte mich die Armut abgeschreckt. Jetzt, so mittendrin, war es grauenhaft. Überall lagen Abfälle. Es stank, und aus den Häusern lief es in die Gosse. Menschen mit fehlenden Gliedmaßen und offenen Wunden saßen mitten auf der Straße und bettelten. Ich sah kleine Kinder, völlig nackt und abgemagert. Es gab hellhäutige, schwitzende Männer in fleckigen, weißen Anzügen und ganz junge braune Frauen in kurzen, schäbigen Kleidern mit knallrot gemalten Lippen. Das Gros aber waren traurige Schwarze, dünne Menschen mit geschorenen Köpfen in ausgefransten Sachen, alle irgendwie eilig unterwegs und trotzdem langsam, als gingen sie durch Schlamm oder tiefen Sand. So wie in gewissen Träumen.

Ich verlor sofort die Orientierung. Der Trupp vor mir bog mehrmals ab, und mir kam eine Straße wie die andere vor. Wir gingen vielleicht zehn Minuten, dann erreichten wir einen Platz, der offenbar in einem besseren Viertel lag. Ich sah, wie Schwantaler und sein Begleiter sich kurz berieten, dann betraten sie ein Hotel, das aussah wie eine schäbige, kleine Version des Gran Caribe in Havanna. Der Eingang lag hinter einer breiten, überdachten Terrasse. Dort verteilten sich die Matrosen. Ich wollte an ihnen vorbei, da hielt mich der zurück, der das Kommando hatte. Erst jetzt sah ich, dass es der Chef der Stewards war, der Kreole mit dem speerförmigen Schnurrbart. Dessen Enden hatte er jetzt nach unten gebogen; er sah aus wie ein Bandit aus dem Bilderbuch.

Auf Deutsch sagte er: »Nein, mein Herr, bitte nicht!« Und bevor ich protestieren konnte: »Warten Sie! Halbe Stunde, eine Stunde. Dann es geht los. Showtime!« Dazu machte er eine obszöne Geste. Die Matrosen lachten. Die Geste hatten sie verstanden.

Ich wartete also. Darüber wurde es dunkel. In der Karibik wird es Nacht, als würde jemand das Licht ausschalten, so schnell. Habe ich das schon einmal gesagt? Ich saß in einem alten Sessel und sah mir an, wer kam und ging. Es waren ziemlich verwegene Gestalten. Ich hätte nicht sagen können, ob das die bessere Gesellschaft von Port au Prince war oder lauter Gangster und Schieber.

Dann fiel mir König ein. Irgendwo hier in den Straßen war er zusammengebrochen. Vielleicht hatte er sogar in diesem Hotel gewohnt. Ich versuchte mir sein Leben auf Haiti vorzustellen, das zweite Leben eines Massenmörders. Es war jetzt über eine Woche her, dass er an Bord des Atlantikdampfers gegangen war. Da offiziell wohl noch immer Frieden herrschte, musste er Deutschland erreicht haben. Damit war er praktisch ein toter Mann.

Endlich sagte der kreolische Steward: »Jetzt, bitte.« Mir kam es vor, als würde ich aus dem Schlaf gerissen. Und das Gefühl verschwand auch nicht, als ich das Hotel betrat. Oder nein, Brady, ich muss das anders formulieren: Ich fiel von einem Traum in den nächsten.

Sie können sich das nicht vorstellen! In diesem Laden war die Zeit stehen geblieben. Seit Jahrzehnten konnte sich hier nichts verändert haben. Ein Prunk und Pomp wie zu Urgroßvaters Zeiten, dazu in diesem überladenen spanischen Stil.

Man kam zuerst in ein Foyer, das mehr nach Museum aussah als nach Hotel. Hier führte eine zweiflügelige Treppe nach oben, auf eine Galerie. Am Geländer hingen schwere goldene Engel. Zwischen den Treppen hindurch führte ein Gang zu einem Saal, aus dem Musik zu hören war. Die Matrosen standen im Halbkreis hinter mir. Der Steward nickte mir zu, ich war also auf dem richtigen Weg.

Der Saal schlug dann noch einmal alles, an Pomp genau so wie an Schäbigkeit. Wir blieben beim Eingang stehen, halb verdeckt hinter dunkelroten Samtvorhängen. Rechts war eine Bar mit verglaster Rückwand, links spielte ein kleines Orchester, dazwischen eine leere Tanzfläche unter einem ramponierten Kronleuchter. Etwas im Hintergrund standen ein paar Spieltische, im Gegensatz zur Bar dicht besetzt. Und an einem davon, nahe bei der Tanzfläche: Schwantaler, der Porzellankönig. Neben ihm saß der Arzt. Vor ihm auf dem Tisch lag ein Haufen von Spielmünzen.

Doch er spielte nicht. Er stand vielmehr, kerzengerade, und hielt eine Rede. Oder einen Vortrag. Und zwar auf Deutsch, was hier in Port au Prince vermutlich außer seinem Arzt und dem kreolischen Steward nur noch einer verstand, nämlich ich.

»Der Tod«, sagte Schwantaler. Das war jedenfalls das erste, was ich mitbekam. »Der Tod ist ein ernster und treuer Begleiter.«

Er sah sich um wie einer, der um Zustimmung bittet. »Er begleitet den Menschen und sagt ihm, was wichtig ist im Leben und was nicht. Wofür es sich lohnt zu arbeiten und wofür nicht. Der Tod sagt einem, dass man nichts zu verschwenden hat. Und dass das Wohl des Vaterlandes über alles geht.«

Er trank den Leuten an seinem Spieltisch zu. Sie hoben gleichzeitig ihre Gläser. Vermutlich hatte er sie eingeladen.

»Aber!« Schwantaler wurde jetzt etwas lauter. »Damit das funktioniert, muss der Tod ein stiller, diskreter Begleiter sein. Einer, der sich gelegentlich mal räuspert und ein paar wichtige Dinge zum Besten gibt. Und dann wieder die Schnauze hält. Das ist in Ordnung. Und jeder, ich sage das mit aller Deutlichkeit: jeder, der ein halbwegs anständiger Kerl ist, der wird das auch gut ertragen.«

Er setzte sein Glas an, doch es war leer. Ein Kellner wollte ihm nachschenken, er scheuchte ihn weg. »Leider, meine Lieben«, fuhr er fort, »ist das nicht immer so. Leider. Es gibt Menschen, arme Menschen, sehr arme Menschen, um die springt der Tod herum wie ein verrücktes, bösartiges Kind. Kräht einem permanent ins Ohr, Tag und Nacht. Isst man einen Bissen, schwadroniert er von Gift. Trinkt man einen Schluck, vom Delirium. Macht man einen Schritt auf die Straße, redet er von Unfällen. Und legt man sich abends gesund und müde ins Bett, dann singt er einem das Schlaflied vom Mann, der sich abends ins Bett legt und nie wieder aufsteht.«

Schwantaler schüttelte den Kopf und blickte in die Runde. »Das ist kein guter Tod, nicht wahr?«

Jemand an seinem Tisch sagte etwas in einer Sprache, die ich nicht verstand. Es klang wie eine Beschwerde.

»Ich danke Ihnen für Ihre Zustimmung«, sagte Schwantaler. »Leider bin ich mit genau so einem Tod geschlagen. Zeit meines Lebens verfolgt mich ein hämischer Tod, ein vorlauter, hysterischer und panischer Tod, der mich von morgens bis abends belästigt. Er spuckt mir ins Essen, er stellt mir ein Bein und er redet alles schlecht, was man nur schlechtreden kann.«

Schwantaler schrie jetzt. »Ich bin kein Hypochonder!« Er betonte jedes Wort. »Ich bin kein eingebildeter Kranker! Und ich bin kein Feigling!« Er schlug mit der Faust auf den Tisch. Die Spielmünzen sprangen hoch wie Frösche.

Ein Mann im Frack trat hinter ihn und legte ihm eine Hand auf die Schulter. Schwantaler sah ihn nicht an. Er war jetzt wieder ganz ruhig. »Die Leute«, sagte er, »die sogenannten vernünftigen Leute sehen das leider anders.«

Die meisten Menschen begleite nämlich ein anderer Tod, so ein stiller, höflicher und fantasieloser Tod. Und der halte die meiste Zeit das Maul, damit die Leute sich konzentrieren könnten.

Schwantaler wiederholte es: »Er hält das Maul.« Weswegen diese Leute ihn, Schwantaler, weil sie es nicht besser wüssten, für einen Hypochonder und Feigling hielten. Und dann schrie er wieder: Dass er das alles nicht sei. Kein Feigling! Kein Hypochonder!

Der Mann am Spieltisch, der sich eben beschwert hatte, war ein elegant gekleideter Kreole. Er stand auf und sagte etwas auf Französisch. Schwantaler beugte sich zu dem Arzt, der ihm zuflüsterte. Es sah aus, als würde er dolmetschen.

Schwantaler nickte. »Ihre Bemerkung erfüllt einwandfrei den Tatbestand der Beleidigung«, sagte er zu dem Kreolen. »Allerdings betrachte ich Sie nicht als satisfaktionsfähig, Sie geölter brauner Bastard.«

Der Kreole sah sich um, doch niemand konnte für ihn übersetzen. Da stand der Doktor auf. Es war das erste Mal, dass ich ihn laut reden hörte. Er sprach offenbar fließend

Französisch; und was er sagte, war die korrekte Übersetzung von Schwantalers letzten Sätzen. Der Kreole geriet sofort außer sich. Er schrie in den Raum hinein, die Musik hörte auf zu spielen, und an den anderen Tischen erhoben sich ein paar Männer. Ich meinte zu sehen, dass einer von ihnen ein Messer zog.

Und plötzlich, hinter mir: »Arriba! Presidente! Arriba!«

Die Matrosen stürmten über die Tanzfläche zu den Spieltischen. Sie hielten lange, geschwungene Messer und kurze Knüppel in den Händen. Und sie kamen gerade noch rechtzeitig. Schwantaler blutete am Hals. Zwei Matrosen rissen ihn aus den Armen eines dunkelhäutigen Mannes, die anderen fünf bildeten eine Gasse, durch die man ihn und den Arzt aus dem Saal zog. Dabei schlugen sie kräftig zu, weiß Gott!, bis der Steward wieder einen Befehl gab und sie alle an mir vorbei aus dem Saal liefen.

Als Letzter kam der Steward selbst. Er hatte die Tanzfläche schon fast überquert, da trat ihm jemand in die Beine. Er stürzte, dabei fiel ihm ein Revolver aus der Hand. Sofort waren zwei Männer über ihm. Der Revolver rutschte mir praktisch vor die Füße. Ich nahm ihn und spannte den Hahn.

Schauen Sie nicht so, Brady! Ich kann mit einer Axt umgehen, und ich weiß auch, wie man einen Revolver bedient. Bei uns zu Hause tragen die Leute Waffen wie anderswo Regenschirme.

Trotzdem war das hier neu für mich. Als Junge hatte ich auf Flaschen geschossen, weil das alle taten. Jetzt musste ich auf Menschen anlegen. Ich dachte: Das kann ich nicht. Doch da schrie der Steward; und ich schoss neben das Menschenknäuel in den Boden. Einer der Angreifer rollte zur Seite, wahrscheinlich hatte er ein paar Splitter in den Rücken bekommen. Dann war Stille. Der Steward kam auf die Beine und lief den anderen Matrosen hinterher. Mir rief er etwas zu, das ich nicht verstand.

Es waren sicher zehn, vielleicht fünfzehn Männer, die mir jetzt gegenüber standen. Ein paar davon bluteten. In der Mitte der elegante Kreole. Er sprach mich an, ich glaube, diesmal auf Englisch, doch ich verstand schon wieder kein Wort. Ich hätte auch gar nicht antworten können. Ich zielte nur auf seine Stirn, und meine Hände zitterten wie verrückt. Er muss das gesehen haben. Er hob eine Hand, sagte etwas zu den Männern, und sie zogen sich nach hinten in den Saal zurück. Als die ganze Tanzfläche zwischen uns lag, drehte ich mich um und machte, dass ich weg kam.

Draußen vor dem Hotel warteten die Matrosen auf mich. Sie hatten Schwantaler und den Arzt in die Mitte genommen. So liefen wir zurück zum Hafen. Jetzt, im Dunkeln, sahen die Straßen nicht mehr so schäbig aus, dafür umso gefährlicher. Der Steward und ich machten den Schluss, ich mit der Pistole in der Hand. Wir sahen uns dauernd um, doch niemand schien uns zu folgen. Keiner sagte ein Wort, bis wir den Kai erreichten.

An Bord wurden wir schon erwartet. Die Gangway wurde hinter uns eingezogen, dann machte die Präsident Dampf auf und warf die Leinen los. Sie war das letzte Schiff in der Reihe; ohne zu wenden, fuhr sie rückwärts aus dem Hafen.

Ich stieg sofort hinauf zur Brücke. Donhauser machte mir ein Zeichen: Er sei nicht zu sprechen, er müsse das Manöver überwachen. Ziemlich weit draußen ließ er endlich ankern. Ich war neben dem Kartenhaus stehen geblieben, den Revolver noch immer in der Hand. Donhauser nahm ihn mir ab.

Das sei jetzt die falsche Waffe. Er ließ mir ein Gewehr holen, und damit schickte er mich auf das Vorderdeck.

Dort standen schon zwei Matrosen, die auch in Schwantalers Eskorte gewesen waren. Wir sollten den Hafen beobachten, ob von dort vielleicht ein Boot herauskommen würde. Die Matrosen trugen ein paar Rettungsringe zur Ladeluke, und wir machten es uns darauf bequem. Später kam der Obersteward und brachte Wein und kaltes Fleisch. Ich musste mit ihm anstoßen.

Er sagte: »Compañero.«

Ich dachte: O Gott! Jetzt wird er eine schreckliche Rede halten. Dass ich ihm das Leben gerettet habe und wir jetzt Blutsbrüder sind. Doch er ließ es bei dem einen Wort. Und an Land blieb alles ruhig.

Kurz nach Sonnenaufgang verließen wir Port au Prince. Ich war nach drei Stunden abgelöst worden, hatte aber nicht in meine Kabine gewollt. Irgendwann waren mir die Augen zugefallen, und beinahe hätte ich das Frühstück verpasst.

Die Szene im Speisesaal erinnerte an den Morgen, an dem Mogensens Hund verschwunden war. Schwantaler saß an seinem Tisch, alle anderen Passagiere standen um ihn herum. Er hatte offenbar gerade angefangen, den letzten Abend zu schildern. Als er mich sah, rief er mich zu sich. Gut, dass ich da sei! Ich könne vielleicht noch wichtige Details ergänzen.

Natürlich bekamen wir zuerst seine Version. Ich dachte, ich höre nicht recht! Schwantaler war nämlich in einem Casino dieses Verbechernestes beim Kartenspiel schäbig betrogen worden. Und als er höflich gebeten hatte, ihm wenigstens seinen Einsatz zurückzugeben, war eine lokale Bande über ihn hergefallen. Um ihn zu töten. Er hatte schon das Messer an seinem Hals gespürt. Ein dicker Verband bewies, was er sagte.

Doch dann: Glück im Unglück! Eine Gruppe von Matrosen der Präsident war zufällig in der Nähe, und die Jungs hatten ihn und Doktor Fernbach praktisch in letzter Sekunde herausgehauen. Sehr tapfer, nicht wahr? Alle stimmten ihm zu.

Trotzdem wäre es womöglich böse ausgegangen, hätte nicht der mutige Herr Schmidt die Gangsterbande ganz alleine in Schach gehalten und ihren Rückzug gedeckt. Er habe das mit eigenen Augen gesehen.

Ja, Brady, da war ich also schon wieder ein Held. Die Leute fielen regelrecht über mich her. Sie fassten mich an und drückten meine Hand. Ich musste jede Kleinigkeit erzählen. Und natürlich hatte ich keine Chance, irgendetwas an Schwantalers Lügengeschichte zu ändern. Also log ich nach Kräften mit.

Nein, meine Hände hatten kein bisschen gezittert. Und bei der ersten falschen Bewegung hätte ich diesem Kerl genau zwischen die Augen geschossen. Schließlich lernte man bei uns in den Staaten das Schießen noch vor dem Lesen und Schreiben. Ich dachte, wenn ich so auf den Putz haue, sind die Herrschaften froh, den Jungen aus der Wildnis schnell wieder loszuwerden. Das Gegenteil war der Fall. Sie konnten nicht genug bekommen von meinem Gerede. Nach fünf Minuten hatte ich schon Mühe, mir nicht zu widersprechen.

Schwantaler trug übrigens nicht nur einen Verband um den Hals, sondern auch einen um seine rechte Hand. Wahrscheinlich wegen seiner Blessuren im Gesicht hatte er sich seit ein paar Tagen nicht rasiert. Seine gefleckten Haare waren fettig und ungekämmt. Er sah furchtbar aus, dafür war er absolut obenauf. Nach dem Frühstück verschwand er mit wenigen Passagieren im Raucherzimmer, womöglich um ganz exklusiv Details zu verraten, über die er in größerer Runde nicht sprechen konnte. Überraschenderweise blieb Fernbach am Tisch sitzen. Ich überwand mich und bat ihn um ein Gespräch.

Er sagte »Einverstanden«, und wir gingen hinauf aufs Bootsdeck. Kurz darauf stand ich neben ihm an der Reling, wie ich vor zwei Wochen neben Merten gestanden hatte.

Er sagte: »Ich kann mir vorstellen, was Sie wissen wollen.«

Ich dachte, jetzt wird er von seiner ärztlichen Schweigepflicht reden. Erstaunlicherweise tat er das nicht.

»Herr Schwantaler ist ein Mann mit schweren Problemen«, sagte Fernbach. Doch wenn ich absolute Verschwiegenheit garantiere, könne er mich ins Vertrauen ziehen. Das tat ich natürlich.

Er fasste sich kurz. Schwantaler habe eine hypochondrische Ader. Eine ziemlich ausgeprägte. Bei ihm komme hinzu, dass er übertrieben behütet aufgewachsen sei, schon weil er der einzige Erbe war. Und dagegen habe er sich nie gewehrt. Im Gegenteil, je mehr Schutz er bekam, desto mehr verlangte er.

Ich sagte: »Kann er denn arbeiten?«

Fernbach grinste breit. Arbeiten? Georg Schwantaler? Und wie! Was das Geschäft angehe, sei Schwantaler ein Genie. Und ein Hund. Regelrecht gefürchtet in der Branche. Seine Väter waren noch mehr Künstler als Kaufleute. Schwantaler habe dann aus der Firma alles herausgeholt. Demnächst werde er es schaffen, dass sogar die Chinesen ihren Tee aus Schwantaler-Tassen nähmen.

»Es gibt nur eins«, sagte Fernbach, »das Georg Schwantaler bremsen kann: seine Angst vor dem nächsten Schnupfen.« Das sei allmählich eine Bedrohung geworden. Für seinen Geist wie für die Firma.

Und was tat er dann ausgerechnet hier? Und warum legte er sich mit Leuten an, die ihn tatsächlich umbringen konnten?

Fernbach sagte: »Das ist meine Therapie.«

Ich sagte: »Wollen Sie ihn abhärten? Einen erwachsenen Mann?«

»Exakt«, sagte Fernbach. Er habe Schwantaler dazu geraten, sich mit voller Absicht seinen schlimmsten Ängsten auszusetzen. Reisen in exotische Länder, unbekannte Speisen, unhygienische Orte, der Kontakt mit gewalttätigen Personen. Die Schiffsführung sei natürlich eingeweiht. Trotzdem habe man nicht alles komplett in der Hand, wie der gestrige Abend gezeigt habe. Es bleibe ein Risiko.

Ob er denn mit dem Ergebnis seiner Therapie zufrieden sei?

»Teils, teils«, sagte Fernbach. Leider zeige sein Patient einen gewissen Überschwang. Dabei befänden sie sich erst am Anfang der Reise. Geplant sei eine Tour durch Mexiko, anschließend eine Fahrt durch den Panama-Kanal und eine Überfahrt nach China, alles getarnt als Werbemaßnahme für Schwantaler-Produkte. Im Frachtraum liege eine Musterkollektion.

Ich hatte genug gehört. Und ich wollte möglichst rasch damit anfangen, alles aufzuschreiben.

»Einen Moment noch«, sagte Fernbach. »Schwantaler ist nun wirklich kein Idiot. Er weiß, dass er gestern praktisch nackt dagestanden hat, jedenfalls vor Ihnen. Vielleicht kommt da bis Kingston noch etwas auf Sie zu.« Er werde mir dann raten, wie ich mich am besten verhalten sollte.

Die nächsten Stunden verbrachte ich in meiner Kabine. Den Lunch ließ ich ausfallen, auch um Schwantaler nicht zu begegnen. Ich schrieb alles auf, möglichst langsam, damit ich Zeit hatte, mich um die Formulierungen zu kümmern.

Was ist denn?

Spät geworden, Brady? Ach was!

Na gut. Jetzt kommt sowieso zuerst eine andere Geschichte. Machen wir also morgen weiter.

Okay, übermorgen.

15

Bastogne, Militärlazarett, 7.2.1945

Am Nachmittag des Tages nach Schwantalers großem Auftritt in Port au Prince regnete es übrigens; mein erster Tropenregen, seit ich an Bord war. Man muss das einmal erlebt haben. Das ist kein Regen, das ist ein anderer Zustand der Welt. Es war, als würde die Präsident unter einem Wasserfall fahren. Der Regen übertönte jedes andere Geräusch. Es lief eine Menge Wasser in die Gänge und in die Kabinen, Matrosen rannten mit Lappen und Eimern herum. Donhauser musste ein paar Passagiere beruhigen. Nach einer halben Stunde war es vorbei, man konnte den Wolken und dem Regen hinterherschauen wie einem Eisenbahnzug, der am Horizont verschwindet. Keine Stunde, und der Himmel war wieder wie blankgeputzt.

Hätte ich jetzt fast gesagt. Schreiben Sie das nicht, Brady! Das ist einer der Ausdrücke, die ich damals bei den Patriot-News von meinen Kollegen abgeschrieben hatte. Der blankgeputzte Himmel. Ach ja. Er war eben wieder blau, der Himmel, weil der Wind die Wolken fortgeblasen hatte. Man kann das genau so sagen; und man sollte auch. Ein schöner Anblick war es allemal, obwohl ich damals seit Wochen nichts als blauen Himmel gesehen hatte. Für mich könnte der Himmel immer blau sein. Immer, Brady. Einfach blau. Schauen Sie aus dem Fenster, dann wissen Sie, warum.

Jetzt habe ich den Faden verloren. Nein, habe ich nicht!

Die Sonnensegel waren vor dem Regenguss eingerollt

worden, danach wurden sie wieder gesetzt. Und dann war zum ersten Mal auf dieser Fahrt nach Kingston das Bootsdeck voller Leute. Ich sagte ja schon, die Stimmung war wegen der politischen Lage ziemlich gedrückt, verständlicherweise, die Leute blieben viel unter Deck. Jetzt wollten alle die Abkühlung genießen. Die Stewards hatten Mühe, genug Tische und Stühle zu besorgen.

Ich bekam keinen Platz für mich allein, was nicht so schlimm war, weil ich meine Schreibarbeiten erledigt hatte. Schließlich saß ich mit einem deutschen Paar und seiner Tochter zusammen. Die Eltern sahen sehr vornehm aus, allerdings etwas antiquiert, eindeutig Leute aus dem letzten Jahrhundert. Die Tochter war mir schon in Saint Thomas aufgefallen. Sie mochte vielleicht so alt sein wie ich; richtig jung wirkte sie allerdings nicht, sie trug nämlich Schwarz, komplett Schwarz, sogar mit einem kleinen Schleier am Hut.

Schwarz, Brady. Vergessen Sie nicht, wir sind im Jahr 1914. Damals nahm man die Kleiderregeln noch ernst. Ich kannte das von zu Hause. Wenn eine Frau Schwarz trug, dann musste sie Witwe sein. Ich hatte anfangs gedacht: interessant! Allerdings ergab sich dann keine Gelegenheit, mit ihr ins Gespräch zu kommen. Ich hatte sie ziemlich schnell abgehakt.

Es wurde jetzt schnell wieder heiß, die Eltern wollten aufbrechen, die Tochter nicht. Es gab ein Hin- und Hergeflüster, dann sagte sie ziemlich laut und bestimmend, in Gesellschaft dieses Herrn sei sie ja wohl sicher. Worauf die Eltern ganz verlegen wurden und mir schnell ein paar Höflichkeiten sagten. Immerhin war ich derjenige, der dem Porzellankönig das Leben gerettet hatte. C'est la gloire! Dann gingen sie.

Und wir zwei saßen da wie die Tanzschüler. Das heißt, ich

saß schweigend da, während sie mich unter ihrem Schleier musterte. Früher hätte man gesagt: schamlos. Keine Minute, und sie sprach mich sogar an. Gut, als Witwe durfte sie sich das herausnehmen. Aber ich hätte ein noch größerer Idiot sein müssen, um nicht zu begreifen, dass sie tatsächlich mit mir flirtete. Zuerst wollte sie etwas Gefrorenes, dann sollte der Tisch ein bisschen weiter im Schatten stehen. Also besorgte ich das Gewünschte und rückte den Tisch.

Als alles zu ihrer Zufriedenheit war, stellte sie sich vor: Bertha Zamarano, geborene Kohlmann. Aus Bonn am Rhein. Im Ernst! Sie können sich denken, Brady, wie bereitwillig ich weiter für sie den Steward gespielt hätte.

Allerdings wollte sie jetzt über meine Heldentat reden. Und über den Wilden Westen. Ich gab Auskunft. Dass Pennsylvania nicht unbedingt im Westen liegt, jedenfalls nicht nach amerikanischer Auffassung, erwähnte ich nicht. Westlich von Bonn liegt es allemal.

Sie war eine großartige Zuhörerin. Und leicht zu begeistern. Ich erzählte ihr ein paar ziemlich verwegene Lügengeschichten über mein Elternhaus, meine Jugend und meinen Beruf. Ich sei Journalist, sagte ich, Spezialgebiet: Reisen in exotische Länder. Momentan sei ich unterwegs, um über die Eröffnung des Panama-Kanals zu berichten.

Habe ich schon einmal erwähnt, dass Fantasie nicht meine Stärke ist? Ja, habe ich natürlich. Mir ging dann auch bald der Stoff aus.

Da sagte sie, ohne jede Überleitung: »Ich muss blöderweise nach Bogotá.« In dem Moment tropfte etwas von ihrem Löffel auf das schwarze Kleid. Sie verrieb es mit der bloßen Hand und fluchte leise; dabei sah sie aus wie eine Siebzehnjährige, die aus Spaß die Witwenkleider ihrer Großmutter trägt.

Um abzulenken, sagte ich: »Bogotá? In Kolumbien?«

Sie nickte.

Ich überlegte. Einem Ehemann konnte sie nicht folgen, und wenn sie zwangsweise nach Südamerika verheiratet werden sollte, warum dann die Witwentracht? Außerdem sahen die Eltern nicht aus, als würden sie ihre Tochter an einen Rinderbaron verkaufen. Doch ich kam gar nicht dazu, höflich nachzufragen.

Sie sagte: »Ich bin nämlich eine Gangsterbraut.«

Das musste ein Witz sein. Wie sollte ich jetzt reagieren? Ich wiederholte das Wort. Ich war mir nicht einmal sicher, ob ich überhaupt wusste, was es bedeutete.

Sie rückte ihren Stuhl etwas näher an meinen. »Soll ich mal erzählen?«

Bevor ich antworten konnte, hielt sie mir ihre Hand hin und bewegte die Finger. An einem trug sie zwei schmale Goldringe übereinander. »Vor drei Jahren habe ich geheiratet«, sagte sie. »Jaime José Zamarano. Der schönste Mann der Welt. Ehrlich und wahrhaftig, ich lüge nicht. Vielleicht ein bisschen zu alt für mich, so Mitte dreißig. Aber was glauben Sie, wie egal mir das war!«

Und dann redete sie weiter, mit einem Akzent, der mich ein bisschen an unser Pennsylvania Deutsch erinnerte. Sie hatte Zamarano im Haus ihrer Eltern kennengelernt, er war ein Geschäftsfreund eines Bekannten. Die Hochzeit war ein Traum. Ein Traum aus einem Märchen. Dieser wunderbare Mann mit den schwarzen Haaren und den schwarzen Augen mitten unter diesen blassen rheinischen Langweilern. Frau Zamarano schnitt eine Grimasse. Dabei war er so katholisch, dass man sich eigentlich schämen musste. Sie hatte sich gefühlt wie eine Prinzessin. Und dann das viele Geld! Ihre

Eltern waren schon keine armen Leute, aber verglichen mit Zamarano, na ja. Sie machte eine Handbewegung, als wollte sie etwas vom Tisch fegen.

Sie hatte dann mit ihrem Mann in einer Villa am Rhein gewohnt, eine schneeweiße Villa im spanisch-maurischen Stil, kurz zuvor für einen Fabrikbesitzer gebaut, der leider überraschend gestorben war. Die Angestellten kamen alle aus Kolumbien. Das waren wirklich und wahrhaftig dienstbare Geister. Diese Leute waren sagenhaft fleißig und dabei unsichtbar wie die Heinzelmännchen.

Und erst das Leben in diesem Haus! Mindestens einmal in der Woche gaben sie ein Essen für Zamaranos Geschäftsfreunde. Und an den Wochenenden Gesellschaften. Nicht zu groß, dafür sehr, sehr edel. Im Sommer fuhren sie nach Nizza. Und während der Saison natürlich nach Paris und nach Wien zum Opernball. Wie eine Königin habe sie gelebt.

Ach ja, und Zamarano, der habe sie förmlich auf Händen getragen. Ein so sanfter Mann, immer aufmerksam, immer Kavalier. Kinder habe er noch nicht gewollt. Sie sei so zart, habe er gesagt. Man solle sich damit ein bisschen Zeit lassen. Na, welcher Mann nimmt schon solche Rücksichten? Jedenfalls keiner von diesen rheinischen Teigschädeln.

Ob sie wirklich Teigschädel sagte, kann ich nicht beschwören. Gibt es das Wort überhaupt? Immerhin war klar, was sie meinte.

Vor ein paar Monaten sei ihr Vater plötzlich mit schlechten Nachrichten gekommen. Er habe unschöne Dinge über Zamarano gehört. Fragwürdiges Vorleben, Verwicklungen in dies und das, unsaubere Machenschaften. Na, davon habe sie erst mal gar nichts wissen wollen! Doch wenn so ein Stachel einmal im Fleisch sitzt, dann kriegt man ihn nicht leicht heraus. Also habe sie angefangen, sich für Zamaranos Geschäfte zu interessieren.

»Eine Wand«, sagte sie, dazu klatschte sie in die Hände. Gegen eine Wand sei sie gelaufen. Sobald die Rede aufs Geschäft kam, wurde Zamarano zu Stein. Nichts für Frauen! Das war alles, was er dazu zu sagen hatte. Wenn sie nachfragte, war er beleidigt wie ein spanischer Grande.

Genau das hatte sie neugierig gemacht. Außerdem fühlte sie sich nicht ernst genommen; das konnte sie am wenigsten ertragen. Es wurde quasi ihr Beruf, Zamarano auszuspionieren. Sie lernte heimlich Spanisch, um seine Briefe lesen zu können. Und allmählich fügten sich die Dinge zusammen, bis es keinen Zweifel mehr gab. Zamarano war tatsächlich ein Gauner, ach was, ein Verbrecher im großen Stil.

Kein Hochstapler. Er hatte tatsächlich Geld, sehr viel Geld, doch das verdiente er mit dem Verkauf von Rauschgift, Waffen und Menschen. Nach Europa war er gekommen, weil es in Kolumbien einen bösen Streit mit Konkurrenten gegeben hatte. Außerdem wollte er seine Unternehmungen ausweiten. Besonders das Waffengeschäft war viel lukrativer, wenn man näher an den großen Firmen saß. Daher der Standort am Rhein. Von hier aus konnte er sich auch besser um die Verteilung all dessen kümmern, was er aus Südamerika schmuggelte.

Bertha war natürlich erschüttert. Zuerst wollte sie einfach nur weglaufen, zurück zu ihren Eltern. Dann hatte sie nachgedacht. Ein besseres Leben als das mit Zamarano würde sie niemals bekommen. Und als geschiedene Frau erst recht nicht. Nach einer Scheidung wäre sie mit Anfang zwanzig dazu verdammt, den Rest ihres Lebens arm und einsam zu sein. Außerdem würden die Leute schlecht über sie reden.

Also, was sollte sie tun? Setzten sich Verbrecher eigentlich auch zur Ruhe? Wenn ja, dann könnte sie einfach stillhalten; und irgendwann wären sie eine vermögende rheinische Familie mit drei wunderschönen Kindern und dem allerbesten Ruf. So ein Vorleben ließ sich womöglich vergessen. Außerdem stammte Zamarano aus Kolumbien, und jeder wusste, dass es in solchen Ländern etwas wilder zuging.

Doch was wäre, wenn vorher irgendetwas passierte? Dann müsste Frau Bertha Zamarano womöglich vor der deutschen Polizei beweisen, dass sie von den Geschäften ihres Mannes keine Ahnung hatte. Und das würde sie niemals können. Sie wusste alles, und lügen konnte sie nicht. Das hatte sie nie gekonnt.

Wochenlang war sie unentschieden. Alles hatte seine Vor- und Nachteile. Endlich beschloss sie, ihr Leben selbst in die Hand zu nehmen. Sie sagte das wörtlich so: Sie wollte ihr Leben in die Hand nehmen. Und zwar wollte sie ihren Mann zur Rede zu stellen und ihn mit allen Beweisen konfrontieren. Er sollte sein altes Leben aufgeben, sofort. Reich genug war er doch. Und wenn er dazu nicht bereit wäre, müssten sie sich eben trennen.

»Ich war so naiv«, sagte sie. Sie wusste mittlerweile, dass ihr Mann auch vor Gewalt nicht zurückschreckte, wenn es ums Geschäft ging; aber um sich selbst hatte sie nie gefürchtet. Erst als sie vor ihm stand und sagte, was sie wusste, wurde ihr plötzlich angst und bange. Diese schwarzen Augen! Was, wenn er jetzt entschied, seine eigene Frau einfach umzubringen? Vielleicht war sie nur eine Tarnung gewesen, und ihm lag nicht mehr an ihr als an den Sklaven, mit denen er handelte?

Doch es kam ganz anders. Zamarano leugnete alles. Tagelang versuchte er, die Beweise für seine Machenschaften Stück für Stück zu widerlegen. Es war albern und lächerlich. Es war grotesk.

Die Briefe, in denen es um illegalen Waffenhandel ging? Ach, die waren in einer Geheimsprache abgefasst, damit die Konkurrenz sie nicht verstand. Die Dirnen, die er importierte? Das waren natürlich Haushaltskräfte. Das Rauschgift? Das wurde in der pharmazeutischen Industrie gebraucht. Und wenn er überhaupt Waffen liefere, dann natürlich nur an die eigene Armee und an die Armeen befreundeter Staaten. Er holte sogar Leute ins Haus, natürlich Angestellte von ihm, die das alles bestätigten und beschworen, bei der Muttergottes oder beim Augenlicht ihrer Kinder.

Es war grauenhaft. Seine Verteidigung bewies alle Vorwürfe. Wäre er ein ehrlicher Mann gewesen, dann hätte er seine Frau in den Arm genommen und ausgelacht. Zamarano aber klagte sich an, indem er sich verteidigte. Und was noch viel schlimmer war: Darüber wurde er zu einer komischen Figur. Wenn er jetzt ritterlich und zuvorkommend war, kam er Bertha vor wie ein Gigolo. Manchmal hielt sie sogar seine Hautfarbe für Theaterschminke.

Und dann kam eines Tages tatsächlich die Polizei ins Haus, offenbar unangekündigt. Bertha horchte an der Tür des Arbeitszimmers, und was dort gesprochen wurde, passte zu ihren Erkenntnissen. Es ging vor allem um Waffen. Weiter passierte allerdings nichts. Vermutlich konnte Zamarano der Polizei mehr vormachen als seiner Frau.

Für Bertha war es das letzte Signal zum Aufbruch. Sie sagte: zur Flucht nach vorn. Es musste jetzt gerettet werden, was noch zu retten war. Sie packte, nachts, heimlich, und natürlich nur die wertvollsten Stücke. Dann weihte sie ihre

Eltern ein, mündlich; vermutlich wurde jetzt ihre Post gelesen. Als Zamarano das nächste Mal geschäftlich unterwegs war, holte ihr Vater sie aus dem maurischen Schloss und brachte sie in einen Kurort, mitten in den Alpen, sicherheitshalber. Zamarano hinterließen sie ein schriftliches Ultimatum: Einstellung aller ungesetzlichen Aktivitäten binnen zwei Wochen, oder Anzeige und natürlich Scheidung.

»Ich weiß gar nicht, womit ich gerechnet habe«, sagte sie. Mittlerweile war es wieder so heiß auf dem Bootsdeck, dass die Passagiere einer nach dem anderen gingen. »Ich weiß auch nicht, worauf ich gehofft habe. Wer bereitet einen schon auf eine solche Lage vor?« Vielleicht würde Zamarano sie suchen und mit ihr verhandeln wollen. Oder er würde sie entführen und mit ihr nach Kolumbien fliehen. Oder er schickte ihr jemanden, der sie umbringen sollte.

Doch dann passierte, womit sie niemals gerechnet hätte. Als die Nachricht kam, war sie wie betäubt. Sie wusste nicht, was sie denken sollte. Zamarano hatte Selbstmord begangen, wahrscheinlich unmittelbar nachdem er den Brief seiner Frau gelesen hatte. Das Schreiben lag neben seiner Leiche, als man ihn fand, sonst nichts. Er war damit auf den Balkon getreten, von dem man so wunderbar über den Rhein schauen konnte, und dort hatte er sich eine Kugel in den Kopf geschossen.

»Ein Schuss«, sagte Bertha, »sonst nichts. Kein Wort, auch nicht zu den Angestellten. Wie finden Sie das?«

Je länger sie redete, desto mehr ähnelte ihr Tonfall dem meiner Eltern. Ich zuckte mit den Schultern. Ja, das war nun wirklich ein rätselhafter Fall.

Ganz plötzlich griff sie meine Hand und drückte sie. »Meinen Sie, er hat mich geliebt? So richtig geliebt?«

Wie sollte ich das beurteilen? Außerdem konnte ich nicht glauben, dass sie eine Antwort von mir erwartete. Also sagte ich: »Man schaut den Leuten nicht in den Kopf.«

Dann schwiegen wir, lange genug, dass es peinlich wurde. Dabei hielt sie noch immer meine Hand. Ich sagte: »Und was führt Sie jetzt nach Kolumbien?« Ich wollte wieder Konversation machen.

»Ja«, sagte sie gedehnt. Sie ließ meine Hand los. »Das ist lästig. Das hat mit der Justiz zu tun. Ich muss da persönlich erscheinen. Die müssen sich amtlich davon überzeugen, dass es mich gibt. Verrückt, oder? Und meine Eltern sind Zeugen.«

Sie blies einmal kurz gegen den schwarzen Schleier an ihrem Hut. »Das Erbe«, sagte sie. »Ohne diese schrecklichen Formalitäten bekomme ich mein Geld nicht ausbezahlt. Das ist doch nicht normal, oder?«

Sie stand auf. Wie nett das gewesen sei, mit mir zu plaudern. Und wie schade, dass wir uns jetzt erst kennengelernt hätten. Als sie gehen wollte, klebte ihr Absatz im weichen Teer zwischen den Decksplanken fest. Ich zog den Schuh für sie heraus.

Sie hatte auch den anderen ausgezogen. »Das ist der einzige Vorteil von Schwarz«, sagte sie. »Man sieht absolut keine Flecken.« Dann ging sie auf Strümpfen davon.

Kurze Pause, Brady!

Aber nur eine Viertelstunde. Dann schaffen wir noch ein Kapitel. Wir müssen den Schwung nutzen, verstehen Sie?

16

Bastogne, Militärlazarett, 7.2.1945

Am Abend liefen wir Jacmel auf Haiti an, unsere letzte Station vor Kingston. Weil ich weiteres Wildwestgerede vermeiden wollte, ließ ich auch das Dinner aus und blieb auf dem Bootsdeck. Wie an den Tagen zuvor hatte ich nicht darauf geachtet, ob Jungklaus seine Sechs-Uhr-Meldung überbrachte; der Krieg in Europa war wieder in die Ferne gerückt. Da flog gegen sieben die Tür der Funkstation auf, und der Mann stürzte heraus, als stünde der Raum in Flammen. Er rannte nach vorn zur Brücke und verschwand im Kartenraum.

Ich weiß noch, Brady, wie ich da saß und dachte: Hoppla, jetzt geht's los! Jetzt haben wir Krieg. Dabei hatte ich keinen Schimmer, was das für mich bedeuten würde. Vielleicht würden wir Amerikaner uns höflich heraushalten, wenn diese Herrn Kaiser und Könige aufeinander losgingen. Oder würde es wieder so ein netter kleiner Krieg werden, bei dem die USA mitmachten, um sich das Beste herauszupicken?

Doch die mit Abstand wichtigste Frage war: Würde man im Krieg noch Textverbesserer für Operetten brauchen? Oder müsste ich mir, vorausgesetzt, ich käme heil nach Hause, einen neuen Beruf suchen?

Viel langsamer, als er ihn verlassen hatte, kam Jungklaus wieder zurück zu seinem Funkraum. Er ging aufrecht, in der Hand trug er ein Stück Papier, als wäre es eine wichtige Urkunde. Wenn ich heute darüber nachdenke, dann war der

Funker Jungklaus der erste Mensch im Kriegszustand, den ich je gesehen habe. Und danach, Brady, habe ich eigentlich nur noch Menschen im Kriegszustand gesehen. Dreißig Jahre lang. Na, ich will nicht pathetisch werden.

Die Nachricht vom Ausbruch des Krieges verbreitete sich wie ein Lauffeuer. Das sagt man so und denkt sich nicht viel dabei. Ich habe der Nachricht nicht zugesehen. Ich sah nur, wie Donhauser aus dem Kartenhaus trat und mit dem Ersten Offizier sprach, worauf der zackig salutierte und verschwand, vermutlich um die Crew zu informieren. Eine halbe Stunde später war das Dinner zu Ende, und das Bootsdeck füllte sich wieder. Kurz darauf wurde mir zum ersten Mal die Frage gestellt, ob ich es schon gehört hätte?

Es war ein Samstag. Bei ausreichendem Interesse wurde samstags ab neun Uhr ein Tanzabend arrangiert. Ich hatte nur einmal kurz hineingeschaut und mich sofort überflüssig gefühlt; es waren ja fast nur Paare und allein reisende Männer an Bord. Jetzt sollte der Kapitän eine Ansprache halten. Die Stewards gingen herum und informierten jeden persönlich.

Punkt neun waren die Passagiere im Speisesaal versammelt, ich vermute vollzählig. Alle standen. Es war still wie in einer Kirche. Der Kapitän trat in die Mitte, der Hund setzte sich neben ihn. Donhauser hielt ein Blatt in der Hand, doch er redete frei. Man konnte jetzt hören, dass er einmal gelernt hatte zu kommandieren.

Was er zu sagen hatte, sagte er knapp und so, dass es jeder verstehen musste: Das Deutsche Reich sei seinen Bündnisverpflichtungen nachgekommen und habe heute, am 1. August 1914, dem Russischen Reich den Krieg erklärt. Das allein müsse für die Präsident und ihre Passagiere noch nicht viel bedeuten. Doch bei der weltpolitischen Lage sei damit zu rechnen, dass Frankreich und Großbritannien an der Seite Russlands in den Krieg einträten. Er persönlich halte das für absolut sicher und im Grunde nur für eine Frage von Stunden, höchstens Tagen.

Darauf weiter Stille. Kein Jubel, kein Hurra, keine patriotischen Zwischenrufe. Wer hätte hier auch jubeln können? Die deutschen Passagiere waren weit von zu Hause entfernt, womöglich auf dem Weg in Feindesland. Und die englischen und französischen Passagiere befanden sich an Bord eines demnächst feindlichen Schiffes.

Sehen Sie, Brady, bis heute stelle ich mir gerne vor, dass die Präsident an diesem Augustsamstag 1914 der einzige Ort auf der ganzen Welt war, an dem alle Anwesenden den Krieg zum Teufel wünschten.

Sie kennen sicher die alten Wochenschaubilder: Truppen rücken aus im Paradeschritt, Frauen stecken Blumen in Gewehrläufe, jubelnde Greise und Kinder auf der Straße, Kaufmannsgehilfen stehen Schlange, um sich zum Militär zu melden. Dazu die Überschriften der Extraausgaben. Diese ganze blutige Naivität.

Und nichts davon im Speisesaal der Präsident. Donhauser hatte zuerst auf Deutsch, dann auf Englisch gesprochen. Das Papier in seiner Hand war eine Liste. Momentan befördere die Präsident noch achtundzwanzig Passagiere, sagte er, alle mit dem Ziel Kingston. Davon waren dreizehn Engländer, zehn Deutsche und zwei Franzosen. Sowie drei Angehörige vorerst neutraler Nationen. Einer davon war ich.

Man befinde sich in einer schwierigen Lage, sagte Donhauser. Sein Ton war jetzt wieder verbindlicher. Wenn man Kingston anlaufe, sei damit zu rechnen, dass die Präsident dem Feind in die Hände falle. Es brauche nur das kleinste Kanonenboot der Royal Navy im Hafen zu liegen, und schon gebe es nicht einmal die Chance, abzudrehen und zu fliehen. Laufe man Kingston nicht an, müsse man die Engländer und Franzosen in einem neutralen Hafen absetzen. Das sei machbar, wenngleich mit Unannehmlichkeiten verbunden.

Am problematischsten sei die Situation der deutschen Passagiere. Egal, wo sie von Bord gingen, müssten sie damit rechnen, für längere Zeit festzusitzen. Schlimmstenfalls drohe ihnen eine Internierung für die gesamte Kriegszeit.

»Es tut mir leid«, sagte Donhauser. »Ich denke, es ist besser, ich sage Ihnen die ganze Wahrheit.«

Da rief jemand: »Alles Quatsch!«

Ich sah mich um. Es war Schwantaler. Er trat ein paar Schritte vor. »Wo zum Teufel ist das Problem?«, sagte er. »Wir machen jetzt einfach kehrt und fahren, ohne anzuhalten, nach Hamburg. Oder passt nicht so viel Kohle in diesen Kahn?«

Das schon, sagte Donhauser, das Problem liege woanders.

Schwantaler unterbrach ihn. »Papperlapapp! Ich weiß auch, dass uns die Engländer spätestens im Ärmelkanal schnappen. Aber wenn wir dreizehn Landsleute von ihnen haben, werden sie uns schon nach Hause lassen.« Quer über sein Gesicht zitterte der Schatten eines Ornaments aus der Deckenverglasung; es sah aus, als zappelte ein Schmetterling unter seiner Haut.

Donhauser ließ sich Zeit mit seiner Antwort. Dann sagte er, er nehme seine Passagiere nicht als Geisel. Unter keinen Umständen.

»Sie!«, sagte Schwantaler. »Sie haben nichts anderes zu

tun, als uns Deutsche sicher nach Hause zu bringen!« Er trug noch seinen Verband, die Blessuren in seinem Gesicht hatten sich mittlerweile grün und blau verfärbt. Doch er sah nicht verwegen aus. Die Angst stand ihm ins Gesicht geschrieben. Und das ist keine Phrase! Der Mann sah aus wie sein eigener Grabstein.

Donhauser sagte: »Ich kenne meine Pflichten. Aber es gibt auch die Gesetze des Anstands.« Er hatte die Arme hinter dem Rücken verschränkt. »Wir stehen hier für das Vaterland. Und ich werde nichts tun, das seine Ehre verletzt.«

Das hatte er auf Deutsch gesagt. Ich hörte die Passagiere flüstern. Neben mir stand ein britischer Beamter, der seit Santo Domingo an meinem Tisch saß. Ich übersetzte für ihn, er dankte mit einer kleinen Verbeugung und sprach dann einem Landsmann ins Ohr. Der machte ein paar vorsichtige Schritte und informierte eine Frau, die in Kingston eine Stelle als Hauslehrerin antreten wollte. Sie nickte und ging zum nächsten.

Donhauser machte ein Zeichen, dass die Versammlung beendet sei, da schrie Schwantaler: »Feigling!«, mit der Stimme, die ich aus dem Hotel in Port au Prince kannte. Und weiter: »Sie sind ein erbärmlicher Feigling. Man hat sie wegen erwiesener Feigheit aus der Marine geworfen. Jetzt weigern Sie sich, ihre Passagiere in Sicherheit zu bringen, bevor ein einziger Schuss gefallen ist. Ich werde dafür sorgen, dass man Sie ablöst. Sie werden kein Ruderboot mehr kommandieren.«

Er griff sich an den Hals; vielleicht war seine Wunde aufgebrochen. Fernbach stützte ihn, ein Steward kam dazu, und zusammen führten sie Schwantaler hinaus. Die anderen Passagiere warteten kurz, dann gingen sie auch, einzeln oder in

Gruppen. Und keiner sprach ein Wort. So habe ich es jedenfalls notiert.

Brady, wir müssen Schluss machen für heute! Ich glaube, ich sollte eine Runde schlafen. Und wenn Sie gehen, sagen Sie bitte Bescheid. Ich bräuchte ausnahmsweise etwas gegen die Schmerzen.

He! Das sollen Sie nicht aufschreiben.

17

Bastogne, Militärlazarett, 10.2.1945

Na, Brady, haben Sie sich ein bisschen erholt?

Entschuldigung, das sollte ein Scherz sein. Machen Sie sich bloß keine Sorgen! Mir geht es gut. Das war kein Rückfall. Ich bin eben noch ein bisschen schwach. Wissen Sie, was? Ich glaube allmählich, ich habe in diesem verdammten Wald alles abgekriegt, was in den dreißig Jahren davor an mir vorbeigegangen ist. Vielleicht war das so eine Art Nachzahlung des Schicksals.

Oder haben Sie geglaubt, das wäre meine Feuertaufe gewesen? Ich bitte Sie! Wer über den Krieg schreiben will, der muss nahe rangehen. Ich habe bislang bloß ein irrsinniges Glück gehabt. In London bin ich einmal bei Fliegeralarm nicht runter in die U-Bahn gegangen, sondern rauf aufs Dach eines Hochhauses. Hat sich gelohnt, die Aussicht war wirklich grandios. Dann kamen die Einschläge näher, in Wellen, und ich dachte: Wird jetzt über meine Zukunft gewürfelt? Also bin ich abgehauen. Doch auf der Treppe war die Angst wieder weg. Beinahe wäre ich umgekehrt.

Wissen Sie, ich war ja immer nur der Beobachter. Und Beobachter sind nicht in Gefahr.

Wie bitte?

Ja, natürlich ist das Nonsens. Alle Kriegsreporter wissen das. Aber niemand könnte diesen Job machen, wenn er denken müsste: Die da hinten haben es auf mich abgesehen. Nein, man tut so, als wäre man nicht gemeint.

Jetzt brauche ich allerdings keine Fantasie mehr, um mir vorzustellen, wie das ist, getroffen zu sein. Auch wenn es zum Glück nur kleine Splitter waren. Immerhin, wenn meine Verbände gewechselt werden, sehe ich aus wie die Schlachtfelder, von denen ich berichtet habe.

Aber wir wollten auf keinen Fall poetisch werden, n'est pas, Corporal Brady?

Machen wir einfach weiter? Okay.

Also: 3. August 1914. Das war zwei Tage nach Donhausers Ansprache, ein Montag; ich habe das hier genau notiert. Gegen Mittag waren wir so etwa fünfzig Seemeilen vor Kingston. Mit anderen Worten, wir waren seit Jacmel so gut wie gar nicht vorangekommen. Vermutlich wollte Donhauser auf hoher See bleiben, um ohne Zuschauer abzuwarten, was passierte.

Wenn ich nicht gerade im Speisesaal war, beobachtete ich die Funkstation. Dabei war ich jetzt nicht mehr allein. Mindestens ein Dutzend Passagiere stand immer in der Nähe, ganz zufällig natürlich, und sah sich das Schauspiel an. Mindestens einmal pro Stunde ging die Tür auf, und Jungklaus marschierte nach vorne zur Brücke. In so einer Art Paradeschritt: Kopf hoch, Brust raus. Nach ein paar Minuten kam er zurück, mit oder ohne Zettel in der Hand. Funker Jungklaus im Mittelpunkt des Weltgeschehens. Der Mann war um zehn Zentimeter gewachsen. Wäre das nicht alles so furchtbar gewesen, es hätte sehr komisch sein können.

Bislang war allerdings aus seinem Gesicht nichts über die Lage zu erfahren, und eine englische Kriegserklärung hätte man ihm sicher angesehen. Der Obersteward glaubte gehört zu haben, in Kingston warte eine Anzahl von Deutschen auf die Präsident. Wenn das stimmte, war Donhauser nicht zu beneiden. Was immer er jetzt entschied, es musste irgendwie falsch sein. Fuhr er nach Kingston, konnte er das Schiff verlieren. Drehte er ab, ließ er seine Landsleute im Stich.

Kurz vor fünf tat Jungklaus seinen nächsten Gang. Und jetzt kam er mir irgendwie beschädigt vor, wie eingeknickt. Bei der Rückkehr machte er kurz Halt und sah zu uns herüber. Wir standen da wie das Publikum bei einer Sportveranstaltung. Er sagte, der Funkkontakt sei abgebrochen, und ich übersetzte für die Engländer. Bis zum Dinner geschah dann nichts. Die Präsident lief mit geringer Geschwindigkeit; wir hinterließen kaum noch die übliche Schaumspur.

Im Speisesaal hatte es ein Stühlerücken gegeben. Mit Rücksicht auf die Gefühle der Passagiere waren rein deutsche und rein nicht-deutsche Tische gebildet worden. Mich hatte man dabei allerdings übersehen. Oder man hatte nicht gewagt, mich von meinem Platz zu vertreiben. Direkt neben mir saßen jetzt Schwantaler und Fernbach, dann kamen die drei Kohlmann-Zamarano und zwei deutsche Geschäftsleute, die in Baumwolle machten. Noch immer versuchten alle Passagiere, so gut es eben ging, Normalität zu wahren. Das Essen war wieder vorzüglich, leider wusste das wohl endgültig keiner mehr zu schätzen. Die Leute hätten sicher sonst was dafür gegeben, zu Hause zu sein, notfalls bei Wasser und Brot.

Noch vor dem Dessert meldete sich Donhauser zu Wort. Als er in die Mitte trat, winkte er mich heran. Ich solle für ihn übersetzen. Ich wunderte mich; er sprach doch ein sehr passables Englisch.

Frankreich sei heute vermutlich in den Krieg eingetreten, sagte er, auf Seiten Russlands und Serbiens. Mit dem Kriegseintritt Großbritanniens müsse jetzt jederzeit gerechnet werden. Leider gebe es Probleme mit dem Funk, wahrscheinlich auf Seiten der aussendenden Station. Er könne also für die Richtigkeit seiner Mitteilungen nicht garantieren. Er machte mir ein Zeichen, und ich übersetzte.

Kingston würden wir irgendwann in der Nacht erreichen, sagte er. Und er erkläre jetzt, was er beschlossen habe. Ich sah ihn an, zumindest äußerlich war er vollkommen ruhig.

Er habe vor, die Präsident noch vor dem Hafen zu stoppen. Alle nicht-deutschen Passagiere würden in zwei Booten an Land gebracht. Er hoffe darauf, dass der Gouverneur von Jamaika so großzügig sei, im Gegenzug die deutschen Staatsbürger in Kingston frei zu lassen, auch wenn dann schon Krieg zwischen den Ländern herrsche.

Ich übersetzte. Es wurde laut im Speisesaal. Für die Engländer war das die denkbar beste Lösung.

»Einen Moment noch!«, sagte Donhauser. Das Folgende richte sich an die deutschen Passagiere. Damit war ich entlassen, doch ich blieb neben ihm stehen, weil ich Angst hatte, zu viel Aufmerksamkeit zu erregen.

Er müsse sich leider wiederholen, sagte Donhauser. Er könne niemandem versprechen, ihn zurück nach Deutschland zu bringen. Außerdem müsse er abwarten, wie die Lage sich entwickelte. Sobald er Neuigkeiten habe, werde er das melden. Dann gab er ein Zeichen, und die Stewards servierten das Dessert.

Ich ging zurück an meinen Tisch. Schwantaler war während des Essens vollkommen still gewesen, auch jetzt sagte er nichts. Sein Dessert rührte er nicht an. Als der Kaffee serviert wurde, sah ich, dass er kaum in der Lage war, seine Tasse zu halten.

»Ich muss nach Hause«, sagte er leise. Ich beugte mich zu ihm, um ihn besser zu verstehen.

Sein Geschäft! Das dürfe er jetzt nicht alleine lassen. Porzellan sei ja so empfindlich. Er unterdrückte ein Lachen. Der Krieg? Für ihn kein Problem. Er habe Geschäftsfreunde überall auf der Welt. Die würden ihn mit offenen Armen empfangen. Und dann würde er mit einem neutralen Schiff nach Hause fahren. Alles kein Problem.

Er wurde noch leiser: Nur von diesem Kahn hier müsse er herunter. Ein Seelenverkäufer, er klopfte mit den Knöcheln auf den Tisch, ganz und gar verloren. Und mit ihm alle, die nicht machten, dass sie weg kämen. Ich sah, wie die anderen am Tisch sich Mühe gaben, nicht zu uns herüber zu sehen.

Dann fragte er mich, was meine Pläne seien. Dabei klang er wieder wie ein Geschäftsmann.

Nun, meine nächsten Schritte lagen auf der Hand. Der Krieg hatte mir die Entscheidung abgenommen. Ich würde an Land gehen und mir eine Passage in die USA suchen müssen, egal, mit welchem Ziel.

»Ich möchte Sie sprechen«, sagte Schwantaler. »Gleich, auf dem Bootsdeck, wenn Ihnen das recht ist.«

Dort oben kam er sofort zur Sache. Er werde ebenfalls in Kingston an Land gehen. Und ich solle bei den englischen Behörden für ihn bürgen. Er sei amerikanischer Staatsbürger, in Port au Prince auf offener Straße überfallen. Alle Papiere weg. Ob ich einen Verwandten in seinem Alter hätte?

Mir fiel mein Cousin Richard ein.

»Sehr gut«, sagte Schwantaler. »Geben Sie seine persönlichen Daten an, für den Fall, dass jemand das nachprüfen sollte.« Ach, und bevor er es vergesse: Ich würde das nicht umsonst tun. Er habe Schecks und Bargeld dabei. Zehntausend Dollar könne er mir gleich geben, später mehr.

Ich sagte: »Tut mir leid. Das wird nicht funktionieren. Niemand kauft Ihnen den Amerikaner ab. Sie müssen nur den Mund aufmachen, und die Leute wissen Bescheid.«

Schwantaler griff an seinen Verband. Darunter sei eine schwere Verletzung, ein Schnitt, mit sechs Stichen genäht. Deshalb werde er stumm sein. Er könne kaum krächzen. Das führte er vor; es klang ziemlich überzeugend.

Ich sagte: »Und was wird aus dem Doktor?«

»Der Mann ist ein Idiot«, sagte Schwantaler. »Seine dämliche Idee hätte mich fast umgebracht. Er kann hier bleiben und mit diesem Kahn zu den Fischen gehen. Also, was ist?«

Das war der Schwantaler, von dem Fernbach gesprochen hatte. Ein Geschäftsmann, der weiß, was er will, und alles tut, um es zu bekommen.

Ich sagte: »Das ist ein schöner Plan. Aber ich wiederhole mich: Er wird nicht funktionieren. Selbst wenn die Behörden uns den Amerikaner abkaufen, sind da immer noch die anderen Passagiere. Die wissen doch, dass Sie Deutscher sind. Spätestens seit der Sache in Port au Prince. Man wird sie befragen, sie werden reden, und dann wirft man uns beide als Spione ins Gefängnis. Oder stellt uns gleich an die Wand. Da hilft auch keine Million Dollar.«

Schwantaler schwieg kurz. Dann sagte er: »Gut!« Mein Einwand habe ihn überzeugt. Vielen Dank dafür. Er habe es immer geschätzt, wenn die Menschen um ihn herum sich selbständig Gedanken machten. Leider bleibe ihm nur wenig Zeit, einen neuen Plan zu fassen. Er sah mich an. Und um sich Leute zu suchen, die etwas mehr Mumm in den Knochen hätten. So ließ er mich stehen.

In den nächsten Stunden wurden alle, die das Schiff verlassen sollten, von den Stewards über die Abläufe informiert. Um drei Uhr nachts sollte es losgehen. Ich packte wieder meinen kleinen Koffer, das war in ein paar Minuten getan. Dann verabschiedete ich mich von Donhauser und dem Obersteward. Der Kapitän hatte nicht viel Zeit für mich. Er sagte, was man bei solchen Gelegenheiten sagt. Ich kam mir vor wie bei meiner Schulentlassung. Der Obersteward umarmte mich. Ich solle das alles bitte überleben. Vielleicht brauche er mich noch einmal. Schließlich ging ich an Deck und sah den Matrosen zu, wie sie die Boote klarmachten.

Ich dachte: Wenn ich jetzt gehe, werde ich das Schiff und die Mannschaft wahrscheinlich nicht wiedersehen. Wer weiß, vielleicht würde es nie mehr eine deutsche Schifffahrtslinie in der Karibik geben. Ab sofort fuhr ja der Krieg durch die Verhältnisse und krempelte sie um.

Und betraf das auch mich? Ich war mir nicht sicher. Ich wusste, dass ich nicht zurück zum Farming Observer wollte oder zu den Landmaschinen meines Vaters. Wollte ich zurück an den Broadway? Ich war mir nicht sicher. Ehrlich gesagt, am liebsten wäre ich auf der Präsident geblieben und hätte weiter in aller Ruhe darüber nachgedacht, was ich aus meinem Leben machen sollte.

Gut, ich konnte nicht für immer auf einem Passagierdampfer durch die Welt fahren und mir die Geschichten der Leute anhören. Ich war schließlich kein Schriftsteller. Trotzdem, als ich mein Notizbuch, dieses Notizbuch hier, Brady, als ich das in meinen Koffer steckte, da dachte ich: Mein lieber Zach, so nah warst du noch nie am richtigen Leben.

Dann ging es los. Ich hörte, wie die Boote aufs Wasser schlugen. Zu sehen war so gut wie nichts; die Nacht war ausnahmsweise dunkel und die Präsident fast unbeleuchtet. Wir wurden von Matrosen geführt. Ich musste eine Leiter hinuntersteigen, im Boot nahm mich jemand in Empfang und dirigierte mich auf meinen Platz. Da saß ich dann neben den britischen Beamten und Geschäftsleuten. Sie sagten kein Wort. Sie hatten viel Glück im Unglück gehabt und wollten sich wohl nichts mehr verderben.

Zuerst wurden wir gerudert. Sobald wir aus dem Windschatten der Präsident heraus waren, baute die Mannschaft einen Mast auf und setzte ein großes, dreieckiges Segel. Ein Licht wurde angezündet, und so segelten wir Richtung Westen. Unser Boot war das hintere, das vor uns erkannte man nur an der Laterne im Mast.

Und dann, Brady, was dann passierte, ich weiß nicht, ob ich das richtig schildern kann. Ich habe es versucht, hier, fünf Fassungen stehen in meinem Notizbuch, und glauben Sie mir: Keine taugt etwas. Viel zu viel Aufwand. Eigentlich ist auch gar nichts Großes passiert. Es kam nur der Mond hinter den Wolken zum Vorschein, zuerst mit der oberen Hälfte, kurz darauf ganz, und dann fuhren wir durch eine vollkommen schwarzblaue Welt, auf der überall glitzernde silberne Streifen lagen. Kein Unterschied mehr zwischen Wasser und Himmel.

Zweieinhalb Monate war ich jetzt hier unten. Die meiste Zeit hatte ich mich gefühlt wie ein dummer Junge, der nicht weiß, wovor er wegläuft. Wo ich war, wie es hier war, das wollte ich gar nicht wissen. Und dann erwischte es mich ausgerechnet in dieser Nacht, in der es nur darum ging, alles zu Ende zu bringen.

Was mich erwischte?

Die Schönheit, Corporal Brady. Was denn sonst? Ich

konnte kaum noch atmen. Mein Gott, war das schön. Es war das Paradies! Nicht diese Strände mit den Palmen und dem weißen Sand, wo man für ein paar Dollar ich weiß nicht was bekommt. Hier draußen auf dem Meer, hier war das Paradies. Der friedlichste Platz auf der Erde. Genau so, wie er vor Millionen Jahren erschaffen wurde. Von keines Menschen Hand berührt.

Ein Matrose fing an zu singen, auf Spanisch, ein melancholisches Lied, und die anderen Matrosen sangen mit. Als sie fertig waren, sangen die Engländer, Auld Lang Syne oder Land of Hope and Glory, ganz leise, und bestimmt nicht aus Stolz, sondern weil sie so ergriffen waren, und so dankbar. Hätte ich den Text gekannt, dann hätte ich mitgesungen.

Fragen Sie mich nicht, wie lange es dauerte. Ich hätte ewig so fahren können, irgendwohin. Doch dann sah ich Lichter an Land, und da war es vorbei mit dem Paradies. Vor der Hafeneinfahrt von Kingston wurden wir angehalten, von einer Motorbarkasse, auf die ein Maschinengewehr montiert war. Jemand von unserer Mannschaft erklärte die Lage, auf Spanisch und auf Englisch, dann nahm die Barkasse unsere Boote ins Schlepp und zog uns in den Hafen. Darüber wurde es hell, das war der Morgen des 4. August.

Wir gingen irgendwo abseits von den Kais an Land und wurden zu einem Bau geführt, der vermutlich eine Kaserne war; mir schien er ziemlich verlassen. Und erst als wir dort ankamen und in einen Raum gebracht wurden, wo wir warten sollten, bemerkte ich, dass wir einer mehr waren als auf Donhausers Liste.

Schwantaler war mit an Land gegangen. Der Porzellankönig. Er trug einen schlichten Anzug, der ihm nicht passte, und er hatte nur einen kleinen Koffer dabei. Sein Verband war jetzt größer und saß wie eine Halskrause auf seinem Kragen. Ich vermied es, ihn anzusehen. Die anderen taten offenbar das gleiche.

Ein dunkelhäutiger englischer Soldat sammelte unsere Papiere ein. Ich konnte erkennen, dass Schwantaler ihm ein verschlossenes Kuvert gab. Wir bekamen zu essen und zu trinken. Später wurde einer nach dem anderen aufgerufen, die Engländer zuerst. Niemand von ihnen kam zurück, ihr Gepäck wurde nach und nach abgeholt. Schließlich waren wir noch zu sechst: zwei Franzosen und zwei Südamerikaner, Schwantaler und ich.

Er war der nächste. Es dauerte ziemlich lange, umso schneller wurden die Franzosen und die Südamerikaner abgefertigt. Mich holten sie als Letzten, und dann saß ich einem britischen Kolonialoffizier gegenüber, den ich bereits kannte, nämlich aus Hunderten von Karikaturen: ein blasser, schlaksiger Typ mit einer kurzen Bürste von Schnurrbart und einer Uniform, die aussah, als wäre sie gerade gebügelt worden. Vor ihm lag mein Pass.

»Mr. Smith«, sagte er. »Zuerst darf ich auch Sie dazu beglückwünschen, dass sie in der Lage waren, dieses Schiff zu verlassen. Zumal wir Deutschland vor ein paar Stunden den Krieg erklärt haben. Sie werden sicher froh sein, Ihre Heimat bald wiedersehen zu dürfen.«

So einfach lag der Fall nicht, trotzdem sagte ich: »Ja, das bin ich.«

Mein Pass sei offenbar in Ordnung, da stehe meiner Weiterreise wohl nichts im Weg. Er machte eine Pause. Allerdings müsse er mich im Namen des Königs um einen Gefallen bitten.

Ich sagte: »Aber gerne.«

Er bedankte sich. Unter den Passagieren, die jetzt an Land gekommen seien, befinde sich ein Schweizer Bürger namens Hindemith. Der Mann sei offenbar am Kehlkopf verletzt und könne kaum sprechen. Er habe ein Schreiben vom Kapitän der Präsident vorgewiesen, nach dem er bei einem Landgang überfallen und verletzt worden sei. Unter anderem habe man ihm seine Papiere entwendet. Was ich denn davon wisse?

Nun, ich wusste eine ganze Menge. Und ohne großartig nachzudenken, erzählte ich drauf los. Es kam das Messer am Hals zur Sprache, der Revolver in meiner Hand und die Evakuierungsaktion in Port au Prince. Natürlich verschwieg ich Schwantalers richtigen Namen, dennoch hatte ich das Gefühl, die Wahrheit zu sagen. Und das fühlte sich gut an. Immerhin konnte ich ihm jetzt helfen, ich war kein Feigling, und ich hatte nicht einmal Geld genommen.

Während ich erzählte, machte sich der Offizier Notizen. Mein Bericht, sagte er schließlich, decke sich mit den Aussagen der englischen Passagiere. Er sei allerdings wesentlich detaillierter. Die Engländer wüssten nur, dass dieser betreffende Herr in Port au Prince irgendwie unter die Räuber gefallen sei. Seinen Namen und seine Nationalität? Da müssten sie leider allesamt passen. Seltsam, nicht wahr?

Ich sagte, die Präsident sei nicht viel mehr als ein Trampschiff mit ein paar Kabinen für Passagiere. An Bord komme man sich kaum näher.

»Ach ja?«, sagte der Offizier. Er grinste.

Schlagartig wurde mir klar, was für ein Unsinn es war, ihm die Präsident zu erklären. Vermutlich saß ich hier vor dem Chef des hiesigen Geheimdienstes, der über jedes Schiff, das Kingston anlief, eine Akte besaß. Tatsächlich hatte er keine weiteren Fragen. Im Gegenteil, ich bekam einen Vortrag zu hören.

»Sechzig Jahre Frieden«, sagte er. Das sei eine lange Zeit! Seit dem Krimkrieg habe Großbritannien nicht mehr unter Waffen gestanden. Da sei es kein Wunder, wenn kein lebender Mensch mehr wisse, was das eigentlich bedeute: Krieg. Wohlgemerkt, was es für jeden Einzelnen bedeute. Und in absolut allen Lebenslagen. Sechzig Jahre! Man habe das einfach vergessen. Er könne daher seinen Landsleuten nicht übel nehmen, wenn sie meinten, jemandem einen Gefallen schuldig zu sein, auch wenn dieser Jemand ein Feind war.

»Was für ein feiner Zug«, sagte er. »Ich meine, von Captain Donhauser. Bringt unsere Leute einfach nach Hause. A la bonheur! Und wenn die sich dafür revanchieren, indem sie harmlose kleine Halbwahrheiten erzählen – wer würde das nicht tun? Aber ich sagte es ja bereits: Wir sind im Krieg. In ein paar Wochen wird auch der letzte Idiot Bescheid wissen, dass jetzt das Ende der Freundlichkeiten gekommen ist.«

Er sah mich an, ich schwieg.

»Wir sind keine Unmenschen«, sagte er. »Wir müssen nur unsere Leute schützen. Und deshalb werden wir ganz genau prüfen, warum ein Mann, der keine Papiere hat und nicht sprechen kann, in eine Kolonie seiner Majestät einreisen will. Das wird ein paar Tage dauern. Oder ein paar Wochen.«

Er hob meinen Pass hoch. »Und was Sie betrifft: Sie geben diesem Mann ein ziemlich pompöses Alibi. Und in Ihrem Gepäck haben wir ein Notizbuch gefunden, das eine große Menge von Aufzeichnungen enthält, zum großen Teil in deutscher Sprache. Sie werden also verstehen, wenn wir Sie bitten, eine andere Route für Ihre Heimreise zu nehmen.«

Er schob mir den Pass zu, die Tür ging auf, ein Soldat mit meinem Koffer kam herein und machte mir ein Zeichen, ihm zu folgen. Ich zögerte.

»Keine Sorge«, sagte der Offizier. »Wir haben Ihnen nichts weggenommen.«

Ich ging, ohne mich zu verabschieden. Dabei war mir überhaupt nicht klar, ob ich jetzt ein Riesenpech gehabt hatte oder ob ich noch einmal davongekommen war. Ein komischer Zustand; später habe ich ihn allerdings zur Genüge kennengelernt. Sie kennen ihn übrigens auch, Brady. Der Zustand heißt Krieg.

Ich wurde dann mit einer Barkasse zur Pier der Hapag gebracht. Inzwischen war es Nachmittag und glühend heiß. Glauben Sie mir, ich hätte den Ort kaum wiedererkannt. Die Pier sah aus wie ein Strand, auf dem sich die Überlebenden eines Schiffbruchs sammeln. Männer, Frauen und Kinder. Manche bewachten einen Berg von Gepäck, andere standen da mit nichts, wie eben aus dem Bett oder von der Arbeit geholt.

Flüchtlinge, Brady! Es waren die ersten Flüchtlinge, die ich sah. Und schon war ich einer von ihnen. Dass ich vor diesem Telegramm davongelaufen war, das erschien mir in diesem Moment wie ein alberner Spleen. Etwas, das man tun oder lassen kann, ohne dass es einen großen Unterschied macht. Doch jetzt war ich in den Topf gefallen, in dem die Weltgeschichte kochte.

Die Pier war gegen den Hafen abgesperrt und wurde von Soldaten bewacht. Die Angestellten der Hapag liefen umher und versuchten, die Ordnung hochzuhalten. Sie verteilten tatsächlich Fahrscheine! Ich erfuhr, dass man allen auf Jamaika, die die Insel verlassen wollten, erlaubt hatte, an

Bord der Präsident zu gehen. Auch ich bekam einen Fahrschein. Jemand trug meinen Namen in eine Liste und kassierte einen lächerlichen Betrag.

Ich versuchte mir einen Überblick zu verschaffen. Die meisten Flüchtlinge waren wohl Deutsche, die jetzt hofften, irgendwie nach Hause zu kommen. Daneben gab es Kreolen und Schwarze. Ich traf sogar einen Amerikaner, wir kamen allerdings nicht richtig ins Gespräch. Womöglich nutzten die britischen Behörden jetzt die Chance, Leute loszuwerden, die ihnen nicht behagten.

Endlich war ein kleiner Verband von Booten zusammengestellt, der von einer der bewaffneten Barkassen gezogen wurde. Von der Pier aus konnte man das offene Meer nicht sehen. Es hieß, die Präsident sei ganz in der Nähe; man habe ihr garantiert, sie nicht anzugreifen. Als wir in den Booten saßen und die Fahrt begann, stießen sich die Leute an und schüttelten sich die Hände, so, als wären sie bereits gerettet.

Wir bogen um eine Landzunge, und dann sah ich die Präsident zum ersten Mal seit Havanna wieder aus der Entfernung. Ein Krokodil. Das war sie wirklich. Flach, breit und lauernd. Sie lag Richtung Süden, die rechte Bordwand in der Sonne; das Schwarz des Rumpfes war eher ein metallisches Grau, aus ein paar Öffnungen liefen rostige Streifen ins Wasser, dafür waren die Sonnensegel so weiß wie Wäsche auf der Leine. Die gelben Schornsteine verschwammen vor dem Himmel. Ich konnte sehen, dass eine Leiter herabgelassen war. Auf dem Vorschiff und auf dem hinteren Aufbau standen Matrosen mit Gewehren in der Hand.

Wir legten an, insgesamt vier Boote, die zwei der Präsident und zwei weitere, alle voll besetzt und schwer beladen. Von der bewaffneten Barkasse ging niemand an Bord der Präsident. Es schien alles vorab besprochen zu sein, vermutlich per Funk. Kaum hatten die Flüchtlinge die beiden englischen Boote verlassen, verschwand die Barkasse damit Richtung Hafen.

18

Bastogne, Militärlazarett, 10.2.1945

Hier meldet sich wieder Robert Hennesfahr, Kriegsgefangener in Bastogne und Schreiber des Patienten, der sich Zacharias Katz nennt. Bereits vor etwa einer Woche hatte ich an dieser Stelle angemerkt, dass ich es für richtig hielte, den Patienten an einen Ort zu verlegen, wo er intensiver behandelt werden könnte. Ich habe mich mit dieser Ansicht jetzt an den leitenden Arzt Dr. Hufner gewendet.

Bei dieser Gelegenheit wurde mir mitgeteilt, dass mein Vorgänger Corporal Brady sich schon ähnlich über Herrn Katz geäußert hat. Es gibt allerdings schwerwiegende Gründe, die gegen eine Verlegung sprechen.

Da ist einerseits der Gesundheitszustand des Patienten. Dr. Hufner hält zwar die körperlichen Verletzungen für keineswegs lebensgefährlich, er fürchtet allerdings, dass Herr Katz bei dem Angriff der Wehrmacht eine Beschädigung der Nerven erlitten habe, deren Folgen er nicht so recht einschätzen könne. Da Herr Katz sich allerdings in seiner jetzigen Umgebung und vor allem mit der Tätigkeit des Diktierens offenbar ganz wohl fühle, halte er es nicht für ratsam, den Patienten größeren körperlichen und seelischen Belastungen auszusetzen, wie sie eine Verlegung notwendig bedeuten würde.

Außerdem, so Dr. Hufner, gebe es ein formales Problem. Herr Katz könne sich nämlich nicht ausweisen. Er sei ohne Papiere ins Lazarett eingeliefert worden, unter merkwürdigen Umständen. Eine Gruppe junger Soldaten habe ihn am ersten Tag der deutschen Offensive hierher gebracht und sei dann nicht geblieben, um genauere Angaben zu machen, aus welchen Gründen auch immer. Als Nicht-Kombattant trage Herr Katz keine Erkennungsmarke; außer dem Notizbuch, aus dem er mir diktiere, habe er nichts bei sich gehabt. Dieses Notizbuch habe in einer Seitentasche seiner Hose gesteckt, in einem Futteral aus Filz. Man habe es durchgesehen, es stehe kein Name darin.

Nun sei es wahrscheinlich, dass Herr Katz, wie alle amerikanischen Einheiten an diesem Frontabschnitt, vom Angriff der Wehrmacht überrascht und sein persönlicher Besitz vernichtet wurde. Dennoch müsse, wenn auch nur der Form halber, zuerst seine Identität zweifelsfrei geklärt sein, bevor man ihn für irgendeinen Transport anmelden könne. Leider sei niemandem hier vor Ort Herr Katz persönlich bekannt, entsprechende Anfragen bei vorgesetzten Dienststellen seien bislang ohne Antwort geblieben. Und was die Angelegenheit besonders vertrackt mache: Herr Katz selbst weigere sich, seine Adresse in Amerika und die Namen seiner Frau oder seiner Verwandten anzugeben. Gründe dafür nenne er nicht.

Ich danke Dr. Hufner sehr, dass er mich, einen Kriegsgefangenen, ins Vertrauen gezogen hat. Selbstverständlich wird alles, was ich jetzt erfahren habe, keinen Einfluss auf meine Arbeit nehmen, eine Arbeit, der ich weiterhin meine ganze Kraft und Aufmerksamkeit widmen möchte.

19

Bastogne, Militärlazarett, 13.2.1945

Schauen Sie nicht so, Brady! Das ist meine rechte Hand. Nicht sehr schön. Ich weiß. Dafür voll funktionsfähig. Und was glauben Sie, wie gut sich das anfühlt ohne diesen Verband. Ja, das können Sie ruhig aufschreiben.

Aber jetzt zurück an Bord. Die nächste Szene habe ich genau dreißig Jahre später wieder vor Augen gehabt: das Vorderdeck eines Schiffes, jeder Quadratmeter belegt mit Menschen und ihrem Gepäck. So sah es auf den Transportern aus, die am D-Day im Ärmelkanal lagen. Und genau so dicht gedrängt saßen wir auf dem Vorschiff der Präsident, teils neben den großen Ladeluken, teils darauf.

Wir, das heißt: die Flüchtlinge.

Ein paar Stewards gingen herum, fragten nach den Namen und verglichen sie mit einer Liste. Dabei wurde ständig Wasser ausgegeben, es gab mindestens fünf Familien mit kleineren Kindern. Donhauser und Reimers standen oben auf der Brücke an der hölzernen Reling. Später waren die beiden Männer kurz unsichtbar, dann trat Donhauser an die Reling des darunter liegenden Decks. Neben ihm saß jetzt der Hund. Das hatte etwas von den Figuren im Glockenspiel, die verschwinden und wieder auftauchen.

Er bat um unsere Aufmerksamkeit. Man habe gerade festgestellt, dass an Bord der Präsident jetzt siebenundachtzig Passagiere seien. Das überschreite bei weitem das normale Fassungsvermögen des Schiffs. Die Mannschaft sei daher schon seit dem Morgen dabei, Notunterkünfte herzurichten; er bitte nur noch um etwas Geduld.

Die Unterbringung der Passagiere werde wie folgt geregelt: Frauen und Kinder, egal, welcher Herkunft, würden auf die Kabinen der Ersten Klasse verteilt. Auch der Speisesaal stehe ab sofort nur noch Frauen und Kindern zur Verfügung. Alle Männer seien im Zwischendeck untergebracht. Er erkläre hiermit sämtliche Fahrkarten für ungültig, was Logis und Verpflegung betreffe. Für die Unannehmlichkeiten entschuldige er sich gerne. Wer sich beschweren wolle, könne dies tun, bei der Zentrale der Hapag in Hamburg oder beim Kaiser in Berlin.

Er machte eine kurze Pause. Über die allgemeine Lage seien wir ja informiert. Die Präsident befinde sich jetzt im Kriegszustand. Er erwarte daher die genau Beachtung aller seiner Anweisungen und ihre augenblickliche Befolgung. Selbstverständlich sei es das oberste Ziel der Schiffsführung, möglichst jeden Passagier in Sicherheit zu bringen, aber im Entscheidungsfalle stehe das Wohl des Schiffes über den Interessen jedes Einzelnen. Was das konkret bedeute, werde sich ergeben. Dann grüßte er, knapp und militärisch.

Neben mir war ein Mann im mittleren Alter aufgestanden. Er hatte seine Frau und eine fast erwachsene Tochter dabei. Er grüßte zurück und rief laut: »Jawohl, Herr Kapitän.« Doch da waren Donhauser und der Hund schon wieder verschwunden.

Wir sollten jetzt zu unseren Unterkünften geführt werden, doch vorher mussten die Familien ihr Gepäck aufteilen. Nach kurzer Zeit sahen die Ladeluken aus wie Kleidermärkte. Die Frauen ordneten und packten; die Männer standen daneben, ungeduldig und pikiert. Die Matrosen forderten zur Eile auf, meistens vergeblich.

Ich hatte mir keine großen Hoffnungen gemacht, meine nette, saubere Kabine wiederzusehen. Trotzdem wurde ich überrascht. Es ging nämlich hinunter in den Bauch des Schiffes und dort in einen Raum, den ich nicht kannte und von dem ich bislang nichts gewusst hatte. Er musste hinter dem vorderen Laderaum liegen, und er nahm wohl die ganze Breite des Schiffes ein. Eingerichtet war er wie der Schlafraum in einer Kaserne oder einem Internat, wenn nicht noch spartanischer. Links und rechts standen Doppelstockbetten, dazwischen waren straffe Leinen gespannt, von denen Planen hingen, so dass sich schmale, offene Kammern ergaben. Zu jedem Bett gehörte ein kleiner Schrank, und alles war am Boden oder an den Bordwänden angeschraubt. In der Mitte standen in einer langen Reihe Tische, auch sie waren am Boden befestigt; Stühle sah ich keine. Die Betten trugen Nummern. Mir wurde eins der oberen zugewiesen, und ich weiß noch, wie ich überlegte, ob das jetzt ein Glück war oder nicht.

Als wir unsere Sachen verstaut hatten, sollten wir uns im Mittelgang bei den Tischen sammeln. Der Obersteward erklärte uns, was wir wissen mussten. Hier im Zwischendeck konnte die Präsident Passagiere der Dritten Klasse unterbringen. Der Raum sei allerdings kaum genutzt worden, mangels Nachfrage. An seiner Stirnseite gab es zwei Türen. Die eine führte in eine Toilette, die andere in einen Waschraum. Benutzung und Säuberung dieser Räume hatten wir ab sofort selbst zu organisieren.

Ebenso die Essensverteilung. Die Belegschaft von jeweils drei Stockbetten bildete eine Gruppe, beginnend bei Bett

Nummer eins. Jede Gruppe sollte einen Ältesten wählen, der für alles verantwortlich war. Das Essen wurde entweder hier unten ausgegeben oder draußen, je nach Lage der Dinge. Wenn der Kapitän es erlaubte, durfte es auch draußen verzehrt werden. Er selbst empfehle das sehr, sagte der Obersteward, es helfe, den Schlafraum sauber zu halten. Vielleicht werde man zusätzliche Sonnensegel auf dem Vorderdeck anbringen; er werde sich dafür verwenden. Das Bootsdeck bleibe leider bis auf weiteres für die Passagiere gesperrt.

Er lächelte. Seine Schnurrbartenden standen wieder steil nach oben. »Krieg«, sagte er. Da könne man leider nichts machen. Dann ging er.

Ich dachte: Sollte er nicht besser bleiben? Immerhin hatte er gerade verlangt, dass ein paar Dutzend Männer, einige davon aus den besseren Schichten, sich wie Schüler oder Rekruten benehmen sollten. Dabei hatte er genau das Richtige getan. Ohne sich zu beschweren, waren schon alle dabei, ihre Ältesten zu wählen und die Dienste einzuteilen. In meiner Gruppe war ich mit Abstand der Jüngste; doch als ich sagte, wie lange ich schon auf der Präsident fuhr, gab man mir das Amt. Und als ich die anderen einteilte, zum Essenholen, zum Wasserholen und zum Putzen, waren sie mit allem einverstanden. Schließlich schickte ich sie nach oben. Man müsse jede Minute nutzen, die einem draußen erlaubt werde. Das sei gesund und schone die Luft unter Deck. Sie gehorchten und gingen.

Am frühen Abend wurde zum ersten Mal Essen ausgegeben. Es gab ein Fischragout. Soweit ich das beurteilen konnte, war es ausgezeichnet. Wir Ältesten holten es in je einem Eimer für unsere Gruppen, dazu einen Stoffbeutel mit Brot. Wir aßen aus Blechtellern, die scheußliche Geräusche machten, wenn man darin schabte. Anschließend sammelte ein Mann aus jeder Gruppe Geschirr und Besteck ein und säuberte sie im Waschraum. Wer Familie hatte, konnte eine halbe Stunde lang Frau und Kinder sehen, auf dem Achterdeck, direkt über der Krankenstation. Die anderen Männer verteilten sich, so gut es ging, um die Ladeluken.

Der Mann, der das Bett unter mir bekommen hatte, war ein Geschäftsmann aus Berlin, vielleicht Mitte fünfzig, ein bisschen korpulent, doch offenbar in guter Verfassung. Einer von diesen vitalen Typen. Mir fiel auf, dass er kaum schwitzte. Nach dem Essen bot er mir eine Zigarette an. Offenbar suchte er Gesellschaft. Wir bekamen einen Platz am Schanzkleid, der nicht besonders bequem war; dafür würde er bald im Schatten liegen. Kaum saßen wir dort auf dem nackten Deck, begann er zu reden. Er gehörte zu den wenigen, die schon vor Wochen ganz regulär eine Fahrt bis Saint Thomas und dann weiter nach Deutschland gebucht hatten. Um zu Hause für Ordnung zu sorgen, sagte er.

Der Mann hieß Brandstetter und leitete in Kingston eine deutsche Handelsniederlassung. Es sei unendlich schwer, sagte er, sich über eine solche Entfernung hinweg um die Familie zu kümmern. Die Briefe brauchten Wochen, und er habe ein Vermögen für Telegramme bezahlt, die doch immer zu spät kamen, weil sich inzwischen wieder dies und das geändert hatte.

»Überhaupt, das Schreiben«, sagte Brandstetter. Eigentlich eine tolle Sache. Alles genau erwägen, jeden Satz so lange wie nötig überdenken. Er schätze das. Literatur sei eine wunderbare Erfindung. Er lese gerne Romane, egal, worum es darin gehe. Allein die Ordnung, die Konzentration! Da folgt ein Satz auf den anderen, und jeder schlüpft aus seinem

Vorgänger wie ein Küken aus dem Ei, worauf das Küken im Nu ein Vogel wird, der ein Ei legt, aus dem wieder ein Küken schlüpft. Er lachte. Der Vergleich sei nicht von ihm, er sei trotzdem ganz gut.

»Dagegen Briefe«, sagte er, »so wie man sie im Leben schreibt? Nein!« Kaum beendet, schon Makulatur. Das Papier nicht wert, geschweige denn die Briefmarke. Briefe verfaulten einem unter der Hand. Ja, und Worte, die man in Briefe schreiben wolle, verfaulten einem sogar schon im Mund.

Beispiele gefällig? Gerne! Er selbst sei das beste von allen. Bei ihm zu Hause brenne seit Monaten das Dach. Und was hätten seine Briefe und seine Telegramme bewirkt? Nichts, wenn nicht das Gegenteil von dem, was er beabsichtigt hatte.

Ich fragte ihn, ob er erzählen wolle? Ich sei jedenfalls gerne bereit zuzuhören.

Natürlich wollte er. Das Problem, um das es ging, hatte mit seinem Sohn zu tun, dem ältesten von drei Kindern. Der Junge hatte seine Ausbildung so gut wie beendet, jetzt wollte er heiraten. Ein bisschen früh vielleicht, aber bitte, wenn es sich ergab, warum dann warten? Die Liebe ist ein seltenes Pflänzchen. Das Mädchen, also die Verlobte, hatte Brandstetter kennengelernt. Nichts gegen sie einzuwenden. Aus gutem Haus, höflich, freundlich, hatte sogar selbst einen Beruf gelernt; das wurde ja mittlerweile üblich.

Doch seine Frau war dagegen. So vehement und mit einer solchen Leidenschaft, dass Brandstetter mit seinen Briefen nichts ausrichten konnte. Er saß da in seinem Kingston, machte in Zucker, schrieb Briefe und kam nicht gegen sie an. Mehrmals hatte er ausdrücklich seine Zustimmung zu der Ehe gegeben, egal, zu Hause boykottierte sie alles. Der Junge hätte mit seiner Verlobten fliehen und in einem Versteck heiraten müssen. Alles andere hätte seine Mutter verhindert, mit welchen Mitteln auch immer. Sie hatte sogar mit Selbstmord gedroht.

Ich sagte: »Und warum?«

»Ja«, sagte Brandstetter, »Jetzt kommt's. Wegen der Größe! Wegen der Körpergröße.«

Die Braut war also größer als der junge Mann?

»Nein.« Brandstetter warf seine Zigarette über das Schanzkleid und zündete sich eine neue an. Ein Mann aus unserer Gruppe kam mit einer Frage. Ich konnte ihm weiterhelfen; er dankte mir und ging.

»Nein«, sagte Brandstetter noch einmal. Der Junge war größer als seine Verlobte. Allerdings war der Unterschied zu groß. Das meinte jedenfalls seine Frau. Der Junge war um die eins achtzig, die Braut nicht ganz eins sechzig. Und das mache einfach kein schönes Bild. So Brandstetters Frau. Kein schönes Bild. Deshalb war sie dagegen.

Ich sagte: »Das kann ich nicht glauben.« Ob seine Frau nicht vielleicht andere Bedenken habe, die sie bloß nicht aussprechen wolle? Der Größenunterschied sei womöglich nur vorgeschoben.

»Sie haben vollkommen recht«, sagte Brandstetter. »Ich weiß es selbst.« Seit neuestem gebe es ja diese Psychologie. Und was sage die? Dass wir alle etwas verstecken. Dass wir nicht aussprechen, was wir denken.

Aber was ändere das? Nichts. Solange seine Frau dabei bleibe, dass es der Größenunterschied sei, der sie störe, könne er ihr nicht beweisen, dass sie lüge. Und erst recht nicht in Briefen. Da behalte sie immer recht, auf ihre Weise. Zuletzt habe sie ihm ein Foto der beiden Verlobten geschickt, und auf die Rückseite habe sie geschrieben: der Beweis. So, als wäre es tatsächlich einer.

»Dagegen war ich machtlos«, sagte Brandstätter. Jedenfalls, solange er nur schreiben konnte. Deshalb hatte er beschlossen, nach Hause zu fahren und die Dinge in die Hand zu nehmen. Notfalls hätte er seine Frau eingesperrt oder sie eigenhändig zu Verwandten gebracht, damit die Kinder in Ruhe hätten heiraten können. Er sah mich an, als erwartete er einen Tadel.

Ich sagte, dass ich nicht in seiner Haut stecken mochte.

Er sagte: »Danke.« Und dann sagte er: »Irgendwie auch ein Glück.«

Ich fragte nach.

Er sagte: Dass jetzt alles nicht mehr nötig sei.

Und warum nicht?

»Mein Sohn ist Reserveleutnant«, sagte Brandstetter. »Er müsste jetzt auf dem Weg zur Front sein. Ich denke, wenn er am Leben bleibt, wird meine Frau ihn heiraten lassen.«

Er stand auf. Mit einer einzigen Bewegung, ohne dieses Ächzen. Wie gesagt, er war ein vitaler Typ. Er wolle sich schon mal aufs Ohr hauen, sagte er. Jetzt sei die Luft da unten vermutlich noch passabel. Vielleicht schaffe er es einzuschlafen, bis das anders werde.

Ich dachte: keine schlechte Idee, wenn es funktioniert.

Ich selbst blieb auf dem Vorschiff. Die meiste Zeit schrieb ich, später sogar bei Kerzenlicht, bis ein Zapfenstreich verkündet wurde. Danach mussten wir alle hinunter in den Schlafraum, und niemand durfte ihn mehr ohne Erlaubnis verlassen. Es war, wie Brandstetter gefürchtet hatte: Die Luft war zum Schneiden, trotz der Lüfter. Wenigstens hörte man nicht viel von den anderen. Wir fuhren nämlich wieder, und die Maschinengeräusche waren hier unten viel lauter als oben in den Kabinen.

Wissen Sie, Brady, was ich jetzt gerne sagen würde? Dass ich mir in dieser Nacht vorgenommen habe, mich nach dem Krieg zu erkundigen, was aus den Leuten geworden ist, also aus König, der Frau Schwartz, Schwantaler und der Witwe Zamarano. Und natürlich aus Brandstetters Sohn. Ob er überlebt und seine kleine Frau geheiratet hat. Aber ich muss es zu meiner Schande gestehen: Daran habe ich keine Sekunde lang gedacht.

Nein, Brady, sagen Sie nichts!

Machen wir Schluss für heute. Meine Finger jucken.

20

Bastogne, Militärlazarett, 14.2.1945

Robert, ich glaube, ich muss etwas nachholen, das eigentlich an den Anfang gehört hätte. Schreiben Sie es bitte jetzt; ich setze es später an den richtigen Platz. Ob es die Leute interessiert, weiß ich nicht. Ist mir auch egal, ausnahmsweise. Ich will nur, dass meine Frau und meine Töchter es erfahren.

Ja, ich habe Robert gesagt. So heißen Sie doch, oder?

Es geht um das, was vor vier Wochen passiert ist. Es sind doch vier Wochen, die ich hier liege?

Acht? Ja, natürlich.

Also vor acht Wochen, das war am zwanzigsten, nein, am fünfzehnten, richtig, am fünfzehnten Dezember, da war ich bei einer Einheit, die gerade aus den Staaten gekommen war. Sie nannten sich die »Söhne von Omaha Beach«. Nicht sehr originell. Allerdings irgendwie treffend. Ich glaube, man hatte sie in die Ardennen geschickt, weil hier am wenigsten mit Feindkontakt zu rechnen war.

Mich selbst hatte das Pech erwischt, und das seit Tagen. Zuerst war mein Fahrer krank geworden, mir selbst ging es auch nicht so gut, und dann machte der Jeep Probleme. Deshalb blieb ich an diesem fünfzehnten bei einer Aufklärungskompanie hängen, obwohl ich zurück ins Hauptquartier gewollt hatte. Die Jungs hatten ihr Camp an der Ostflanke einer Anhöhe aufgeschlagen, direkt an einem Waldrand. Wegen der schlechten Straßen gab es Ärger mit dem Nachschub. Und der Boden war entweder hart gefroren oder tief verschneit.

Doch für diese Jungs war das alles ein großer Spaß. Sie waren achtzehn, neunzehn, und sie hatten sich so auf den Krieg gefreut, da konnte ihnen das Wetter nicht die Laune verderben. Sie hatten auch keine Angst davor, demnächst deutschen Boden zu betreten. Was die anderen darüber erzählten, das waren Gruselmärchen, was denn sonst!

Am Abend redete ich mit ihnen, das heißt, zuerst hörte ich mir an, was sie über den Krieg dachten. Das war nicht uninteressant, man erfuhr immerhin etwas über die Stimmung zu Hause. Dann habe ich von mir erzählt; da kamen sie ins Staunen. Immerhin ziehe ich seit dreißig Jahren dem Krieg hinterher. Von den Schützengräben an der Marne bis hier in die Ardennen. Ich bin in der Normandie an Land gegangen, ich habe die Kapitulation von Paris erlebt und das Desaster von Market Garden. Da gab es viel zu erzählen. War ein ganz netter Abend, obwohl ich die Nacht gerne in einem richtigen Bett verbracht hätte. Ich glaube, ich hatte leichtes Fieber.

Los ging es früh am Morgen, wie immer. Ich wurde wach in meinem Zelt und dachte: Das kann doch nicht wahr sein! Vielleicht ist das unsere Artillerie. Die Gegend hier sollte doch absolut ruhig sein.

Trotzdem ziehe ich mich natürlich an, während es heult und wummert, ziemlich nah, dafür habe ich ein Ohr. Draußen weiß ich nicht, wohin ich soll. Zuerst ist es stockdunkel, dann blendet mich ein Scheinwerfer. Ich habe das Gefühl, alle sind auf den Beinen, aber es fehlt die Ordnung.

Und dann gibt es die ersten Einschläge, rechts und links, mindestens mittlere Kaliber. Ich denke noch: Die treffen uns nicht, die Bäume schützen uns. Irrtum, die Bäume explodieren über unseren Köpfen und die Trümmer fallen herunter. Ich will zu meinem Jeep, meine Papiere holen, da kriegt neben mir ein LKW einen Treffer und fliegt in die Luft. Das war wie ein Schlag, der einen am ganzen Körper erwischt.

Ich lande auf dem Rücken, und ich spüre gar nichts. Außerdem bin ich taub. Ich glaube, ich habe nichts Bestimmtes gedacht. Nicht: Das war's jetzt. Oder: Hoffentlich musst du nicht lange leiden. Ich habe auch nicht an meine Familie gedacht oder an meinen Job. Nein, da war eigentlich gar nichts. Nicht einmal Angst. Und dann ging mir das Licht aus.

Wie lange ich weg war, weiß ich nicht. Wohl nicht sehr lange. Als ich wieder zu mir kam, tat mir alles weh, doch ich wusste nicht, wo ich verletzt war und wie schwer. Jemand zog mich zur Seite, vielleicht in Deckung; oder ich lag im Weg. Ich saß dann jedenfalls an einen Baum gelehnt und konnte einigermaßen sehen, was passierte. Und zwar immer, wenn es einschlug. Dann wurde es nämlich hell.

Robert, Sie kennen den Ausdruck: heillose Flucht. Nichts konnte das besser beschreiben. Wer noch lebte, wollte bloß weg, aber wohin? Und wie? Ich sah, wie ein LKW im Schnee steckenblieb, als er aus dem Wald fahren wollte. Die Besatzung sprang ab, um zu schieben. Keine Chance, also liefen sie in alle Richtungen davon. Und darüber pausenlos der Lärm der Einschläge.

Irgendwann kam jemand und knöpfte mein Hemd auf, ein Sanitäter, ich sah den Adler der 101. auf seinem Ärmel. Er sagte nichts und lief weiter. Ich dachte: Na prima, du bist wohl gar kein dringender Fall. Ist noch mal gutgegangen. Oder hatte der mich vielleicht aufgegeben? Ich brauchte jetzt alle Kraft, um nicht wieder wegzusacken. Schau hin!, habe ich mir gesagt. Mach jetzt nicht schlapp. Konzentrier dich. Merk dir die Einzelheiten für später.

Dann kamen zwei oder drei und trugen mich weg, in einen Jeep, ich weiß nicht, ob es meiner war. Könnte sein. Drinnen saßen sie ganz eng, ich lag denen auf der Rückbank quer über den Beinen. Sie fuhren los, wohin, das konnte ich nicht sehen. Keiner sagte etwas. Es dauerte ewig, bis wir auf einer asphaltierten Straße waren, vielleicht auf der anderen Seite der Anhöhe. Das Schlagen und Schlingern ließ nach.

Der Lärm auch. Ich hörte, wie der Fahrer und der Beifahrer miteinander redeten. Einen Satz verstand ich: »Halt's Maul, Louis kennt den Weg nach Bastogne.«

Verstehen Sie, Robert? Ich lag da womöglich zwischen ein paar Achtzehnjährigen, die gerade von der Front desertierten. Ich wollte sie fragen, was sie in Bastogne zu suchen hatten, doch ich bekam kein Wort heraus. Ich weiß noch, dass ich überlegte, was ich tun könnte, um diesen Jungs zu helfen. Bevor wir irgendwo ankamen, war ich allerdings wieder weggesackt. Ich habe bis heute keine Ahnung, was aus denen geworden ist. Und ich werde den Teufel tun und jemanden fragen, der eine amerikanische Uniform trägt.

In den nächsten Tagen habe ich irgendwo gelegen, wo es kalt und laut war. Viel mehr weiß ich nicht. Nur, dass ich versorgt wurde. Sie haben wohl gleich angefangen, mir ein paar Splitter rauszuholen. Wenn sie das ohne Narkose machten, dann riss mich das immer für ein paar Minuten aus dem Gedusel. Einmal habe ich gehört, wie jemand in meiner Nähe sagte: »Der hat aber mächtig Glück gehabt.« Ich glaube, er meinte jemand anderen. Es hat mir trotzdem geholfen.

Später lag ich dann in dieser Kirche, da hinten, auf der anderen Seite vom Innenhof. Da wurde dauernd operiert, und da lagen wohl die Leute, die man im Auge behalten musste. Zum ersten Mal sprach ein Arzt mit mir, so ein junger, schmissiger mit roten Haaren. »Hey, Mister«, sagte er. »Alle Achtung, wer immer Sie sind.« Wenn ich zur Truppe gehören würde, hätte ich mir jetzt ein Purple Heart verdient.

Immerhin konnte ich schon Danke sagen. Obwohl meine Stimme bloß ein Krächzen war. Ich dachte, sobald ich wieder schreiben kann, werde ich ihm ein Denkmal setzen, diesem menschenfreundlichen Arzt. Was ich hiermit tue. Leider habe ich ihn nicht mehr gesehen; später kam dann dieser kleine Schweizer aus Boston.

Robert, kriegen Sie doch bitte bei Gelegenheit den Namen von dem Rothaarigen heraus und setzen Sie ihn hier ein. Das wäre nett von Ihnen.

Irgendwann war Bastogne dann nicht mehr eingekesselt, und ich wurde im Kopf ein bisschen klarer. Ich habe sogar mitgekriegt, wie ich hierhin verlegt wurde. Das war wohl mal ein Priesterseminar. Anfangs lagen wir hier zu zweit, neben mir leider Gottes einer, der komplett die Nerven verloren hatte. Der jammerte den ganzen Tag: Jetzt würden die Deutschen kommen und sich an uns allen rächen. Wir haben ihm immer wieder gesagt, wie es stand. Dass Patton da war. Und dass unsere Luftwaffe ihnen einheizte. Es half nichts. Sie haben ihn dann weggebracht.

Und den Rest, Robert, den kennen Sie.

Machen Sie hier bitte einen Absatz.

21

Bastogne, Militärlazarett, 14.2.1945

Zurück auf die Präsident.

Am nächsten Morgen wurde bekanntgegeben, dass wir auf dem Weg nach Port au Prince waren. Donhauser hatte alle erwachsenen Männer auf das Vorschiff kommandiert. Wir standen da, einzeln und in Gruppen; lauter Männer mit ernsten Mienen. Zuerst sagte er ein paar Worte zur Ermutigung. Dass die Zeiten schwer seien, wir aber nicht alleine und dass eine Gemeinschaft immer größere Chancen habe als der Einzelne. Vorausgesetzt, man halte zusammen. Und stellte sich dem Ernst der Lage

Dann wurde er konkreter. Die Übergabeaktion in Kingston sei ein großer Erfolg gewesen. Bis auf eine bedauerliche Ausnahme. Leider habe jemand nicht auf seinen Rat gehört. Einer, der nicht richtig verstanden habe, in welcher Lage wir uns befänden, und dem es jetzt sehr schlecht ergehe.

Ich sah mich um. Fernbach lehnte an der Reling. Wer außer ihm und mir konnte wissen, dass Donhauser den Porzellankönig meinte. Oder war das eine Nachricht speziell für mich? Nein, Donhauser wollte auf etwas anderes hinaus. Er gab nämlich bekannt, dass er aus den männlichen deutschen Passagieren eine Reservemannschaft und eine Bordwehr rekrutieren werde. Und zwar jetzt gleich.

Das falle ihm nicht leicht, sagte er. Die Präsident sei immer ein Schiff im Dienste der Reisenden gewesen. Sicherheit und Komfort, das war oberstes Gebot. Doch jetzt habe sich die

Lage geändert. Er müsse ehrlich zu uns sein: Demnächst werde ihm die einheimische Mannschaft davonlaufen. Man könne versuchen, das mit Gewalt zu verhindern. Besser sei es allerdings, man regle das gütlich.

Natürlich, sagte Donhauser, bleibe die deutsche Besatzung an Bord. Auf diese Männer könne er sich blind verlassen. Es brauche nur Leute, die ihnen zur Hand gingen. Besonders, weil wir so viele an Bord seien. Sein Appell richte sich ausschließlich an Freiwillige; er zähle allerdings auf das Pflichtbewusstsein eines jeden deutschen Mannes.

Ein paar Sekunden lang herrschte Schweigen. Wir standen ungeschützt in der Hitze, zusätzliche Sonnensegel gab es noch nicht. Es war am 5. August 1914, vormittags, und da konnte ich erleben, wie der Krieg sich die Leute schnappte. Jeden Einzelnen, wie sagt man, ohne Ansehen der Person. Denn ob Sie es glauben oder nicht, Robert, alle Ihre Landsleute meldeten sich freiwillig. Alle. Niemand protestierte. Ich dachte: Jetzt ist wirklich Krieg. Und wissen Sie, was? Manchmal glaube ich, er hat seitdem nicht aufgehört.

Die Freiwilligen sollten angeben, was sie von Beruf waren. Zwei Techniker zogen gleich mit dem Ingenieur in den Maschinenraum. Ein Mann um die fünfzig sagte, er sei Marineoffizier gewesen; der wurde auf die Brücke gerufen. Die anderen, die über vierzig waren, bekamen verschiedene Posten. Die meisten wurden zum Dienst in der Küche kommandiert, darunter auch Fernbach.

Alle, die jünger waren als vierzig, sollten die Bordwehr bilden. Der Erste Offizier rief sie zu sich an die vordere Ladeluke, um ihnen ein Gewehr zu erklären. So stand ich plötzlich in der Gruppe derer, die keine Deutschen waren. Bis auf den Amerikaner, mit dem ich in Kingston kurz geredet hatte, waren es alles Kreolen. Der Amerikaner grinste mich an und sagte etwas, das er für witzig hielt. Da machte ich die paar Schritte und stellte mich zu den Männern an der Luke. Gerade ging ein Repetiergewehr von Hand zu Hand, damit kannte ich mich aus. Als Reimers das bemerkte, ließ er mich mit der Hälfte der Gruppe üben. Später wurden die Wachen eingeteilt.

Schließlich führte uns Donhauser in den Frachtraum und zeigte uns das Geschütz der Präsident. Er hatte also damals nicht gelogen. Es war in seine Einzelteile zerlegt, die kleineren davon waren in Ölpapier gewickelt, die größeren lagen auf Holzwolle wie teure Weinflaschen in ihren Kisten. Das Geschütz konnte an Deck aufgestellt werden. Das würde beizeiten angeordnet.

In der nächsten Nacht hatte ich Wachdienst von Mitternacht bis vier Uhr morgens. Zusammen mit einem Geschäftsmann aus Leipzig stand ich auf dem hinteren Deck über der Krankenstation. Wir hatten ein Fernglas bekommen, an dem wir uns alle halbe Stunde ablösten, damit wir nicht müde und unaufmerksam wurden. Sollten wir etwas sehen, zum Beispiel ein Licht am Horizont, dann sollte der eine es im Auge behalten und der andere Meldung machen. Einmal kam das vor; da hatte der Ausguck auf der Brücke das Licht schon bemerkt. Kurz darauf war es verschwunden.

Als ich abgelöst wurde, ging ich nicht gleich unter Deck. Ich hatte keine Sehnsucht nach meinem Bett in dem stickigen, dunklen Raum. Stattdessen stieg ich zum Bootsdeck hinauf. Würde mich jemand ansprechen, dann wollte ich sagen, ich hätte geglaubt, das sei meine Wachroute. Oder ich hätte eine dienstliche Frage.

So leise ich konnte, ging ich zu den Rettungsbooten, ich

wollte mich möglichst weit von der Brücke halten. Die Sonnensegel waren wie immer zur Nacht eingerollt, und es war wieder so hell, dass die Lüfter und die Schornsteine Schatten warfen. Vielleicht konnte ich mich für den Rest der Nacht in eines der Boote legen. Das war ein verlockender Gedanke. Also zog ich an einer Plane, und dabei bemerkte ich, dass ich nicht allein war.

Zuerst sah ich nur, dass es eine Frau war; dann erkannte ich sie. Es war die Witwe Zamarano. Sie saß auf dem Boden, gegen eine der Relingstützen gelehnt. Ich musste natürlich sofort an Frau Etelka denken. Wollte sie sich auch etwas antun? Wohl eher nicht. Sie legte einen Finger auf den Mund und winkte mich zu sich. Ich kroch an den Bootskränen vorbei und setzte mich neben sie.

»Stellen Sie sich vor!«, sagte sie. »Wir haben tolle Neuigkeiten.« Sie flüsterte aufgeregt, wie Mädchen es neben der Tanzfläche tun. »Es ist ganz egal, ob wir nach Deutschland zurück können oder nicht. Müssen wir nämlich gar nicht.« Seit kurzem wüssten sie, dass es auch von Haiti eine Passage nach Cartagena gebe, und von dort würden sie wie geplant auf dem Landweg nach Bogotá reisen.

»Was für ein Glück!«, sagte sie. Da habe dieser dämliche Krieg sie nun wirklich im ungünstigsten Moment erwischt. Doch wenn sie aus Kolumbien nicht mehr nach Hause könnte, dann bekäme sie zum Ausgleich dafür immerhin das Vermögen ihres Mannes. Und was das Beste sei: eine neue Familie.

Ich merkte, dass sie zitterte. Im Vergleich zu der enormen Hitze tagsüber war es nachts fast schon kalt. Und dann sagte sie ohne jede Vorrede, immer noch in diesem Ballgeflüsterton: »Natürlich wäre es besser, ich wäre schwanger.«

Ich brauchte ein paar Sekunden, bis ich verstand. Vermutlich hatte sie recht. Würde sie den Eltern ihres Mannes ein Enkelkind bringen, oder nur die Hoffnung darauf, dann wären diese Leute wahrscheinlich viel eher bereit, eine Schwiegertochter aufzunehmen, die sie nie zuvor gesehen hatten. Allerdings wollte ich mich nicht auf das Thema einlassen, deshalb sagte ich nur: »Da kann man wohl nichts machen.«

Sie sagte: »O doch, man kann.« Und zum Glück sei die Zeit goldrichtig dafür. Dann legte sie mir eine Hand auf den Arm.

Jetzt verstand ich sofort, was sie wollte. Es war natürlich unerhört. Und es war völliger Unsinn! Ihr Mann war tot, womöglich seit Wochen und Monaten. Was immer sie sich ausgedacht hatte, es konnte nicht funktionieren; das war an den Fingern auszurechnen. Damals dachte ich: Sie muss verrückt sein. Später habe ich es begriffen. Hier kämpfte jemand ums Überleben, auf seine Art und Weise. Sie küsste mich, dann stand sie auf und zog sich ihr Kleid über den Kopf. Darunter war sie nackt.

Was dann passierte – darauf bin ich nicht stolz. Ich war noch jung, und in solchen Dingen hatte ich wenig Erfahrung, eigentlich gar keine. Außerdem war sie eine schöne Frau, und sie hatte gelernt, mit ihrer Schönheit umzugehen. So, dass ein Mann genau das tat, was sie wollte.

Wie es dann war, das weiß ich nicht mehr; darüber habe ich damals auch gar nichts geschrieben. Es ging wohl furchtbar schnell. Ich weiß nur noch, dass ich mich danach fühlte, als hätte ich keine Knochen mehr im Leib. Und ich hätte gerne etwas gesagt, irgendetwas, wie soll ich das ausdrücken: um die Dinge einzuholen. Verstehen Sie, Robert? Aber sie hatte sich gleich wieder angezogen und war gegangen, ohne ein Wort. Also stieg ich hinunter ins Zwischendeck. Der Raum kam mir vor wie ein Wartezimmer vor dem Eingang zur Hölle.

Am nächsten Morgen erreichten wir Port au Prince. Wir ankerten ziemlich weit außerhalb des Hafens, ein Boot fuhr an Land, darin der Erste Offizier mit einer bewaffneten Mannschaft. Das Boot blieb lange weg. Als es zurückkam, brachte es gute Nachrichten. Was man im Krieg gute Nachrichten nennt. Die Autoritäten erlaubten tatsächlich allen, die das wollten, an Land zu gehen und dort auf andere Passagen zu warten. Das Schiff selbst durfte nicht anlegen. Donhauser berichtete das vor den versammelten Passagieren. Es sei nicht ganz klar, sagte er, ob man auf Haiti wirklich wisse, dass ein Krieg ausgebrochen war. Er persönlich bezweifle das. Womöglich richte sich nur ein gewisses Ressentiment gegen die Präsident, im Zusammenhang mit einem Vorfall in der letzten Woche. Etwa die Hälfte der Passagiere ging anschließend an Land, alle Kariben, der Amerikaner und ein paar Deutsche, darunter Doktor Fernbach. Auch das Ehepaar Kohlmann und die Witwe Zamarano verließen das Schiff.

Ich hatte mich vorgedrängt, um ihnen mit dem Gepäck behilflich zu sein. Die Eltern wirkten bedrückt, fast apathisch. Die Witwe war die gute Laune in Person. Viel konnten wir nicht miteinander reden, es war gerade mal Zeit für die üblichen Abschiedsfloskeln. Dass man gut auf sich Acht geben solle, dass man von sich hören lasse.

Ich habe versucht, in dieses Gerede so viel Gefühl wie möglich zu legen. Vielleicht dachte ich, ich könnte wiedergutmachen, was passiert war, indem ich so tat, als wäre ich weiß Gott wie verliebt. Als ihr Boot ablegte, war mir sogar, als müsste ich jetzt etwas tun. Irgendetwas bekennen. Ich war kurz davor, ins Wasser zu springen und ihr hinterherzuschwimmen. Stellen Sie sich die Szene vor. Ziemlich dramatisch, oder?

Im Ernst! Eigentlich hätte ich von Bord gehört. Jemand musste sich doch um diese verwirrte Frau und ihre armen Eltern kümmern. Außerdem war ich Amerikaner; und was tat ein Amerikaner noch auf der Präsident? Vielleicht wäre es sogar meine Pflicht als Staatsbürger gewesen, bei der ersten Gelegenheit ein Schiff zu verlassen, das einer kriegführenden Nation gehörte.

Andererseits war ich der Gringo, der vor ein paar Tagen mit einer Pistole auf diesen Monsieur angelegt hatte. Dafür gab es mindestens zwei Dutzend Zeugen. Jetzt könnte es Tage oder Wochen dauern, bis ich eine Passage bekäme. Was, wenn mich inzwischen einer von denen erkennen würde? Der Mann hatte nicht ausgesehen wie jemand, dem es egal ist, wenn man ihn mit der Waffe bedroht. Es war eigentlich komisch, aber hier in Port au Prince musste ich wirklich um mein Leben fürchten. Also blieb ich an Bord. Und um ehrlich zu sein: Ich war froh, einen guten Grund dafür zu haben.

Wir Verbliebenen wurden dann gleich wieder zu einer Versammlung auf das Vorschiff gerufen. Das war jetzt schon wie das Antreten im Kasernenhof. Die Engländer hätten ihm in Kingston zweiundsiebzig Stunden gegeben, sagte Donhauser. Er solle seine Passagiere irgendwo absetzen und sich in einem neutralen Hafen internieren lassen. Ansonsten müsse er damit rechnen, in internationalen Gewässern aufgebracht zu werden. Kein freundlicher Akt, doch so waren die Regeln im Krieg.

»Sehen wir den Tatsachen ins Auge«, sagte Donhauser. Mehr als die Hälfte der Zeit sei schon verstrichen, und Port au Prince komme für eine Internierung nicht in Frage. Also müsse er sich jetzt für das nächste Fahrtziel entscheiden. Wenn jemand dazu etwas sagen wolle, könne er es gerne tun. Und zwar hier und gleich.

Die Männer meldeten sich der Reihe nach. Die meisten wollten in die USA. Amerika würde vorerst wahrscheinlich neutral bleiben, und vielleicht käme man mit einem amerikanischen Schiff nach Deutschland. Außerdem müsste die Zeit reichen, um es wenigstens bis in die Südstaaten zu schaffen. Donhauser nickte dazu. Mir kam es vor, als müsste er seine Hände nicht so streng kontrollieren wie sonst, doch das mochte eine Täuschung sein. Immerhin stand er hoch über uns an der Reling der Brücke.

Dann meldete sich der Mann, der bei Donhausers erster Ansprache so schneidig gegrüßt hatte. Er verstehe das Plädoyer für die USA, sagte er. Er persönlich würde es allerdings vorziehen, wenn man flexibel bleibe. Der Krieg werde vielleicht nur ein paar Wochen dauern; und die verbringe man doch am besten auf Saint Thomas. Dänemark sei eher befreundet als neutral und Saint Thomas sicher preiswerter als die Vereinigten Staaten. Laut Fahrplan müsste in den nächsten Tagen die Odenwald dort anlegen. Dann könnte man immerhin auf das größere Schiff umsteigen.

Die anderen hörten aufmerksam zu. »Und wenn es schlimm kommt«, sagte der Mann, »bleiben immer noch die USA, dann natürlich mit einem neutralen Schiff.« Jedenfalls erscheine ihm Saint Thomas als die patriotischere Lösung. Und als die praktischere sowieso.

Es gab ein paar zustimmende Bemerkungen, keiner meldete sich mehr zu Wort. Donhauser dankte allen. Sobald er sich entschieden habe, werde er uns das mitteilen. Aufbrechen wolle er jedenfalls heute noch, bei Nacht, aus Gründen der Sicherheit. Damit waren wir entlassen. Wer eine Aufgabe hatte, machte sich an die Arbeit.

Auf dem Vorschiff wurden jetzt endlich Stützen für ein Sonnensegel befestigt. Einstweilen gab es nur ein paar schmale Schattenplätze in der Nähe der Aufbauten, doch die eisernen Wände waren so heiß, dass man sich besser nicht dagegen lehnte.

Vom Vorschiff führten zwei Türen in die Aufbauten. Die meiste Zeit stand jemand von der deutschen Besatzung dort und schaute, wer hinein- oder hinausging. Zufällig sah ich, dass der Mann gerufen wurde. Ich schlenderte zur Tür. Als er wiederkam, sprach er uns alle an. Man brauche ein paar Leute an den Booten, eine einfache Arbeit und ziemlich nass. Ich meldete mich sofort. Wir sollten dann die großen Rettungsboote mit Meerwasser fluten, damit die Planken sich dicht zogen. Genau das hatte ich vor ein paar Wochen schon einmal beobachtet.

Was soll ich sagen? Es war das große Los. Das Bootsdeck war auch für Frauen gesperrt, also zogen wir uns bis auf die Unterhosen aus und hantierten mit den Schläuchen. Später saßen wir in den voll gelaufenen Booten, bis zum Hals im lauwarmen Meerwasser. Und während wir darauf warteten, dass die Boote aufhörten zu lecken, bespritzen wir uns gegenseitig. Es war wunderbar. Lauter erwachsene Männer, die sich benahmen wie die Kinder.

Als wir uns ausgetobt hatten, kam ich mit einem Mann ins Gespräch. Besser gesagt: Er versuchte mich auszufragen. Er hatte wohl gehört, dass ich schon länger an Bord war. Ob ich denn glaube, dass die Schiffsführung der Situation gewachsen sei?

Ich sagte: »Selbstverständlich.« Wahrscheinlich habe ich mich angehört, als würde mich die Frage kränken.

Nun ja, sagte der Mann, es gebe so ein Gerücht über den Kapitän. Er sei wegen Feigheit aus der Marine entlassen worden.

Der Mann sah nicht aus wie jemand, der anderen etwas nachredet, weil es ihm Spaß macht. Er hatte wohl nur Angst um sein Leben.

Ich sagte: »Das muss eine Verwechslung sein. Kapitän Donhauser ist ein Held. Er war Offizier auf einem Schiff, das im Sturm gesunken ist, und er hat Dutzenden Matrosen das Leben gerettet.« Ich sei Journalist, und ich würde mich an die Meldung erinnern. Das war ziemlich dick aufgetragen; als die Gneisenau unterging, war ich ungefähr zehn.

Doch es wirkte. Der Mann sagte schnell: »Dann bin ich ja beruhigt.« Er war natürlich nicht beruhigt. Niemand an Bord war beruhigt.

»Es ist nämlich der reine Schwachsinn, dass ich hier bin«, sagte er.

Das hieß, ich musste jetzt nachfragen. Ich tat es, sofort, und nicht aus Höflichkeit. Ich war ja mittlerweile geradezu süchtig nach den Geschichten der Leute.

Ich sagte: »Schwachsinn? Warum?«

Wir gaben übrigens ein schönes Bild ab, wie wir da in den voll gelaufenen Booten saßen. Interessieren Sie sich für Kunst, Robert? Es gibt Bilder, auf denen alles Mögliche nicht stimmt. Da ist innen und außen verkehrt. Lokomotiven fahren durch Kamine und Menschen sehen sich im Spiegel von hinten. So ähnlich war das mit uns. Wir saßen im Wasser, die Boote lagen auf dem Trockenen, und irgendwo hinterm Horizont war der Krieg. Man hätte das malen sollen.

Nun, der Mann erzählte. Er war unterwegs, um einen früheren Freund zu suchen, den er seit der Schulzeit nicht mehr gesehen hatte. Nein, sagte er, Freund sei eigentlich nicht das richtige Wort. So nah waren sie sich nicht gekommen. Der andere war mehr ein Vorbild, jemand, der einem imponiert, wenn man jung ist und sich seine Helden sucht.

Dieser andere hieß Fred, als Kurzform für Friedrich, das war nicht üblich, es hatte sich irgendwie ergeben. Er war kein überragender Schüler, er hatte sogar gewisse Schwächen, zum Beispiel in Mathematik. Er war auch kein begnadeter Sportler, im Gegenteil, er gehörte zu den Gemütlichen. Allerdings hatte er eine vollkommen unübersehbare Eigenschaft, die ihn zu etwas Besonderem machte, und zwar für seine Mitschüler wie für seine Lehrer: Er dachte für sich selbst.

Oder anders formuliert, Fred war vollkommen außerstande, irgendetwas einfach zu übernehmen, geschweige denn es bloß nachzusprechen. Man konnte ihm förmlich ansehen, wie er alles, was man ihm beibringen wollte, durch eine Art Zollkontrolle schickte. Und bevor er nicht einen Zettel mit dem Vermerk »geprüft und akzeptiert« daran befestigt hatte, kam ihm nichts in den Kopf, geschweige denn über die Lippen. Sein Standardsatz war: »Ich fürchte, das habe ich noch nicht ganz verstanden.«

Manchmal manövrierte er sich damit an den Rand der Katastrophe. Etwa wenn vaterländische Geschichte und Staatskunde gepaukt werden sollten. Da hörten sich seine Nachfragen gelegentlich an wie die Artikel in den sozialistischen Zeitungen. Aber es kam nie zum Äußersten. Denn am Ende, nach langem Nachdenken, gab Fred immer zu, dass die Regierenden gute Entscheidungen trafen, die Gesetze gerecht waren und die Maßnahmen der Polizei durchaus angemessen.

Die Lehrer blieben trotzdem irritiert. Sie hielten Fred für aufsässig oder für einen Angeber. Seine Mitschüler wussten, dass er nicht schauspielerte und niemandem imponieren wollte. Er war bloß eine seltene Mischung: selbständig, ein ganz und gar eigener Kopf, doch keineswegs gegen alles und jeden. Ein bisschen zu direkt und manchmal schwierig, dabei immer freundlich und letzten Endes loyal. Solche Typen sind rar. Während der Schulzeit war er eine ziemliche Größe. Richtige Freunde hatte er allerdings nicht. Und später hielt niemand Kontakt zu ihm.

»Ich habe nicht einmal mehr an ihn gedacht«, sagte der Mann. Er hieß übrigens Gessenberg und kam aus Leipzig. Ich schätzte ihn auf Mitte fünfzig. Er war Richter, bei einer ziemlich hohen Instanz.

»Ist das nicht erstaunlich?«, sagte er. Dieser Fred war mit weitem Abstand der Auffälligste seiner Mitschüler, fast schon ein Original. Jemand, der erwachsen auf die Welt gekommen war. Und dennoch hatte ihm etwas gefehlt. Dreißig Jahre lang, sagte Gessenberg, habe er nicht ein einziges Mal versucht herauszubekommen, was aus diesem Fred geworden war. Vielleicht, weil er es nicht wissen wollte? Nein, er halte nichts von dieser Psychologie. Als Jurist könne er damit nichts anfangen.

Vor ein paar Monaten hatte es ihn schließlich doch erwischt. Bei irgendeiner Gelegenheit, wahrscheinlich, weil ein Name von damals gefallen war. Jedenfalls habe er daraufhin begonnen, nach diesem Fred zu fragen.

»Und jetzt stellen Sie sich vor«, sagte er, »der war verschwunden!« Ohne eine Spur zu hinterlassen. Die Eltern gestorben, offenbar keine Geschwister, nicht einmal Verwandte in seinem Geburtsort. Gessenberg hatte sich durch Archive und Register arbeiten müssen. Ohne seine Stellung als Richter wäre das gar nicht möglich gewesen. Und endlich fand er das entscheidende Dokument: Fred, bürgerlicher Name Friedrich Alexander Rabenschlag, hatte vor fünfundzwanzig Jahren Deutschland verlassen, offenbar kurz nach Beendigung seines Medizinstudiums. Und zwar als Auswanderer! Ziel: Amerika, also die Vereinigten Staaten.

Das habe ihn irgendwie erschüttert, sagte Gessenberg. Und die Sache sei ihm nicht mehr aus dem Kopf gegangen. Vielleicht hatte dieser Fred am Ende doch geschauspielert, wenn er sich mit etwas einverstanden erklärte. Und war dann, als er einen Beruf gelernt hatte und für sich selbst sorgen konnte, endlich abgehauen. Wie er es womöglich immer schon geplant hatte, weil er im Grunde seines Herzens mit nichts und niemand einverstanden war.

Gessenberg hatte weiter versucht, Fred ausfindig zu machen. Mit Briefen nach Amerika, obwohl ihm das von Anfang an aussichtslos erschien. Und indem er Leute suchte, die Fred gekannt hatten, solange er noch in Deutschland war. Die Klassenkameraden wussten so gut wie nichts, nur einer meinte sich zu erinnern, dass Fred in Heidelberg studiert hatte. Gessenberg fuhr selbst dorthin und suchte mehrere Tage lang. Seine Visitenkarte half ihm, wenn es darum ging, Türen zu öffnen und Leute gesprächig zu machen. Aber nach einer Woche war das Ergebnis praktisch gleich null.

Dann meldete sich bei ihm ein Mann, ein ehemaliger Mitstudent dieses Fred. Er hatte gehört, dass jemand nach ihm suchte. Er selbst wusste nichts, er kannte nur den Namen eines anderen Studenten. Der hatte einmal ein Treffen arrangiert, zu dem Fred allerdings nicht erschienen war. Dieser Mann wohnte jetzt in Hamburg.

Gessenberg schrieb ihm. Es dauerte zwei Wochen, bis der Mann ihm antwortete. Ja, an diesen Fred erinnere er sich gut. Ein irgendwie komischer Kauz. Die Einladung zu dem Treffen musste ihm damals wohl nachgeschickt worden sein, und zwar um die halbe Welt. Die Antwort sei erst über ein Jahr später gekommen. Er habe sie aufbewahrt; sie liege bei.

Tatsächlich war eine Postkarte in dem Kuvert. Gessenberg erkannte Freds ordentliche Handschrift. Oder machte er sich das nur vor? Nein, sie hatten doch damals so gerne von ihm abgeschrieben. Und was stand da?

Dass er leider nicht kommen könne, weil er sich verändert habe. Räumlich und überhaupt. Er lebe jetzt in der Karibik, in der Dominikanischen Republik, vorläufig jedenfalls, auch das könne sich noch ändern.

Mehr nicht. Nichts über seine Gründe, Deutschland zu verlassen, und nichts über einen neuen Beruf. Die Briefmarke hatte jemand entfernt, der Poststempel war unleserlich.

»Armenarzt«, sagte Gessenberg. Das war das Erste, was ihm in den Sinn kam. Fred war ein Arzt für arme Leute geworden. Er hatte aufs Geld und auf die gesellschaftliche Stellung verzichtet. Lieber riskierte er seine Gesundheit für Menschen, denen es schlechtging und die sich keinen Arzt leisten konnten. Und das alles, um zu beweisen, dass er nichts, absolut nichts von dem, was man ihm damals beibringen wollte, jemals akzeptiert hatte.

Natürlich war das nur eine Vermutung. Vielleicht war Fred

aus einem anderen Grund gegangen. Wegen eines Duells, oder weil er eine Erbschaft gemacht hatte. Oder er war einer Frau gefolgt. Letzteres sehr unwahrscheinlich bei einem wie ihm; doch wer sieht den Leuten schon in den Kopf? Um es kurz zu machen: Mehr konnte Gessenberg über Fred nicht herausfinden. Der Beleg einer Auswanderung und eine alte Postkarte, womöglich aus der Karibik, das war alles. Musste er die Sache also auf sich beruhen lassen.

Und genau das schaffte er nicht. Anfangs war die Suche nach Fred so ein Tick gewesen, etwas, das Männer tun, wenn sie alt und sentimental werden. Dann wurde daraus eine Besessenheit. Monatelang hatte Gessenberg weiter versucht, Fred auf die Spur zu kommen, dabei wusste er genau, wie sinnlos das war. Doch er musste unbedingt in Bewegung bleiben. Er musste Briefe schreiben und Akten lesen, um sich zu beweisen, dass Fred zwar verschwunden, aber ein Mensch war.

Denn als Gespenst war er allgegenwärtig. Gessenberg hörte ihn, wenn er bei Gericht saß und Urteile fällte. Wenn er mit seiner Frau oder mit seinen Kindern redete. Wenn er Vorträge hielt oder auf Empfänge ging. Und wie lautete Freds Kommentar zu allem, was Gessenberg sagte oder tat? Natürlich: »Ich fürchte, das habe ich noch nicht ganz verstanden.«

Doch jetzt klang es anders als früher. Gessenberg schlug mit beiden Händen auf das Wasser zwischen uns. »Es klang nämlich eindeutig wie: Du redest Scheiße, mein Lieber! Du bist ein Spießer und Jasager, den sie mit Geld und Getue mundtot gemacht haben. Schau dich an! Was hast du erreicht? Ich sag es dir: Dass du den Unsinn glaubst, den du den Leuten nachbetest, die dich dafür bezahlen!«

Noch immer lief Wasser zwischen den Planken des Bootes hindurch und über das Deck ins Meer. Ein Ende war nicht abzusehen.

Gessenberg hatte sich schließlich auf unbestimmte Zeit beurlauben lassen, um hierher in die Karibik zu fahren und nach Fred Rabenschlag zu suchen. Seit drei Monaten war er unterwegs. Zuerst in der Dominikanischen Republik, dann in Haiti, und seit Wochen hier und dort, immer irgendwelchen Hinweisen hinterher. Das Letzte, was er gehört hatte, war, dass ein Deutscher namens Fritz mit einem Frachtsegler auf eigene Rechnung Handel treibe. Um ihn zu suchen, war Gessenberg auf Jamaika gewesen, und dort hatte ihn der Krieg überrascht.

Ich hätte beinahe gesagt: Was für ein Glück. Der Krieg war immerhin ein Grund, wieder nach Hause zu fahren. Stattdessen sagte ich: »Mal so als Gedankenspiel: Was wäre denn die beste Lösung gewesen?«

Gessenberg zuckte mit den Schultern. Aber ich sah, wie sehr es ihn freute, dass ich auf seine Geschichte einstieg.

Ob ich mal einen Vorschlag machen dürfe?

Er sagte: »Ja, natürlich!«

»Dann vielleicht so: Ihr Fred war tatsächlich Armenarzt auf Haiti. Gelegentlich hat er ein paar Reiche behandelt, um nicht selbst zu verhungern. Die Reichen haben ihn gut bezahlt, sie haben ihn auf ihre Haziendas eingeladen, da ist er auf den Geschmack gekommen, hat eine teure Praxis aufgemacht, und jetzt hat er selbst ein großes Haus und ein Dutzend Dienstboten.«

»Nicht schlecht«, sagte Gessenberg. Vielleicht ein bisschen simpel gestrickt.

Ich versuchte es noch einmal: »Er ist dieser Fritz, und Sie

treffen ihn auf seinem Schiff. Er erzählt ihnen, dass er in Deutschland eine Bekannte in Schwierigkeiten gebracht hat. Weil ihm nicht nach Frau und Kindern war und weil er nicht wollte, dass ihre Familie ihn findet, ist er abgehauen und spielt jetzt den Seemann. Immer unterwegs, nicht zu erwischen.«

»Schon besser«, sagte Gessenberg.

Es brauchte wirklich nicht viel, um den Mann zu verstehen. Er wollte seinen Dämon loswerden, indem er ihn in einen Menschen verwandelte. Möglichst in einen, den er verachten konnte. Es ritt mich, und ich sagte ihm das ins Gesicht. Wir waren schließlich nur zwei halbnackte Männer in einem vollgelaufenen Boot.

Er war überhaupt nicht beleidigt. Er freute sich, und er sagte: »Ja. Sie haben vollkommen recht.« Doch da sei noch etwas. Etwas, das ganz plötzlich passiert sei und praktisch alles verändert habe. Das müsse er mir unbedingt erzählen. Sonst hätte ich ein völlig falsches Bild.

In dem Moment rief uns ein Matrose an. Wir sollten noch Wasser nachfüllen. Also kletterten wir aus dem Boot und machten uns an die Schläuche. Kurz darauf kam einer der Stewards. Der Kapitän wolle mich sprechen, jetzt gleich. Ich zog mich an, so schnell ich konnte. Zu Gessenberg sagte ich nur, wir würden uns ja unweigerlich demnächst wieder treffen. Dann könnte er weitererzählen.

Donhauser machte keine langen Vorreden. Ich solle seinem Gedächtnis bitte auf die Sprünge helfen. Ich hätte einmal gelernt zu morsen? Und ich würde mehrere Sprachen sprechen?

In der Tat. Ich hatte ihm von meiner Arbeit beim Farming Observer erzählt.

»Großartig«, sagte er. »Kommen Sie mit!« Wir gingen zur Funkstation, der Hund folgte uns. Donhauser öffnete die Tür. Der Funker Jungklaus trug Kopfhörer und war über sein Gerät gebeugt. Er war ziemlich erschrocken. Donhauser sagte »Weitermachen!«, schloss die Tür und schob mich hinüber zur Reling.

»Sie wissen, was der Mann da macht?«

Was sollte er machen? Natürlich den Funkverkehr der Präsident abwickeln.

»Richtig«, sagte Donhauser. »Und seit ein paar Tagen horcht er auch hinaus in den Äther um rauszukriegen, was die anderen sich erzählen.«

Ich war mir nicht ganz sicher, ob ich ihn richtig verstanden hatte. »Er hört den Funkverkehr von anderen Schiffen ab?«

»Das tut er«, sagte Donhauser. Die Luft sei jetzt voller Nachrichten. Er denke manchmal, man müsste sie mit Händen greifen können. Und wenn man wie die Präsident ganz auf sich allein gestellt sei, unter lauter Feinden, dann könne jede dieser Nachrichten lebenswichtig sein.

Und was hatte ich damit zu tun?

»Jungklaus braucht einen zweiten Mann«, sagte Donhauser. »Einen, der vielleicht morsen kann und möglichst viele Sprachen spricht.« Je mehr Funksprüche man auffange und verstehe, desto deutlicher werde das Bild der Lage. Ob ich mir das vorstellen könne?

Das konnte ich. Doch was sollte dieses Gespräch? Glaubte Donhauser jetzt im Ernst, er könnte mich als Hilfsfunker für ein deutsches Schiff anheuern? Ich fragte ihn das.

Er sagte: »Mein lieber Herr Smith, ich verstehe Ihre Bedenken. Sie sind dem Pass nach Amerikaner, und weil Ihre

Regierung noch abwartet, halten Sie sich automatisch für neutral. Ich sage Ihnen jetzt: Das stimmt nicht. Sie sind ein Mensch, der für sich selbst entscheiden muss. Das hier ist ein deutsches Schiff, und wir befinden uns im Krieg. Wer an Bord ist, der muss sagen, wo er steht. Also, wo stehen Sie, Herr Smith?«

Ich weiß, ich hätte damals nachfragen müssen. Sofort. Ich hätte sagen müssen: Was passiert denn mit mir, wenn ich mich weigere? Werde ich dann in Ketten gelegt? Oder wird man den Hund auf mich hetzen? Fragen kostet bekanntlich nichts.

Aber ich habe nicht gefragt. Stattdessen habe ich mir angehört, was Donhauser noch zu sagen hatte. Bitte, lassen Sie mich das nicht wiederholen. Es ging natürlich um Deutschland, das Land meiner Väter. Das seit Jahren von Feinden umzingelt war und das man um seine Erfolge beneidete. Was genau er sagte, steht hier in meinem Notizbuch, Wort für Wort; und da soll es auch bleiben. Vielleicht sieht er das alles heute anders, falls er noch am Leben ist. Ich würde es ihm wünschen. Jedenfalls habe ich ihm nichts davon abgekauft.

Und jetzt denken Sie, ich bin stolz darauf? Nein, im Gegenteil. Ich habe ihm nämlich nicht geglaubt, und trotzdem habe ich mich anheuern lassen.

Sie fragen: Warum?

Das wissen Sie doch! Ich hatte Angst. Vor den Leuten in Port au Prince. Diesen Gangstern aus dem Hotel. Hätte ich Donhauser abgesagt, dann hätte er mich sicher an Land gesetzt.

Was?

Ja, und ich wollte einfach an Bord bleiben. Habe ich doch

eben schon gesagt! Glauben Sie, ich würde nicht dazu stehen?

Nein, ist schon gut. Mir fehlt nichts.

Ich höre mich heiser an? Kommt mir gar nicht so vor.

Machen wir trotzdem Schluss für heute.

22

Bastogne, Militärlazarett, 18.2.1945

Kurz nach Sonnenuntergang versammelte uns Donhauser wieder auf dem Vorschiff.

Das passt so als Anschluss, Robert? Wir haben uns ja drei Tage nicht gesehen. Halbe Ewigkeit, nicht wahr?

Ach ja, und wir lagen noch vor Port au Prince.

Donhauser sagte, er habe jetzt alles gründlich erwogen und beschlossen, nach Saint Thomas zu fahren. Wie lange die Fahrt dauere, könne er schlecht vorhersagen. Zwar müssten wir keine Stopps mehr einlegen, dafür allen anderen Schiffen möglichst weit aus dem Weg gehen. Also seien Verzögerungen denkbar. Er persönlich rechne mit fünf bis sechs Tagen, allerdings bei besten Bedingungen. Ob wir mit seiner Entscheidung einverstanden seien?

Das war natürlich eine rhetorische Frage. Ich hatte ihn mittlerweile im Verdacht, nie einen anderen Plan gehabt zu haben.

»Sie kennen jetzt alle ihre Positionen«, sagte er. »Ich erwarte von Ihnen Einsatzbereitschaft, Gehorsam und gegebenenfalls Mut.« Er machte eine Pause. Ich dachte, jetzt wird er endlich ein Hurra auf den Kaiser ausbringen. Irrtum. Er sagte nur: »Auf dass es uns gut ergehe auf unsere alten Tage.«

Wörtlich so. Ich habe das genau aufgeschrieben. Es klingt wie ein Zitat. Ich habe später danach gesucht; gefunden habe ich es nicht.

Ich selbst stand schon Wache. Mein Dienst als Hilfsfunker

sollte erst am nächsten Morgen beginnen. Während Donhauser zu den Männern sprach, saß ich auf der Ankerwinde, schrieb mit, was er sagte, und hielt dabei den Hafen im Auge. Später wurde es ganz ruhig auf dem Schiff, obwohl wir bald losfahren sollten.

Gegen elf kam ein größeres Boot vom Hafen zu uns heraus. Es wurde offenbar erwartet. Es legte an, und dann ging ein großer Teil der karibischen Besatzung von Bord. Der Kaufmann aus Hamburg, mit dem ich Wache ging, wollte wissen, dass es mehr als die Hälfte war. Der Koch und seine Gehilfen seien auch dabei. Das war natürlich sehr bedauerlich.

Gegen Mitternacht fuhren wir los, Richtung Westen. Man muss, wenn man von Port au Prince nach Osten will, zuerst aus einer großen Bucht heraus. Ich beredete jemanden und schaffte es, an Deck zu bleiben. Mittlerweile hatte ich gelernt, es mir in einer Taurolle einigermaßen bequem zu machen. Im Morgengrauen erreichten wir die Westspitze von Haiti. Die Präsident war nahe an der Küste geblieben, jetzt drehte sie nach Norden ab. Als das Land nicht mehr zu sehen war, wendete sie und fuhr in die entgegengesetzte Richtung.

Jetzt habe ich vergessen, etwas zu erwähnen. Etwas Wichtiges! Als ich Donhauser zugesagt hatte, den Hilfsfunker zu spielen, war ich sofort umquartiert worden, und zwar in einen schmalen Raum, der auf der anderen Seite der Funkstation lag. Dort standen nur zwei Betten, es war ein Ruheraum für die Leute, die auf der Brücke Dienst hatten und gerade nicht gebraucht wurden. Eines dieser Betten bekam ich.

Es war ein ungeheures Privileg. Hier oben waren Licht und Luft, und ich war die meiste Zeit allein. Vor allem hatte ich jetzt einen Platz, an dem ich in Ruhe schreiben konnte.

Zu den Mahlzeiten wurde neuerdings geläutet. Das Frühstück war auf sieben Uhr morgens verlegt worden, danach sollte es um zwölf und um fünf eine warme Mahlzeit geben. Ich war in meiner Taurolle eingeschlafen und wurde von dem Lärm geweckt. Auf dem Weg zur Essensausgabe fing mich der Erste Offizier ab. Warum ich noch nicht in der Funkbude sei? Ich solle mich gefälligst beeilen. Also fiel mein Frühstück aus. Ich informierte rasch meine Gruppe.

Auf dem Weg zum Funkraum kam ich an den Rettungsbooten vorbei. Das Deck darunter war immer noch nass. Neben den großen Lüftern saßen zwei Männer auf dem Boden; es waren die beiden, die Dienst an der Maschine machen sollten. Sie trugen noch ihre Reisekleidung, und die war genau so ölverschmiert wie ihre Gesichter und ihre Hände. Sie aßen ihr Frühstück, ruhig und gelassen wie zwei alte Handwerker, die gerade Pause machen.

Ich klopfte an die Tür des Funkraums. Niemand antwortete, ich wartete, dann trat ich ein. Jungklaus saß vor seinen Geräten, er drehte sich nicht zu mir um, machte mir bloß ein Zeichen, still zu sein. Er trug Kopfhörer und schrieb. Ich blieb gegen die Tür gelehnt stehen. Irgendwann deutete er auf einen Hocker, und ich setzte mich neben ihn. Es war nicht zu übersehen, was er davon hielt, einen Mitarbeiter zu bekommen. Mehr als eine Stunde verging, ohne dass wir ein Wort gesprochen hätten, dann schob er mir einen Zettel zu, den er vorher beschrieben hatte. Das sollte ich übersetzen.

Es war allerdings kein englischer oder französischer oder spanischer Text, sondern schierer Nonsens. Wahrscheinlich etwas Verschlüsseltes. Ich sagte ihm das. Er sah mich an und schwieg. Sein Blick sagte: Siehst du, Junge, wie überflüssig du hier bist.

Ein anderer an meiner Stelle hätte diesem Kerl vielleicht sonst was gesagt. Ich hingegen zog mein Notizbuch aus der Tasche, nahm es umständlich aus der Filzhülle und blätterte darin. Dabei hielt ich eine Hand über die Seiten, obwohl niemand meine Schrift hätte lesen können. Dann schrieb ich ganz langsam einen deutschen Text auf den Zettel, wobei ich immer wieder in mein Büchlein schaute. Der Text ging in etwa so: Amerikanische Flotte nähert sich der Karibik. Fünf Schlachtschiffe und zwölf Kreuzer. Ziel: der Dampfer Präsident. Achtung! Funker Jungklaus sofort festsetzen! Spionageverdacht. Ich schob ihm das Blatt zu. Und ich hatte Glück, er war nicht völlig humorlos. Ab sofort bekam ich zu tun.

Mein Dienst sah so aus: Wenn Jungklaus einen Funkspruch auffing, der nicht in Deutsch verfasst war, ließ er mich ihn übersetzen. Es ging vor allem um die Namen, Positionen und Routen von anderen Schiffen. Konnte ich irgendetwas herausbekommen, meldete ich es dem Ersten Offizier. Wir gingen dann in den Kartenraum. Hatten wir einen Schiffsstandort bestimmt, markierten wir ihn mit einem Fähnchen auf einer großen Landkarte der Karibik. Die Fähnchen waren rot. Weiße Fähnchen markierten Punkte, an denen Jungklaus Schiffe vermutete, die verschlüsselt gesendet hatten. Das war reine Kaffeesatzleserei, man konnte aus den Funksprüchen keine Positionen bestimmen. Jungklaus glaubte allerdings, er habe dafür einen sechsten Sinn.

Einmal am Tag schickte er mich nach draußen. Dann ging die regelmäßige Nachricht einer vorgesetzten Dienststelle ein, die er selbst entschlüsselte und Donhauser brachte, um sie anschließend sofort zu beantworten.

Ich bekam natürlich keine dieser Nachrichten zu Gesicht.

Trotzdem war mir klar, worum es ging. Man hatte die Präsident für irgendeinen Kriegseinsatz vorgesehen, wahrscheinlich von dem Moment an, da sie ihre Flüchtlinge absetzen konnte. Jungklaus schwärmte mir immer wieder von seiner Funkanlage vor. Die sei brandneu und besser als die der Marineschiffe. Womöglich sollte es die Aufgabe der Präsident sein, eine militärische Funkverbindung aufrechtzuhalten.

Am Morgen des nächsten Tages wurde es laut auf dem Bootsdeck. Donhauser hatte angeordnet, das große Gerüst für die Sonnensegel abbauen zu lassen. Wer konnte, machte dabei mit. Eine andere Gruppe strich den zweiten Schornstein weiß an und malte dem ersten einen roten Ring. Alles zur Tarnung. Außerdem wurden zwei Männer von der Stammbesatzung am Bug und am Heck herabgelassen, um den Namen Präsident zu übermalen. Der Kapitän verspreche sich viel von diesen Maßnahmen, sagte der Erste Offizier, als ich meine nächste Meldung in den Kartenraum brachte. Übrigens fuhren wir mittlerweile unter holländischer Flagge.

Wieder einen Tag später hatten wir die erste Begegnung. Ich war gerade auf dem Vorschiff und kümmerte mich um den Essensempfang meiner Gruppe, da hörte ich den Ausguck Meldung machen. Zusammen mit den anderen wurde ich ins Zwischendeck gejagt. Nach den Geräuschen aus dem Maschinenraum zu urteilen, wurde die Präsident schneller. Wir unterhielten uns flüsternd, was natürlich Schwachsinn war. Und wir stellten Theorien auf. Welchen Kurs man jetzt steuern musste, um möglichst schnell weg von dem anderen Schiff zu kommen, ohne dass es nach Flucht aussah. Alles sehr gescheit. Wir waren jetzt lauter Fachleute fürs Davonkommen.

Als ich später wieder neben Jungklaus saß, wusste der Bescheid. Das Schiff war ein Amerikaner gewesen, und er hatte nicht gefunkt. Jungklaus vermutete, Donhauser werde jetzt zur Sicherheit ein Stück weiter südlich fahren, möglichst abseits der Schifffahrtsrouten. Was uns einiges an Zeit kosten würde.

Noch vor dem Abend wurden die Familientreffen untersagt. Frauen und Kinder mussten ab sofort in den Kabinen bleiben, der Speisesaal wurde ihnen nur noch zu den Mahlzeiten geöffnet. Ich erfuhr das vom Obersteward. Ich hatte gedacht, er sei in Port au Prince mit den anderen von Bord gegangen, doch er war geblieben, zusammen mit einer Handvoll karibischer Besatzungsmitglieder. Das waren, sagte er, alle seine Verwandten. Und die taten, was er für richtig hielt. Ich fragte ihn, warum er sich nicht in Sicherheit gebracht hatte.

Er lachte. Hier an Bord werde er vielleicht erschossen. An Land müsse er verhungern. So jemand wie der Koch, der Hund, der finde vielleicht Arbeit. Doch nicht einer wie er, der die letzten Jahre nur Servietten gefaltet und Suppe serviert hatte.

Damit waren wir beim Thema. Das Essen war nämlich nicht besser geworden, um es freundlich auszudrücken. Der Obersteward bedauerte das sehr. Ein paar der Frauen kochten jetzt, und sie kämen mit den großen Töpfen und dem riesigen Herd nicht zurecht. Tatsächlich waren die letzten Mahlzeiten halb roh und lauwarm gewesen.

Ich fragte ihn, wie es denn ansonsten bei den Frauen aussehe?

Er spitzte die Lippen, was unter seinem Schnurrbart komisch aussah. Er sagte: »Zu wenig frische Luft.« Zwei Frauen und ein Kind lägen bereits auf der Krankenstation.

Mir schien, als freute er sich darüber, daher fragte ich nach.

»Der Arzt«, sagte er. Kaminski. Das sei der überflüssigste Mann an Bord gewesen. Wenn auf der alten Präsident jemand krank wurde, konnte er ein paar Stunden später an Land gehen. Der Arzt habe sein Geld mit Nichtstun verdient. Jetzt müsse er endlich zeigen, was er könne.

Ich hatte Kaminski drei- oder viermal gesehen, immer im Speisesaal. Er war nicht ganz so korrekt wie die anderen Deutschen, weiter war mir nichts an ihm aufgefallen. Dazu muss ich sagen, Robert, dass ich Ärzte immer gemieden habe. Wenn ich mit Ärzten rede, fühle ich mich sofort unwohl. Früher oder später kommt man auf heikle Themen. Na, das tut nichts zur Sache. Ich fragte also ganz vorsichtig, ob an Kaminski irgendetwas Besonderes sei, aber der Obersteward verstand mich nicht.

Ich sagte, wenn jemand so eine Stelle annimmt, muss er doch einen Grund dafür haben. Vielleicht ist er kein guter Arzt, oder er hatte zu Hause irgendein Problem, vor dem er weglaufen wollte.

Der Obersteward schüttelte den Kopf. Wenn er überhaupt jemanden kenne, der keine Leiche im Keller hat, dann am ehesten Kaminski. Ich gab mich damit zufrieden.

Das zweite Schiff sichteten wir in der übernächsten, der dritten Nacht. Ich saß mit Jungklaus im Funkraum. Die Präsident fuhr ohne Licht und es war bewölkt, deshalb war es unwahrscheinlich, dass der andere uns sehen würde. Allerdings war er ziemlich nah. Donhauser ließ die Maschinen stoppen. Die Väter durften zu ihren Frauen und Kindern, allerdings sollten sie dort vor allem für Ruhe sorgen. Jungklaus kroch fast in seine Apparate hinein. Ich ging leise hinaus, legte mich unter ein Rettungsboot und beobachtete, wie der andere vorbeifuhr. Es war ein Passagierschiff in unserer Größe, ich konnte die Lichter deutlich erkennen, und ich meinte, Musik zu hören.

Am nächsten Morgen wurde das Geschütz aufgestellt. Donhauser ließ dafür ein Gerüst über eine der beiden vorderen Ladeluken bauen. Dann zimmerten die Männer rund um die Luke zur Tarnung einen Verschlag, der oben offen war und dessen Wände man mit ein paar Handgriffen nach außen klappen konnte. Die Wände wurden bemalt. Aus der Entfernung sollte es aussehen, als hätte die Präsident eine Decksladung aus Holzkisten. Die Arbeit dauerte den ganzen Tag; ein paar Männer verletzten sich und mussten in der Krankenstation behandelt werden. Es gab auch Sonnenbrände und sogar einen Hitzschlag.

Am Abend war die Konstruktion noch nicht ganz fertig, gleich beim nächsten Sonnenaufgang wurde weiter daran gearbeitet. Nachts wäre es zu gefährlich gewesen, wegen des Lichts. Der Erste Offizier sollte das Geschütz persönlich kommandieren, und noch bevor der klappbare Verschlag funktionierte, wurden die ersten Männer vom Wachdienst daran ausgebildet. Ich beobachtete das alles von oben, wenn ich einen Funkspruch zur Brücke oder zum Kartenraum gebracht hatte. Das Geschütz stand auf seinen Trägern wie auf einem eisernen Rost. Daneben konnte man hinunter in den leeren Laderaum sehen, wo sich ab jetzt die Leute vom Geschützdienst aufhalten sollten. Sie saßen dort um eine Leiter, die steil nach oben führte, und spielten Karten.

Spätestens am vierten Tag kam mir alles vollkommen eingespielt vor. Die Männer hatten untereinander Kleidung getauscht, bis jeder möglichst einfache und strapazierfähige Sachen besaß; viele liefen in bloßen Hemden mit offenen

Kragen und aufgerollten Ärmeln herum. Mir hatte der Obersteward eine unbenutzte Matrosenmontur besorgt. Sie passte ganz gut. Von den Frauen und Kindern war nichts zu sehen. Der Bereich der Kabinen und des Speisesaals war jetzt wohl eine Welt für sich.

Weil das Vorschiff jederzeit gefechtsbereit sein musste, war neuerdings der Bereich um die hintere Ladeluke für alle geöffnet. Ich war regelmäßig dort, immer nur kurz, so bei den Mahlzeiten, wenn ich mich um meine Gruppe zu kümmern hatte. Die Männer berichteten, dass die Luft und die Temperaturen im Zwischendeck unerträglich seien. Ich versuchte, ihnen Mut zu machen, dann ging ich wieder auf meine Station und übersetzte Funksprüche. Wenn gerade niemand von der Schiffsführung im Kartenraum war, versetzte ich die roten und weißen Fähnchen selbst.

Am Nachmittag des vierten Tages wurde wieder ein Schiff gemeldet. Alle mussten von Deck. Ich hatte einen meiner Meldegänge genutzt, um mich wieder unter einem Rettungsboot zu verkriechen. Das Schiff kam von Süden. Zuerst schien mir, als würde es unsere Route in einiger Entfernung kreuzen, aber dann wurde die Silhouette schmaler; es kam also auf uns zu. Donhauser ließ abdrehen, das andere Schiff reagierte darauf. Das wiederholte sich. Damit war klar, wir hätten wenden müssen, um dem anderen davonzufahren. Ich hörte Donhauser fluchen.

Noch bevor es dunkel wurde, war der andere heran. Er hatte wohl Signalfahnen gesetzt, die sagten, dass er Kranke an Bord habe und dringend Hilfe brauche. Also stoppten wir. Ich wurde zusammen mit Jungklaus auf das Peildeck über dem Kartenraum geschickt. Dort half ich ihm, den Apparat zu bedienen, mit dem er Lichtsignale gab.

Das andere Schiff hieß Marcela und war ein mittelgroßer, ziemlich altmodischer Frachter, der unter der Flagge von Venezuela fuhr. Sie setzte ein Boot aus, das zu uns herüberkam. Ich sah, wie Donhauser mit dem Ersten Offizier flüsterte, eine Hand am Bart. Was immer jetzt geschah, wir liefen Gefahr, uns zu verraten. Wenn das nicht schon passiert war.

Vier Männer kamen an Bord. Donhauser empfing sie auf der Brücke, den Hund hatte er vorher ins Kartenhaus gesperrt. Einer der Männer trug einen Verband ums Bein und musste praktisch getragen werden. Er sah fiebrig aus. Die Männer sprachen ein furchtbares Englisch, trotzdem war klar, was sie wollten. Der eine hatte sich verletzt, eigentlich eine Lappalie; doch jetzt ging es ihm nicht gut, und sie hatten keinen Arzt an Bord. Donhauser ließ den Mann und zwei Begleiter zur Krankenstation bringen.

Nur der Kapitän der Marcela blieb auf der Brücke. Er bedankte sich überschwänglich, doch dann stellte er Fragen, und zwar solche, die Donhauser nicht beantworten konnte, ohne uns zu verraten. Woher wir kämen? Wohin wir wollten? Wann wir vom Krieg erfahren hätten? Ob er die holländische Flagge erkannt hatte, sagte er nicht.

Ich stand noch neben Jungklaus auf dem Peildeck. Donhauser rief mich zu sich herunter. Ich solle dolmetschen, sagte er leise. Aber nicht ins Hochdeutsche! Das war natürlich eine Farce. Er versuchte wohl Zeit zu gewinnen. Immerhin verstand ich, was er wollte. Ich übersetzte also, was der Kapitän des Frachters sagte, in mein schlimmstes Pennsylvania Deutsch, und Donhauser redete in seinem rheinischen Dialekt. Das war grotesk, doch es schien zu funktionieren. Jedenfalls hielt uns der Kapitän der Marcela offenbar nicht für Deutsche.

Die beiden redeten eine Zeitlang über dies und das. Schließlich sollte ich den Kapitän nach der Ladung seines Schiffes fragen. Er habe Pferde und Rinder an Bord, sagte er. Die arme alte Marcela sei eigens dafür umgebaut worden.

Und wohin ging die Fracht?

Nach den Caicosinseln.

Donhauser schien kurz nachzudenken. Das sei doch britisches Territorium?

Ich übersetzte. Der Kapitän der Marcela zuckte mit den Schultern.

Donhauser nickte. Er hielt seinen Bart, während er dann sprach, in seinem korrekten, sehr deutschen Englisch und so, als wollte er einem Kind etwas erklären. Dies hier, sagte er, sei die Präsident, ein Hilfskreuzer im Dienst der deutschen Marine. Er müsse dem Herrn Kapitän jetzt mitteilen, dass er die Marcela beschlagnahme, weil sie kriegswichtige Güter für den Feind befördere.

Der Kapitän verzog keine Miene.

Aufgrund der militärischen Lage, sagte Donhauser, sei er leider gezwungen, die Marcela sofort zu versenken. Der Herr Kapitän möge seine Besatzung bitte auffordern, das Schiff zu verlassen. So schnell es eben gehe. Allen werde Unterbringung und Versorgung garantiert. Und so bald wie möglich würden sie wieder an Land gesetzt.

Der Kapitän der Marcela war ein Mann um die vierzig, mittelgroß und dunkel mit stark gelichtetem Haar und einem schmalen, etwas eingefallenen Gesicht. Er fluchte, auf Spanisch, und ich wunderte mich, wie gut ich ihn verstand. Offenbar war er nicht gewillt, sein Schiff herzugeben.

Donhauser fasst ihn beim Arm und führte ihn ein paar

Schritte bis zur Reling der Brücke; von dort sah man das Geschütz in seinem offenen Verschlag. Die Bedienungsmannschaft stand daneben und blickte nach oben.

Der Kapitän der Marcela lachte. Ja, wirklich, er lachte! Dann zeigte er hinüber zu seinem Schiff und sagte auf Englisch: »Die Tiere.« Zweimal: Die Tiere. Mehr nicht. Und er spuckte auf den Boden.

Kurz darauf brachten ihn der Erste Offizier und eine bewaffnete Mannschaft in seinem Boot zurück zur Marcela. Ein Boot der Präsident folgte, ebenfalls mit bewaffneten Männern. Nach einer halben Stunde kamen die Boote mit der restlichen Besatzung des Frachters zurück. Mehr Zeit hatte Donhauser den Männern nicht gegeben, um ihre Sachen zu packen. Sie wurden in den hinteren Laderaum der Präsident gebracht. Inzwischen hatten wir die deutsche Kriegsflagge gesetzt.

Ich hörte dann, wie der Erste Offizier auf der Brücke Meldung machte. Offenbar hatte man die Flutventile geöffnet, um die Marcela volllaufen zu lassen.

Donhauser sagte: »Und wie viele sind es?«

Reimers blätterte in Papieren. »Hundertvierundzwanzig«, sagte er. »Und etwa fünfzig Rinder.«

Donhauser nahm ihm die Papiere aus der Hand. Ich sah die beiden vom Peildeck aus, wo ich mit Jungklaus den Signalapparat wieder abbaute. Sie standen an der Reling, genau wie viele andere an Bord der Präsident. Wer nicht unter Deck sein musste, schaute jetzt zu, wie die Marcela sank. Ich weiß nicht, wer alles wusste, was sie geladen hatte. Ich würde vermuten: alle.

Das Schiff lag vielleicht zweihundert Meter entfernt. Niemand redete, wir horchten. Doch von den hundertvierundzwanzig Pferden und fünfzig Rindern, die jetzt in der Marcela ertranken, war nichts zu hören. Das Schiff sank langsam, und als das Wasser die Decks überflutete, hörte es ganz auf zu sinken. Seine Aufbauten lagen wie schwimmende Häuser in der glatten, blauen See.

»Die Tiere«, sagte Jungklaus. »Die halten das Schiff über Wasser.«

Ich wollte das nicht glauben. Doch Argumente hatte ich nicht. Da wurde der Verschlag um das Geschütz weggeklappt, Reimers rief Kommandos, und es krachte der erste Schuss. Trotz der geringen Entfernung ging er weit daneben. Der zweite lag zu kurz, erst der dritte traf, allerdings nicht den Rumpf, nur den Schornstein; aus dem Stummel stieg dicker, schwarzer Rauch. Donhauser fluchte.

Ab dem fünften Schuss gab es Treffer im Rumpf. Die Marcela rollte weg auf die Seite. So bot sie ein besseres Ziel. Man konnte jetzt sehen, wie die Granaten in den Schiffskörper schlugen. Ich stellte mir vor, wie die nassen Tierkadaver in Stücke gerissen wurden. Und dann endlich sackte das Schiff weg, ohne sich noch einmal aufzurichten.

Robert, ich übertreibe nicht, wenn ich jetzt sage, dass ich die Erleichterung bis heute spüre. So gut wie nichts blieb von der Marcela auf dem Wasser, eine Kiste vielleicht und ein paar Bretter. Und die schwarze Rauchwolke stand noch über dem Meer. Es wurde dann sehr schnell dunkel, wie immer, und wir fuhren weiter, mit voller Kraft.

Bis Saint Thomas trafen wir kein anderes Schiff mehr. Das heißt, wir konnten allen ausweichen, dabei wurden wir weit nach Süden abgedrängt. Sieben Tage brauchten wir im Ganzen. Als Saint Thomas in Sicht kam, stoppten wir. Erst mitten in der Nacht liefen wir den Hafen an, mit geringer

Fahrt und ohne Lichter zu setzen. Wir ankerten draußen auf der Reede.

Am frühen Morgen ließ sich Donhauser an Land rudern. Die meisten Männer waren beim ersten Licht an Deck gekommen, um den Hafen nach Schiffen abzusuchen. Jungklaus besaß ein eigenes Fernglas, das lieh er mir. Er selbst wusste vermutlich Bescheid, wie es weitergehen würde. Mir wollte er nichts sagen. Das müsse auf dem normalen Dienstweg geschehen; alles andere sei Insubordination.

Gegen Mittag kam Donhauser zurück, kurz darauf wurden wir zum Antreten auf das Vorschiff gerufen. Weil der Geschützverschlag die Sicht auf die Brücke zum Teil versperrte, stellte sich Donhauser vorne neben die Ankerwinde. Jetzt hatte er Saint Thomas im Rücken.

»Im Krieg«, sagte er, »läuft nicht alles so, wie man es gerne hätte.« Vielleicht sei Krieg ein anderes Wort für enttäuschte Hoffnung.

Er machte eine Pause. Das klang nach dem Anfang einer Sonntagspredigt, jetzt, mitten in der Woche. Doch er kam dann gleich zur Sache. Der Dampfer Odenwald sei schon vor ein paar Tagen nach San Juan beordert worden. Er unterstütze dort den Kreuzer Karlsruhe bei der Kohlenübernahme. Wahrscheinlich werde die Odenwald auch nicht mehr nach Saint Thomas zurückkehren.

Es gab ein Geraune unter den Männern.

Donhauser hob eine Hand. Er habe sich erkundigt: Es stünden ausreichend Unterkünfte für alle Passagiere zur Verfügung. Und in zwei bis drei Wochen werde ein dänisches Schiff erwartet, das anschließend zurück nach Kopenhagen gehe. Damit müsste ihre Heimkehr gesichert sein. Er bedankte sich bei seinen Passagieren und wünschte ihnen alles

Gute. Dann erklärte er noch, dass er aus Gründen der Sicherheit nicht in den Hafen laufe. Seine letzten Worte gingen in den Gesprächen der Männer unter.

Alle machten sich sofort ans Packen. Die großen Boote wurden zu Wasser gelassen, eines nach dem anderen, weil nur noch wenige Matrosen an Bord waren, die das Manöver beherrschten. Ich ging zurück in den Funkraum. Jungklaus war nicht an seinem Platz.

Auf dem schmalen Tisch vor den Geräten lag ein Blatt mit einem verschlüsselten Text, daneben eines mit der Rohfassung des Klartextes. Offenbar hatte die Präsident am Morgen eine Nachricht außer der Reihe erhalten.

Ich gebe es zu: Ich habe das gelesen. Warum auch nicht? Ich war immer noch amerikanischer Staatsbürger und kein deutscher Soldat. Ich hoffe, Robert, sie drehen mir daraus keinen Strick.

Nein, das war ein Scherz!

Der Funkspruch war ziemlich umfangreich. Donhauser wurde freigestellt zu unternehmen, was er wollte und wozu er in der Lage war. Natürlich im Rahmen seiner bisherigen Anweisungen und Befehle. Als Begleit- und Kohlenschiff des Kreuzers Karlsruhe werde die Präsident allerdings nicht mehr benötigt. Weder jetzt noch später.

Damit musste Donhausers Krieg zu Ende sein. Warum ließ er sich also nicht in Saint Thomas internieren? Wir hätten in den Hafen laufen und dort bequem anlegen können. Jetzt mussten alle Passagiere und das ganze Gepäck umständlich in die Boote. Ich wollte Jungklaus fragen. Doch wie sollte ich das anstellen, ohne mich zu verraten?

Ich verließ den Funkraum, niemand bemerkte mich. Das Deck um die hintere Ladeluke war voller Passagiere, die darauf warteten, in die Boote zu kommen. Das wollte ich sehen. Ich schaffte es allerdings kaum von der Treppe herunter. Nur mit Mühe und weil ich beweglich war, bekam ich einen Platz auf der Ladeluke.

Ein Mann rief mich aus der Menge an. Es war Gessenberg, er kletterte auf die Luke und kroch zu mir heran. Seit unserem Gespräch in dem vollgelaufenen Rettungsboot war ich ihm nur noch kurz bei den Essensausgaben begegnet. Er war zum Dienst in der Küche eingeteilt und immer zu beschäftigt gewesen. Ich hatte das nicht bedauert.

»Gut, dass ich Sie noch treffe«, sagte er. »Ich schulde Ihnen eine Erklärung.« Und wie es aussehe, sollten wir die Fortsetzung unseres Gesprächs nicht mehr weiter verschieben.

Wir saßen mitten auf der Luke. Er sagte: »Ich muss Ihnen noch erzählen, was mich neuerdings am meisten bei der Stange hält. Sie erinnern sich? Ich bin der, der seinen verschollenen Schulfreund sucht.«

Ich sagte: »Einspruch. Ihr Schulfreund ist nicht verschollen. Sie haben sich bloß dreißig Jahre lang nicht um ihn gekümmert, und jetzt wissen Sie nicht, wo er steckt.«

»Sie sollten Jurist werden«, sagte Gessenberg. Was ich sage, sei vollkommen richtig. Schwamm drüber! Und jetzt aufgepasst: Vor zwei Wochen, auf Jamaika, sei ihm eine Erkenntnis gekommen, die alles verändert habe.

Wir saßen ganz bequem, während wenige Meter neben uns die Leute drängelten und stießen; dabei hatten sie für das Ausschiffen alle Zeit der Welt. Die Frauen und die Kinder waren wieder dabei, überall standen diese riesigen Koffer, es war laut, ein Säugling weinte, und ich dachte: Jetzt läuft aus allen die Angst heraus wie das Wasser aus den Rettungsbooten.

»Ich habe einen Fehler gemacht«, sagte Gessenberg. Dabei tippte er sich an die Stirn. »Ich habe mich falsch erinnert. Stellen Sie sich vor: Ich habe Fred immer als einen großen Jungen im Kopf gehabt. Ich meine, körperlich groß. Vielleicht sogar ein bisschen füllig. Und mit Brille. Dabei stimmt das gar nicht! Plötzlich ist es mir wieder eingefallen. Er war höchstens mittelgroß. Nicht gerade schmal, doch beileibe nicht dick. Und er trug mit Sicherheit keine Brille. Da bin ich mir jetzt absolut sicher.« Er sah mich an, mit einem breiten Grinsen.

Ich sagte: »Und was bedeutet das?«

Er zuckte mit den Schultern. Das wisse er nicht. Aber dass es etwas bedeute, da sei er ganz sicher. Das müsse etwas bedeuten. Jahrelang, ach was, jahrzehntelang ein dermaßen falsches Bild im Kopf. Und dann fällt es einem wie Schuppen von den Augen. Danach könne man nicht weitermachen wie bisher.

Jemand von der Besatzung gab ein Kommando. Es wurde still. Wahrscheinlich gingen die ersten in die Boote.

»Ja, ja«, sagte Gessenberg, als würde er den Aufbruch der Passagiere kommentieren. Und dann, wieder zu mir gewandt: »Ich sehe, Sie begreifen die Tragweite dieser Erkenntnis nicht. Ich tue es. Und ich werde den Teufel tun, wieder nach Hause zu fahren. Nicht jetzt, wo ich endlich das richtige Bild im Kopf habe. Ich bleibe. Wissen Sie eigentlich, wie billig hier alles ist? Es ist fantastisch. Mit einem Dollar kann man eine Woche leben. Ich habe genug Geld dabei für Monate, ach was, für Jahre! Vielleicht kaufe ich mir ein eigenes Boot. Und ich sage Ihnen: Ich finde ihn.«

Er gab mir die Hand. »Viel Glück«, sagte er, dabei machte er keine Anstalten, von der Ladeluke herunterzusteigen. Es war eher so, als würde er mich verabschieden. Und weil ich nicht wusste, was ich sagen sollte, ging ich.

Wohin?

Ja, Robert, das wissen Sie doch. Nicht in eins der Boote. Ich arbeitete mich durch die Leute bis zur nächsten Treppe, dann stieg ich hinauf zum Bootsdeck. Hier oben war jetzt Platz. Man hätte ein Fest feiern können, mit Tanz und allem. Es war bloß niemand da. Genau wie im Funkraum und im Kartenraum. Ich ging zu meiner Kammer. Dort legte ich mich aufs Bett. Ich habe diesen Tag als dunstig in Erinnerung, wahrscheinlich, weil ich das Morgengrauen an Deck erlebt hatte. Dabei gibt es keine Anmerkungen zum Wetter in meinen Notizen; es wird also heiß und sonnig gewesen sein, wie immer.

23

Bastogne, Militärlazarett, 20.2.1945

Nein, Robert, ich bin vorgestern nicht eingeschlafen. Sie haben sich davongestohlen, während ich eine kleine Pause machen wollte. Nehmen Sie das bitte zu Protokoll!

Und dann können wir vielleicht weitermachen.

Die Boote kamen erst am Abend zurück. Und nicht etwa leer. Tatsächlich hatte Donhauser es geschafft, neue Leute anzuheuern. Ich sah, wie die Männer an Bord gingen, etwa zehn, alle schweigend. Bald darauf wurden wir wieder zum Antreten auf das Vorschiff gerufen.

Jetzt konnte ich mir die Männer in Ruhe ansehen. Es waren allesamt Weiße. Außerdem war ihnen gemeinsam, dass sie sich nicht scheuten, im Krieg auf einem deutschen Schiff anzuheuern, warum auch immer. Es waren kräftige Kerle, und sie sahen ziemlich verwegen aus.

Ich war gespannt, was Donhauser ihnen sagen würde. Er stand jetzt wieder an der seitlichen Reling der Brücke, und er redete nur Deutsch. Neben ihm der Erste Offizier und der Obersteward, die seine Worte auf Englisch und Spanisch wiederholten.

Donhauser begrüßte die Männer im Dienst der Hapag. Das Schiff habe die Aufgabe, in den nächsten Wochen den Funkverkehr der Reederei zu unterstützen. Er wiederhole gerne, was er jedem Einzelnen schon gesagt habe: Sollten ein englisches oder ein französisches Schiff die Präsident aufbringen, müsse die Mannschaft umgehend freigelassen werden. Das sei internationales Seerecht. Mehr sagte er nicht, das Ganze wirkte völlig normal und geschäftsmäßig.

Ob Donhauser mich gesehen hatte, wusste ich nicht. Natürlich wartete ich darauf, angesprochen zu werden. Warum ich denn immer noch an Bord war?

Ich hatte mir ein paar Sätze zurechtgelegt: Ich hätte mich entschlossen, angesichts der welthistorischen Ereignisse meinen Beruf als Journalist wieder aufzunehmen. Wäre doch dumm, ausgerechnet jetzt den Ort des Geschehens zu verlassen. Oder: Ich wollte, ganz aus eigenem Antrieb, weiter Protokoll führen. Immerhin hatte ich schon eine Menge Material gesammelt. Ich glaube, ich hätte es fertiggebracht, von einem Buch zu reden, das ich schreiben wollte. Vielleicht hätte ich sogar von Verbundenheit gesprochen. Wenigstens mit dem Schiff.

Doch vorerst gab es keine Gelegenheit, einen dieser Sätze loszuwerden. Donhauser verschwand von der Brücke, und wir wurden auf unsere Stationen gerufen. Was sollte ich tun? Ich ging hoch zum Funkraum, da saß Jungklaus mit den Kopfhörern auf den Ohren und machte mir ein Zeichen, still zu sein und den Hocker zu nehmen. Mehr hatte er mir nicht zu sagen. Also übersetzte ich, was ein spanischer Frachter seiner Reederei zu erzählen hatte.

Es war unergiebiges Gerede. Ich baute einen Satz hinein, der die Sache interessant genug erscheinen ließ, um sie dem Kapitän zu zeigen; also schickte Jungklaus mich los. Mir zitterten ein bisschen die Knie, als ich vor dem Brückenhaus stand und darauf wartete, hereingerufen zu werden. Jetzt müsste ich Farbe bekennen.

Es dauerte, bis Donhauser kam. Endlich nahm er, ohne mich anzusehen, den Zettel, las ihn und schüttelte den Kopf.

Es folgte der übliche Griff zum Bart. Er gab mir den Zettel zurück. Ich sei, sagte er, womöglich der letzte Passagier, den er befördert habe.

Ob das ein Ehrentitel sei?

Er lachte. Dann sagte er: »Wir fahren jetzt los. Sobald es dunkel wird.« Er traue den Dänen nicht, außerdem sei die Insel voller englischer Spione. Ob mich seine weiteren Pläne womöglich interessierten?

Das taten sie.

Er sagte: »Dann hören Sie zu: Wir fahren nach San Juan und übernehmen dort neue Kohle. Vielleicht auch neue Leute. Und anschließend werden wir auftragsgemäß die Karibik unsicher machen. Wollen doch mal sehen, wie viele Pfeffersäcke wir schnappen.«

Er schlug mir mit der offenen Hand gegen die Schulter. »Wissen Sie was?«, sagte er. »Sie sind jetzt ein Pirat! Wir sind alle Piraten.« Er drehte sich zur Brücke. »Nicht wahr, Reimers?«

Der Erste Offizier sagte: »Jawohl, Herr Kapitän.« Ich hatte das Gefühl, die Szene war ihm peinlich.

»Und Sie«, sagte Donhauser. »Sie schreiben mit. Das tun Sie ja sowieso schon. Aber jetzt bringen wir Zug in die Sache. Jeden Abend um Punkt sieben melden Sie sich bei mir, und dann gehen wir den Tag durch. Ich gebe Ihnen die Stichworte, Sie machen die Ausarbeitung.«

Damit war ich entlassen. Kein Wort darüber, warum ich an Bord geblieben war. Ich ging zum Funkraum, wo Jungklaus mich mit einem Rüffel empfing. Wo ich denn so lange gesteckt habe? Es gebe fünf neue Funksprüche, die ich übersetzen müsse. Das tat ich; anschließend steckte ich neue Fähnchen in die Karte.

Was die nächsten Tage betrifft, kann ich mich kurz fassen. Wir fuhren tatsächlich nach Puerto Rico, mit einem Schlenker auf die offene See hinaus, um möglichst niemandem zu begegnen. Puerto Rico war damals schon lange amerikanisch, das kam mir allerdings gar nicht so recht zu Bewusstsein. Im Hafen von San Juan trafen wir auf die Odenwald, und es bestätigte sich, was in dem Funkspruch gestanden hatte: Der Kreuzer Karlsruhe war tatsächlich schon vor ein paar Tagen ausgelaufen. Zurückkehren würde er sicher nicht.

Donhauser ließ sich zu dem Hapag-Dampfer hinüberrudern. Er trug dabei seine Marineuniform, womöglich war es dieselbe, in der er damals seinen Dienst quittiert hatte. Zurück kam er mit einem halben Dutzend Männer der Odenwald, er hatte sie zwangsverpflichtet. Sie bekamen die Uniformen der Stewards, wurden allesamt zu Unteroffizieren befördert und durften sich Dienstgradabzeichen an die Jacken nähen. Schließlich übernahmen wir Kohle, die auf schwimmenden Plattformen zu uns herausgefahren wurde. Nachdem die Bunker voll waren, wurden auch der hintere und ein Teil des vorderen Laderaumes befüllt. Keine vierundzwanzig Stunden, nachdem wir San Juan angelaufen hatten, dampften wir wieder ab, genau wie im Seekriegsrecht vorgeschrieben.

Jetzt waren wir also Piraten. Kaperfahrer und Freibeuter. So aussehen taten allerdings nur die Männer aus Saint Thomas; bisweilen benahmen sie sich auch entsprechend. Die Kreolen hätten sich wohl ebenfalls gern etwas ungezwungener gegeben, doch der Obersteward hielt sie an der Kandare. Die Deutschen traten betont militärisch auf. Donhauser trug jetzt dauernd seine alte Uniform, Reimers immerhin eine Schirmmütze mit einem goldenen Emblem. Sogar Jungklaus hatte sich eine kurze blaue Jacke mit Matrosenkragen besorgt. Wenn er selbst dem Kapitän eine Nachricht überbrachte, salutierte er dabei.

Grimson war wieder erlaubt worden, sich frei auf dem Schiff zu bewegen. Ich sah ihn ein paar Mal seine alten Wege abgehen, doch niemand beachtete ihn. Entweder taten die Leute ihre Arbeit, oder sie wollten ihre Ruhe. Eine besonders traurige Figur machten die Männer von der Odenwald; sie wussten wohl nicht so recht, wo sie standen.

Ich selbst gehörte natürlich zu keiner der Gruppen. Dafür war ich der am meisten beschäftigte Mann an Bord. Im Ernst! Meine Passagiere war ich zwar los, ich bekam sogar mein Essen aufs Bootsdeck gebracht. Doch Donhausers Aufgabe kostete mich jeden Tag etliche Stunden.

Ich hatte zuerst gedacht, ich müsste jetzt das Logbuch der Präsident führen, aber das war ein Irrtum, das machte Donhauser selbst. Mir diktierte er, was er das Kriegstagebuch nannte. Ich hielt das Wort für seine Erfindung, später habe ich erfahren, dass es ein stehender Begriff ist. So ein Kriegstagebuch protokolliert nicht nur jede Bewegung des Schiffes, alle Vorfälle und das Wetter, sondern auch, was Donhauser das Wichtigste war, nämlich die taktischen Überlegungen des Kapitäns.

Interessant, sagen Sie, Robert?

O nein. Im Gegenteil. Zwei Wochen waren vergangen, und wir hatten noch keinen der Pfeffersäcke gekapert, auf die Donhauser Jagd machen wollte. Gut, wir hatten ein paar Schiffe gesichtet. Doch mal waren sie nicht zu erreichen, mal hatte Donhauser abdrehen lassen, weil der Verdacht bestand, es könnte sich um ein Kriegsschiff handeln. Besonders schlimm war, wenn wir einen kleinen Frachter anhielten, indem wir ihm vor den Bug schossen, und sich dann herausstellte, dass er ein Neutraler war und nichts geladen hatte, das seine Versenkung rechtfertigte.

Das war peinlich. Außerdem ließ Donhauser nach einer solchen Begegnung komplizierte Kurse steuern, um unsere Position zu verschleiern. Oder er lief eine versteckte Bucht auf irgendeiner winzigen Insel an und blieb dort einen Tag vor Anker liegen, um mögliche Verfolger zu täuschen. Und pünktlich abends um Schlag sieben schilderte er mir dann ausführlich, warum er so und nicht anders gehandelt hatte. Woraufhin ich anschließend Stunden damit verbrachte, meine Stichworte zu einem Text auszuarbeiten, der im besten Fall davon handelte, dass beinahe etwas passiert wäre.

Ich musste auch aufschreiben, womit Donhauser seine neue Mannschaft beschäftigte. Die Schornsteine waren jetzt beide schwarz gestrichen worden, mit gelben Ringen an den Oberkanten; das sollte irritieren. Der weiße Streifen, der am Bug und am Heck die Schiffswand abschloss, war ebenfalls schwarz übermalt worden. Hier stand jetzt ein neuer Name. Passend zur holländischen Flagge hießen wir zwei Tage lang Limburg. Dann hatte Donhauser auch das wieder schwärzen lassen, weil es uns auf Holland festgelegt hätte. Danach hießen wir Antonia.

Und ich schrieb mit. Nicht in dieses Buch! Nein, hier stehen nur die Zusammenfassungen und ein paar Episoden. Ich schrieb natürlich mit der gut eingeölten, schiffseigenen Schreibmaschine, auf Papier mit dem Briefkopf der Reederei. Und ich schrieb alles zweimal. Morgens lieferte ich meinen Bericht in der Rohfassung ab, abends bekam ich ihn korrigiert von Donhauser zurück, um ihn ins Reine zu tippen.

Wollen Sie nicht fragen, Robert?

Was Sie fragen sollen?

Na, was ich von all dem gehalten habe. Und wie ich mich dabei fühlte. Ich habe das aufgeschrieben. Das heißt, ich habe versucht, Sätze dafür zu finden. Genau wie ich versucht hatte, Sätze dafür zu finden, warum ich an Bord geblieben war.

Hier, schauen Sie! Da habe ich es mit einem Brief an meinen Vater versucht. Ich habe ihm geschrieben, dass ich jetzt die Erfahrung meines Lebens mache. Dass das Schicksal mir die Chance gegeben habe, selbst festzustellen, was es mit der Friedfertigkeit auf sich hat. Statt wie unsere Amischen aus Prinzip keine Waffe anzurühren. Und dann kommt eine Menge Philosophie über das Schwert und den Palmzweig. Das habe ich natürlich niemals abgeschickt.

Oder hier. Da habe ich aufgeschrieben, wie es war, als wir einen Frachter stellten. Ich hatte mitbekommen, wie auf der Brücke die Kurse der beiden Schiffe berechnet wurden. Ich meinte, Donhausers Jagdfieber zu spüren. Und wie es mich ansteckte. Ich wollte genau beschreiben, was ich empfand, als der Verschlag weggeklappt wurde und das Geschütz auf den Frachter zeigte.

Nein. Davon lese ich Ihnen keine Zeile vor, Robert. Das taugt alles nichts. Ich könnte jetzt große Worte machen. Ich könnte zum Beispiel sagen, dass diese Wochen auf der Präsident das Rätsel meines Lebens sind. Doch das würde klingen, als hätte ich mich dreißig Jahre lang damit beschäftigt. Habe ich auch. Aber so, wie sich die Katze mit dem heißen Brei beschäftigt. Bei mir getragen habe ich es, das kleine Buch, genau dreißig Jahre lang, wie einen Talisman. Und kein einziges Mal hineingesehen!

Ja, tippen Sie ein Rufzeichen.

Nein, ich bin okay. Ich suche nur nach einer Überleitung. Oder soll ich mir die einfach schenken? Was meinen Sie?

Gut.

Der Zahlmeister Greffnitz erschien jetzt häufiger an Deck. Solange die Präsident noch Passagiere befördert hatte, war er bis auf seine Pflichtbesuche im Speisesaal ziemlich unsichtbar gewesen. Ich habe erst spät erfahren, was für eine Nummer so ein Zahlmeister ist. Einer von ihnen hat einmal gesagt, der Kapitän sei der Lokführer, der Zahlmeister aber der Zugchef. Nun, so war es auf der Präsident wohl nicht; trotzdem war Greffnitz ein wichtiger Mann. Er organisierte nämlich die Frachtaufträge. Und damit war er es, der das Schiff davor bewahrte, nichts als Verlust zu machen.

Jetzt war ihm allerdings nicht viel Arbeit geblieben. Es gab keine Fracht mehr, Passagiere erst recht nicht, und Proviant hatten wir vorerst genug. Eigentlich konnte er nur noch die Kosten berechnen, die der Hapag an jedem Tag aufliefen, den die Präsident als Piratenkreuzer unterwegs war.

Er selbst sagte das, ziemlich frei heraus. Ich hatte ihn angesprochen, im Speisesaal, der jetzt wieder geöffnet war, wenngleich nur für die Offiziere und die Funktionsträger. Greffnitz hatte allein an einem Tisch gesessen, und da hatte ich die Gelegenheit genutzt.

Natürlich kannte er mich und meine Geschichte: vom Liederverbesserer zum Chronisten kaiserlicher Piraten. Das sei ja selbst wieder Stoff für eine Operette, sagte er. Oder für eine Ausstattungsrevue, zumindest was den Piratenteil betreffe. Daran hatte ich noch gar nicht gedacht. Erfindungen sind eben nicht meine Sache. Ich erzählte ihm dann mehr von meinem seltsamen Job am Broadway. Dabei kam es mir vor, als redete ich über eine untergegangene Welt.

Aus seinem Leben, sagte Greffnitz, könne man leider nichts für die Bühne machen. Ich widersprach ihm nicht. Ich wollte nicht den Eindruck erwecken, als würde ich die Leute ausquetschen. Wir redeten stattdessen über dies und das, auch über die neue Rolle der Präsident. Natürlich war er völlig loyal, wie nicht anders zu erwarten.

Schließlich fragte ich ihn, wie man eigentlich Zahlmeister wird.

Er sagte: »Meinen Sie wie oder warum?«

Er dürfe sich die Frage aussuchen.

»Weil es sich ergab. Wenn Sie draußen stehen und es beginnt zu regnen, dann stellen Sie sich bei der erstbesten Möglichkeit unter. Hauptsache, Sie haben etwas über dem Kopf.«

Beinahe hätte ich gesagt, dass es mir genau so ergangen war.

Und dann erzählte Greffnitz. Geboren war er auf einem Gutshof in Ostdeutschland. Eine alte Familie, ein großer Hof, viel Land, viele Tiere, Mägde und Knechte. Er hatte drei ältere Schwestern; also war er der Erbe und lernte das Handwerk des Gutsherrn von klein auf.

»Kein schlechter Beruf«, sagte er. Man musste von allem etwas verstehen. Schon als Dreizehnjähriger half er eigenhändig den Ferkeln und Kälbern auf die Welt. Die ganze Buchhaltung lernte er praktisch nebenbei. Natürlich hatte er seine Zeit beim Militär verbracht, standesgemäß bei der Kavallerie, doch außer den Pferden hatte ihn dort alles gelangweilt. Die Arbeit auf dem Hof war sein Ein und Alles. Er ging den Weg, der ihm vorbestimmt war. Niemals dachte er daran, etwas anderes zu tun.

Selbst als er heiraten wollte, ergab sich das quasi von selbst.

Jemand wie er nahm eine der Töchter von den benachbarten Gütern, das brachte zusätzliches Land. Die Auswahl mochte nicht groß sein, dafür bekam man mit Sicherheit eine Frau, die gelernt hatte, ein Haus zu führen. Greffnitz hatte sich standesgemäß verlobt, der Termin für die Hochzeit stand schon fest, da bekam sein Leben einen Riss.

Plötzlich kursierte nämlich in mehreren Exemplaren ein anonymer Brief. Greffnitz, hieß es darin, sei nicht der Freiherr, für den er sich ausgebe, sondern ein Bastard. Vermutlich war der Verfasser ein Nachbar, der sich bei Greffnitz' Verlobter einen Korb geholt hatte. Was er schrieb, klang nicht ganz absurd. Greffnitz' Schwestern waren um einiges älter als er. Vielleicht hatte seine Mutter keine Kinder mehr bekommen, und da hatten die Eltern den unehelichen Sohn einer Magd als Stammhalter registrieren lassen. Doch das war definitiv nicht der Fall. Greffnitz' Geburtsurkunde war einwandfrei. Der Arzt, der ihn zur Welt gebracht hatte, schwor auf den Fall. Außerdem hatte Greffnitz als Junge seiner Mutter verblüffend ähnlich gesehen.

Es hätte also nichts Schlimmes passieren müssen. Doch dann hatte ein Gespräch mit seinem Vater Greffnitz aus der Bahn geworfen. Der Alte hatte sich über den Brief am wenigsten aufgeregt. Nach der Geburt der Töchter sei die Mutter eine Zeitlang kränklich gewesen, sagte er. Hätte sie keinen Sohn mehr bekommen, dann hätte er womöglich einen adoptiert. Wer sein Erbe sei, das entscheide er. Leute, die Wert darauf legten, dass man einen Stammbaum habe wie ein Zuchthengst, die seien ihm zuwider. Es gebe in ihren Kreisen schon genug degenerierte Idioten, die sich bloß wegen ihrer Ahnentafel für etwas Besseres hielten. Er setze mehr auf Talent und Können. Wenn er sich heute keinen besseren

Sohn vorstellen könne als den, den er habe, liege das daran, dass der so ein tüchtiger Bauer sei.

Das war sicher gut gemeint. Aber Greffnitz zog es den Boden unter den Füßen weg. Die Pferde, die Schweine, der Weizen, die Gerste, das Holz: Mit all diesen Dingen war er umgegangen, weil es einen Grund dafür gab; und der Grund war seine Geburt. Er musste nicht darüber nachdenken, warum er genau hier stand und nichts anderes tat. Das war ihm einfach so bestimmt.

Und, war das nicht ein wunderbares Leben? Sich jeden Morgen sagen zu können: Ich tue jetzt dies und das, weil es darauf wartet, von mir getan zu werden. Ich bin nicht hier, weil ich es mir ausgesucht habe, sondern weil es so gewollt ist. Doch jetzt sagte ausgerechnet sein eigener Vater, die Geburt sei gar nicht entscheidend. Und schon zweifelte Greffnitz an allem und jedem.

Natürlich kannte er den Zweifel. Er musste dauernd Entscheidungen treffen, und die waren mal richtig und mal falsch. Da konnte man ins Grübeln kommen. Doch das gehörte dazu. Es stellte das große Ganze nicht in Frage. Und nie hatte es einen Grund gegeben, am großen Ganzen zu zweifeln.

Greffnitz war damals knapp dreißig Jahre alt. Seine Schwestern waren längst verheiratet und lebten anderswo, der Vater war in den Siebzigern und nicht mehr gesund. Heute oder morgen würde Greffnitz die ganze Verantwortung übernehmen müssen, und darauf hatte er sich immer gefreut. Doch jetzt hatte er das Gefühl, als müsste er gehen. Als müsste er den Hof verlassen, und überhaupt sein ganzes Leben. Denn wenn die Geburt nicht zählte, dann hatte er keinen besseren Grund, hier zu sein, als ein Pferd oder ein

Lohnarbeiter. Die hatte sein Vater gekauft, damit sie ihre Arbeit machten. Genau wie er einen Sohn gekauft hätte, wäre ihm nicht noch zufällig einer geboren worden.

Greffnitz sagte die Hochzeit ab. Das musste wie ein Eingeständnis der Vorwürfe wirken. Seine Eltern waren entsetzt, die der Braut noch mehr. Doch das war erst der Anfang. Greffnitz verließ das Gutshaus, er verzichtete auf sein Erbe und weigerte sich, irgendeine Unterstützung anzunehmen. Schließlich änderte er die Schreibweise seines Namens und strich das von. Nachdem er eine Zeitlang auf einem Hof in Süddeutschland als Verwalter gearbeitet hatte, ging er in eine afrikanische Kolonie, wo er Zweiter Direktor eines Staatsgutes wurde.

»Da unten ging es mir gut«, sagte er. Der Posten war eine große Herausforderung und nicht sehr gut bezahlt. Das war genau, was er wollte: harte Arbeit und wenig Privilegien.

Nach ein paar Jahren lernte er die Frau eines Verwaltungsbeamten kennen, und es passierte ihm, was vielen Männern in den Kolonien passiert: Sie verlieben sich in eine Frau, weil sie die einzige Weiße im Umkreis ist. Ihr Ehemann vertrug das Klima nicht und war dauernd krank. Trotz seiner Beschwerden trank er; das machte ihn lethargisch, manchmal auch aggressiv. Greffnitz und die Frau litten sehr unter der Situation. Er wollte nicht illoyal sein, sie beschwerte sich über seine Unentschlossenheit. Beinahe hätten die beiden ihre Affäre wieder beendet, da starb der Ehemann an den Folgen eines Unfalls.

Auf Bitten der Frau kehrte Greffnitz mit ihr nach Deutschland zurück. Sie heirateten, er suchte sich wieder eine Stelle als Verwalter auf einem Gutshof. Allerdings hatte ihn das Leben in Afrika für die hiesigen Verhältnisse verdorben. Es schien ihm, als wäre das Geld in Deutschland nichts wert. Die Leute gehorchten nicht so wie die Schwarzen, und die Arbeit war keine Herausforderung. Doch damit hätte er sich vielleicht arrangiert. Das eigentliche Problem war seine Frau. Auch sie hätte lieber ganz anders gelebt, doch nicht in den Kolonien, sondern in einer großen Stadt, mit mehr Bekannten und mehr Abwechslung. Es gab häufig Streit, oft gingen sich die Eheleute tagelang aus dem Weg, um nicht alles noch schlimmer zu machen.

Ganz bitter wurde es, als Greffnitz' Frau durch einen Zufall von seiner Familie und dem ausgeschlagenen Erbe erfuhr. Er selbst hatte nie davon gesprochen. Sie verlangte, dass er sich mit seinem Vater aussöhnen und den Gutshof übernehmen solle, am besten, um ihn möglichst bald zu verkaufen. Greffnitz weigerte sich. Als er versuchte, seine Gründe zu erklären, verstand ihn seine Frau nicht. Im Gegenteil, sie nannte ihn verrückt.

Dann wurde Greffnitz entlassen. Es hatte nicht an ihm gelegen, er hatte sich nichts zu Schulden kommen lassen. Das Gut hatte einfach den Besitzer gewechselt, und der neue Herr brachte seinen eigenen Verwalter mit. Greffnitz bewarb sich bei landwirtschaftlichen Verbänden und bekam einen Verwaltungsposten in Berlin, wohlgemerkt: einen sehr kleinen Posten, seinem Alter und seiner Erfahrung überhaupt nicht angemessen. Immerhin wohnten sie jetzt in der Hauptstadt. Vielleicht, hatte Greffnitz gedacht, könnte das seine Ehe retten.

Aber das tat es nicht. Sie waren nicht mehr jung, und sie waren kleine Leute. Sie konnten sich nicht einmal ein Dienstmädchen leisten. Greffnitz' Frau blieb verbittert, er blieb trotzig. Ihr Alltag war eine Tortur. Er hätte sich gerne scheiden lassen, doch dann wäre seine Frau vollkommen mittellos gewesen, und für zwei Haushalte konnte er unmöglich aufkommen.

Es vergingen ein paar Jahre. Greffnitz war jetzt Anfang vierzig. Er hatte keine Aussicht auf Beförderung, und an eine Aussöhnung mit seiner Frau war nicht zu denken. Egal, wie lange es noch dauern würde, sein Leben war praktisch zu Ende. Jeden Tag dachte er daran, sich umzubringen. Doch er tat es nicht; dafür reichte seine Verzweiflung nicht aus.

Und dann kam seine Frau unter die U-Bahn. Sie war gerade am Bahnhof Oranienstraße ausgestiegen, hatte ein paar Schritte an den Waggons vorbei gemacht, als sie von jemandem angerempelt wurde und hinunter auf die Gleise stürzte. Dabei verletzte sie sich, und sie war außerstande, sich in Sicherheit zu bringen. Wie denn auch in diesen langen Röcken? Passanten versuchten, sie wieder auf den Bahnsteig zu ziehen. Das misslang. Da stieg der Fahrer der U-Bahn aus um mitzuhelfen, und dabei machte er einen Fehler. Die Bahn rollte an, und bevor der Fahrer sie wieder stoppen konnte, hatte sie die Frau an der Bahnsteigkante zerquetscht.

Man kann sich vorstellen, welche Schlagzeilen der Unfall machte. Die U-Bahn-Linie war erst vor wenigen Jahren eröffnet wurden, der erste Schritt eines gewaltigen Projekts, das einmal die ganze Stadt untertunneln und Millionen von Menschen befördern sollte. Als die Betreiber der U-Bahn sahen, dass niemand außer ihnen die Schuld trug, wählten sie die Flucht nach vorn. Es gab mehrere öffentliche Entschuldigungen, inszeniert wie mittelalterliche Kniefälle. Die Bahn bezahlte die Beerdigung, und schließlich bekam Greffnitz eine sagenhaft hohe Entschädigung. Vermutlich wollte die

Bahn damit zeigen, wie sicher sie war, dass so ein Unfall nie wieder vorkommen würde.

Greffnitz wurde mehrmals interviewt. Er hatte, seit er von zu Hause fortgegangen war, ein lausiges Leben geführt, aber ein ehrliches, jedenfalls nach seiner Überzeugung. Wäre er jetzt bei seiner Ehrlichkeit geblieben, dann hätte er sagen müssen, dass ihn der Unfall seiner Frau aus einer völlig verfahrenen Lage gerettet hatte. Er war jetzt frei, und er hatte genug Geld, um sich in Ruhe ein neues Leben zu suchen.

Stattdessen spielte er den geknickten Witwer. Er beschrieb den Journalisten die besonderen Eigenschaften seiner Frau, er erzählte von ihrer gemeinsamen Zeit in den Kolonien, und das alles so, dass der Verlust besonders groß erscheinen musste. Die entsprechenden Zeitungsartikel waren keine Entlastung für das Gewissen der Bahn.

Ein halbes Jahr später fand Greffnitz eine neue Stelle als Verwalter eines Gutes in Sachsen. Die Bedingungen waren ausgezeichnet. Das Gut sollte gerade erweitert und modernisiert werden. Greffnitz hatte lauter junge und interessierte Leute um sich. Wenn etwas entschieden wurde, ging es immer um die Sache, niemals darum, dass der Chef sich gegen seine Untergebenen durchsetzte. Nach ein paar Monaten war Greffnitz klar, hier würde seine Zukunft liegen. Alles, was er anfasste, gelang ihm. Da wachte er eines Morgens auf, nahm ein Gewehr aus dem Schrank, lud es, setzte sich an seinen Schreibtisch, schob sich den Lauf in den Mund und drückte ohne zu zögern ab. Eigentlich hätte sein Kopf zerplatzen müssen, aber die Patrone war defekt, es fehlte das Zündhütchen; daher blieb es bei dem metallischen Klicken des Hahns.

Er sei überrascht gewesen, sagte Greffnitz. Wohlgemerkt,

von sich. Irgendeinen speziellen Grund hatte es nicht gegeben. Genau so gut hätte er sich einen Kaffee kochen und dann eine Runde mit dem Hund gehen können. Kaum hatte er das Klicken gehört, dieses Geräusch, das bei der Jagd für Ärger sorgte, war er wieder davon überzeugt, dass es Irrsinn sei, sich in den Kopf zu schießen. Gleichzeitig ahnte er, dass er am nächsten Morgen, am übernächsten oder vielleicht in einem Monat wieder abdrücken könnte. Männern, die zu viel rauchen und trinken, droht der Herzschlag. Ihm drohte der Selbstmord.

Geht man zum Arzt, wenn man fürchtet, der Antrieb zum Leben könnte unversehens aussetzen? Greffnitz ging nicht zum Arzt. Er tat, was er gelernt hatte, das heißt: Er versuchte, sich selbst zu helfen. Er arbeitete noch mehr als zuvor, und wenn er nicht arbeitete, dann engagierte er sich in der Politik. Er wurde Mitglied einer Partei, die für die Sache der Landwirtschaft eintrat. Er machte Besuche auf anderen Höfen; das sollte Kontakte knüpfen, doch der eigentliche Zweck war, ihn von zu Hause fort zu halten. Er blieb dann lange und kam erst spät in der Nacht zurück.

Einmal musste ein Knecht ihn wecken. Greffnitz schämte sich und sah zu, dass er rasch auf den Hof kam. Und er lernte daraus. Jemand, der dauernd um ihn herum wäre, könnte vielleicht das Schlimmste verhüten. Niemals würde er sich erschießen, wenn nebenan jemand das Frühstück machte. Also sah er sich noch einmal nach einer Frau um. Für ihn kam jetzt auch eine Witwe in Frage oder eine, die sitzengeblieben war. Kaum hatte er signalisiert, dass er gern wieder heiraten würde, da erhielt er schon Hinweise und sogar regelrechte Angebote.

Er heiratete dann die Tochter eines Lehrers, der in der

Gegend ziemlich bekannt war. Der Mann schrieb Geschichten, und zwar im Dialekt. Seine Frau war früh gestorben, die einzige Tochter war freiwillig zu Hause geblieben, damit sie sich um den Vater kümmern konnte. Jetzt zogen die beiden in das Verwalterhaus. Greffnitz ließ es so umbauen, dass der alte Mann dort arbeiten und seine Verehrer empfangen konnte. Die Frau war natürlich selig.

Anfangs sah es aus, als würde es funktionieren. Die beiden waren ein gutes Paar. Greffnitz rechnete man hoch an, dass er den alten Dichter aufgenommen hatte. Als der Mann siebzig wurde, gab es eine Feier, bei der er seinen Schwiegersohn als einen einzigartigen Menschen bezeichnete.

Doch es war umsonst. Ein paar Monate nach seiner Heirat ging Greffnitz frühmorgens in den Wald, warf ein Seil über einen Ast, befestigte es sorgfältig und knotete in das andere Ende eine Schlinge. Bevor er sich die Schlinge um den Hals legen konnte, fiel ein Schuss. Ein Jäger hatte ihn für einen Wilderer gehalten und ohne Warnung geschossen. Greffnitz bekam ein Dutzend Schrotkugeln ins Bein.

Der Vorfall ließ sich vertuschen. Greffnitz erzählte allen, es sei ein Jagdunfall gewesen, und der Jäger hatte kein Interesse daran zu widersprechen. Aber es stand fest, die Therapie war gescheitert. Keine Kaffee kochende Ehefrau und kein dichtender Schwiegervater konnten Greffnitz dauerhaft und zuverlässig am Leben halten. Wann er den nächsten Versuch unternehmen würde, sich davonzumachen, war nur eine Frage der Zeit.

Allerdings würde sein Abgang jetzt andere Menschen treffen. Das durfte er nicht zulassen. Was konnten seine Frau und sein Schwiegervater dafür, dass ihm die raison d'être abhandengekommen war. Also unternahm Greffnitz einen schweren Gang. Er fuhr nach Hause. Sein Vater war mittlerweile gestorben, das Gut wurde von einem seiner Schwäger geleitet. Greffnitz bat den Mann um einen größeren Geldbetrag. Er erhielt ihn, unter der Bedingung, keine weiteren Forderungen zu stellen. Das Geld legte Greffnitz so an, dass seine Frau und ihr Vater zeit ihres Lebens versorgt waren. Dann schrieb er einen Brief, in dem so gut wie gar nichts stand, packte ein paar Sachen und verschwand.

»Ich wollte bummeln gehen«, sagte Greffnitz. Es war jetzt egal, wann und wo es ihn das nächste Mal erwischen würde. Die Hauptsache war, es geschah möglichst weit weg von denen, die ihn kannten. Er fuhr mit dem Zug nach Hamburg, um das nächste Schiff zu nehmen, egal, wohin.

Im Hafen hing ein Plakat: Die Hapag suchte einen Zahlmeister für eines ihrer Schiffe. Offenbar war es schwierig, die Stelle zu besetzen. Das besagte Schiff fuhr nämlich in der Karibik wie eine Straßenbahn von einer Endhaltestelle zur anderen und wieder retour, und es würde nie nach Deutschland zurückkehren. Greffnitz gefiel das. Bei der Vorstellung, sich irgendwann an einem sonnigen Morgen sacht über die Reling ins Wasser gleiten zu lassen, wurde er ganz fröhlich. Er meldete sich für die Stelle und wurde genommen, obwohl er von der Seefahrt nichts verstand.

Eine Fehlentscheidung der Hapag? Das Gegenteil war der Fall. Greffnitz brauchte nicht lange, dann beherrschte er seine neuen Aufgaben. Im Grunde war er bestens vorbereitet. Das Improvisieren hatte er in den Kolonien gelernt, auch den Umgang mit den Eingeborenen. Er konnte rechnen und planen; und schon bald ging er in der Aufgabe, die Präsident zu einem halbwegs rentablen Schiff zu machen, vollkommen auf. Nach ein paar Monaten kannte er alle Häfen, alle Frachtwege und alle Konkurrenten. Immer, wenn er mit Geschick oder mit etwas unlauteren Mitteln der Präsident eine Fracht gesichert hatte, verbuchte er es als persönlichen Erfolg, obwohl er wusste, dass von seiner Arbeit wenig abhing. Und sollte er demnächst nach dem Aufstehen den Wunsch verspüren, still und heimlich über Bord zu gehen, dann könnte er sich sogar im allerletzten Moment noch darüber freuen, wie elegant diese Lösung war.

Doch Greffnitz ging nicht über Bord, er kam nicht einmal in Versuchung. Stattdessen genoss er jeden Morgen. Gerne saß er schon früh mit einem Kaffee auf dem Bootsdeck, noch bevor die Passagiere kamen. Dann ging er von Bord, um mit Hafenmeistern, Spediteuren und Plantagenbesitzern zu frühstücken und dabei seine Geschäfte zu regeln. Die Arbeit auf dem Schiff lief vor ihm her, und mit den anderen Offizieren verstand er sich gut.

Jahrelang hatte Greffnitz mit sich selbst im Streit darüber gelegen, wer er eigentlich war oder wer er sein wollte und durfte. Vielleicht hatte sein Lebenswille dabei gelitten. Doch hier draußen auf See schien man keinen Lebenswillen zu brauchen, jedenfalls nicht, um einfach weiterzumachen und an jedem neuen Tag zu tun, was man am Tag zuvor getan hatte. Dass er jetzt glücklich sei, sagte Greffnitz, wolle er nicht behaupten. Ausschließen könne er es allerdings nicht.

Ich sagte: »Und jetzt? Der Krieg?«

Greffnitz zog die Schultern hoch. Der Krieg? Ja, der mache ihm nun wirklich einen Strich durch die Rechnung. Demnächst müssten sie wohl alle zurück nach Deutschland. Er zündete sich eine Zigarre an. Es sah aus, als würde er ungern über die Zukunft reden.

Da wurde nach mir gerufen, und ich ging zurück in den

Funkraum. Die Luft war tatsächlich voller Nachrichten, so wie sie an Land voller Insekten war.

Greffnitz' Geschichte war die letzte, die ich aufgeschrieben habe. Selbst wenn ich die Zeit dafür gehabt hätte, es gab nichts mehr zu holen. Nicht von den Piraten aus Saint Thomas und nicht von den Männern der Odenwald. Die einen hatten vermutlich viel zu verbergen, die anderen waren schlichte große Jungen, die nicht wussten, was ihnen geschah. Alle hielten sich bedeckt. Ein paar Mal hatte ich versucht, ins Gespräch zu kommen; das war immer gescheitert.

So, Schluss für heute, Robert!

Mir geht es übrigens ausgezeichnet.

Ja, ich habe gemerkt, dass Sie schon wieder fragen wollten. Sie sind schlimmer als eine Krankenschwester.

Und hören Sie jetzt bitte auf zu tippen!

24

Bastogne, Militärlazarett, 25.2.1945

Hier meldet sich wieder Robert Hennesfahr.

Herr Katz konnte sein Diktat in den letzten Tagen nicht fortsetzen. In der Nacht nach unserer Sitzung am Dienstag, dem 20.2., musste er sich einer Notoperation unterziehen. Da ich kein Angehöriger von Herrn Katz bin, habe ich kein Anrecht darauf, über seinen Gesundheitszustand informiert zu werden. Dennoch hat mir Dr. Hufner mitgeteilt, ein Splitter im Körper von Herrn Katz sei gewandert und habe eine Ader beschädigt, so dass es zu einer inneren Blutung gekommen sei.

In den folgenden Tagen habe ich mit Erlaubnis von Dr. Hufner die Krankenpflege von Herrn Katz stundenweise übernommen. Da wir in dieser Zeit erstmals über ganz persönliche Dinge sprachen, habe ich von ihm erfahren, dass er bislang seiner Frau und seiner Familie nichts von seiner Verwundung geschrieben hat. Der Grund dafür sei, er wolle erst sicher wissen, wann er wieder auf die Beine komme. Er kenne das nur zu gut: Nichts sei schlimmer als Sorge und Ungewissheit. Daher werde er seine Angehörigen vor vollendete Tatsachen stellen.

Zum Glück konnte ich beobachten, wie sich Herrn Katz' Gesundheitszustand seit der Operation kontinuierlich verbessert hat. Eigentlich war er nur am Mittwoch in einer etwas bedenklichen Verfassung, danach ging es mit ihm rasch bergauf. Allerdings war uns streng verboten worden, mit dem

Diktieren weiterzumachen, da das Herrn Katz zu sehr anstrengen würde. Daran haben wir uns gehalten. Um ihn abzulenken, habe ich ihm aus meinem Leben erzählt, auch wenn ich natürlich weiß, dass nichts davon in seine Aufzeichnungen passt. Ob er mir gerne zugehört hat, kann ich nicht sagen. Er ist doch recht ungeduldig, und er wünscht sich sehr, sein Diktat bald zu Ende zu bringen.

Heute ist Sonntag, und Dr. Hufner hat uns gerade, nachdem er Herrn Katz untersucht hatte, eine Fortsetzung des Diktats ab morgen erlaubt, wenngleich in möglichst kleinen Einheiten. Herr Katz ist sehr glücklich darüber. Jetzt fehlte nur noch, sagt er, dass einmal richtig die Sonne scheinen würde und wir uns nach draußen setzen könnten, wenigstens für eine halbe Stunde. Wenn man einmal das Klima in der Karibik kennengelernt habe, kämen einem die meisten Orte auf der Welt nicht recht lebenswert vor. Die Hitze da unten sei zwar manchmal unerträglich, doch das Licht sorge für eine Heiterkeit, die den ganzen Körper erfasse. Besser könne er das nicht beschreiben.

25

Bastogne, Militärlazarett, 26.2.1945

Können wir, Robert? Sie sehen käsig aus. Passen Sie auf, dass Sie sich nicht erkälten!

Nein, ich bin okay!

Können wir endlich weitermachen? Danke.

Also. Wir hatten zwei Wochen als Piraten hinter uns. Und ich hatte vom Zahlmeister berichtet. Stimmt doch, oder?

Gut. Die dritte Woche verging wie die beiden ersten, zu Beginn der vierten hatten wir eine besondere Begegnung. Wir kreuzten nördlich von St. Christopher Island, da kam ein Schiff von Westen her in Sicht. Was dann passierte, schilderte mir Donhauser am gleichen Abend. Ich selbst hatte in meiner Funkbude nicht alles mitbekommen.

Auf der Brücke hatten sie den Neuen sofort für ein Kriegsschiff gehalten, und das bestätigte sich. Es war eines der amerikanischen Kanonenboote. Die fuhren seit dem Sieg über Spanien eine Art Wachdienst in der Karibik. Sie waren allerdings auf dem Festland stationiert und nicht sehr präsent. Es waren durchweg ältere Baujahre; die Präsident konnte also versuchen, mit Volldampf davonzulaufen. Donhauser änderte möglichst unauffällig den Kurs, aber der andere folgte. Es war früh am Morgen, daher bestand keine Hoffnung, man könnte sich in die Dunkelheit retten.

Nach kurzer Zeit lief die Präsident Höchstgeschwindigkeit, etwa fünfzehn Seemeilen pro Stunde. Das hätte vielleicht ausgereicht, um irgendwann hinter dem Horizont zu verschwinden, doch da beschwerte sich der Ingenieur beim Kapitän. So allein auf sich gestellt, wie man jetzt war, müsse man die Maschinen unbedingt schonen. Donhauser sah das ein. Der Amerikaner hatte solche Bedenken offenbar nicht, er kam langsam auf und signalisierte. Am frühen Nachmittag drehte die Präsident endlich bei.

Das Kanonenboot stoppte längsseits. Es hieß Marietta. Ich konnte sie von der Funkbude aus sehen; sie war weiß, hatte gelbe Aufbauten und zwei richtige Masten. Wären nicht die Geschütze gewesen, die mit ihren Rohren durch die Bordwand schauten, man hätte sie für die Luxusjacht eines Millionärs halten können. Ein Boot legte ab, drei Offiziere kamen an Bord, alle in dunklen Uniformen mit hohen Kragen und steifen Mützen. Sie waren braun gebrannt und glatt rasiert, ich konnte sie kaum voneinander unterscheiden, als sie am Fenster des Funkraums vorbeigingen. Natürlich blieb ich drinnen. Es war ja wohl besser, meinen Landsleuten nicht zu begegnen.

Donhauser stand ihnen dann Rede und Antwort. Sie prüften seine Erlaubnis, als Hilfskreuzer auf Kaperfahrt zu gehen. Und sie belehrten ihn ausführlich über die vielen Regeln, die er zu beachten hatte, besonders natürlich über die Regeln, die im vorerst noch neutralen amerikanischen Seegebiet galten.

Der Kapitän der Marietta war ein gewisser Pitt. Oder Scott, Donhauser sagte später, er habe das nicht so richtig verstanden. Ein schmaler, sehr adretter Mann, dem seine Rolle als Polizist auf See offenbar überhaupt nicht gefiel. Er wäre lieber kämpfende Partei gewesen, egal, auf welcher Seite; das war jedenfalls Donhausers Eindruck. Als der Mann mit seinem Vortrag fertig war, erinnerte ihn Donhauser daran, dass er als Neutraler die Position der Präsident nicht an ein englisches Kriegsschiff weitergeben dürfe. Ob man sich darauf verlassen könne?

Der amerikanische Kapitän hatte nicht geantwortet. Vielleicht empfand er Belehrungen, die er nicht selbst gab, als beleidigend. Oder er wollte jede politische Äußerung vermeiden. Er verabschiedete sich, und die Amerikaner ließen sich zurück zur Marietta rudern.

Doch damit war die Angelegenheit nicht erledigt. Denn wir wurden die Marietta nicht mehr los. Sie folgte uns, offenbar mit Absicht. Manchmal verschwand sie kurz hinter dem Horizont, dann erschien sie wieder. Donhauser ließ Zickzackkurse fahren, aber die Marietta blieb bei uns. Am Abend kam sie so nahe heran, dass wir Stimmen hören konnten. Sie spielten auch Musik auf dem Schiff, vom Grammophon, wer weiß, warum. Vielleicht um uns zu verunsichern, oder es war einfach üblich bei ihnen an Bord. Zuerst spielten sie etwas Klassisches, dann Tanzmusik. Und dann ein Stück, bei dem ich eine Gänsehaut bekam.

Es war Kessels »Sie wird mir nicht glauben« aus dem »Fluch von Utah«. Sie wiederholten es zweimal, genau wie bei der Uraufführung. Ich hatte damals an dem Text nur ein oder zwei Zeilen geändert; und dass es ein solcher Erfolg geworden war, lag natürlich vor allem an Kessels Musik. Trotzdem kam es mir vor, als hätten sie da drüben auf dem Kanonenboot etwas, das ganz und gar mir gehörte. Gleichzeitig wusste ich, wie vollkommen unwichtig das jetzt war. Dass es nichts mehr bedeutete, am wenigsten für mich.

Irgendwann war Ruhe. Die Marietta blieb allerdings hell erleuchtet. Die Präsident fuhr wie immer ohne Licht. Ich denke, in der hellen Nacht waren wir trotzdem gut zu erkennen.

Am nächsten Tag hätten wir dann den ersten großen Fang machen können. Ein englischer Frachter lief direkt auf uns zu, offenbar völlig ahnungslos. Donhauser ließ das Geschütz besetzen und den Verschlag zum Umklappen fertig machen. Wir fuhren genau entgegengesetzte Kurse. Die Signale zum Stoppen lagen bereit, ebenso die deutsche Kriegsflagge.

Doch da war immer noch die Marietta, nur zwei oder drei Seemeilen hinter uns. Durch ein gutes Fernglas konnte man wahrscheinlich die Offiziere auf der Brücke erkennen. Und so ließ Donhauser nur kurz die falsche holländische Flagge senken, als wir in geringer Entfernung an dem Frachter vorbeifuhren. Der antwortete auf die übliche Art. Weiter passierte nichts an diesem Tag.

Am Abend war Donhauser immer noch aufgebracht. Und völlig zerstört. Es wäre ein großartiger Erfolg gewesen. Außerdem brauchten wir allmählich neue Kohle und neuen Proviant. Aber unter den Augen der Marietta hatte er nicht gewagt, den Frachter zu stoppen. Was, wenn ein amerikanischer Staatsbürger an Bord gewesen wäre? Oder sich sogar bei der Versenkung des Schiffes verletzt hätte, im Beisein der Marietta als offiziellem Zeugen!

Während er mir diktierte, ging Donhauser im Kartenraum auf und ab. Nein, er wollte nicht den Grund dafür liefern, dass Amerika Deutschland den Krieg erklärte. Den Namen Donhauser wünsche er sich in den Annalen der Weltgeschichte auf einer anderen Seite.

Ich glaube, von diesem Tag an war die Stimmung auf der Präsident endgültig ruiniert. Wenn man das so sagen darf. Mir kam das Ganze jetzt vor wie ein Kinderspiel, das nie beginnt, weil man sich nicht darauf einigen kann, was erlaubt ist und was nicht. Am nächsten Tag hörte ich zufällig, wie

Donhauser und der Erste Offizier sich stritten. Reimers war wohl dafür, einen neutralen Hafen anzulaufen und sich internieren zu lassen. Später sah ich, wie Donhauser mit dem Arzt sprach. Ich konnte nicht hören, was sie redeten. Am Abend diktierte er mir, er habe sich von Kaminski bestätigen lassen, dass alle Männer an Bord gesund und wohlauf seien. Taktische Überlegungen hatte ich allerdings nicht zu notieren; nur die Bemerkung, es gebe nichts Neues. Auch die Amerikaner waren noch in Sichtweite.

Am dritten Tag mit der Marietta gab es Sturm, den ersten schweren, seit ich auf dem Schiff war. Ich glaube, ich habe das früher schon einmal erwähnt: Auf ihrer normalen Route war es leicht für die Präsident, dem schlechten Wetter auszuweichen. Die Warnungen wurden über Funk verbreitet, und da sie jede Nacht in einem geschützten Hafen lag, konnte sie dort so lange warten wie nötig.

Jetzt waren wir dem Wetter ausgeliefert. Es regnete, und das Wasser schoss mit dem Wind quer über die Decks. Mehr als sechs Stunden dauerte es. Ich dachte, ich müsste sterben. Dabei war ich nicht einmal seekrank geworden. Doch ich hatte Angst, der Sturm könnte das Schiff so weit auf die Seite drücken, dass es sich nicht mehr aufrichten würde. Oder der Bug würde in eine Welle tauchen und die Präsident mit Volldampf Richtung Meeresgrund fahren. Das alles passierte zum Glück nicht. Allerdings gab es Schäden. Zwei Ladebäume brachen, und der Verschlag auf dem Vorschiff ging komplett über Bord. Das Geschütz stand jetzt nackt auf seinem Gerüst.

Als sich die Wolken verzogen, hielt alles Ausschau nach der Marietta. Sie war nicht mehr zu sehen. Dafür etwas anderes, ein großes Segelschiff.

Wissen Sie das eigentlich, Robert? Damals fuhren noch viele große Segler. Die brauchten keine Kohle und kein Öl, und wenn es auf Geschwindigkeit nicht ankam, waren sie billiger als die Dampfer. Allerdings waren sie so etwas wie die letzten Saurier. Während wir noch von einer Insel zur nächsten geschippert waren, hatte ich ein paar davon gesehen. Die meisten waren ziemlich heruntergekommen. Da werde an absolut allem gespart, hatte Donhauser gesagt.

Der Segler vor uns hatte im Sturm schwer gelitten. Er machte keine Fahrt mehr. Als wir näher heran waren, konnte man sehen, dass zwei von den drei Masten beschädigt waren. Die meisten Segel waren zerrissen, die Reste davon schlugen im Wind. Gerade wurde eine Flagge gesetzt; es war die französische.

Ich konnte Donhauser beobachten. Er war als junger Mann auf solchen Segelschiffen gefahren, und er hatte sie regelrecht geliebt. Ich dachte, der Anblick müsste ihm eigentlich wehtun. Doch er sagte dazu kein Wort. Er gab nur Anweisung, ein Boot auszusetzen. Er wollte selbst hinüberfahren, Reimers sollte eine bewaffnete Mannschaft zusammenstellen. Und ich sollte mitkommen. Sein Französisch sei eingerostet, sagte er.

Wir fuhren hinüber. In dem Boot wäre ich übrigens beinahe doch noch seekrank geworden. Ich musste ein paar Mal würgen, und als wir über eine Strickleiter die Bordwand hinaufkletterten, knickten mir die Beine ein. Einer der Männer aus Saint Thomas half mir über das Schanzkleid.

Auf dem Segler sah es schrecklich aus. Alles lag voller Hölzer und Taue, ein Deckshaus war halb zerschlagen, ein Stück vom Mast war darauf gefallen. Die französischen Seeleute machten einen lethargischen Eindruck. Ein paar standen an der Pumpe, die anderen saßen verstreut auf dem

Boden und schauten vor sich hin. Ihre Kleider waren zerrissen. Wer weiß, was sie in den letzten Stunden hatten tun müssen, um das Schiff über Wasser zu halten.

Der französische Kapitän war ein großer, dicker Mann, vielleicht um die sechzig. Donhauser gab mir ein Zeichen, ihm zu sagen, was ihn und seine Mannschaft jetzt erwartete. Ich sagte es in möglichst einfachen Sätzen, um keine Fehler zu machen: Es sei Krieg. Sie seien der Feind. Das Schiff werde versenkt. Aber keine Angst! Ihnen selbst passiere nichts Schlimmes.

Der Kapitän brauchte lange, bis er verstanden hatte. Zuerst winkte er ab, als hätte ich einen schlechten Scherz gemacht. Ich wiederholte meine Sätze, mehrmals, und dabei konnte ich beobachten, wie er sich veränderte. Er protestierte, er fluchte, er schrie. Und dann weinte er.

Ich verstand längst nicht alles, was er sagte. Doch im Kern war es klar. Offenbar war er der Eigentümer des Schiffes. Wenn wir es versenkten, verlor er seinen ganzen Besitz und seinen Lebensunterhalt. Und wer wusste schon, ob ihm die französische Regierung den Schaden ersetzte. Er fiel auf die Knie und schlug auf den Boden. Es war schrecklich, ihn so toben zu sehen. Plötzlich stand er auf und zerrte an der Tür zu dem beschädigten Deckshaus. Sie gab nach, er schob ein paar Trümmer beiseite, war kurz verschwunden und trat dann wieder heraus. In der Hand hatte er eine Pistole.

Ich stand ihm am nächsten, neben mir Donhauser. Der französische Kapitän hob den Arm, ich kann nicht sagen, auf wen genau er zielte; da schoss ihm jemand ins Bein. Es war einer von unseren Männern aus Saint Thomas. Der schwere Mann knickte ein und fiel um. Die Pistole hatte er noch in der Hand. Donhauser stellte einen Fuß auf sein Handgelenk und nahm die Waffe an sich. Dann sagte er, ich solle den Franzosen sagen, es tue ihm leid.

Ich dachte zuerst, das schaffe ich nicht. Wann hatte ich diese Vokabel jemals benutzt? Doch sie fiel mir ein. Glauben Sie mir, Robert, ich war regelrecht überrascht. Nous regrettons. Ich sagte es ein paar Mal. Nous regrettons. Es klang wie der Refrain eines Liedes. Kessel hätte eine ganze Operette dazu komponiert.

Eine halbe Stunde später war ich wieder auf der Präsident. Das heißt, ich schätze, es war eine halbe Stunde. Mir war es ziemlich lang vorgekommen. Den französischen Kapitän hatten sie zum Arzt gebracht, die Mannschaft wurde irgendwo unten ins Schiff gesperrt. An Proviant und dergleichen hatte der Segler nichts hergegeben. Sein Laderaum war halb überflutet. Im Grunde hatten die Leute froh sein können, dass sie uns begegnet waren. Vielleicht hätten sie es nicht einmal bis in den nächsten Hafen geschafft.

Ich stand auf dem Vorschiff, bei der Geschützmannschaft, wo ich eigentlich nichts zu suchen hatte. Wir lehnten an der Reling und schauten hinüber zu dem französischen Segler. Seine Flutventile waren geöffnet, und er sank ziemlich schnell. Ich hatte erwartet, dass man als Letztes noch die Spitzen der Masten sehen würde. Doch als die Wellen über sein Deck schwappten, neigte er sich zur Seite, und die ganz Takelage klatschte aufs Wasser. Dann verschwand das Schiff, und jeder ging auf seine Position.

An diesem Tag bestellte mich Donhauser schon früher in den Kartenraum zum Diktat. Ich dachte, vielleicht kann er es gar nicht abwarten, seine Heldentat aktenkundig zu machen. Ich war wirklich auf alles gefasst. Und ich glaube, ich wäre imstande gewesen, ihm zu widersprechen, wenn ich das für richtig gehalten hätte. Doch er machte es kurz. Ich hatte nur ein paar Sätze zu schreiben, die reinen Fakten, viel weniger als sonst. Bei der Gelegenheit habe ich erst den Namen des Seglers erfahren. Er hatte Anne de Bretagne geheißen.

Als ich wieder in den Funkraum kam, hörte Jungklaus gerade die tägliche Meldung für die Präsident ab. Er schickte mich hinaus, bis er sie dechiffriert hatte, dann brachte er sie zum Kapitän. Ich ging zurück in den Funkraum und setzte mich an seinen Platz.

Und dann, Robert, habe ich etwas getan, von dem ich fünf Minuten zuvor noch nicht wusste, dass ich es tun würde. Halt! Ich muss das anders formulieren: Fünf Minuten früher hatte ich nicht einmal eine Vorstellung davon, dass ich so etwas tun könnte.

Nein, verdammt, das trifft es auch nicht! Egal.

Was ich gemacht habe?

Ich habe einen Funkspruch aufgegeben. Auf der allgemeinen Frequenz für Notrufe. Ich hatte Jungklaus lange genug zugesehen, um zu wissen, wie man das machte. Es war wirklich nicht schwierig. Der Funkspruch lautete: »Du wirst mir nicht glauben, Marietta. Drei Mal.« Und dann die momentane Position der Präsident, Länge und Breite. Die genauen Zahlen hatte Donhauser mir gerade diktiert.

Glauben Sie mir: Ich wollte niemanden verraten. Aber wenn die Marietta uns wiederfinden würde, dann müsste nichts Schlimmes mehr passieren. Und das wäre doch für uns alle nur gut gewesen.

Außerdem war es ein Spiel. Eine Wette. Ich konnte ja absolut nicht wissen, ob die Leute von der Marietta schlau genug waren, diesen Funkspruch auf die Präsident zu beziehen. Na, was meinen Sie, wie standen die Chancen dafür? Eins zu zehn? Oder eins zu hundert?

Ich wusste es nicht. Aber eine Sekunde nachdem ich diesen verdammten Funkspruch abgesetzt hatte, da hätte ich mir gewünscht, die Chance wäre eins zu einer Million gewesen. »Du wirst mir nicht glauben.« Daraus würde doch niemals einer den Schluss ziehen, dass sich an Bord eines deutschen Hilfskreuzers ein Spion befand, der Zugriff auf das Funkgerät hatte. Unmöglich! Ich habe mir das so lange vorgesagt, bis ich es selbst geglaubt habe. Und als ich dann so weit war, dass ich es glaubte, da habe ich mir wieder gewünscht, die Marietta sollte am Horizont auftauchen und diesem ganzen Schwachsinn ein Ende machen.

Um mich abzulenken, besuchte ich den französischen Kapitän. Er lag in der Krankenstation, die ich bei der Gelegenheit zum ersten Mal betrat. Der Mann hatte nur eine Fleischwunde am Oberschenkel. Ich hatte erwartet, dass er immer noch wütend und verzweifelt war, schließlich hatte man zu allem Übel noch auf ihn geschossen.

Doch er war ganz ruhig. Er freute sich über meinen Besuch. Und er begann sofort, mir irgendetwas über das Schiff zu erzählen, die Anne de Bretagne. Allerdings nahm er keine Rücksicht auf meine Sprachkenntnisse. Er redete schnell, dazu in einem Dialekt; ich verstand so gut wie nichts. Es ging wohl darum, wie er das Schiff gekauft hatte. Ich hörte ein paar Worte, die ich aus meiner Zeit beim Farming Observer kannte: Börse, Spekulation, Gewinn, Unglück und Glück. Die Verbindung dazwischen entging mir komplett. Vielleicht hatte er sein Schiff mit dem Geld aus einem Börsengewinn bezahlt? Es konnte auch ganz anders sein. Ich fragte nicht nach und tat nur so, als würde ich alles verstehen. Vielleicht half es ihm, dass er reden konnte.

Als am nächsten Tag die Sonne aufging, wusste ich immer noch nicht, was ich eigentlich sehen wollte: den blanken Horizont oder die Marietta. Das Erste war der Fall. Wir hatten in der Nacht den Kurs geändert und fuhren jetzt in die entgegengesetzte Richtung. Donhauser war sich sicher, dass die Marietta uns nicht mehr suchte. Und in dem Gebiet wollte er bleiben, weil er hier auf weitere Frachter hoffte. Es kam auch einer, komischerweise ein Holländer. Er signalisierte lebhaft, worauf wir nicht reagierten. Wir zeigten auch keine Flagge und ließen ihn ziehen. Weiter geschah nichts an diesem Tag.

Das heißt: nichts, bis auf den Umstand, dass ich abends, als Jungklaus sich die Beine vertrat, den Funkspruch an die Marietta wiederholte, jetzt mit unserer neuen Position. Und um es kurz zu machen, am nächsten Morgen war sie wieder bei uns. Weit genug entfernt, um es wie einen Zufall aussehen zu lassen. Und nah genug, um uns nicht mehr zu verlieren.

Am Abend diktierte mir Donhauser seine Vermutungen. Womöglich stehe ein Eintritt der USA in den Krieg bevor, und das Kanonenboot habe schon Anweisung, feindliche Schiffe zu neutralisieren. Oder irgendwer hatte unsere Position per Funk weitergegeben, womöglich ein Schiff, das wir gar nicht gesehen hatten. Schließlich redete er von Problemen an der Maschine, die ihm der Ingenieur gemeldet hatte. Eigentlich brauche die Präsident eine Ruhezeit, um ein paar Dinge zu reparieren, am besten natürlich an Land. Er werde morgen darüber entscheiden. Diesmal saß er die ganze Zeit, während er diktierte. Er kam mir müde vor. Sein linker Arm hing neben dem Stuhl herab, er kraulte den Hund, der ausgestreckt auf der Seite lag.

Tatsächlich beschloss er am nächsten Morgen, einen Hafen anzulaufen. Natürlich keinen amerikanischen, das war zu unsicher. Also fuhren wir Richtung Nordwesten nach Santo Domingo. Die Marietta blieb in unserem Kielwasser. Am frühen Morgen des übernächsten Tages liefen wir in den Hafen und machten an einem Kai fest. Die Marietta tat dasselbe, uns gegenüber, und so lagen wir schließlich auf gleicher Höhe, beide mit dem Bug flussaufwärts, zwischen uns der Rio Ozama, ein Streifen dunkelbraunes, träge fließendes Wasser, vielleicht hundert Meter breit. In den Kesseln der Präsident wurde das Feuer gelöscht, und Donhauser ging an Land. Ich sah ihn am Kai mit Uniformierten reden, dann verschwand er in einem flachen Gebäude.

Als er zurück war, hatte er Besuch; die drei Offiziere von der Marietta waren an Bord gekommen. Er sprach mit ihnen im Kartenraum. Ich bekam nichts davon mit, was sie redeten. Nach einer halben Stunde gingen die Amerikaner wieder. Kurz darauf kamen die Franzosen frei.

Es wurde Mittag und Nachmittag. Da keine Funksprüche mehr abgehört wurden und nichts zu übersetzen war, hatte ich gewissermaßen frei. Also tat ich, was Seeleute tun, wenn sie frei haben. Ich wusch auf dem Vorschiff alle meine Sachen in einem Bottich mit Seifenlauge und hängte sie zum Trocknen über die Reling. Ich war noch nicht ganz fertig damit, da rief mich der Obersteward. Ich solle zum Kapitän kommen, sofort, es sei wichtig. Ich machte einen Scherz: Momentan sei ich wegen dringender Hausarbeiten leider verhindert.

Da sagte er: »Zieh dich an und geh! Jetzt.« Mehr nicht.

Das war schon seltsam. Ich sagte nichts, lief, wie ich war,

in meine kleine Kammer und zog meinen weißen Anzug an. Den aus Havanna. Ich hatte ihn nicht mehr getragen, seit die Präsident in Kingston die Flüchtlinge aufgenommen hatte. Etwas anderes Trockenes besaß ich nicht. Und ich steckte mein Notizbuch ein. Vielleicht gab es etwas Besonderes, das ich gleich aufschreiben sollte.

Donhauser stand an der seitlichen Reling der Brücke, dem Platz, von dem aus man die Marietta am besten sah. Er stand halb gegen die Sonne, und das Licht fiel so auf ihn, dass ich den Streifen in seinem Bart nicht sehen konnte. Der Hund saß neben ihm.

»Mr. Smith«, sagte er. »Sie sehen blendend aus.«

Ich hatte mein Jackett zugeknöpft, weil ich gar nichts darunter trug. Außerdem war ich barfuß. Ich versuchte, etwas Witziges zu antworten, doch mir fiel auf die Schnelle nichts ein.

Donhausers Stimme klang vollkommen dienstlich. Der amerikanische Kapitän habe ihm eben ein Angebot gemacht. Wenn die Präsident ihre Aktivitäten einstelle, werde er persönlich dafür sorgen, dass alles für ihre Besatzung getan werde. Vielleicht könne er sogar arrangieren, dass die Männer, die das wollten, nach Deutschland zurückgebracht würden.

»Anständig, nicht wahr?«, sagte Donhauser. Daran erkenne man die Amerikaner.

Doch dann habe der Mann noch etwas gesagt. Und das gebe ihm jetzt zu denken. Wie waren seine Worte? Man habe etwas gegen die Präsident in der Hand. Vorausgesetzt, er habe das richtig verstanden, sagte Donhauser. Diese geschliffenen Redewendungen seien so schwer zu übersetzen.

Er fuhr sich mit der Hand über den Bart. Ob ich mir vielleicht vorstellen könne, was der Amerikaner gemeint habe?

Ich tat natürlich ganz verblüfft. Und ahnungslos. Aber was glauben Sie, Robert, wie es in dem Moment in mir aussah!

Donhauser hörte gar nicht mehr auf, sich über seinen Bart zu streichen. »Wie soll ich mich verhalten?«, sagte er. »Ich bin an Regeln gebunden, auch im Krieg. Leider widersprechen sich die Regeln. Das macht jede Entscheidung schwierig.« Außerdem müsse alles so schnell gehen. Tagelang passiere nichts, und dann habe man plötzlich nur ein paar Sekunden.

Nun, wie auch immer. Er habe dem Kapitän der Marietta ein Gegenangebot gemacht. Donhauser drehte sich um und wies auf den Streifen Wasser zwischen den beiden Schiffen. Ein kleines Boot kam gerade herüber. Das könne vielleicht schon die Antwort bringen.

Ich hielt es nicht mehr aus und sagte: »Was habe ich denn damit zu tun?«

Donhauser zog einen Pass aus der Tasche. Ich sah, dass es ein amerikanischer war, also konnte es nur meiner sein. Er hielt ihn hoch. »Das hier«, sagte er, »entzieht Sie eigentlich meinem Zugriff, Mr. Smith. Andererseits sind Sie ein Spion. Daher hätte ich das Recht, mit Ihnen kurzen Prozess zu machen.«

Ich muss in meinem weißen Anzug ausgesehen haben wie eine Leiche, die man für ihre Beerdigung zurechtgemacht hat.

»Nein, nein!«, sagte Donhauser, »keine Sorge. Wir tun ja nur so, als ob. Ich habe den Amerikanern gesagt, ich verzichte darauf, ihren Landsmann zu erschießen, und liefere ihn aus. Vorausgesetzt, ich bekomme zweiundsiebzig Stunden Vorsprung. Und jetzt wollen wir sehen, was sie dazu sagen.«

Ein paar Minuten vergingen, in denen keiner von uns sprach. Es war heiß und laut im Hafen von Santo Domingo. Keine Ahnung, wer hier vom Krieg in Europa wusste und wer nicht. Allerdings waren die Leute arm, und am Krieg gab es immer etwas zu verdienen. Ein kleiner Schlepper fuhr zwischen der Präsident und der Marietta Richtung Meer, aus seinem Schlot qualmte es entsetzlich. Dann brachte Jungklaus ein Papier auf die Brücke.

Donhauser nahm es. Er las. »Gut für uns«, sagte er. Wahrscheinlich jedenfalls. Und vielleicht auch für mich.

Der Schlepper war vorbeigefahren, die Rauchwolke verzog sich nur langsam. Donhauser schob den Hund ein wenig zur Seite. Er sagte: »Jetzt kommen wir zu einem etwas unangenehmen Teil.« Hoffentlich hätte ich Verständnis für ein bisschen Theaterdonner. Den müsse er machen, damit es echt aussehe.

Ich hatte keine Ahnung, was er damit meinte. Und das sagte ich ihm.

»Pitt oder Scott ist einverstanden«, sagte Donhauser. »Also lasse ich Sie jetzt frei, statt sie vor ein Erschießungskommando zu stellen. Und dafür bekomme ich meinen Vorsprung. Ein fairer Tausch. Finden Sie nicht?«

Ich sah mich um. Jungklaus stand noch da, neben ihn war Reimers getreten, und gerade kam der Schiffsarzt Kaminski.

»Nicht diese Richtung«, sagte Donhauser. »Hier!« Er wies hinter sich auf die Marietta. »Wir wählen heute den direkten Weg. Und das hier nehmen Sie bitte mit. Als Beweis für Ihre Landsleute, dass ich kein Betrüger bin.« Er steckte meinen Pass in einen Umschlag aus Wachstuch. Den hielt er mir hin, und ich nahm ihn. Ich glaube, ich habe »Danke« gesagt.

Und dann bin ich gesprungen. Mein Notizbuch hatte ich

vorher in diesen Umschlag gesteckt. Dabei war es mir aus der Hand gefallen, und beinahe hätte ich es nicht mehr aufheben können, so scharf sahen Donhauser, Reimers und der Arzt mich an. Offenbar sollte ich keine Sekunde länger als nötig an Bord bleiben.

Ich sprang also. Man soll niemals in unbekanntes Wasser springen. Den Satz meines Vaters hatte ich immer im Kopf gehabt. Aber der Rio Ozama war tief genug für die Präsident, da musste er auch tief genug sein für mich.

Er war tief genug, und er war lauwarm und schmutzig. Wahrscheinlich flossen darin die Abfälle der ganzen Stadt ins Meer. Ich schluckte etwas und dachte, ich müsste mich schwimmend übergeben. Schon der Gestank war grauenhaft. Der weiße Anzug war jetzt eine Last. Ich wollte ihn ausziehen. Das wäre sicher sinnvoll gewesen, doch dann wäre ich nackt auf der Marietta angekommen. Das wollte ich nicht. Ach ja, und ich hatte nur eine Hand zum Schwimmen, mit der anderen hielt ich den Umschlag über Wasser, sicherheitshalber.

Auf der Marietta wurde ich stürmisch begrüßt. Alle redeten durcheinander, jeder in einem anderen Tonfall; es waren Südstaatler dabei, Westler und sogar jemand aus meiner Gegend. Sie klopften mir auf die Schultern, kaum dass ich die Strickleiter hoch und über die Reling geklettert war. Dabei sah ich furchtbar aus. Der Anzug klebte an mir, er war ganz braun, und er stank. Trotzdem wollte jeder mir die Hand schütteln. So etwas von Mut! Donnerwetter! Es war wohl genau so, wie Donhauser vermutet hatte: Die Amerikaner wünschten sich nichts mehr, als selbst in den Krieg zu ziehen und ihre eigenen Helden zu haben.

Natürlich wollten sie sofort alles wissen. Ich sagte nur, dass ich Journalist und Patriot sei; alles andere habe sich daraus ergeben. Und dabei blieb ich. Abends gab es eine Gesellschaft zu meinen Ehren. Für die Offiziere waren Stühle an Deck aufgestellt, die Matrosen saßen, wo sie Platz fanden, einige in den ausgeschwenkten Rettungsbooten. Ich musste meine Geschichte erzählen, so ausführlich wie möglich. Also erzählte ich die Geschichte eines jungen Journalisten aus New York, den der Zufall auf einen deutschen Hilfskreuzer verschlägt und der dort ganz selbstverständlich seinen Job macht, indem er sein Land auf der Höhe der Ereignisse hält.

Lügen?

Robert, was sind Lügen? Da war die Chance gewesen, mit heiler Haut aus dieser Geschichte herauszukommen; und ich hatte sie genutzt. Es war Krieg. Die Verhältnisse hatten sich geändert. Man kam jetzt nicht mehr durch mit dem bisschen, das man vielleicht gelernt hatte. Man musste improvisieren. Und man musste sich selbst von verschiedenen Seiten sehen.

Ich glaube, ich hatte das begriffen. Vielleicht nur unterbewusst, doch was soll's! Mein halbes Leben lang hatte ich versucht herauszukriegen, wer ich eigentlich war. Klingt ein bisschen hochgestochen, ich weiß, ist allerdings die Wahrheit. Und mit welchem Ergebnis? Am Schluss hatte ich tatsächlich geglaubt, ich wäre zum Textverbesserer für Operetten geboren. Gut, das war eine Möglichkeit, und nicht einmal die schlechteste. Aber eigentlich hätte mein Broadway-Job mir etwas anderes zeigen müssen: dass ich nämlich bin, woran ich gerate. Vorausgesetzt, ich spreche seine Sprache.

Verstehen Sie, was ich meine, Robert? Für die Leute von der Marietta war ich ein Held. Also konnte ich einer sein. So einfach ist das.

Übrigens sagte mir jeder, ich solle meine Geschichte aufschreiben, möglichst exakt. Doch das hatte ich ja längst getan, jedenfalls zum größten Teil. Den Rest holte ich nach, zuerst auf der Marietta und später in einem Hotel in Santo Domingo.

Sehen Sie hier, den Fleck! Der geht durch mehrere Seiten. Das ist Kaffee. Den habe ich noch auf dem Deck der Marietta verschüttet. Ich saß da wieder unter einem Sonnensegel. Mein weißer Anzug war gewaschen, und die Offiziere hatten mich mit allem versorgt, Hemd, Krawatte, jemand hatte mir sogar ein paar weiße Schuhe geschenkt. Ich sah aus wie ein Passagier der Ersten Klasse. Gegenüber am Kai machte die Präsident gerade Dampf auf, und der kleine Schlepper mit der schwarzen Rauchfahne drehte ihren Bug Richtung Meer.

Ich sah Donhauser auf der Brücke stehen. Auf dem Vorschiff wurde noch an dem neuen Verschlag für das Geschütz gebaut, er sah nicht so gut aus wie der alte. Die Bordwand schien mir jetzt ganz grau zu sein. Jedenfalls war sie noch fleckiger geworden und voller Roststreifen. Der Name Antonia war wieder übermalt und kein neuer angebracht.

Bevor sie ganz herum war, kam die Präsident der Marietta ziemlich nahe. Die amerikanischen Matrosen standen an der Reling, die Offiziere sahen von der Brücke aus hinüber. Ab jetzt lief die Zeit von zweiundsiebzig Stunden. Ich war mir sicher, dass Kapitän Scott sich daran halten würde. Allerdings hatte er alles, was er jetzt über die Präsident wusste, per Funk weitergegeben, natürlich verschlüsselt. Wen es irgendwie anging, der würde von nun an wissen, wovor er sich in Acht nehmen musste. Donhauser stand auf verlorenem Posten.

Das ist der letzte Satz, den ich damals in Santo Domingo geschrieben habe. Dann kommt eine Lücke, und dann kommen die Nachträge.

Ich fasse das einmal kurz zusammen. Nach Hause fuhr ich mit einem amerikanischen Frachter. Es war das erste Schiff, das Richtung Staaten auslief; und ich wollte weg, so schnell es ging. In New York ging ich gleich zu Kessel, wo sich die Sache mit dem Telegramm nach Havanna aufklärte. Das habe ich ja schon ausführlich erzählt. Kessel war übrigens ganz begeistert. Hätte ich ihn gelassen, dann hätte er wirklich eine Operette aus meiner Geschichte gemacht. Doch ich wollte mir vom Broadway nichts mehr versprechen. Ich kann es auch anders sagen: Mein Interesse an diesem Leben war mittlerweile praktisch gleich null.

Ich bin auch nicht zu Carmichael gegangen, obwohl ich definitiv keinen Cent mehr besaß. Seine Geschäfte liefen prächtig, das wusste ich, aber ich wollte keine Nachrichten über verhagelte Ernten mehr ausschneiden.

Nein, Robert, ich wollte zurück in den Krieg.

Und das war leichter, als ich dachte. Ich hatte schon auf dem Frachter meine Aufzeichnungen durchgearbeitet und eine Zusammenfassung meiner letzten Wochen auf der Präsident geschrieben. Wenn ich das sagen darf: Es war richtig gut geworden. Ich glaube, von heute aus gesehen, kann ich sagen, dass ich damals erst das Schreiben gelernt habe. Dieser Bericht war jedenfalls mein erster eigener Text, einer, der nur mir gehörte.

Und er sollte mein Bewerbungsschreiben sein. Daher habe ich noch ein paar Tage lang daran gefeilt, als er eigentlich schon fertig war. Doch dann hat ihn der Chefredakteur der ersten Zeitung, bei der ich mich damit meldete, wahrscheinlich gar nicht gelesen. Es war jedenfalls nicht die Rede davon. Dem Mann genügte wohl, dass ich nach Europa wollte, an die Front. Man hatte da kaum Leute, die bereit waren zu berichten. Und die es wollten, denen machten die Militärs das Leben schwer. Wirklich kein Job, nach dem sich die Journalisten drängten; von der Gefahr ganz abgesehen. Ich bekam sofort eine Festanstellung, drei Wochen später war ich in Frankreich.

Das ist mal ein guter Moment für eine Pause.

26

Bastogne, Militärlazarett, 28.2.1945

Robert, machen Sie sich bereit! Schluss mit dem Landleben. Wir gehen wieder an Bord.

Vorher muss ich kurz etwas anderes erzählen.

Im Sommer 1917 war ich längere Zeit zu Hause, also in den Staaten. Ich hatte eigentlich gleich aus Europa zurück gewollt, als die USA in den Krieg eintraten, am liebsten wäre ich bei den ersten Truppentransporten dabei gewesen. Das hatte sich leider nicht ergeben, die Bestimmungen waren ziemlich streng. Man konnte nicht reisen, wie man wollte. Und als ich dann endlich in New York war, musste ich hinaus zu meinen Eltern. Mein Vater war krank geworden. Er war damals noch keine sechzig, aber es sah nicht gut aus. Ich blieb eine Zeitlang auf der Farm, um überall auszuhelfen.

Ich hatte meine Familie seit dem Beginn des Krieges nur einmal gesehen, das war im Oktober 1914, kurz vor meiner ersten Überfahrt. Ja, und es war an meinem fünfundzwanzigsten Geburtstag; also am Tag der großen Abrechnung. Die dann allerdings gar nicht stattfand. Ich sagte meinem Vater, dass ich die Stelle gewechselt hätte und meine neue Zeitung mich als Korrespondent nach Europa schicken würde, genauer: nach Paris. Das imponierte ihm. Oder er tat nur so als ob. Vielleicht wusste er damals schon, worum es eigentlich ging, oder er traute sich nicht zu fragen. Wie auch immer, von den Landmaschinen war jedenfalls nicht die Rede, das heißt, von mir und den Landmaschinen.

Drei Jahre später ging es dann allerdings ums Geschäft. Mein Vater hatte Angst, nicht mehr auf die Beine zu kommen. Mittlerweile wusste er genau, was ich in Europa machte. Die Zeitung schickte ihm immer ein Exemplar, wenn ein Bericht von mir erschienen war. Bei seinen amischen Kunden machte es sich nicht so gut, dass ich jetzt dermaßen nah am Krieg war und sogar darüber schrieb. Doch die Amischen hatten neuerdings Probleme mit ihrem Pazifismus, und es war allemal besser für sie, nicht groß aufzutrumpfen.

Wir haben dann vereinbart, dass mein Vater die Firma verkaufen sollte, wenn er sie nicht mehr führen könnte. Ein halbes Jahr später war es so weit. Verkauft hat er übrigens an die Amischen, natürlich über einen Strohmann. Er und meine Mutter sind dann nach Harrisburg gezogen. Da hat er sich ganz gut erholt. Knapp zehn Jahre hat er noch gelebt. Doch das führt jetzt zu weit.

Ich wollte nämlich von meiner nächsten Überfahrt erzählen, im Oktober 1917. Stellen Sie sich vor, Robert, ich bin in New York, sitze im Hotel und warte, und dann bekomme ich die Nachricht, dass für mich ein Platz auf der USS Kittery reserviert ist. Bitte pünktlich an Pier soundso einfinden.

Da denkt man sich nichts dabei, oder? Kittery ist ein Kaff an der Küste von Maine. Nette Geste der Marine, ein Schiff danach zu benennen. Damit die Leute in Kittery etwas haben, auf das sie stolz sein können. Ansonsten ist es da oben kalt und riecht nach Fisch.

Ich lasse mich also mit meinem Gepäck zur Pier fahren; und im ersten Moment fällt mir gar nichts auf. Ich denke noch: Gut, wenn ein Schiff Kittery heißt, muss man mit etwas Kleinerem rechnen. Doch die Überfahrt in einem Truppentransporter darf man sich nie als Luxusreise vorstellen, egal, auf welchem Dampfer man fährt. Das wusste ich mittlerweile.

Das Schiff liegt mit dem Bug Richtung Manhattan. Ich gehe an ihm vorbei zur Gangway. Zwischendurch schaue ich hoch und dem Schiff ins Gesicht. Und da erkenne ich sie: die Präsident.

Sie hatten sie in diesem Grau gestrichen. Alles grau, sogar das Holz auf der Brücke. Und über die Bordwand lief jetzt ein wildes Muster aus dunklen Zacken und Bögen, natürlich zur Tarnung. Der einzige Farbfleck war die amerikanische Flagge. Gott, Robert, jetzt sah sie endgültig aus wie ein Krokodil. Ein graues, schuppiges Krokodil, das tief im Schlamm liegt.

Ich bin gelaufen, um möglichst schnell an Bord zu kommen. Als gäbe es die Gefahr, dass sie ohne mich abfahren würde. Und dann bin ich den Leuten so lange auf den Wecker gegangen, bis mir jemand bestätigte, woran ich doch gar nicht zweifelte: Ja, das hier war einmal die Präsident.

Der Kapitän hieß Anderson. Er schien mir ein bisschen alt für seinen Posten. Er hätte entweder Admiral sein müssen oder Pensionär an Land. Damals holte die Marine ihre Reserve zusammen, und es wurde viel improvisiert. Anderson war nervös. Erst am nächsten Tag hatte er ein paar Minuten Zeit für mich. Natürlich war er stolz auf sein Schiff. Das war seine Pflicht als Kapitän. Und ja, man hatte es den Deutschen bei Kriegseintritt weggenommen. Das war kein besonderer Akt gewesen, sie lag da schon seit über zwei Jahren in San Juan auf Puerto Rico. Anschließend war sie in die Staaten gebracht worden, und sie hatten aus ihr die Kittery gemacht.

Als ich mit Anderson sprach, wusste ich schon, was das bedeutete. Ich hatte mich ausgiebig umsehen können; schließlich war ich mittlerweile offiziell beglaubigter Berichterstatter. Was ich gesehen hatte, war schrecklich, aber erwartbar. Es gab den schönen, altmodischen Speisesaal mit seinem Glasdach nicht mehr, die offenen Gänge entlang der Kabinen der Ersten Klasse waren geschlossen worden, und statt der großen hölzernen Rettungsboote lagen graue Schlauchboote gestapelt neben den Schornsteinen. Im ganzen Schiff sah es jetzt aus wie damals nur im Zwischendeck: große Räume mit langen Reihen von Doppelstockbetten, Spinde an den Wänden und festgeschraubte Tische für die vielen Soldaten, die hier untergebracht waren. Über vierhundert Mann hatte die Kittery an Bord, dazu eine Menge militärisches Gerät. Sie sah aus, als hätte man sie genau für diesen Job gebaut.

Der Kapitän hatte dann noch eine Überraschung für mich. Es seien deutsche Kriegsgefangene an Bord, darunter ein paar Männer aus der alten Crew der Präsident. Sie würden nach Europa gebracht, um dort ausgetauscht zu werden.

Ich war zu perplex, um sofort nachzufragen. Aber ich musste nicht lange rätseln: Donhauser war dabei. Sie hatten ihm erlaubt, seinen Hund mitzunehmen. Und wie damals, als er noch dem Dänen gehörte, war Grimson wieder alleine unterwegs. Er kannte sich ja aus. Ich sah ihn, als er vor den GIs seine Kunststücke machte, auch wie damals, nämlich gegen Belohnung.

Donhauser selbst sah ich erst, nachdem die Kittery ausgelaufen war. Ich hatte es keineswegs darauf angelegt. Eher im Gegenteil. Ich meine, er konnte mir nichts anhaben, immerhin war er Kriegsgefangener der Vereinigten Staaten. Aber was zum Teufel sollte ich sagen, wenn ich ihm unter die Augen trat?

Ich hatte Anderson zuerst so verstanden, dass alle Offiziere der Präsident auf der Kittery seien. Später erfuhr ich, dass das nicht der Fall war. Neben Donhauser war nur der Ingenieur Brandt an Bord. Ich wollte wissen, warum, doch Anderson wusste nichts Genaues. Ich solle Donhauser fragen.

Ich habe damit lange gezögert. Viel hat nicht gefehlt und wir hätten kein Wort miteinander geredet. Mehr als die Hälfte der Überfahrt lag schon hinter uns, da sprach ich ihn endlich an. Die Deutschen hatten feste Ausgangszeiten, so konnte ich ihn abpassen. Ich habe mich vorgestellt, ganz förmlich: Gestatten, Zach Katz, official war correspondent. Ob er mir erlauben würde, ihn für meine Zeitung zu interviewen.

Ich weiß, das war albern. Was hätte ich sagen sollen? Haben Sie einen Vorschlag, Robert?

Er sah übrigens verändert aus. Sehr verändert. Nicht krank oder besonders gealtert. Das hätte ja sein können. Ich habe Männer gesehen, die in ein paar Tagen an der Front zu Greisen wurden. Nein, die einzige Veränderung an Donhauser war, dass sein Bart die Farbe verloren hatte. Er war nicht grau geworden, bloß ganz hellblond, fast farblos, so wie seine Haare. Und daher war dieser komische helle Strich verschwunden, der ihm längst über den Mund gelaufen war. Ich habe mich damals gefragt, wie ich das Resultat beschreiben sollte. Ich glaube, Donhauser sah jetzt einfach normal aus.

Wir redeten dann kein einziges persönliches Wort. Auch keines über meinen Abgang in Santo Domingo. Donhauser erzählte mir nur ziemlich ausführlich, wie er damals noch weiter mit der Präsident als Hilfskreuzer durch die Karibik gefahren war. So, als würde er einem Vorgesetzten Bericht erstatten. Vielleicht sagte er einen Text auf, an dem er seit Jahren arbeitete.

Sie waren noch einige Wochen unterwegs gewesen. Doch sie hatten kein einziges größeres Schiff mehr erwischt. Nur ein paar Segler, die keiner gewarnt hatte. Proviant und Kohle hatten sie kaufen müssen, manchmal sogar bei Fischerbooten und kleinen Küstenfahrern, denn in die Häfen hatten sie sich kaum noch getraut. Dabei war besonders die Kohle immer knapp, und die Maschine musste geschont werden. Es gab noch weitere Probleme an Bord. Die Piratencrew aus Saint Thomas mussten sie ziemlich bald an Land schicken; und die anderen langweilten sich, oder sie waren von der Situation überfordert.

Trotzdem!, sagte Donhauser. Er habe getan, was er zu tun hatte. Immerhin konnten sie Funksprüche aufnehmen und weiterleiten, für andere deutsche Schiffe in der Region. Allerdings wussten sie nie so genau, ob überhaupt noch Schiffe im Einsatz waren. Vom Kreuzer Karlsruhe hatten sie nichts mehr gehört, nur davon, dass die Engländer ihn mit allen Kräften suchten. Im Dezember war dann Schluss. Die Maschine war völlig am Ende. Donhauser hatte sich in San Juan internieren lassen, direkt neben der Odenwald.

Schon nach einer Woche hatte Reimers das Schiff verlassen, der Erste Offizier, und das heimlich. Er wollte sich vermutlich nach Deutschland durchschlagen. Keiner wisse, ob er es geschafft habe. Greffnitz, der Zahlmeister, hatte sich bei den amerikanischen Behörden gemeldet und ganz offiziell um eine Einbürgerung gebeten. Das wurde zuerst abgelehnt; später bekam er irgendwelche Papiere und durfte immerhin ausreisen. Vielleicht lebte er jetzt in der Karibik, womöglich als Verwalter oder als Händler. Und der Schiffsarzt Kaminski hatte sich erschossen.

Ich fragte nach.

Donhauser zuckte mit den Schultern. Da sei wohl etwas in dem Mann gewesen, von dem niemand gewusst habe. Und als er tot war, gab es keinen, den man fragen konnte. Also warum lange grübeln? Die Menschen haben ein Recht darauf, alles mit sich allein auszumachen.

Ich wollte wissen, was Donhauser in Deutschland anfangen wollte.

Er machte eine Handbewegung. Meistens müssten gefangene Offiziere versprechen, nicht mehr zu kämpfen. Sonst würden sie nicht ausgetauscht. Ihn hatten sie nicht gefragt; vermutlich hielt man ihn für zu alt. Umso besser. Er werde wahrscheinlich wieder eingezogen und bekomme eine großartige Position als Stellvertreter eines Hafenkommandanten. Oder als Sachbearbeiter bei einem Nachschubamt.

Er legte mir eine Hand auf die Schulter. Das dürfe ich meinen Landsleuten aber bitte nicht verraten. Ob er sich darauf verlassen könne?

Robert, ich glaube, ich bin rot geworden wie ein Mädchen in der Tanzstunde. Na klar!, habe ich gesagt. Selbstverständlich. Um ein Haar, und ich hätte ihm mein Ehrenwort gegeben.

Wir erreichten dann ganz nach Zeitplan die Irische See. Unser Zielhafen war Bristol. Ich hatte schon eine Menge für meinen Bericht notiert; jetzt endlich erlaubte mir der Kapitän, für längere Zeit auf der Brücke zu bleiben. Es war ein freundlicher Morgen, das Wasser kaum bewegt, und wir fuhren mit höchster Geschwindigkeit genau den Zickzackkurs, der für Schiffe auf dieser Route vorgeschrieben war. Das sollte der beste Schutz gegen die deutschen U-Boote sein. Die schossen seit Anfang des Jahres ohne jede Warnung auf alles, was sie für feindlich hielten.

Ich konnte mich umsehen. Auch das Innere der Brücke war grau gestrichen. Nur ein paar Messingteile hatten die Farbe nicht angenommen, die einzige Erinnerung daran, dass das hier einmal ein kleines, properes Passagierschiff gewesen war. In einer anderen Welt, das heißt, in einer anderen Zeit. Ich machte mir Notizen und plauderte mit den Offizieren. Da gab es Alarm.

Alles starrte nach vorn. Irgendwo voraus sei ein U-Boot gesichtet worden, hieß es. Ich sah nichts davon, nur die Lichtreflexe auf den flachen Wellen. Und ich sah Donhauser. Er stand an der Reling neben der großen Ankerwinsch, bei ihm saß der Hund. Ich weiß, ich dachte noch: Ob das seine normale Ausgangszeit war? Oder hatte ihn jemand zur Sicherheit aus seinem Gefängnis gelassen?

Derweil dröhnte die Alarmsirene, und die Soldaten hetzten auf ihre Posten. An der Reling neben den vorderen Ladeluken wurden Maschinengewehre aufgestellt. Die Kittery besaß auch ein Geschütz, das stand jetzt hinten auf der Krankenstation. Um mich kümmerte sich niemand mehr.

Und dann sahen wir die Blasenbahn, also die Spur, die der Torpedo durchs Wasser zog. Sie kam von seitlich vorne, und sie zeigte genau auf den Bug des Schiffes. Der Kapitän befahl Abdrehen, doch jeder wusste, dass es zu spät war. Es hieß immer: Wenn du ihn kommen siehst, trifft er dich. In wenigen Sekunden musste der Aufschlag erfolgen.

Und zwar genau da, wo Donhauser jetzt stand. Ich sah, wie er versuchte, den Hund wegzuschicken. Aber »Geh weg!« war ein Trick, den Grimson offenbar nicht beherrschte. Schließlich beugte Donhauser sich über die Reling, als wollte er nichts verpassen.

Ich habe mich dann auf den Boden geworfen. Ich weiß,

das ist Unsinn, zumindest in so einem Fall; das schützt einen vor nichts. Man tut es instinktiv. Ich habe die Arme über dem Nacken verschränkt und den Kopf fest auf das Holz gedrückt. Vielleicht habe ich deshalb den Einschlag so gut gehört. So wie man einen Zug von weitem hört, wenn man das Ohr auf die Schienen legt.

Doch es war gar kein Einschlag. Es war nur ein starker, metallischer Ton, als hätte jemand mit einem riesigen Hammer einmal gegen die Bordwand geschlagen. Keine Explosion. Der Torpedo war nicht losgegangen, warum auch immer. Stattdessen feuerten jetzt das Geschütz und die Maschinengewehre der Kittery.

Ich bin wieder aufgestanden. Ob die Schützen ein Ziel vor Augen hatten, weiß ich nicht. Ich konnte keines erkennen. Ich sah nur Donhauser noch immer an derselben Stelle stehen, beide Hände in den Manteltaschen und die Mütze tief in die Stirn gezogen, damit sie ihm der Wind nicht vom Kopf riss. Neben ihm der Hund.

Und was dann passierte, das glauben Sie nicht!

Aber, sagen Sie mal, Robert, riecht das hier nicht irgendwie komisch. Wie verbrannt?

He, das sollen Sie nicht schreiben! Schauen Sie lieber

27

Bremerhaven, 26.12.1950

Am 28.2.1945, gegen zehn Uhr abends, brach im Priesterseminar Notre Dame in Bastogne ein Brand aus. Die Gründe dafür kenne ich bis heute nicht, irgendeine Kriegseinwirkung kommt allerdings kaum in Frage, die Front stand damals bereits viel weiter östlich. Das Gebäude war seit der Ardennenoffensive der Deutschen Wehrmacht als Lazarett genutzt worden, jetzt musste es in aller Eile evakuiert werden. Da ich gerade anwesend war, half ich dabei, die bettlägerigen Patienten aus ihren Zimmern zu holen. Sie wurden auf LKW verladen und in ein Militärlazarett gebracht, das die US Armee außerhalb von Bastogne auf einem freien Feld eingerichtet hatte. So wurde jedenfalls gesagt.

Die Rolle, auf die der Patient, der sich Zacharias Katz nannte, bis zum Ausbruch des Feuers diktiert hatte, blieb in der allgemeinen Verwirrung bei mir. Ich hatte kurz überlegt, sie Herrn Katz mitzugeben. Aber angesichts der chaotischen Verhältnisse beschloss ich, zunächst selbst für ihre Sicherheit zu sorgen und sie ihm so bald wie möglich auszuhändigen.

Doch schon am nächsten Tag wurde die Abteilung deutscher Kriegsgefangener, zu der ich gehörte, von der französischen Armee übernommen und abtransportiert. Ich hatte keine Gelegenheit mehr, einen Amerikaner zu sprechen, und mit den Franzosen war eine Verständigung praktisch nicht möglich, nicht so sehr wegen Sprachproblemen, mehr wegen starker Ressentiments auf beiden Seiten. Also habe ich die

Rolle notgedrungen während des Transports bei mir behalten, obwohl alles ziemlich ungeordnet zuging. Das heißt, wahrscheinlich war das allgemeine Chaos der Grund dafür, dass mir die Rolle nicht weggenommen wurde und ich sie mitnehmen konnte.

Die nächsten anderthalb Jahre habe ich in Frankreich verbracht, die meiste Zeit in St. Malo, wo ich mit anderen Gefangenen bei der Behebung von Kriegsschäden eingesetzt war. Während dieser Zeit ist es mir gelungen, die Rolle sicher zu verwahren. Ich habe mehrmals erwogen, sie den französischen Stellen zu übergeben, kam jedoch immer zu dem Ergebnis, dass das wahrscheinlich nur schaden würde. Erst zuletzt, kurz vor meiner Entlassung im Herbst 1948, musste ich die Rolle einem Gewährsmann übergeben. Mehr möchte ich darüber nicht sagen, um niemandem im Nachhinein Probleme zu bereiten.

Ich hatte mittlerweile definitive Nachricht über den Tod meiner Frau erhalten sowie darüber, dass mein Sohn bei seinen Großeltern lebte. Unmittelbar nach meiner Rückkehr habe ich die Spedition meiner Schwiegereltern übernommen und bin dann im Frühjahr 1950 mit einer Sondergenehmigung der Behörden zum ersten Mal wieder nach Frankreich gefahren; es ging um die Eröffnung einer Frachtroute. In St. Malo hat mir mein Gewährsmann die Rolle wieder ausgehändigt. Um den Zollkontrollen zu entgehen, habe ich sie zusammen mit einer Schiffsfracht nach Bremerhaven bringen lassen.

Seit ich die Rolle wieder selbst verwahre, habe ich versucht, Herrn Katz ausfindig zu machen und ihm sein Eigentum zukommen zu lassen. Leider muss ich sagen, dass mir das bis jetzt nicht gelungen ist. Ein Grund dafür ist sicher, dass die zuständigen Stellen des Roten Kreuzes und anderer Organisationen immer noch völlig überlastet damit sind, Verschollene ausfindig zu machen, weswegen sich die Antworten auf einschlägige Anfragen in der Regel sehr verzögern. Außerdem bin ich mir nicht sicher, ob es nicht besser wäre, Herrn Katz unter dem Namen Smith zu suchen, was die Sache allerdings nicht unwesentlich komplizieren würde. Smith ist nun einmal ein häufiger Name.

Ich kann auch nicht ganz verhehlen, dass ich, nach allem, was ich erlebt und gehört habe, gewisse Zweifel daran hege, ob Herr Katz überhaupt derjenige war oder ist, für den er sich ausgegeben hat. Aber meine Zweifel tun nichts zur Sache, und die Zukunft wird das sicher klären. Denn selbstverständlich werde ich mich weiter bemühen, Kontakt aufzunehmen.

Immerhin habe ich bereits, allerdings zu meinem Leidwesen, in Erfahrung bringen können, dass der Corporal James Brady, mein Vorgänger als Schreiber, schon wenige Wochen, nachdem ich seine Aufgabe übernommen hatte, bei einem Luftlandeunternehmen ums Leben gekommen ist. Seine Witwe, deren Adresse ich besaß, hat mir das schriftlich mitgeteilt. Dr. Hufner gilt offiziell als vermisst.

Ganz leicht war es eigentlich auch, den Kapitän der Präsident, Ludwig Donhauser, ausfindig zu machen. Tatsächlich kannte ich den Mann sogar, jedenfalls dem Namen nach; nur war mir damals in Bastogne die Verbindung nicht aufgegangen. Donhauser hatte sich Mitte der dreißiger Jahre einen Namen gemacht, weil er als erster Deutscher ganz allein mit einem kleinen Segelboot den Atlantik überquert hatte. Allerdings bin ich leider viel zu spät auf die Idee gekommen, ihn zu besuchen und nach Herrn Katz zu fragen. Donhauser ist im Januar 1949 verstorben.

Damit nun die Wartezeit nicht sinnlos vergehen sollte, habe ich inzwischen den auf Englisch diktierten Teil der Rolle ins Deutsche übersetzt und den gesamten Text auf normales Maschinenpapier geschrieben. Dabei ließen sich die unendlich vielen Flüchtigkeitsfehler korrigieren, die bei einem solchen Diktat unvermeidbar sind. Ich hoffe, Herr Katz wird sich darüber freuen. Und vielleicht findet sich dann für seinen Bericht nicht nur ein amerikanischer, sondern auch ein deutscher Verlag. Mir jedenfalls war diese Arbeit, was man, so glaube ich, ein Herzensanliegen nennt.

Robert Hennesfahr

Burkhard Spinnen

Müller hoch Drei

Roman

304 Seiten, btb 74063

Eine ziemlich schräge Familiengeschichte

Kurz vor seinem 14. Geburtstag wird Paul Müller von seinen Eltern verlassen, die mal eben auf Weltreise gehen. Paul, ein vorsichtiges Einzelkind soll jetzt mal ganz schnell erwachsen werden und allein zurecht kommen. Das findet er überhaupt nicht toll. Doch es ist erst der Anfang: nacheinander platzen in sein bisher so wohlgeordnetes Leben ein unerzogener Hund und Paula, die behauptet, seine Zwillingsschwester zu sein …

btb

Volker Weidermann

Ostende.

1936, Sommer der Freundschaft

160 Seiten, btb 74891

Ein belgischer Badeort mit Geschichte und Glanz: Hier kommen sie alle noch einmal zusammen, die im Deutschland der Nationalsozialisten keine Heimat mehr haben. Stefan Zweig, Joseph Roth, Irmgard Keun, Kisch und Toller, Koestler und Kesten, die verbotenen Dichter. Sonne, Meer, Getränke – es könnte ein Urlaub unter Freunden sein. Wenn sich die politische Lage nicht täglich zuspitzte, wenn sie nicht alle verfolgt würden, ihre Bücher nicht verboten wären, wenn sie nicht ihre Heimat verloren hätten. Es sind Dichter auf der Flucht, Schriftsteller im Exil. Volker Weidermann erzählt von ihrer Hoffnung, ihrer Liebe, ihrer Verzweiflung – und davon, wie ihr Leben weiterging.

»Liebevoll und vorsichtig malt Weidermann sich und uns aus, wie es gewesen sein könnte in diesem Sommer des Abschiednehmens.«

Elke Heidenreich

Thomas Hettche

Pfaueninsel

Roman

352 Seiten, btb 74983

Es mutet an wie ein modernes Märchen: Alles beginnt mit einer Königin, die einen Zwerg trifft und sich fürchterlich erschrickt. Kaum acht Wochen später ist die junge Königin tot – und der kleinwüchsige Christian und seine Schwester Marie leben fortan weiter mit ihrem entsetzten Ausruf: »Monster!« Damit ist die Dimension dieser Geschichte eröffnet. Am Beispiel von Marie, die auf der Pfaueninsel zwischen den Befreiungskriegen und der Restauration, zwischen Palmenhaus und Menagerie, Gartenkunst und philosophischen Gesprächen aufwächst und der königlichen Familie bei deren Besuchen zur Hand geht, erzählt Thomas Hettche von der Zurichtung der Natur, der Würde des Menschen, dem Wesen der Zeit und der Empfindsamkeit der Seele und des Leibes – und nicht zuletzt von die Liebe in ihren mannigfaltigen Erscheinungsformen.

»Seit Kehlmanns Vermessung der Welt habe ich keinen Erzähler mehr so souverän mit Ideen spielen sehen.«

Denis Scheck

»Ein in jeder Hinsicht schillerndes Buch über unsere Vorstellung von Schönheit – mit erschreckenden Abgründen.«

Brigitte

btb